ZAPHIR

A GUERRA DOS MAGOS

2ª EDIÇÃO

Catalogação na Fonte
Elaborado por: Josefina A. S. Guedes
Bibliotecária CRB 9/870

Milezzi, G. C.
M643z Zaphir : a guerra dos magos / G. C. Milezzi.
2023 1. ed. – Curitiba : Appris, 2023.
380 p. ; 23 cm.

ISBN 978-65-250-4823-9

1. Literatura fantástica brasileira. 2. Magia. 3. Fantasia. I. Título.

CDD – B869.3

Editora e Livraria Appris Ltda.
Av. Manoel Ribas, 2265 – Mercês
Curitiba/PR – CEP: 80810-002
Tel. (41) 3156 - 4731
www.editoraappris.com.br

Printed in Brazil
Impresso no Brasil

G.C.MILEZZI

ZAPHIR

A GUERRA DOS MAGOS

Appris
editora

Para Michel e Gabriela do mundo real.

AGRADECIMENTOS

Luis Antonio Medeiros, cujo apoio foi fundamental para o início desta jornada.

Jean Milezzi, meu filho querido, que contribuiu com seu talento criativo e apoio em todas as etapas deste projeto.

Ana Esther Balban Pithan, pelo lindo prefácio a esta edição.

Lívia Stocco, que viu valor na primeira versão desta obra e me levou a acreditar.

PREFÁCIO

O que é realidade?

Quem sou eu para responder? Cientistas, quânticos ou não, debruçam-se em extenuantes pesquisas e debates entre seus pares para buscarem uma resposta a essa indagação que assombra o ser humano desde sempre... Eis que, graças à Arte, à Literatura, temos, escritores e leitores, a oportunidade de expressar teorias na prática por meio de uma aventura literária. *Zaphir: a Guerra dos Magos,* de Gilmar Milezzi, é uma obra que mexe com nossas crenças e questionamentos mais profundos sobre o que "realmente" é a realidade!

Para os leitores contemporâneos, o mundo virtual não é mais um mistério, uma vez que já vivemos nessa realidade... Defende-se hoje a existência de uma Consciência Quântica regendo o Universo como uma sinfonia na qual tempo e espaço se entrelaçam em não linearidade! Então, imaginarmo-nos dentro de um jogo de RPG não seria grande novidade. Porém, e se não for apenas um jogo? Um enorme drama a atormentar os personagens! Isso é fantasia, é ficção científica, delírio místico ou será uma antecipação de futuras capacidades paranormais humanas que nesse nosso tempo ainda não desenvolvemos?

Nada indiferente a tais conjecturas, o texto do livro *Zaphir* flui em ritmo acelerado, em vários níveis de leitura, não se trata apenas de uma sequência inocente de eventos. Permeando a aventura que se desenrola com os personagens principais e tantos outros personagens poderosos, há muita ação e divagação paralelas que intensificam ainda mais o desenvolver da trama. Gilmar Milezzi leva com maestria seus leitores por uma jornada psicológica do herói... e da heroína!

Oriundo de Tubarão e criado em Florianópolis, no estado de Santa Catariana, desde a adolescência, o autor parece mesclar num caldeirão *bruxólico* (herança dos imigrantes açorianos e suas lendas de bruxas?) toda a sua bagagem literária, seus conhecimentos de filosofia, misticismo, física, física quântica, psicologia, entre outros, para fermentar uma singular poção encantada. Pelos feitiços criativos da literatura, ele joga nas páginas de *Zaphir* essa poção, para nosso deleite...

Tenham consciência, pois, de que estão entrando numa ponte cósmica entre o planeta Terra e o mundo de Az'Hur. Uma vez iniciado o jogo, a jornada, a leitura... os leitores que o decidam, caberá a vocês vagarem pelas várias vias oferecidas por Gilmar Milezzi para o desfrute das inúmeras possibilidades de interpretações e proposições em cada esquina desse fantástico mundo fantasioso (ou hiper-real?). Seguramente, não haverá como voltar atrás.

Ana Esther Balbão Pithan

Escritora e mestre em Literatura em Língua Inglesa/Ufsc

SUMÁRIO

CAPÍTULO I

UMA GUERRA ENTRE A LUZ E AS TREVAS

O cenário era de total devastação. Tudo estava destruído num raio de quilômetros ao redor daquele outeiro. Andrômaco, Grão-Mestre da ordem dos Magos Celestiais, mal podia conter o sentimento de pesar que lhe apertava o coração, ao ver os corpos destroçados. Os cadáveres estavam espalhados por toda parte e aquela visão dantesca contemplava com parcimônia todos os envolvidos naquela guerra estúpida e sem sentido, como todas as guerras são.

— Grande Az'Hur! Como isso foi acontecer? — Ele se perguntou, já sabendo a resposta. Aquela tragédia tinha a assinatura de Thanatis, a deusa da morte. Seu desejo, de sobrepor ao deus da vida, dera início à sequência de eventos que culminaram num grande conflito entre nações.

Celebrar a morte fazia parte da natureza de Thanatis. A alma dos guerreiros mortos em batalha era o seu espólio de guerra, para desagrado do deus Az'Hur. Nem mesmo ele podia se insurgir contra o tênue equilíbrio entre o caos e a ordem naquele universo. Isso era algo que não preocupava a deusa da escuridão, cuja ambição era sempre maior que a prudência. Ela desejava impor sua vontade além do mundo sombrio que habitava e invadir o domínio da luz.

O mago caminhou entre os mortos e os destroços das máquinas de guerra do reino de Céltica. O seu sentimento era de total desalento. Nada poderia desgostá-lo mais do que a frivolidade inútil das guerras, mas deter Thanatis e sua jornada no mundo de Az'Hur era a missão dos Magos Celestiais, para restaurar equilíbrio cósmico da existência naquela dimensão.

Incapaz de permanecer fisicamente no mundo dos homens, a deusa da morte precisava de um receptáculo humano para sua essência vital. Por obra de Mordro, um mago renegado, a princesa Zaphira foi preparada para receber o espírito de Thanatis. Quando o sortilégio se completasse, sua natureza humana deixaria de existir. O processo seria longo e dependeria da aceitação de Zaphira, à medida que seu espírito se deixava corromper pelo poder que emanava da entidade, cuja possessão se iniciava. A única forma de detê-la seria matar a menina, mas Andrômaco relutava em fazer isso. Matar não era de sua natureza.

Em companhia de um dos membros do círculo interno da Ordem, Andrômaco caminhou entre os escombros, a procura de sobreviventes. Para todos os lados que olhava, só via morte e destruição. Não tardou para encontrar o corpo de seu amigo Anaxie, velho companheiro de antigas jornadas místicas e seu braço direito. Quase nada mais lhe poderia ser tão doloroso naquele momento.

Felizmente, seu filho Garth se encontrava em segurança na torre de Antária, o castelo dos Magos Celestiais, mas isso não diminuía o pesar que sentia pela morte do amigo e de tantas outras vidas desperdiçadas.

— Como isso foi possível? — Andrômaco se perguntou novamente. A visão daquele campo de batalha o fazia questionar a sanidade dos deuses, ou mesmo a legitimidade de suas decisões.

— Quem pode saber da vontade dos deuses? — Disse o mago que o acompanhava, um fervoroso adorador das entidades divinas que regiam aquele plano existencial. — Tudo o que podemos fazer é acatar, não é? Qualquer outra atitude seria blasfêmia.

Andrômaco nada respondeu. Conhecia aquele mago o suficiente para não cair na armadilha de uma discussão inútil. No entanto, sua mente fervilhava de dúvidas e elas não se referiam apenas à vontade de deuses caprichosos. Naquele momento, só tinha forças para prantear os mortos. Tanto de um lado quanto de outro. Muitos dos seus centauros guerreiros jaziam naquele cenário sombrio. Alguns ele conhecia desde que haviam nascido. Tinha acompanhado seus primeiros trotes pelas planícies de Antária.

Para cada centauro guerreiro morto, havia cerca dez oponentes trucidados. A deusa da morte deveria estar se regozijando em meio a tantas almas ceifadas. Seu exército sombrio não parava de crescer e Andrômaco pensou que Az'Hur poderia lamentar por não ter se envolvido de forma mais direta naquele conflito.

De repente, o Grão-Mestre da Ordem dos Magos Celestiais foi atingido por uma poderosa descarga de energia mística. Ele teria sido desintegrado, se não fosse quem era, mas ficou desacordado por um segundo. Onde estaria o mago que o acompanhava? Ele deveria ter coberto sua retaguarda, como mandava o procedimento. Talvez já estivesse morto, pensou, num último esforço para manter-se consciente.

Quando conseguiu abrir os olhos, Andrômaco a viu. Zaphira, ou melhor, o que sobrou dela, pairava diante de si. Precisava se concentrar nisso, ou não conseguiria fazer o que era preciso.

— Então, homenzinho tolo? Ainda acha que pode me desafiar?

— Sempre! — Ele respondeu com a convicção restaurada. A voz dela era de Zaphira, a aparência também, mas no olhar estava a verdade que Andrômaco percebeu. Thanatis falava com ele e, quando a deusa da morte falava com um mortal, era melhor esperar pelo pior.

— Você vai pagar pela afronta agora.

— Nada temo de você, deusa. A morte não me é estranha.

— Quem falou em morte, homenzinho? Tenho algo melhor para você. Minha essência habitará em sua carcaça patética e meus atos serão os seus, aos olhos das criaturas desde mundo. Em pouco tempo, Antária vai dirigir todo o seu ódio para aquele a quem acreditará ser o responsável por tanta desdita. Sua existência será extinguida, junto com sua lembrança, no coração dos homens.

— Parece um bom plano. — Respondeu Andrômaco, sem se abalar. Provocar a ira de Thanatis era tudo o que podia fazer, até que pudesse atacar. Infelizmente Zaphira pereceria, mas a única maneira para deter a deusa da morte, seria eliminar seu avatar no plano existencial do mundo de Az'Hur.

— Atreve-se a zombar de mim, homenzinho? Vou mantê-lo consciente em sua carcaça, enquanto devoro a alma do seu filho.

— Meu filho?

— Sim, mago. Seu filho será o meu próximo avatar, quando esta carcaça que habito se consumir, não é irônico?

O filho de Andrômaco estava fora do alcance de Thanatis, protegido por Az'Hur, mas a ameaça da deusa da morte provocou sua ira. Isso foi um erro pelo qual ele pagaria caro. Uma nova rajada de energia mística o atingiu, quando suas defesas ainda não tinham sido completamente restauradas. O impacto o fez sentir que sua alma estava sendo arrancada e ele lutou contra aquilo. Não a deixaria vencer, por mais doloroso que fosse resistir.

O mago sentiu que sua essência astral vagava por um limbo de natureza desconhecida. Precisava voltar ao corpo ou estaria perdido. Tentou concentrar-se na energia arcana que permeava todos os níveis de existência, mas Thanatis não lhe deu essa chance. Naquele plano, a deusa da morte se revelava em sua verdadeira aparência. Não precisava de Zaphira para estar ali. Ela o atacou mais uma vez e ele rodopiou sem controle.

Era o seu fim, ele pensou, quando algo o puxou por uma abertura interdimensional, que se abriu de repente. Andrômaco foi parar em outro plano existencial, longe da deusa da morte. Aquilo era obra de Az'Hur, ele conseguiu pensar. O deus, que parecia não se importar com os mortais, viera em seu socorro, afinal.

O mago já não rodopiava sem controle, mas não tinha a menor ideia de onde estava. Pensou estar só, mas havia presenças que não conseguia distinguir. Seriam os guardiões da magia? Não saberia dizer. Há muito que não os via, mas tentou concentrar-se nas entidades cósmicas que controlavam os muitos tipos de energia que regiam o equilíbrio da existência. Em resposta ao seu chamado, sentiu que eles se aproximavam e o envolviam numa espécie de redoma mística. Ele estava sendo restaurado dos danos causados pelos ataques de Thanatis.

Os guardiões não lhe falavam diretamente. Não que não pudessem fazer isso, mas evitavam falar com os mortais por razões que Andrômaco desconhecia. Nem sempre tinha sido assim, ele lembrava. Houve um tempo, quando ainda era um aprendiz, que fora levado pelo seu mentor ao plano de existência desses seres misteriosos, onde aprendeu a manipular a energia arcana de uma forma que não aprenderia por intermédio de outro mago. Nesse tempo, os guardiões falavam com ele. Alguns até se davam a liberdade de pregar-lhe alguma troça. Andrômaco logo descobriu que eles tinham um senso de humor semelhante ao dos mortais, mas que podia ser perigoso para ele, de modo que deveria se manter atento o tempo todo.

Guardiões da magia não se guiavam pelos conceitos humanos do bem e do mal, mas possuíam um poder incomensurável, comparado ao que possuíam alguns dos deuses que habitavam os planos existenciais superiores. Todavia, não eram deuses, propriamente. Alguns tinham sido mortais em suas origens e, de certa forma continuavam sendo. Embora vivessem por eras, não eram imortais.

Enquanto tecia essas considerações, Andrômaco sentiu que o fluxo de energia mística o arrastava. Ele não pertencia àquele plano e deveria voltar para o seu mundo, a fim de restaurar o equilíbrio cósmico entre os planos existência. Esse era o propósito dos guardiões da magia. Eles se asseguravam de que a teia de relações que mantinha o multiverso não fosse perturbada ou colocada em risco.

A travessia pelo atalho interdimensional foi rápida. Após um segundo de confusão mental, Andrômaco percebeu que estava de volta ao campo de batalha. Zaphira o olhava com ódio e preparava um novo ataque. Ele ainda estava indeciso sobre o que precisava fazer e isso deu a ela a chance que precisava. A rajada o atingiu em cheio, mas desta vez não causou nenhum dano.

— O quê? — Ela vociferou. — Como isso é possível?

O mago também estava surpreso. Deveria ter sido desintegrado, mas parecia imune ao poder de Thanatis. Não demorou muito para concluir que Az'Hur estava com ele naquela batalha.

— Já teve sua chance, Thanatis. É hora de voltar para o seu covil.

— Az'Hur está com você! Eu deveria saber que ele faria alguma coisa patética para tentar me impedir.

Era verdade. Andrômaco percebeu o poder fluir pelo seu corpo de uma forma que nunca havia sentido. O momento que ele mais temia naquela batalha havia chegado e ele teria que cumprir sua missão. Zaphira teria que ser sacrificada. Sem nenhum rito ou encanto especial, ele ergueu sua mão e desferiu o ataque. Zaphira gritou em agonia, mas Thanatis resistiu e não deixou seu corpo. O mago percebeu que conteve a força no golpe que desferiu. Aquele ato, por mais necessário que fosse, ainda o desgostava, mas tinha que ser feito.

Andrômaco desferiu um novo ataque, com toda a força de que era capaz, mas Thanatis recebeu uma ajuda inesperada e ele foi atingido por trás. Ainda conseguiu ver Zaphira desaparecer, embora não totalmente. A essência sombria da deusa da morte apareceu para ele, numa forma grotesca. O mago não conseguiu distinguir o que era, pois ele próprio desapareceu logo em seguida.

— Maldição! Zaphira desapareceu! — Exclamou Mordro, o mago renegado de Antaria, se revelando. Ele era o mentor de Zaphira e o regente do trono de Walka, o reino da princesa guerreira.

— Você chegou tarde, acusou o outro mago, que antes acompanhava Andrômaco. Agora tudo está perdido.

Mordro olhou para o mago traidor com desdém. Não confiava em seu aliado, mas ainda precisa dele, até entender o que tinha acontecido.

— Tudo perdido?

— Sim. Sem sua princesa, a deusa da morte não poderá mais existir neste plano, não é?

— Talvez. Mas a vontade de Thanatis é grande demais para ser contida. Algo me diz que ela ainda voltará a caminhar entre os homens.

— Se você diz... — Desdenhou o traidor de Antária. — Por hora, parece que essa guerra terminou sem vencedores, não é?

— Exceto você. Não tem do que reclamar. Com Andrômaco fora do seu caminho, Antária ficará em suas mãos. Não era o que queria?

— Ficaria, se a deusa da morte tivesse se apossado de Garth, o filho de Andrômaco. Os acontecimentos recentes também não me foram favoráveis. Ainda temos outras batalhas por travar.

Por mais que Mordro se desgostasse, havia fundamento nas palavras do traidor. Contudo, o mentor de Zaphira não pretendia reconhecer isso para o mago que havia traído o Grão-Mestre da Ordem dos Magos Celestiais, embora fosse ele próprio um mago renegado de Antária. Havia ali uma batalha de egos que não desejava perder. Então, sem mais nenhuma palavra, ele se foi. Desapareceu por um portal interdimensional, que havia conjurado sem muito esforço.

— Típico! — Exclamou o outro mago, cheio de empáfia, ao perceber que estava só.

O mago olhou com indiferença os mortos ao seu redor, antes de também desaparecer. Logo depois, um par de olhos vermelhos brilharam. A criatura vagou por entre os mortos, como um carniceiro a farejar os corpos dos soldados caídos em combate. Ele percorreu todo o campo de batalha, mas ignorava os cadáveres que jaziam no seu caminho. A criatura procurava outra coisa. O que poderia ser o início de um macabro festim, logo se revelou em algo ainda pior. De repente ele estacou, ao ouvir um gemido. Encontrara o que procurava, um soldado agonizando, mas ainda vivo.

Os olhos da criatura brilharam intensamente, quando quebrou o pescoço do soldado moribundo e sugou a alma do infeliz. Havia feito sua primeira vítima. Mais quatro soldados foram encontrados com vida e todos tiveram o mesmo destino. Suas almas foram arrebatadas para alimentar o monstro que surgira dos despojos de Zaphira e Thanatis. Tudo indicava que a deusa tinha encontrado uma forma de permanecer naquele plano, mesmo contra a vontade de Az'Hur. Entretanto, nem sempre o que parece ser, reflete o que realmente acontece. Tais conjecturas fervilhavam na mente de Bullit. Até aquele momento, o elfo parecia ter sido o único sobrevivente da chacina que havia acontecido ali, por estar envolvido numa batalha em outro plano.

Bullit, era um dos magos celestiais. Sua ascensão aos círculos internos da Ordem havia sido uma imposição de Andrômaco. A decisão do Grão-Mestre não foi completamente digerida pelos magos mais antigos e conservadores, de modo que o elfo nunca foi uma unanimidade entre seus pares. Apesar disso, em muitas ocasiões ele provou seu valor e logrou adquirir algum respeito, com o passar do tempo. Sobretudo, naquela última batalha, pelo menos até o momento em que havia sido derrubado pela primeira rajada mística desferida por Zaphira contra seu oponente. Ele estava muito próximo do mago, quando isso aconteceu.

O elfo não ouviu o diálogo entre o Mago traidor e Mordro. Nem mesmo havia visto o ataque traiçoeiro desfechado contra Andrômaco, mas viu o que surgira depois. Presenciou o monstro atacar alguns sobreviventes e se horrorizou por isso, embora não pudesse saber que o destino das vítimas era ainda muito pior do que podia perceber.

Após certificar-se de que estava só, o elfo fez uma busca tentando encontrar Andrômaco e Zaphira, ou pelo menos o que restasse deles. Não havia vestígio de nenhum dos dois e Bullit não pôde conter um lamento. Sim, lamentava por ambos. Lamentava por Andrômaco, velho companheiro de muitas jornadas místicas e, também, por Zaphira, uma jovem inocente, corrompida por um mago ambicioso e venal. Sabia que Mordro a havia induzido a ceder aos interesses de uma deusa sombria, que desejava caminhar entre os mortais. Bullit conhecia todos os detalhes daquela tragédia, mas isso não lhe servia de nenhum consolo. Antes, o consternava ainda mais.

Depois de algum tempo, sua busca se mostrou totalmente infrutífera. Ele nada encontrou, além de um cão enorme. Era um cão das sombras. Uma criatura que muitos acreditavam ser apenas uma lenda. Mesmo o elfo, não se lembrava de já ter visto um antes.

O cão o fitou demoradamente, antes de desaparecer na floresta. O elfo ficou só, entre os mortos daquela batalha. Ele conseguiu sobreviver, mas isso não o consolava pela perda de seus camaradas. A existência de repente havia se tornado um fardo pesado e ele desejou estar entre os mortos. Foi um desejo fugaz, naturalmente. Ele era um ser elemental que celebrava a vida e tinha uma jornada a cumprir, antes de voltar aos braços de Az'Hur.

CAPÍTULO II

SOBRE VITÓRIA, BEIJOS E ACONTECIMENTOS INSÓLITOS

O garoto segurava o taco sobre os ombros com aparente desenvoltura, apesar do seu porte franzino. O boné, com a aba virada para trás e a expressão atenta do olhar, não demonstravam o terrível medo que sentia de fracassar. Desajeitado, ele nunca tinha sido muito bom no jogo de taco, mas não queria decepcionar a parceira que o olhava da outra base, em serena expectativa. O olhar dela era firme e tranquilo, como sempre costumava ser. Contudo, isso não contribuía para infundir-lhe mais confiança. Na verdade, deixava-o ainda mais tenso. Isso tornava mais evidente, para si próprio, o contraste entre a segurança que ela demonstrava e a tremedeira que ele sentia nos joelhos.

De repente o menino percebeu que o olhar dela havia se desviado para o lançador. Havia chegado o momento de uma desgraça praticamente anunciada. O anticlímax o fez lançar uma prece silenciosa a todos os deuses que conhecia, mesmo tendo a convicção de que deuses não se importavam com o miserável destino de um simples mortal no jogo de taco.

O Lançador deu uma cuspidela para o lado e fez uma cara de mau. Era Jorjão, um garoto forte e agressivo, que estava disposto a arrasá-lo. Ser o melhor amigo da única garota da turma tinha lá seus percalços. Sua inaptidão para os esportes e a popularidade dela, tornava incompreensível a amizade entre eles.

A bolinha veio rápida em sua direção, mas ele teve a impressão de que ela vinha lentamente. O taco parecia feito de chumbo e ele o moveu com uma lentidão ainda maior, do que lhe pareceu o movimento da bolinha. Ela vinha certeira, mas não em sua direção, como pensava. O alvo de sua trajetória era o marco da base, uma lata vazia de óleo de soja posicionada logo atrás dele. Tinha que rebater aquele lançamento antes que atingisse a sua base, ou perderiam a posse dos tacos. Esse foi o seu último pensamento. O seu taco cruzou o vazio e o estalo oco da bola ao bater na lata feriu seus ouvidos. Com o impacto, a lata fez uma pirueta no ar e caiu no chão, junto com a sua dignidade.

Os garotos menores, que assistiam ao jogo da lateral do campinho, começaram a vaiá-lo.

— Michel é mariquinha! Michel é mariquinha! — Gritavam em coro, remexendo os quadris na tentativa de imitar o que lhes parecia o jeito de andar das meninas.

— Aí, bobão! Não vai pegar a bola? — Perguntou o lançador. — Vai perder, mesmo jogando com a Gabi.

Ele respirou fundo se afastou.

— Perdedor! — Ouviu, enquanto se virava para buscar a bola. Ele nada respondeu. Apenas ergueu os olhos, ainda apertados para não chorar de indignação. Não foi necessário procurar a bolinha, entretanto. Deu de cara com Gabriela, que o olhava sorridente com a bolinha na mão. Ela puxou seu boné sobre seus olhos e lhe deu um soco amigável no queixo.

— Não liga, não. É só um jogo. — Disse-lhe. — Mas ainda podemos ganhar.

Gabriela não parecia estar decepcionada, percebeu com alívio. A péssima jogada que fez já não lhe parecia agora tão atroz. Como ela conseguia isso? Gabriela o levava do céu ao inferno, com um simples olhar e umas poucas palavras. Meninas sempre lhe pareciam mágicas e enigmáticas, mas ela era algo mais. Com um leve suspiro afastou esses pensamentos e esperou não estar apaixonado. Já tinha problemas demais. Era sua vez de ser o lançador. Gabriela estava posicionada atrás do rebatedor e lhe gritava palavras de encorajamento.

— Vai, Michel! Lança essa bola, que ele não é de nada.

Isso ele podia fazer. Lançar a bola não era tão difícil quanto rebatê-la, achava. Fechou um olho e mirou na cintura do garoto que o havia humilhado na jogada anterior. Jogar a bola contra o corpo do rebatedor tornava mais difícil acertá-la corretamente. Se ela resvalasse para trás, o adversário perderia a posse do taco e a possibilidade de marcar pontos. Poderia até mesmo perder o jogo, se a bolinha derrubasse a base atrás dele.

Michel respirou fundo e lançou a bola com toda a força de que era capaz. O esforço foi tão grande que o seu cotovelo estalou como um chicote. Doía tanto que ele não chegou a ver o rebatedor pular para o lado ao mesmo tempo em que brandia o taco.

Foi uma batida seca e certeira, que mudou a trajetória da bolinha e ela voltou em sua direção. Instintivamente, Michel ergueu uma das mãos para proteger o rosto.

— Pega! — Gritou Gabriela no mesmo instante.

Quando a bolinha bateu na sua mão direita, Michel sentiu o impacto como se fosse atingido diretamente pelo taco do adversário. Mas apesar da dor, conseguiu segurá-la.

— Vitória! — Gritou ele com lágrima nos olhos, mas dor não era maior que sua alegria.

Ele não sabia como, mas conseguira! Agarrar a bolinha rebatida era a jogada final, era o xeque-mate, não importava quantos pontos o adversário tivesse acumulado. No último instante, tinha vencido o jogo e devolvido a humilhação sofrida.

Fitou a bolinha na mão dolorida ainda sem acreditar no que havia feito. Somente quando conseguiu tirar os olhos dela, é que percebeu o silêncio à sua volta. Os garotos que momentos antes o haviam vaiado, olhavam para ele com uma expressão incrédula. De repente, consciente do seu feito, Michel mandou uma banana para eles. Foi quando viu o rebatedor vindo em sua direção, segurando o taco e com cara de poucos amigos. O grandalhão era um mau perdedor e aquilo era encrenca na certa. Michel, que não se sentia nenhum herói, achou que era o momento de uma retirada estratégica. Mentalmente traçou uma rota de fuga, mas não foi necessário executá-la.

O Grandalhão não tinha dado mais que cinco passos em sua direção, quando foi atingido por uma lata de óleo de cozinha. Não foi um grande estrago, pois a lata estava vazia. Mas aquilo era um recado, e ele sabia de quem. Voltou-se e olhou irritado para Gabriela.

— E aí? — Ela o intimou, com as mãos na cintura.

O moleque devolveu-lhe o olhar de desafio, mas não se moveu. Já tinha tentado enfrentá-la em outra ocasião e o resultado foi um olho roxo e a vergonha de apanhar de uma garota, que só não foi maior porque Gabriela era mais que uma menina. Ela era um deles e todos sabiam disso. Como se isso não bastasse, sempre tinha a turma toda a seu favor. Aqueles pirralhos comiam na sua mão e a seguiam como cachorrinhos.

Após alguns segundos, que para Michel pareceram uma eternidade, o rebatedor largou o taco e saiu do campinho sob uma vaia ensurdecedora.

— Jorjão é mariquinha! Jorjão é mariquinha! Tira onda de machão, mas tem medo de menina! — Gritaram em coro os moleques que assistiam ao jogo, até que ele sumiu atrás da cerca de tábuas que circundava o terreno baldio.

Michel suspirou aliviado, mas sentia-se constrangido por ter sido defendido por uma menina. Sua reputação entre os garotos, que já não era grande coisa, ia sumir de vez.

— Você não precisava ter se metido. Protestou ele, sem muita convicção, ao vê-la aproximar-se.

— Claro que não! — Respondeu Gabriela com veemência.

Ele olhou firme para ela, a procura de algum traço de ironia em suas palavras, mas nada encontrou além do costumeiro olhar firme e resoluto.

— Mas somos parceiros, não somos?

— Sim. — respondeu ele, incerto.

— Além disso, você já tinha sido o herói do jogo. Deixe um pouco de glória para mim. — Ela falou, enquanto observava a turma se dispersar. Já era fim do dia e o sol não tardaria a se pôr no horizonte.

Ele sorriu lembrando o seu feito. Jamais conseguiria repeti-lo, mas ninguém precisava saber disso.

— Foi um grande jogo, não foi?

— Foi apenas um jogo. — Ela disse. — Mas ganhamos! Agora vamos procurar a bolinha para você guardar de lembrança. Onde a largou?

Michel não tinha a mínima ideia. O campinho atrás da base era obstruído por um matagal cerrado. Apesar de rasteiro, em alguns locais onde havia pés de mamonas, chegava a atingir dois metros de altura. Pôs-se a procurar a bolinha junto com ela, mas não acreditava que pudessem encontrá-la. Já haviam perdido muitas bolinhas ali. Apesar disso, Gabriela não era de desistir facilmente e, um momento depois, soltou um grito de triunfo.

— Achei! — Exclamou, sem tirar os olhos de uma mancha amarela entre o verde de uma touceira de capim.

Ela agachou-se e afastou a folhagem com todo cuidado para não deslocar a bolinha. Entretanto, ao tocá-la sentiu que havia algo errado. A bola estava dura e fria. Como se fosse de metal.

— Acho que me enganei. — Falou, enquanto erguia a bolinha para ver melhor. O aspecto parecia o mesmo, mas havia algo errado. Por reflexo, Gabriela tentou soltá-la, mas não conseguiu. Seus dedos não obedeciam.

— O que foi? — Perguntou Michel, que estava distante alguns metros.

— Não sei. — Ela respondeu, enquanto sentia a bolinha vibrar na sua mão.

Então, algo extraordinário aconteceu. Sob o olhar incrédulo da menina, a bolinha pareceu ganhar vida. Um par de olhos surgiu e a fitou de modo insolente. Em seguida apareceu uma boca, que se abriu e mostrou-lhe a língua.

— Menina levada! — Disse a bolinha com uma expressão zangada. — Volte para Walka! Volte!

— O quê?

— Volte para Walka! — Repetiu a bolinha. — Seu tempo neste mundo acabou.

A bolinha emudeceu e voltou ao normal, uma mistura de borracha e fibra sintética, sem nenhum vestígio da boca e dos olhos que haviam surgido momentos antes. Nesse ínterim, Michel aproximou-se.

— Você parece ter visto um fantasma.

— Você ouviu?

— O quê? Nossa! Você tá pálida como um lençol. O que aconteceu?

— Não sei. Por um momento achei que a bolinha tava falando comigo.

— Fala sério! — Disse ele irônico. — Você deve tá vendo desenho animado demais.

— Esqueça. — Respondeu ela sacudindo os ombros. Era o seu jeito de dizer que o assunto estava encerrado. Sua natureza prática não tinha muita paciência com coisas que não podia explicar.

— Tome sua bola e vamos embora.

Michel a conhecia o suficiente para saber que não devia insistir. Ia pegar a bola da mão de Gabriela, quando algo lhe chamou a atenção.

— Viu aquilo? — Ele perguntou, agitado.

— O quê?

— O mato se mexeu. Tem alguma coisa ali.

— Onde? Não vi nada.

— Ali. — Ele insistiu. — Naquela moita.

— Deve ser algum gato. — Disse ela, sem interesse.

Michel aproximou-se da moita e, de repente, um vento frio começou a soprar agitando o matagal. Folhas secas e outros detritos subiam em espiral dificultando a visão. Um pedaço de papel amarelo bateu na sua mão e ele o pegou por reflexo.

— O que é isso? — Perguntou Gabriela.

— Nada. É só um panfleto. — Respondeu, forçando os olhos para ler. — É sobre a inauguração de um sebo na rua do mercado velho.

— Que lugar estranho para uma livraria. Lá só tem lixo amontoado e ratos. Ninguém mais passa por aquela rua.

— Aqui diz que os primeiros visitantes ganham um brinde. A inauguração é hoje. Vamos lá?

— Tá doido? A minha mãe me mata se eu andar naquele lugar. E a sua também!

— Por favor, Gabi. A gente vai rapidinho. Ninguém precisa ficar sabendo.

— Não! Não tô a fim de encrenca.

— Vai perder a oportunidade de achar uns gibis antigos?

Michel atingira o seu ponto fraco. Sua coleção de gibis, herdada do pai, era sua paixão, e ela faria qualquer coisa para aumentá-la.

— Tá legal. Vamos conhecer esse sebo, mas só por um instante. Se eu não encontrar nada de bom, a gente se manda.

— Ok!

— Tá ficando mais frio. Acho melhor irmos de uma vez. Quero chegar à minha casa antes do anoitecer.

— Nem fala. Minha mãe fica muito aborrecida, quando eu me atraso para o jantar.

Gabriela sorriu descontraída. Isso ela podia entender. Horário para voltar para casa era uma implicância de todas as mães, inclusive a sua.

— Vamos pela rua de baixo, então. Assim, cortamos caminho para a rua do mercado.

— Tá. — Ele respondeu, mal contendo a satisfação.

Gabriela não disse mais nada, mas Michel sabia o que ela estava pensando e a contragosto concordou. O caminho sugerido por ela, poderia evitar algum contratempo. Era melhor não correr o risco de encontrar-se com o Jorjão por algum tempo. O sujeito demoraria a se esquecer daquele jogo e a afronta que havia sofrido.

Apressados, atravessaram a tábua solta na cerca e desceram pela rua do outro lado do campinho.

Quando eles já estavam distantes do matagal, o som abafado de passos leves, dissimulado pelo capim rasteiro, indicava que mais alguém, ou alguma coisa, estava ali. Pulava de um lado para o outro como se estivesse dançando. Soltava guinchos de satisfação e rodopiava freneticamente. Então, repentinamente o redemoinho de vento ganhou força e a elevou acima do solo, para depois sumir sem deixar nenhum vestígio.

Enquanto isso, os garotos chegavam finalmente à avenida principal. A rua do mercado velho ficava cerca de cinco quadras mais adiante. Gabriela caminhava em silêncio, como era de seu hábito. Michel, no entanto, ainda estava eufórico com a vitória no jogo de taco e queria conversar.

— Foi realmente um grande jogo, não foi?

— Sim. — Concordou ela de modo distraído. Sua atenção estava em um casal de namorados do outro lado da rua. A garota a percebeu e escondeu o rosto.

— Aquela não é a Valéria?

— Quem? — Resmungou Michel, mais interessado no seu próprio assunto.

— Aquela. — Apontou Gabriela. — Ali no muro se agarrando com aquele cara.

Michel levantou os olhos e fitou o casal de namorados, que de tão agarrados, mais pareciam ser uma única pessoa.

— É ela, sim. — Concordou. — E quem tá com ela é o Gino, não é? Aquele que você ajudou nos trabalhos de matemática.

— Sim! — Ela resmungou.

— O que foi?

— Nada!

Michel ia insistir no assunto, mas o tom enfático dela o fez desistir. Ele conhecia Gabriela há algum tempo, mas havia ocasiões em que não a compreendia.

— Cruzes! Parece que ela quer engolir ele inteiro. — Observou Gabriela, ao ver o longo beijo trocado pelo casal de namorados.

— Ela tá dando um beijo de língua nele.

— O quê?

— Beijo de língua! Ela tá enfiando a língua na boca de Gino. — Explicou Michel, com a convicção de um grande conhecedor do assunto. — Todo mundo, na escola, sabe que a Valéria gosta de dar beijo de língua.

— Que coisa nojenta! Eu é que nunca vou deixar alguém botar a língua na minha boca. — Desdenhou Gabriela. — Aquela pirralha assanhada deve pensar que já é adulta.

— Pois, para mim, ela já parece bastante adulta. Tem uns peitões!...

— Cale a boca! Você ainda não tem idade para ficar reparando nessas coisas. — Falou Gabriela, exasperada, ao mesmo tempo em que cruzava os braços sobre o próprio peito, na tentativa de ocultar a ausência dos atributos que a outra menina parecia exibir com orgulhosa desenvoltura.

— Ora, eu reparo nisso desde que era um bebê.

— Provavelmente por outra razão. Agora cale a boca e trate de andar mais depressa. Está ficando tarde.

Ela encerrou-se no seu mutismo habitual, quando queria encerrar um assunto. Michel, como de costume, tentou respeitar seu silêncio. Contudo, percebeu que havia contribuído de algum modo para o desconforto que Gabriela sentia e isso, mais que tudo, o incomodou.

— Gabi? — Chamou, depois de algum tempo.

Gabriela resmungou algo que parecia perguntar o que ele queria.

— Sabe de uma coisa? Eu também nunca vou querer saber de beijo de língua. — Declarou ele, ensaiando uma cômica expressão de nojo, não muito convincente.

Gabriela, alguns centímetros mais alta, o enlaçou pelo pescoço sem parar de andar.

— Repita isso quando for mais alto que eu, pirralho. — Falou, dando--lhe um beijo no rosto. Em seguida saiu correndo pela calçada, desafiando-o a alcançá-la.

— Espere para ver! — Gritou ele, respondendo ao desafio. Logo eles eram apenas manchas difusas que viraram a esquina um quilômetro adiante.

Vinte minutos depois, Gabriela e Michel estavam diante da loja de livros usados, situada no outro lado da rua. A fachada do prédio não impressionava muito. A parede, enegrecida pelo tempo, deixava perceber muito pouco da pintura original, enquanto horrendas esquadrias de madeira ordinária e remendos de cimento haviam se incumbido de desfigurar quase completamente aquilo que deveria ter sido um belo sobrado, no século XVIII.

No alto da fachada ainda havia vestígios da cornija que, um dia, tinha sido cuidadosamente moldada na argamassa de barro, areia e óleo de baleia.

Tudo que se podia perceber agora, no entanto, era uma edificação de aspecto decadente, quase em ruínas, parecendo assombrada por espectros errantes, foragidos de uma época distante.

Os garotos olharam para o prédio com uma expressão indecisa. A decadência daquela parte da cidade parecia não os querer ali. Em qualquer direção que olhassem só conseguiam perceber sinais de que não deveriam estar naquele lugar. Pessoas mal-encaradas os fitavam de maneira hostil e dissimulada. Até o vento, que soprava pelas frestas dos prédios abandonados, parecia dizer-lhes para se afastarem dali. Se não fosse pela luz do dia, teriam a impressão de que vampiros e lobisomens sairiam daqueles prédios em ruínas para atacá-los a qualquer momento. Mesmo assim permaneceram onde estavam, como se houvesse algum estranho fascínio naquele lugar, que se sobrepunha a sensação de que seria melhor voltar atrás.

Finalmente, como se atendesse a um impulso, a menina murmurou algo e o garoto aquiesceu com um gesto. Em seguida, eles atravessaram a rua e se aproximaram da porta do prédio.

— Tem certeza de que é aqui? — Perguntou Gabriela, ao olhar para a porta empenada. A dúvida era pertinente. Definitivamente, aos olhos deles, aquele lugar não parecia uma livraria recém-inaugurada.

— O endereço confere. — Respondeu Michel, consultando o panfleto.

O texto, impresso em um tipo de letra rebuscado e de difícil leitura, prometia um brinde especial para quem comparecesse à inauguração e o apresentasse na entrada. Tinha também um destaque anunciando uma seção especial dedicada a gibis antigos. Justamente o que convencera Gabriela a ceder aos apelos de Michel, apesar da ideia de vir para aquele lado da cidade não ter lhe agradado muito.

— Não sei, não... A porta tá fechada. Não tem nenhuma placa, nem nada que indique que isso é uma livraria.

— Vai ver que eles não tiveram tempo de pôr placa. Olha lá! Tem um cartaz dizendo que a loja está aberta. — Gritou Michel, apontando a pequena vidraça da janela da porta.

— Cartaz? Mas eu não vi nenhum cartaz!

— Mas agora tem.

— Mas eu tenho certeza de que não... Deixa pra lá! — Ela exclamou impaciente.

Michel aproximou-se da porta e olhou para dentro através dos vidros empoeirados da pequena janela gradeada. Seus olhos, entretanto, acostumados com a claridade da rua, não podiam enxergar muita coisa na penumbra do interior da loja.

— Tá escuro lá dentro.

— Vamos entrar. — Disse Gabriela, apoiando-se em suas costas.

— Não empurra, pô! — Exclamou Michel. Ele encostou-se na porta, que se abriu um pouco e raspou no assoalho.

— E agora?

— Vamos entrar. — Repetiu ela, empurrando a porta. As dobradiças enferrujadas produziram um desagradável rangido metálico, que mais parecia um lamento. Após um segundo de hesitação, eles entraram. Nos fundos da loja soou um gongo anunciando a presença deles.

— Pensando bem, é melhor a gente ir embora daqui. — Disse Michel, assustado com o aspecto tétrico e o cheiro de mofo do interior da loja.

— Vai amarelar agora? É só um gongo. — Retrucou Gabriela. Respirando fundo, ela perscrutou as prateleiras repletas de livros e revistas. Atrás do balcão havia pilhas de publicações em todo o espaço disponível até os fundos da loja.

— Parece que não entra ninguém aqui há séculos. — Sussurrou Michel, como se temesse acordar algum fantasma.

— Fica quieto! Parece que ouvi alguma coisa.

Aos poucos, o som de passos arrastados se tornou mais nítido.

— Tem alguém vindo para cá! — Exclamou Michel, apavorado com a possibilidade de um vampiro surgir da penumbra e pular no seu pescoço.

Com os olhos fixos no corredor formado pelas estantes empoeiradas, eles viram uma sombra se projetar, enquanto o ruído dos passos soava mais próximo. De repente, um anão surgiu e olhou para eles. Tinha a pele escura e grandes olhos arregalados. Na penumbra do estreito corredor, aquela criatura não parecia real. Era uma figura estranha, que se equilibrava numa única perna. Com pulinhos rápidos, e incrivelmente ágeis, a criatura avançou pelo corredor e aproximou-se deles, pelo lado de dentro do balcão. A claridade esmaecida, proporcionada pela luz que penetrava pela vidraça da porta não ajudou muito a aparência estranha daquele ser tão singular, semioculto nas sombras projetadas pelas prateleiras. Usava uma carapuça vermelha na cabeça totalmente calva. Um cachimbo fedorento, cuja brasa parecia há muito ter se apagado, pendia da boca torta, de lábios grossos e desproporcionais. Ele se aproximou do balcão com um arremedo de sorriso, que punha à mostra os dentes tortos e amarelados.

— Ora, mas que surpresa agradável! Clientes, finalmente.

— Oi. Viemos por causa do anúncio. — Disse Gabriela, esforçando-se para não rir ao ver o anão apoiar o queixo no balcão e olhar para eles com a expressão astuta de um mercador, uma cena que ela lembrava vagamente já ter visto em algum filme antigo.

— Sim, a inauguração. Infelizmente estou atrasado com os preparativos. Como veem, ainda há muito por fazer. — Disse o anão, indicando as pilhas desordenadas de livros e revistas.

— Então voltaremos outro dia. — Falou Michel, dando meio volta.

O anão soltou um risinho esganiçado.

— Bobagem! Isso aqui nunca estará completamente ordenado mesmo. O que é um sebo, sem um pouco de poeira, ácaros e bagunça, não é mesmo? Aproximem-se garotos. Não tenham medo, não vou devorá-los.

— Promete? — Retrucou Michel, fazendo troça do próprio medo.

— Sim, sim! O médico me proibiu de comer entre as refeições.

Gabriela e Michel olharam um para o outro, não muito convencidos.

— Brincadeirinha! Sejam bem-vindos ao meu humilde estabelecimento.

— Quem é você? Perguntou Michel, sem muita sutileza, escondendo-se atrás de Gabriela.

— Eu me chamo Icas. Um humilde livreiro, ao seu dispor. — Declarou o anão, em tom solene.

Michel percebeu o significado do anagrama, mas pensou estar imaginando coisas e preferiu ficar calado. Aquele sujeito era muito estranho e talvez fosse melhor não abusar da sorte.

— Então, meus jovens? O que posso fazer por vocês?

— Queríamos conhecer a loja. — Falou Gabriela, finalmente.

— Excelente! É sempre um prazer ver jovens interessados em ler. A leitura abre a mente, vocês sabem. Pode transportar-nos para outras épocas, outros mundos. Disse o anão, com os olhos arregalados e insanos. Amedrontado, Michel recuou alguns passos.

— Entrem, entrem. — Convidou Icas, abrindo a portinhola do balcão. — Não devemos deixar os livros esperando.

— Acho que já é muito tarde. — Balbuciou Michel, sem apreciar muito a ideia de andar por entre aquelas prateleiras seguindo um anão de aspecto sinistro e que, ainda por cima, parecia um saci.

— A gente volta outro dia. — Concordou Gabriela. Algo que não era muito frequente, mas ela estava tendo um mau pressentimento. Não era de se impressionar facilmente, mas o anão e aquele lugar pareciam ter saído de um filme de horror.

— Tolice! Só levará alguns minutos. Além do mais, vocês já se deram ao trabalho de vir até aqui, onde vão encontrar preciosidades que não existem em nenhum outro lugar. Vieram ao lugar certo, meus jovens. Ouçam os livros. Eles falarão com vocês, se souberem escutá-los. Mas... Isso você já sabe, não é, queridinha?

Aquilo era muito estranho. Gabriela sempre fantasiara a possibilidade dos personagens dos livros que lia falarem com ela, mas nunca havia contado isso para ninguém.

— Não tenham medo de Icas e seus livros. — Repetiu o anão em tom persuasivo.

Após uma breve hesitação, eles atenderam ao convite.

— Está bem, mas só um pouquinho. — Declarou ela, já querendo voltar atrás.

— É apenas um momento. — Prometeu o anão. — Um breve momento, mas que poderá mudar toda a sua vida... Pelo menos a vida que você conhece. — Completou Icas, soltando novamente a sua risadinha esganiçada e sinistra.

Gabriela sentiu um arrepio ao ouvir aquelas palavras, como se elas pudessem encerrar uma previsão sombria. Mudanças nem sempre eram bem-vindas em sua vida, visto que algumas delas significaram perdas dolorosas. Desde a morte de seu pai, ocorrida após uma longa batalha contra um câncer linfático, jamais havia deixado de tentar controlar os acontecimentos. Deter o controle das situações que vivia fazia parte de sua natureza desde que tomara consciência da fragilidade da existência.

— Aqui vocês encontrarão gibis antigos, livros e revistas de todos os lugares e de todos os tempos. — Falou Icas com a pompa de um grande mercador.

— Tem gibi de terror antigo? Perguntou Gabriela, pensando nas histórias que o seu pai lhe contava, para desgosto de sua mãe. Ela nunca desistia de lhe incutir o gosto pelos clássicos da literatura juvenil. Algo que conseguia eventualmente, apesar da concorrência desleal das histórias em quadrinhos, que era uma influência paterna.

— Mas, claro! ... — Exclamou Icas, procurando uma estante com o olhar. Ao localizá-la, arrastou um tamborete e pulou sobre ele com uma agilidade que já não surpreendia. — Veja só que preciosidades. O seu pai iria adorar.

Apesar de pensar no seu pai com frequência, ela não tinha falado nele. Ou tinha? Devia estar se deixando levar pela imaginação, provocada pela estranha atmosfera daquele lugar e pela presença daquele sujeitinho esquisito.

— Temos *Kripta do Terror, Terror Negro, Drácula, Mirza, Frankstein, a Múmia, Lobisomem*... E outros que nem eu conheço. — Falou Icas, puxando os exemplares da prateleira e pondo nas mãos de Gabriela.

— Acho que já chega. — Ela disse. Não queria correr o risco de ter toda a estante em suas mãos. Encostou-se numa delas e pôs-se a olhar as capas dos gibis. Sem conseguir decidir-se qual levar, lamentou ter trazido pouco dinheiro.

Aquelas revistas, com suas capas coloridas e títulos chamativos, tinham o poder de provocar-lhe as lembranças de momentos felizes de um passado recente, quando ela e seu pai se esparramavam pelo sofá da sala com uma pilha de gibis em uma silenciosa cumplicidade.

— Tem algum gibi do Flash Gordon? — Perguntou Michel.

Secretamente, ele era um fã entusiasmado das curvas vertiginosas de Dale Arden, descoberta nos gibis antigos do aventureiro espacial.

— Naturalmente, meu jovem. — Respondeu Icas, com uma gentileza fria e calculada. Ele parecia já ter elegido Gabriela sua cliente favorita e Michel apenas um incômodo — O que você não encontrar aqui, não existe em qualquer outro lugar.

Mudando de estante, o anão começou a puxar as revistas.

— Puxa! — Exclamou Michel, lendo os títulos que lhe caíam às mãos. — O Globo Juvenil, Mandrake, Ferdinando, Fantasma, Brucutu...

— Flash Gordon, você disse? Aqui está. — Icas falou, enquanto mostrava a revista.

Michel estendeu a mão para pegar a revista, mas o anão o ignorou e começou a folhear o gibi ele mesmo.

— Eu gosto muito dessa história — Disse ele, com satisfação. A noiva do Flash foi raptada pelo Imperador Mingo. Você gosta de Dale Arden, não gosta garoto?

— Hã? Sim. — Respondeu Michel, surpreso. O sujeito parecia ler os seus pensamentos e aquilo o incomodou.

— Que curvas! — Exclamou Icas, sem se importar com o seu constrangimento.

— E o brinde? — Perguntou Michel, mudando de assunto.

— Brinde?

— Sim. O panfleto prometia um brinde especial para quem visitasse a loja hoje.

— Ah! Sim, o brinde.

— Uma carapuça como essa seria legal. — Disse Michel, estendendo a mão para a cabeça de Icas.

— Não toque nisso! — Exclamou o anão, furioso.

Assustado, Michel encolheu-se contra a prateleira às suas costas. Entretida com uma revista de terror, Gabriela nada percebeu.

Com seus pulinhos ligeiros, o anão avançou pela parte escura do corredor e desapareceu atrás de uma prateleira.

— Após seiscentos anos, eu ando um pouco esquecido.

— Ele tá só brincando. — Disse Gabriela, que finalmente tomou conhecimento do olhar assustado de Michel.

— E você, princesa? Não está interessada no brinde? — Perguntou Icas, retornando com uma pequena caixa plástica nas mãos.

— Claro que estou! — Exclamou ela, sem tirar os olhos da revista. — Qual é o nosso brinde? Espero que não seja um anel de plástico.

— Anel de plástico? Não, não... O que tenho para vocês é algo especial, acreditem. — Disse o anão, antes de estender a caixinha para ela. — Aqui está o brinde, com os cumprimentos da casa.

— O que é isso? Perguntou Gabriela, sem se mover.

— O que é isso? — Repetiu Icas, com uma expressão velhaca. — Isso, minha jovem, é apenas o DVD do melhor jogo de RPG para computador jamais produzido em todos os tempos.

— Um jogo de RPG? — Gritou Michel, entusiasmado, ignorando a mídia ultrapassada.

— Ora! Vejo que temos um conhecedor aqui — Disse Icas, ocultando uma breve irritação, que se desvaneceu num sorriso torto.

— Zaphir. Falou Gabriela, lendo por cima dos ombros de Michel.

— Nunca ouvi falar desse jogo. — Disse Michel, desvencilhando-se de Gabriela.

— Naturalmente. Não existe outra cópia.

— Se este jogo é tão bom, por que nunca foi comercializado? — Perguntou o garoto, que entendia realmente do assunto e sonhava se tornar um criador de jogos eletrônicos.

— Porque esse não era o propósito do seu criador, acredito. Talvez ele o tenha desenvolvido para o seu próprio deleite. Quem pode saber o que se passa na cabeça desses malucos? O fato é que o sujeito nunca autorizou nenhuma cópia.

— Talvez um dia ele mude de ideia. — Disse Gabriela.

— Não creio que isso seja possível. O criador desse jogo não está interessado nas possibilidades mercantilistas deste plano existencial.

— Como este DVD veio parar em suas mãos? — Perguntou Michel.

— Ele me foi dado em troca de uma antiga dívida, digamos assim.

— Então o jogo lhe pertence. Por que você não o comercializa? Isso aqui pode valer uma fortuna.

— Tenho minhas razões para não contrariar os desejos do criador. Sei que estou perdendo dinheiro, mas no fundo... Bem lá no fundo, sou um sentimental, sabem? E depois, a posse do DVD não me torna o possuidor do jogo, não é mesmo? Além do mais, é impossível fazer cópias dele. — Completou enfático.

— Tem razão. — Condescendeu a menina. De repente, ela achou melhor encerrar o assunto. Após escolher três das revistas que havia visto, ela perguntou quanto devia.

— Eu quero essas aqui. — Falou Michel, mostrando as revistas que havia escolhido.

— Vejamos... Vinte e dois e cinquenta. — Respondeu Icas, após um rápido cálculo mental.

— Só? — Exclamaram quase em coro. Aquelas revistas antigas deviam valer pelo menos cinco vezes mais.

— Promoção de inauguração.

— Legal! — Exclamou Michel, escolhendo mais uma revista.

Enquanto ele pagava, Gabriela dirigiu-se para a porta. Sentia uma necessidade urgente de sair dali.

— Ei! Espere por mim. — Gritou Michel, vendo-a passar pela porta.

— Parece que sua amiguinha está com pressa. — Comentou Icas, com um sorriso torto.

— Mulheres! — Exclamou o garoto, antes de sair atrás dela.

Piscando os olhos com a claridade da rua, ele foi ao encontro de Gabriela. Ela o esperava impaciente do outro lado da rua.

— O que deu em você? — Perguntou, sem entender a atitude dela.

Sem responder, ela começou a andar.

— Tem algo de sinistro nesse lugar. — Disse depois de olhar novamente o sobrado, que foi ficando para trás.

— Também senti isso, mas você não parecia tão assustada lá dentro.

— Tem coisas que eu sinto às vezes. Coisas que você não iria compreender.

— Isso eu posso entender. O sujeito parecia um personagem de filme de terror.

— Aquele lugar todo parece ter saído de um pesadelo. Eu senti um calafrio quando entrei. Era uma sensação ruim, mas logo passou. Quando o anão trouxe o DVD, voltei a sentir a mesma coisa, só que mais forte.

— Acho que você ficou muito impressionada com o anão.

— Eu? Fala sério! Você é que tava se borrando de medo daquele duende.

— Ele parecia um saci, isso sim. Com aquela carapuça vermelha e cachimbo na boca...

— É mesmo! Além de tudo, o infeliz é perneta. Só faltou ele se chamar Saci.

— Não faltou.

— Como assim?

— Icas é saci ao contrário, não percebeu?

— Credo!

De repente um vento frio começou a agitar os galhos das árvores próximas. Eles apressaram o passo e se afastaram rapidamente da rua do mercado velho. Imersos em seus próprios pensamentos, seguiram em silêncio. Cada um por seus próprios motivos.

Algumas quadras antes, o sobrado ocupado pela loja de livros usados dava a impressão de estar ainda mais velho e decadente. Nada havia no seu interior, além de alguns trastes, poeira e lixo espalhados no assoalho apodrecido. O sobrado não estava totalmente vazio, entretanto. Nos cantos quase escuros, alguma coisa parecia se mover e sua sombra subia pelas paredes, desvanecia e dava lugar a outras que surgiam do nada, como um caleidoscópio de imagens monocromáticas. Com efeito, parecia não haver nenhuma presença física, mas algo estava ali, intangível e maligno.

CAPÍTULO III

SOBRE PERDAS E NOVAS DESCOBERTAS

Gabriela já estava na sala de aula, e o percebeu assim que ele entrou. Entretanto, Michel não a viu. O professor designou-lhe um assento no outro lado do recinto e ele fez o possível para não olhar para ninguém. Só queria sentar-se e permanecer invisível, como sempre fazia. Mas isso não aconteceu.

Para sua sorte, ou falta dela, Jorjão se sentava próximo do único banco vago e tentou fazê-lo tropeçar, quando passou perto.

A aula era de ciências e o professor fez uma pergunta dirigida ao seu arqui-inimigo.

— Já que você está tão cheio de energia hoje, poderia nos explicar o que é sublimação?

— Eu?

— Sim. Você, que parece só saber usar o cérebro, que a natureza lhe deu, para fazer asneiras e desrespeitar minha aula.

A sala ficou quase em silêncio, exceto por algumas risadinhas.

O garoto ficou vermelho e procurou apoio entre seus companheiros de travessuras. Tudo o que encontrou foram olhares desencontrados.

— Responda à pergunta, por favor.

Como o moleque permaneceu calado, o professor se dirigiu à classe.

— Alguns dos senhores aqui presente teria a gentileza de contribuir com a nossa aula, compartilhando seu vasto conhecimento conosco?

O professor fitou cada um dos alunos e todos baixavam o olhar, para sua tristeza e frustração. De repente, voltou-se para Gabriela, esperançoso. Ela nunca o decepcionava e saberia responder.

— Talvez você possa responder à minha pergunta.

Gabriela, entretanto, não gostava de chamar atenção para si e sabia que não deveria contribuir para aquela situação, embora não gostasse de Jorjão e lhe agradasse vê-lo fazendo papel de bobo.

— Não sei professor, desculpe.

O mestre a olhou por um breve instante, mas nada disse.

— Alguém sabe responder à pergunta que fiz ao Jorjão? — Perguntou novamente. Sem resposta, consultou a lista de chamada.

— Quem é Michel?

Quase imediatamente todos os olhos se voltaram para ele.

— Talvez você possa nos agraciar com um pouco do seu conhecimento. Você sabe responder à pergunta?

— Sublimação é a passagem do estado sólido para o gasoso sem passar pelo estado líquido. — Respondeu Michel, já arrependido do que tinha feito, ao ver o olhar de ódio de Jorjão sobre si.

— Muito bem. Parece que ainda há esperança para a humanidade, afinal. — Disse o professor satisfeito com a resposta de Michel.

O sinal do intervalo soou e todos os alunos se levantaram imediatamente, aliviados em sair da sala de aula. Gabriela procurou Michel depois de arrumar seus cadernos, mas ele já havia sumido de vista.

Uma confusão se instalou no pátio da escola, quando alguns garotos cercaram um dos alunos. Gabriela se aproximou e viu Michel ser espancado e jogado de um lado para o outro, pisoteando o conteúdo de sua própria mochila, espalhado no chão.

— Olha só o espertalhão. Tá ficando tonto. — Disse um dos garotos, empurrando-o para Jorjão.

Michel foi agarrado pelo colarinho e sacudido como um boneco.

— Não vai se defender, Mariquinha? — Falou o moleque, erguendo o punho fechado.

Ele não chegou a desferir o golpe. Levou um violento tapa na orelha. Ainda zonzo e incrédulo, virou-se para o seu agressor. Deu de cara com Gabriela, mas não teve tempo de reagir e se proteger do violento soco no estômago.

Os outros garotos fizeram menção de atacar, mas o olhar feroz dela os conteve por tempo suficiente para chegada de alguns professores. Michel foi levado para a enfermaria e, felizmente, os hematomas eram mais feios do que graves. Todavia, os pais dele não se conformaram em ver o filho agredido e exigiram uma punição severa para os agressores, que foram todos suspensos por quatro dias e obrigados a prestar serviços de limpeza e manutenção na escola. Quanto à Gabriela, ela recebeu um dia de suspensão por ter se envolvido na briga.

Quando ela saiu do gabinete da direção da escola, as aulas já haviam acabado. Gabriela pegou seu material escolar e saiu pelo corredor deserto. Ao passar por uma samambaia, pensou ter ouvido um chamado. Voltou-se rapidamente, mas não viu ninguém. Virou-se para ir embora e, novamente, ouviu uma voz. Ela girou novamente o corpo, mas a única coisa que viu foi a samambaia.

— Quem está aí?

Não houve resposta.

— Essa brincadeira não tem graça. — Disse ela, irritada.

Foi então que ouviu uma risadinha. Contendo sua apreensão, ela se aproximou. esperava encontrar o engraçadinho, embora a samambaia não fosse grande o bastante para ocultar alguém. Também não parecia haver nada de errado com a samambaia, mas Gabriela tinha quase certeza de ter ouvido uma voz. Gostaria de procurar o engraçadinho, mas já estava encrencada demais para se envolver em outra briga e desistiu. Foi embora com pensamentos sombrios e inquietantes em sua mente. Não era a primeira vez que coisas estranhas lhe aconteciam.

Por conta da agressão sofrida, Michel ficou também dois dias em casa, enquanto seus pais cogitavam a possibilidade de levá-lo para outra escola. Essa intenção não se concretizou porque ele insistiu que desejava continuar lá, embora se negasse a dizer o motivo.

Quando Gabriela chegou à sua casa, encontrou sua mãe a esperando na sala. Aparentemente, alguém da direção da escola, já comunicara o envolvimento dela na ocorrência em sala de aula.

— Você tem algo para me contar? — Perguntou a mãe, olhando fixamente para ela. Havia no seu olhar uma expressão que indicava decepção e desagrado.

Gabriela desviou o olhar. Ela nunca se sentia plenamente à vontade com a mãe. Parecia que a forte ligação e afinidade com seu pai tinham tornado sua mãe um parente distante.

— Tem uma carta para você. — Disse ela, esquivando-se da pergunta.

A mãe pegou a carta da escola e leu em silêncio. Gabriela tentou decifrar sua expressão durante a leitura, mas nada pôde concluir. Ela se mostrava fria e distante como sempre tinha sido.

— Você bateu num colega de aula para defender outro?

— Sim, mas...

A mãe a interrompeu secamente.

— Você não poderia ter resolvido isso de outra maneira? Seu pai nunca foi muito sensato, mas se esforçava para lhe passar a forma correta de lidar com situações como essa, não é mesmo?

A menção ao pai a entristeceu, embora não acreditasse que tivesse realmente feito algo de errado, como sua mãe parecia crer. Mesmo assim tentou se explicar.

— Não havia tempo para conversa. Michel já estava sendo espancado quando eu cheguei. Eram quatro brutamontes contra um menino magrinho e ele já estava bem machucado.

— Por que não chamou um segurança da escola?

— Segurança? A escola só tem um velhote que se esconde em algum lugar quando há problema.

A mãe ficou em silêncio por um momento. Parecia refletir sobre suas explicações.

— Você fez o que devia ter feito, então. Como está o garoto que apanhou de você? Ficou muito machucado?

— Só no orgulho, eu acho. Ele é muito grande e gordo... Não é fácil acertar um bom golpe. — Respondeu Gabriela em dúvida se deveria ter respondido à pergunta. — Exceto pela orelha que deve estar ardendo até agora.

A mãe não fez nenhum comentário sobre o que ela tinha falado. Ao invés disso, fez-lhe outra pergunta.

— Como Michel está, depois de tudo isso?

— Não sei. Perdi-o de vista quando o levaram para a enfermaria.

— Você ficará de castigo por três dias, sem videogame e sem sair de casa.

— Mas eu queria ver como está o Michel.

A mãe sabia que a filha tinha uma preocupação genuína com o amigo e, intimamente congratulou-se por isso. Gabriela tinha um senso de responsabilidade raro para sua idade e isso a orgulhava, embora não demonstrasse abertamente para ela.

— Está bem. Amanhã você vai até a casa dele e me traz notícias do seu estado. Mas não demore e volte diretamente para casa.

— Obrigado, mamãe.

— Não me agradeça. Depois você ainda vai cumprir o castigo. — Disse a mãe, saindo da sala.

No dia seguinte ao acontecido, Gabriela foi visitar Michel. Ele ficou radiante. Geralmente, além de seus pais, ninguém costumava se importar com ele.

— Obrigado pela ajuda. — Disse ele, num agradecimento sincero.

— Não foi nada. Eu costumo espancar aqueles garotos na hora da pausa. Acho que eles gostam disso.

Ele a olhou em dúvida.

— Brincadeirinha. — Disse ela, rindo de sua expressão interrogativa. — Então, como você está?

— Tô bem. Só dói quando levanto a sobrancelha.

Ela riu de novo. Gabriela não era exatamente uma menina bonita, mas tinha um sorriso lindo, pensou ele, embaraçado.

— Você sabe por que aquele idiota bateu em você?

— Não lembro direito. Acho que começou quando um deles pegou minha mochila e outro o meu lanche. Depois disso só levei pancada de todo lado, até que você chegou.

— Ele se sentiu humilhado porque você respondeu à pergunta que ele não soube responder. De agora em diante guarde seus conhecimentos para as provas e evite chamar muita atenção em sala de aula.

— Era o que eu estava tentando fazer, mas o professor cismou comigo.

— Bom, com aqueles que te bateram acho que você não precisa mais se preocupar dentro da escola, mas tome cuidado quando voltar para casa.

Michel encolheu-se no sofá. Enfrentar novamente aqueles moleques arruaceiros não era uma perspectiva muito animadora, mesmo para alguém acostumado a ser saco de pancadas.

Para Gabriela, Michel era um tanto petulante demais para o mundo hostil em que viviam, mas era seu amigo, a despeito daquele jeito nerd de ser. Ele não era como os garotos estúpidos com os quais estava acostumada a lidar e que sempre tentavam boliná-la durante os jogos de futebol, apesar das bordoadas que distribuía generosamente, com a costumeira dose de maldade. Michel era diferente, tinha um olhar inocente e íntegro, que se manifestava na forma como a tratava. Às vezes ele parecia um cavaleiro andante, apesar de ser ela que o defendia e não o contrário. Assim se formou uma sólida amizade entre os dois. Ele ia frequentemente à sua casa e se juntava a ela e seu pai nos fins de semana, para longas sessões de leitura de gibis. Nessas ocasiões, o pai de Gabriela se surpreendia com os comentários daquele moleque franzino, a respeito de gibis que já haviam saído de circulação muito antes de ele nascer.

— Eu não entendo por que um objeto não pode se deslocar em velocidade superior à da luz. — Disse Gabriela, ao concluir a leitura de um livro de ficção científica, cujo tema era a viagem espacial.

O pai dela interrompeu sua própria leitura e se esforçou para reunir numa explicação simples o que sabia a respeito da teoria da relatividade. Entretanto, Michel se antecipou e respondeu rapidamente.

— De acordo com Einstein, à medida que cresce a aceleração de um objeto, maior é sua massa e mais energia é necessário para manter a aceleração. Então, ao atingir a velocidade da luz a massa do objeto seria infinita e a energia para continuar a acelerá-lo teria que ser também infinita, o que é impossível.

— Puxa! — Exclamou Gabriela com admiração.

— É isso aí, garoto. — Concordou o pai dela. — Talvez um dia seja você quem encontrará os princípios que levem à resolução desse dilema.

— Acho que não. — Respondeu ele, modesto. — Eu apenas sou curioso e leio de tudo um pouco. Acho que vou ser escritor.

— Então um dia vamos ter o prazer de ler suas histórias. — Disse o pai de Gabriela com um sorriso.

— Comece a escrever, garoto. — Falou ela. — Agora já tem dois leitores.

—Puxa! Quanta responsabilidade. — Respondeu ele erguendo uma sobrancelha, num gesto bem característico, quando tecia um comentário irônico sobre si mesmo.

Gabriela e o pai soltaram uma sonora gargalhada.

Dessa forma, uma sólida amizade foi se formando ao longo do tempo, consolidada na camaradagem, solidariedade e interesses comuns. Para eles parecia não haver nuvens negras no horizonte de suas vidas. Mas infelizmente elas estavam lá. Pouco antes do aniversário de 13 anos de Gabriela, seu pai faleceu. Então, um mundo que parecia perfeito e radiante tornou-se sombrio. Michel viu sua amiga murchar como uma flor arrancada da planta. E por mais que se esforçasse, sentia que Gabriela se afastava dele e se encerrava em si mesma. Aos poucos a calorosa amizade já não parecia tão intensa. Ainda iam para a escola juntos. Entretanto, as brincadeiras nos terrenos baldios do bairro já não tinham tanta graça. Gabriela, mesmo perto dele, parecia distante. Ele compreendia sua dor e, pacientemente, esperava que passasse. Queria sua amiga de volta, mas sentia-se impotente para lidar com o sentimento de perda que a envolvia.

Os dias de tristeza pela perda do pai de Gabriela se arrastaram em sua vida. Eram dias longos e vazios e pareciam jamais ir embora, até que a dor foi cedendo lugar à saudade e a conformação, como era de se esperar. Se não voltou a ser plenamente o que era, Gabriela parecia estar de volta ao convívio com os amigos e Michel pensou que tudo seria como antes. Entretanto algumas coisas jamais voltariam a ser o que eram, embora ele não se desse conta disso naquele momento.

Mesmo Gabriela não compreendia plenamente o que se passava com ela. Em alguns momentos sentia-se bem, quase normal. Em outros, parecia que seu estado de ânimo parecia mergulhar num abismo profundo.

Ao perceber o que se passava com a filha, sua mãe a chamou para uma conversa.

— Acho que temos algumas coisas para conversar.

— Temos? — Perguntou Gabriela não muito à vontade. Sabia que sua mãe a observava e parecia preocupada, mas a ideia de discutir com ela o que se sentia não lhe era muito confortável. A mãe sempre lhe pareceu uma incógnita no âmbito de suas relações afetivas.

— Eu percebi que há coisas perturbando você de uns tempos para cá, não é verdade?

— Não sei. Eu não entendo do que você está falando. — Respondeu Gabriela dando de ombro.

A mãe a olhou longamente. A convivência com o pai e os garotos do bairro havia moldado seu caráter. Ela era durona e não seria fácil chegar aonde queria.

— Mas eu sei querida. Ou pelo menos acho que sei. Eu já tive a sua idade e, também, já tive minhas perdas. Seu pai não foi a única delas.

— Não acredito que você possa entender.

— Não sei se o que vou lhe falar vai ser proveitoso para você, mas não é de seu pai que quero falar.

Gabriela ficou calada. Ainda não sabia o que sua mãe queria dizer e tinha dúvidas se queria ouvi-la. Mas ela estava ali e isso, por si, já indicava algo incomum entre elas.

— Você fez treze anos há pouco tempo. Seu corpo está mudando e isso perturba você, não é mesmo? Já não se sente uma menina, mas ainda não é uma mulher. Sente alguma dor?

— Às vezes meus peitos doem. Também sinto dores aqui. — Disse Gabriela, com a mão sobre o ventre.

— Você está se aproximando da primeira menstruação, e junto com ela vem a puberdade. É quando os hormônios fazem uma verdadeira bagunça no corpo e na mente da gente. Você deve estar se perguntando o que está acontecendo consigo, não é mesmo? A mudança de humor é tão frequente e repentina que às vezes não consegue suportar nem a si mesma, estou certa?

— Acho que você acabou de me descrever. — Disse Gabriela, surpresa com as palavras de sua mãe. Elas nunca foram tão próximas, e a conversação que costumavam manter pouco ia além do trivial. — Como consegue isso?

— Fácil. Também já fui adolescente querida. E acredite, sei o que você está passando e lembro bem o quanto é desagradável. Talvez não sirva de consolo, mas neste momento milhões de garotas estão passando o mesmo que você.

— Obrigada. Isso realmente já não me faz sentir tão só. — Respondeu Gabriela com uma ironia sutil que não passou despercebida à sua mãe.

— Vejo que você já está realmente se sentido melhor.

— Melhor?... Nunca me senti tão desengonçada e feia.

Gabriela não era de reclamar e geralmente guardava para si suas próprias angústias. Contudo, não estava imune às observações maldosas ditas em surdina à sua passagem. Epítetos como "perereca musculosa", "sapatão", e "lisa como uma tábua", a magoavam bastante, embora se esforçasse para não deixar transparecer o que sentia.

Naquele momento, quando pareciam estar tão próximas uma da outra, a mãe percebeu o quanto sua filha parecia frágil e precisava dela.

— Esse desconforto que você sente com o próprio corpo é só uma fase. Vai passar.

— Vai? Como vou deixar de ser isso? — Perguntou Gabriela apontando o próprio corpo. Pareço um garoto e todos me tratam como se eu fosse uma criatura mutante.

A mãe sorriu carinhosamente. A filha precisava dela e isso seria bom, se não fosse o sofrimento que transparecia em seus olhos. Ela via que Gabriela segurava as lágrimas com muito custo.

— Mas você é uma criatura mutante minha filha. — Disse-lhe, escolhendo bem as palavras.

— Não... Até você, mãe?

— Venha.

Pegou suas mãos e a levou até um espelho de parede.

— O que você vê?

— Uma piada da natureza.

— Não, bobinha. A natureza não tem senso de humor, embora possa parecer cruel e injusta, às vezes. O que você vê é seu corpo em mutação. Em breve ganhará curvas e tudo estará no lugar certo e você se verá diferente. As pessoas lhe verão de outra forma, inclusive os garotos.

— Será, mamãe? As garotas da minha idade já usam sutiã e eu, se não usar ninguém percebe.

— Cada pessoa tem seu próprio tempo para desabrochar. Espere e verá.

— Espero que você tenha razão. — Respondeu Gabriela, fazendo um esforço para acreditar.

— Eu sei o que estou falando, acredite.

Era a primeira vez que Gabriela conversava com sua mãe sobre coisas que há muito queria perguntar, mas não se sentia encorajada.

— Está se sentindo melhor? — Perguntou a mãe, carinhosamente.

— Sim. Obrigada, mamãe.

— Não agradeça, minha querida. Eu deveria ter percebido antes o que estava se passando com você, mas estava ocupada demais com as minhas próprias dores. Agora vou cuidar mais de você, prometo.

— Tá bom. — Respondeu Gabriela, tentando sorrir.

— Ótimo. Então agora vamos sair.

— Para onde?

— Temos que comprar algumas coisinhas que você vai precisar.

E assim, mãe e filha redescobriram o encanto que pode envolver a cumplicidade entre elas.

A percepção e a disponibilidade da mãe para suas angústias, fez Gabriela olhá-la de outra perspectiva. A ligação que sentia agora entre elas era de outra ordem, originada em referências que só mãe e filha podiam compartilhar.

A mãe, por sua vez, encontrou nos cuidados com a filha, o propósito que deu sentido à sua própria vida e minimizou a opressiva sensação de solidão que a acompanhava desde a morte do marido.

Aos poucos tudo parecia se acomodar na vida de Gabriela. A dor pelo falecimento do pai cedeu lugar à saudade. A amizade com Michel e a reaproximação com sua mãe tornavam seu pequeno mundo satisfatório e até feliz, como ela de repente se deu conta.

A lembrança de Michel a fez perceber que ele andava sumido e sentia sua falta. Então, como se ouvisse seus pensamentos, ele apareceu em sua casa. Estava tão agitado, que ela pensou que ele estava sendo perseguido pelo seu costumeiro desafeto. Trazia um pequeno envelope na mão e o agitou diante dela quando abriu a porta.

— Adivinha o que é.

— Não faço a mínima ideia. O que é?

— Um convite para você. Também recebi um.

— Um convite para mim? — Ela arrebatou o envelope da mão dele e o abriu sem muito cuidado.

— É um convite para a festa de aniversário da Valéria. Não é legal?

— É estranho. Essa garota nunca falou muito comigo, apesar da gente estudar na mesma escola.

— Acho que sei por que ela te convidou, então.

— Então me explica sabichão.

— Você é uma espécie de celebridade na escola. É a estrela do time de vôlei, boa aluna, líder... É isso.

— Fala sério. — Disse ela, surpresa. — Você pirou de vez. Posso contar nos dedos as pessoas que realmente gostam de mim.

— Não tô falando de gostar, mas de prestígio. É isso que ela deve tá querendo para a festa dela.

— Então, ela que vá se ferrar. Não vou.

— Puxa! Eu ia até ganhar uma roupa nova para ir à festa da Valéria.

Gabriela deu de ombros.

— Você foi convidado. Por que não vai?

— Tá brincando? Só fui convidado porque sou seu amigo. Se não fosse por isso, eu seria invisível e ninguém se lembraria de mim. Muito menos uma gata daquelas.

Gabriela olhou para ele, pensativa. De repente se deu conta do quanto era importante para Michel ir àquela festa.

— Tá bom. Eu vou com você

— Yes! — Respondeu ele, com entusiasmo.

A mãe de Gabriela chegou naquele momento e ficou curiosa com o entusiasmo de Michel.

— Posso saber o motivo dessa alegria toda?

— Fomos convidados para uma festa de aniversário. — Respondeu Gabriela, sem muita vontade de falar sobre aquilo.

— É da Valéria. Uma menina lá da escola. — Completou Michel.

— Que ótimo. Precisamos comprar uma roupa nova para você. — Disse a mãe de Gabriela.

— Para quê? Eu já tenho roupa suficiente.

— Uma festa de aniversário é uma ocasião especial e tenho certeza de que você gostaria de estar bonita no dia.

— Não preciso disso, mamãe. É só uma festa idiota.

— Precisa, sim. Amanhã nós vamos às compras. — Retrucou a mãe. — Vai por mim. Você vai querer arrasar!

Então, mesmo contra a vontade, Gabriela preparou-se para ir a uma festa de aniversário. Seria a primeira de sua adolescência e ela já estava decidida a detestar. No dia seguinte, levada pela mãe, percorreu diversas lojas de um shopping. Depois de muito experimentar, escolheu um vestido florido de alcinha.

— Perfeito! — Exclamou sua mãe quando ela saiu do provador. — Você ficou linda.

A aprovação materna lhe inspirou um pouco mais de confiança, principalmente porque sabia que sua mãe não era de fazer elogios à toa. Nesse quesito ela era constrangedoramente franca.

— Então podemos ir para casa agora? — Perguntou a menina, cansada daquela maratona.

— Ainda não. Você vai precisar de sapatos que combinem com o vestido e mais algum acessório.

— Ai! — Exclamou ela, com resignação.

Sua mãe riu de sua expressão entediada e, depois de pagar o vestido, puxou-a para mais uma jornada pela galeria de lojas de sapatos e acessórios.

A preparação de Michel para ir à festa de Valéria foi mais simples. Ganhou tênis, calças jeans e camiseta de uma marca famosa. Tudo escolhido em alguns minutos em cada loja. Ao contrário das mães que tinham filhas, a mãe de Michel podia ser prática e objetiva, pois garotos eram mais simples de vestir. A única concessão foi um corte de cabelo mais elaborado, inspirado num famoso jogador de futebol.

No dia da festa, Michel chegou à casa de Gabriela, bem antes da hora marcada pela mãe dela, para levá-los à festa. Estava ansioso, mas teve que esperar quase uma hora, até que ela surgiu na sala, pronta para sair.

— Nossa! — Exclamou ele, quando a viu descer a escada. — Você está... Quase linda!

— Isso foi quase... Um elogio, eu acho. — Respondeu ela com uma careta. — Você também não está mal, exceto por esse corte de cabelo esquisito. Parece que você levou um choque elétrico.

— É a última moda.

— Sei...

— Puxa! Pensei que você ia gostar.

Ela riu do seu jeito desapontado.

— Brincadeirinha! Você está ótimo assim.

Meia hora depois, a mãe de Gabriela os deixou no clube onde a festa se realizava.

Nenhum dos dois confessou, mas ambos estavam nervosos e pensaram em voltar para casa, antes mesmo de entrar na festa. Entretanto, respiraram fundo e foram em frente para o primeiro compromisso social de suas vidas. O receio inicial logo se mostrou infundado, quando a dona da festa os recebeu no hall de entrada do clube.

— Que bom que vocês vieram. — Disse ela com simpatia. — Já conhecem o clube? O salão da festa fica em frente e, ali ao lado, fica a sala dos pais, mas não se preocupem com isso. Eles logo estarão bêbados ou entediados demais para ficar controlando a gente.

Valéria pegou a mão de Gabriela e a levou para o salão. O toque de sua mão era quente e afável e a fez se descontrair. Michel as seguiu um pouco atrás, depois de distrair-se olhando as meninas que chegavam. Ao entrarem, ouviram os acordes iniciais de *Be my Baby*, uma música que fez sucesso antes de seus pais nascerem.

— O tema da festa é Anos Sessenta. Foi uma ideia de minha mãe. — Explicou Valéria. — Ela disse que foi essa música que ela dançou com papai, quando eles se conheceram. Pelo que sei já era uma música antiga na época deles, mas eu gostei da sugestão. Não entendo a letra, mas parece tão romântica.

— Eu gostei. — Disse Michel, imaginando se teria coragem de tirar uma menina para dançar.

Ainda segurando a mão de Gabriela, Valéria os conduziu até as mesas onde estavam seus amigos da escola.

— Agora vou receber outros convidados e dar uma circulada, mas depois eu volto. — Disse ela, sorrindo. — Fiquem à vontade.

A princípio Michel não teria motivos para ficar à vontade naquele grupo. Em sua maioria, era formado pelos mesmos garotos que o esnobavam na escola, mas eles pareciam diferentes de como se mostravam na sala de aula. Em alguns minutos relembravam com bom humor a surra que Jorjão levou de Gabriela, enquanto algumas meninas olharam para Michel com admiração, por algum motivo que ele não compreendeu, mas estava adorando.

Gabriela também estava diferente. Estava feliz com o efeito que parecia causar nos garotos quando dançava aquelas músicas antigas. Nem mesmo ela sabia que podia gostar daquilo e acabou descobrindo que era bom não parecer um menino. Valéria voltou logo depois e sorriu para ela, juntou-se ao grupo da escola e caiu na dança.

O tempo passou sem que eles percebessem e o salão começou a esvaziar. Logo restou apenas o grupo da escola e a música cessou, por força do regulamento do clube para festas de aniversário de adolescentes. Era o fim da festa, mas os pais presentes na sala ao lado não pareciam ter pressa de ir embora. Então alguém sugeriu que brincassem de "Salada Mista". Era uma brincadeira onde cada fruta tinha um significado. Pera significava um simples aperto de mão, uva um abraço, maçã um selinho e salada mista um beijo bem mais ousado. Os participantes ficavam em círculo e uma das pessoas ficava no meio com o braço esticado e com os olhos vendados, enquanto era girada por alguém. Quando o giro cessava, a pessoa ainda de olhos vendados e sem saber para quem estava apontando, tinha que escolher uma das frutas ou salada mista. Ela podia se dar bem, quando acertava quem desejava ou muito mal, quando a ousadia da escolha caia sobre a pessoa errada.

A primeira a ficar no centro foi Marina, uma moreninha espevitada de olhos amendoados. Era uma das meninas que olhavam Michel com insistência no início da festa. Esperta, ela memorizou sua posição antes de fechar os olhos e contou os giros que dava. Ao parar, ainda de olhos fechados, apontava certeira para ele.

Ao perceber que tinha sido escolhido, Michel começou a torcer mentalmente: "salada mista, salada mista!".

— Maçã. — Disse ela.

"Droga!"

— Vai, Marina! Pega ele! Gritaram os demais participantes em coro.

A menina se aproximou olhou-o nos olhos e deu-lhe um beijo estalado na boca, sob os aplausos da torcida organizada.

"Bem, pelo menos não sou mais BV." Pensou ele resignado. Na linguagem dos adolescentes, BV significava Boca Virgem, um atributo não muito lisonjeiro.

Mais duas pessoas foram para o círculo até que Valéria foi sorteada. Ela girou várias vezes, até que parou apontando para Gabriela.

— Salada mista! — Escolheu Valéria ousada. Ela tinha feito quinze anos e havia decidido que aquela noite seria memorável.

— Não! — Exclamou Gabriela do alto dos seus 13 anos completados há poucos meses. — Não era para mim que ela queria apontar. Eu mudei de lugar.

— Vai amarelar agora, Gabriela? — Gritou um dos participantes.

Outros protestos se fizeram ouvir e Gabriela não soube o que fazer para sair daquela enrascada. Valéria se aproximou e a incentivou a continuar a brincadeira.

— É só uma brincadeira, Gabi. Não vai doer. — Ela disse com uma expressão maliciosa no olhar.

Gabriela não se moveu e ficou um momento em silêncio. Achava aquela situação esquisita e queria sumir dali, mas também não iria amarelar na frente de todo mundo.

— Tá. Vai logo com isso.

As bocas se encontraram e Gabriela sentiu a língua de Valéria se insinuando entre seus dentes. Aquilo lhe provocou uma sensação estranha, quase uma vertigem. Seu coração disparou e ela entreabriu a boca e permitiu que as línguas se encontrassem. Tudo não passou de um breve momento, mas foi o suficiente para lhe causar uma impressão profunda e de natureza desconhecida e perturbadora.

— Eu sabia onde você estava. — Disse Valéria em voz baixa, enquanto se afastava.

Gabriela não soube o que dizer. Estava confusa, mas certamente iria se lembrar dessa festa durante muito tempo.

CAPÍTULO IV

SOBRE GAROTAS, MAUS PERDEDORES E MAIS ACONTECIMENTOS INSÓLITOS

Aquela sensação de medo Michel conhecia bem. Novamente a boca seca, as mãos frias e suadas e o coração disparado querendo sair pela boca. Sentia-se um rato acuado naquele corredor que parecia não ter fim. Ele se odiava por isso, mas tinha que admitir que não nascera para herói. Era apenas um garoto comum, franzino e assustado com os valentões da escola. Gostaria que Gabriela estivesse ali com ele, mas ela tinha treino de vôlei naquele horário e o ginásio de esportes ficava distante das salas de aula. Ela lhe dava confiança e uma incrível sensação de segurança. Uma sensação que logo desaparecia quando ele não a via.

A maior parte dos baderneiros sabia que não deviam se meter com Gabriela e evitavam incomodar Michel quando ela estava por perto. Alguns tinham lembranças bem dolorosas de sua ira e se esforçavam para não cometer os mesmos erros seguidamente.

Por outro lado, o fato de ser protegido por uma menina também não o ajudava muito. Na verdade, parecia provocar ainda mais os encrenqueiros de plantão. Eles eram muitos e andavam sempre em bandos, o que sugeria que não eram tão corajosos assim. Contudo, mesmo que fosse apenas um, ainda assim Michel preferia evitar o confronto, ou então contar com seu anjo da guarda de sempre. Ela o safava das encrencas que ele atraía como um ímã.

Naquele momento, ele tinha aula de música, enquanto Gabriela treinava vôlei na quadra de esportes. O sinal da escola soou estridente no corredor. Michel apressou o passo na tentativa de chegar à sala de aula antes que seus algozes costumeiros aparecessem, mas foi uma esperança vã. Eles estavam na porta esperando e a situação piorou ainda mais. Jorjão surgiu no fim do corredor e avançou para ele com uma expressão demoníaca no olhar. O brutamontes era um mau perdedor, como se poderia esperar, e ainda não tinha esquecido a derrota no jogo de taco.

Michel calculou suas possibilidades rapidamente e logo concluiu que a única saída era fingir que esqueceu algo na cantina e retornar. Talvez conseguisse enganar aquela matilha de *pitbulls*. Era um plano besta, ele pensou, enquanto recuava devagar. Mas era o único que tinha. De repente, ouviu um grito:

— Pega ele!

Era Jorjão atiçando seus cães. Michel não teve alternativa. Perdeu a compostura e disparou corredor afora na direção da quadra de esportes. Ofegante, ele viu Gabriela, mas pedir-lhe ajuda naquele momento não era uma boa ideia. Preferia apanhar de Jorjão a expor-se ao ridículo na frente de tantas garotas. Seria perder o que lhe restava de dignidade. A única alternativa que vislumbrou foi enfiar-se no vestiário feminino. Ali, certamente, seus algozes não entrariam. O problema é que as garotas entraram logo em seguida e Gabriela estava entre elas. Ele, então, se escondeu em uma das inúmeras privadas. Mas a onda de má sorte ainda não o havia abandonado. O trinco da privada escolhida não funcionou e o garoto azarado não teve como trancar a porta. Só lhe restava esperar que nenhuma das garotas escolhesse aquela onde estava. Mas o azar continuava insistente, como geralmente ocorria nessas situações. Gabriela veio diretamente em sua direção e entreabriu a porta, foi o suficiente para vê-lo. Ela nada disse e fechou a porta.

— O que foi? — Perguntou uma das meninas, ao perceber que ela recuou.

— O trinco não funciona.

— E daí? Não tem mais ninguém aqui, além de nós.

Ela abanou a cabeça. Felizmente costumava ser muito reservada e ninguém estranhou quando entrou em outra privada.

Michel subiu no bacio ainda suando frio. Não tinha outra opção além de tentar ocultar-se até que elas saíssem. Não queria ser pego como o tarado que Gabriela deve ter pensado que ele era, quando o viu. Mas isso podia ser explicado depois. Ela certamente compreenderia.

Ele não pretendia espiar as meninas, mas ver garotas nuas era uma tentação quase irresistível. Afinal, oportunidades como aquela não aconteciam todo dia. Na verdade, era a primeira vez que via garotas nuas e isso não era muito comum na sua idade. Contudo, passado o primeiro momento, a conversa delas também chamou sua atenção.

— Sabiam que a Ana Rita está grávida? — Perguntou uma lourinha, mal contendo a excitação que a fofoca lhe provocava.

— Ana Rita? Não é aquela da oitava série? Ela é tão quieta... Não sabia que já era tão avançadinha. — Disse outra, uma morena alta e magricela.

— Avançadinha é pouco! Eu sou uma santa, perto dela.

— Olha só quem fala. Não é você que anda passando o rodo na sétima série? — Retrucou outra menina para a loura.

— Jura? — Perguntaram em coro as demais garotas.

— Nem o Jorjão escapou.

— Caraca! Aquele gordo grandão? Ele parece tão idiota...

— Ele não parece idiota. — Respondeu a loura. — Ele é um completo idiota e não é tão grande quanto pensa.

Após as gargalhadas, a conversa baixou o nível e Michel se surpreendeu com a disposição das garotas em falar mal dos meninos. Felizmente ele não foi incluído naquela sequência de comentários maldosos, talvez por ser pequeno demais para chamar a atenção delas. Às vezes, era melhor ser invisível. Principalmente ali, escondido no banheiro feminino e perto de um bando de garotas peladas.

Meia hora depois, quando já estava com cãibras por estar acocorado em cima do vaso sanitário, Michel percebeu que elas tinham silenciado e talvez ele já estivesse só. Cuidadosamente entreabriu a porta da privada para verificar. Entretanto, ainda não estava sozinho. Uma mão firme empurrou a porta e ele caiu sentado no bacio.

— Explique isso, pirralho. — Falou Gabriela com uma cara de poucos amigos.

O tom de voz dela não deixava dúvidas. Gabriela estava zangada e ele estava em apuros.

— Bem... Você acreditaria se eu dissesse que eu entrei aqui por engano?

— Não!

— Sabia que essa desculpa não ia colar.

— Que tal a verdade? Será que devo pensar que o meu melhor amigo está se tornando um pervertido?

O tom de voz dela variou diversas vezes numa mesma frase e Michel julgou perceber um pouco de mágoa nas últimas palavras. Talvez decepção. Aquilo o afetou mais do que esperava. Preferia levar um soco de Gabriela a decepcioná-la por qualquer motivo.

— Tá bem. Eu não queria dizer que me enfiei aqui para escapar do Jorjão e sua gangue. Também não queria pedir a sua ajuda de novo, principalmente na frente das suas amigas linguarudas.

— Aquelas "*galinhas*" não são minhas amigas. — Ela disse, interrompendo-o com um gesto impaciente. — Apenas jogamos no mesmo time.

—Tá. — Concordou ele. Não se atrevia a falar muito e acabar dizendo o que não devia. Gabriela parecia estar na TPM, pensou, sem atentar muito para o que aquilo poderia realmente significar.

— Você estava mesmo fugindo daqueles idiotas? — Ela perguntou com um leve sorriso zombeteiro.

Michel respirou fundo, aliviado. Ela já estava de bom humor novamente e isso era tudo o que ele poderia desejar naquele momento.

— Sim. Não queria correr o risco de perder o controle e acabar batendo neles.

— Sei... mas você sabe que terá de enfrentá-los um dia, não sabe?

— Um dia... Talvez. Não tenho pressa em ceder ao lado negro da Força.

Ela riu com vontade.

— Enquanto isso não acontece, você aproveita a situação para ver garotas peladas, não é?

— Eu não olhei para elas.

— Fala sério...

— Tá bem. Só olhei um pouquinho.

— Olhou para mim também?

— Não. Você não estava no meu campo de visão. Mas mesmo que estivesse eu não olharia. Não teria graça.

Ela o olhou de forma enigmática.

— Por que não?

E agora? O que ele deveria responder? Gabriela gostava de enfiá-lo em sinucas desse tipo, como se o estivesse testando.

— Não sei. Talvez porque você não estivesse se mostrando para mim, eu acho. Seria como roubar algo de você.

— Hum... Mandou bem, moleque. E as outras garotas?

"Ai meu Deus!" Pensou ele. "Será que ela não vai parar de fazer perguntas difíceis?"

— Com elas era diferente. Eram apenas garotas e nenhuma era você. Na verdade, não as vi direito, só vi peito e bunda. Depois perdi o interesse quando ouvi a conversa delas. Não sabia que garotas podiam ser tão vulgares.

— Algumas podem ser até piores, mas na maior parte do tempo é só conversa fiada. As garotas também gostam de contar vantagens, como os meninos.

O sinal de fim de aula soou e eles se deram conta que haviam perdido a última aula do dia.

— Vamos pegar suas coisas. O Jorjão e sua turma já devem ter ido.

— Será? — Perguntou ele enquanto tentava esconder seu temor.

— Eles são sempre os primeiros a ir embora, quando não matam a última aula. E depois, acho que não vão querer provocar o seu lado negro, não é?

Ele não respondeu e Gabriela o abraçou pelo pescoço, puxando-o para fora do vestiário. Quando chegaram à cantina, já não se ouvia nada que pudesse lembrar a algazarra da saída da escola. Eles pegaram suas coisas e uma notificação para cada um por terem se ausentado da aula sem permissão.

— Minha mãe vai me matar. — Disse ele, consternado.

— Conte a verdade para ela. Isso não foi tão grave assim, principalmente considerando as suas notas.

— Como assim?

— Ora! Você é um CDF e sua mãe sabe disso.

— Não sou CDF.

— É sim, admita!

— Não.

— Tá bom. Então você é um Nerd.

Aquela concessão não mudava muito as coisas, mas ele conhecia Gabriela o suficiente para saber que ela não desistiria de dar a última palavra.

O despertador do rádio relógio tocou às seis da manhã. Gabriela deu um tapa no botão interruptor e voltou a dormir. "Mais quinze minutos", foi o último pensamento antes que a sua consciência resvalasse novamente para o mundo dos sonhos. Entretanto, o despertador não lhe deu tréguas e voltou a tocar. O som agudo e intermitente do alarme invadiu o quarto e interrompeu o sonho que começava.

— Já? — A pergunta foi seguida de um longo bocejo. Ela tinha a impressão de que havia desligado o alarme alguns segundos antes. De fato, isso tinha acontecido mesmo, mas não havia nada de errado com o despertador. Com as pálpebras ainda pesadas de sono, levantou a mão para dar o costumeiro tabefe no aparelho.

— Ei! Não me bata de novo! — Falou uma voz metálica, que parecia sair do rádio relógio.

Já completamente acordada, olhou ao seu derredor.

— Quem tá falando? — Perguntou ela, já assustada.

— Sou eu, o seu despertador favorito. Agora levante-se, menina preguiçosa. você precisa voltar para Walka.

Gabriela aproximou-se cautelosamente do rádio relógio. Aparentemente ele parecia normal. Será que estava sendo vítima de uma pegadinha da emissora, na qual ele estava sintonizado?

— Q-quem está falando. — Gaguejou. Ela sentia-se uma idiota por falar com um objeto inanimado.

Em resposta ouviu uma risadinha zombeteira.

— Sou o coelho maluucoo!... — Ouviu a voz ecoar em seus ouvidos.

— Tá bom! Só que Alice não mora aqui. — Falou ela, irritada. De repente lhe ocorreu que aquilo poderia ser obra de Michel. "Eu pego aquela peste."

— Levante-se, menina! Já é tarde.

— Tarde? Tarde para quê? Não estou entendendo nada.

— Você precisa voltar para Walka. É hora de restaurar a unidade do ser.

Se aquilo era uma brincadeira, estava passando dos limites.

— Walka? Unidade do ser? Que conversa é essa?

— Walka... Volte para Walka...

— Nunca ouvi falar. Tchau coelho! — Disse ela. Em seguida, puxou o fio da tomada do rádio relógio.

— É tarde... — Tornou a ecoar a voz metálica, antes de emudecer completamente.

O quarto voltou a ficar em silêncio, como se nada tivesse acontecido. Gabriela levantou-se e foi para o banheiro. Estava assistindo desenhos animados demais, como Michel costumava dizer.

Vinte minutos depois estava em frente ao espelho embaçado pelo vapor. Tentou pentear os cabelos, mas sem conseguir concentrar-se na tarefa, parou o pente no alto da cabeça. Ainda pensava no que tinha acontecido, mas por mais que se esforçasse não encontrava uma explicação que fizesse sentido. Achava que só podia ter sido um sonho, mas sentira-se bem acordada quando o rádio relógio começou a lhe falar. Respirando fundo, puxou o pente para baixo e decidiu não pensar mais naquilo.

Olhou novamente para sua imagem refletida no espelho e teve a impressão de que ela estava se distorcendo. Pegou uma toalha de rosto e estendeu a mão para limpar o vapor condensado na superfície lisa e fria. Quando sentiu o puxão era tarde demais para recolher a mão, ela estava presa por uma garra monstruosa.

Mesmo assustada, Gabriela olhou para o espelho. O que viu fez seu sangue gelar. A criatura que a estava segurando parecia ter saído de um pesadelo ou um jogo de vídeo game. Era um ser híbrido. Algo entre um homem e um grande símio, ou talvez um lobisomem. O monstro olhava para ela com grandes olhos vermelhos que pareciam pulsar como brasas.

— Venha para Walka menina. — Disse a criatura, com uma voz rouca.

— Largue-me! — Gritou Gabriela. Com o joelho apoiado na pia, ela se contorcia e tentava se desvencilhar daquelas garras. A criatura a puxou mais para perto do espelho.

— Não repudie seu destino. Junte-se a mim novamente. Disse o monstro, forçando sua aproximação ainda mais.

Gabriela ficou sem fôlego debatendo-se para se desvencilhar. Quando parecia estar perdida, ouviu a voz de sua mãe.

— Gabriela! Você ainda não se levantou? Vai chegar de novo atrasada no colégio.

Ainda sem fôlego, ela ergueu-se num pulo. Confusa, demorou a perceber que ainda estava na cama.

— Você está pálida. Está sentindo alguma coisa?

— Acho que tive um pesadelo. — Disse incerta.

— Está tudo bem, agora. Vá tomar banho e seja rápida, está bem? Michel já está esperando.

— Tá!

— Por que o seu rádio relógio está desligado? — Perguntou a mãe, apontando para o aparelho desconectado da tomada de energia.

— Não sei. Devo ter me esquecido de ligar.

— Está bem. Agora vá para o banho, enquanto preparo seu café.

Ainda impressionada com o pesadelo, Gabriela tomou um banho rápido e voltou para o quarto sem olhar para o espelho. Se tivesse olhado, teria percebido um par de olhos vermelhos por entre a névoa provocada pelo chuveiro.

Após alguns minutos, ela desceu a escada já vestida com o uniforme do colégio, e deu de cara com o olhar impaciente de Michel.

— Até que enfim. Pensei que teria que subir para acordar você.

— Dá um tempo, tampinha. Você não leva jeito para príncipe encantado.

— Nem você para princesa. Logo, estamos no mesmo nível.

Ela conseguiu sorrir de um jeito especialmente irônico. Um tipo de sorriso que usava quando queria arrasar alguém e encerrar o assunto.

— Você não tem nível. Agora vamos tomar café.

— Ela me ama. — Respondeu ele, devolvendo a ironia.

Gabriela rosnou alguma coisa em resposta, como era de seu hábito. Todavia estava feliz em rever o amigo. Depois daquele pesadelo precisava ver coisas familiares. E Michel lhe era tão familiar quanto a mobília de sua casa.

Recuperada do susto, ela se preparou para mais um dia de aula. Às vezes achava que o ano letivo era grande demais e as férias escolares excessivamente curtas. Mas isso era normal, pelo menos. Normalidade era tudo que queria ter nesses dias tão estranhos.

Após o café da manhã, eles saíram caminhando pelas ruas do bairro em direção ao ponto de ônibus, enquanto nuvens escuras começaram a se formar no horizonte.

— Uau! Exclamou Michel. — Parece uma daquelas tempestades de verão.

— Mas nós estamos entrando no fim do outono. Que estranho...

— O tempo tá ficando maluco, mesmo. É o efeito da poluição.

— Falou a voz da sabedoria. — Disse Gabriela entrando no ônibus.

Bem acima deles a nuvem negra alterou o curso e começou a segui-los. Poderia ser apenas uma coincidência, mas o vento soprava no sentido contrário ao trajeto do ônibus.

Um dia se passou desde que Gabriela havia tido aquele pesadelo. Nas noites seguintes ela voltou a ter sonhos estranhos, mas sem que a criatura demoníaca voltasse a assombrá-la. Sonhava que vivia outra vida em outro mundo, mas não conseguia lembrar detalhadamente quando acordava. Nessas ocasiões sempre acordava ofegante e suando frio, mas logo depois esquecia a situação vivida no sonho e tudo voltava ao normal, ou quase. Michel continuava insistindo para que experimentassem o DVD no computador dela. O seu velho equipamento não tinha memória suficiente e placa de vídeo adequada para os gráficos daquele jogo, ele dizia. Mas ela se recusava a experimentá-lo no seu computador por alguma razão que não sabia explicar.

— Hoje não dá. — Ela respondia sem maiores explicações.

Aquela manhã se arrastou lentamente para Gabriela. O máximo que sua mente registrava era o sinal indicando o fim de cada aula, enquanto enchia a página do caderno com desenhos, cujos rabiscos mal percebia. Sentia-se alheia ao que se passava ao seu redor, como se não estivesse ali.

Alucinações e pesadelos como o daquela manhã indicavam que a situação em que se encontrava iria piorar e estava longe do fim. Somente seu espírito forte e determinado a impedia de começar a duvidar de sua própria sanidade.

Finalmente a última aula estava no fim. Era aula de ciências, uma disciplina que gostava muito. Nesse dia, porém, nada parecia conseguir arrancá-la daquela apatia. Nem mesmo as costumeiras palhaçadas de Michel, conseguiam provocar-lhe alguma reação.

— Terra chamando Gabi... Terra chamando Gabi... — Provocou ele, imitando o som metálico de uma imaginária comunicação interplanetária.

— O que você quer? — Perguntou, parando de rabiscar.

— Nada. Só queria saber se tem alguém aí. — Troçou Michel, espichando os olhos para o caderno dela.

— Engraçadinho. — Conseguiu responder Gabriela, com um meio sorriso.

— Parece que você tá em outro planeta.

— Não tenho dormido muito bem. — Disse ela bocejando.

— Sei. Por causa dos pesadelos, né? Deixe-me ver. — Pediu ele, e estendeu a mão para o caderno. Gabriela afastou-se para trás, permitindo que Michel pegasse o seu caderno. O desenho mostrava o demônio do pesadelo. Michel estremeceu ao fitar o olhar maligno e ameaçador da criatura. Aquilo parecia bem realista no traço nervoso de Gabriela.

— Puxa! Isso é do seu pesadelo? Não pensei que fosse tão assustador. Achei que você estava apenas desenhando as corujinhas de sempre.

Gabriela tinha a mania de rabiscar corujinhas em qualquer folha de papel que estivesse à mão.

— Mas foi o que eu desenhei. — Disse ela ao pegar o caderno de volta. A visão do seu pesadelo a fez estremecer. Ali estava o demônio a fitá-la, do mesmo modo que apareceu no espelho.

— Isso não parece uma corujinha.

— É. Acho que tô ficando pirada. — Disse, fechando o caderno com violência.

Michel ia dizer algo, mas o sinal anunciando o término da aula o fez calar-se. Solidário, ele desejou que tudo acabasse logo, seja lá o que fosse. Contudo, tais acontecimentos estranhos estavam longe de acabar.

O professor, que estava de costas e escrevia no quadro negro voltou-se para a classe. O que Gabriela viu não foi o rosto bonachão e familiar do professor de ciências, mas a carapinha esquisita de Icas, o livreiro. Ele teve tempo de lhe dirigir aquele mesmo sorriso astuto e velhaco, antes que ela piscasse os olhos e tudo voltasse ao normal, quando soou o sinal do término da aula.

Mais irritada do que propriamente abalada, ela recolheu seus pertences e saiu da sala sem esperar por Michel. Ele pegou seus cadernos e saiu correndo atrás. Nos últimos dias, parecia-lhe que estava sempre fazendo isso: corria atrás de Gabriela e suas repentinas mudanças de humor. Só conseguiu alcançá-la uma quadra depois, sentada num banco da pracinha ali existente. Sentou-se ao seu lado e esperou paciente até que ela resolvesse falar.

— O que você quer?

— Eu? Nada... E você? Quer alguma coisa?

— Eu só queria que me deixasse em paz.

Michel nada disse. Esperou por um breve momento que ela explicasse melhor o que queria dizer, mas Gabriela permaneceu naquele silêncio obstinado. Com um suspiro, ele levantou-se e se virou para ir embora.

— Não estava falando de você. — Disse ela, por fim. — Sente aí.

— Gabi...

— Eu sei. Tenho sido uma chata.

— Também. Mas não é só isso. Tá acontecendo alguma coisa com você, mas fica difícil tentar ajudar sem saber o que tá rolando. Às vezes tenho a impressão de que estou me metendo demais e a incomodo com isso.

Gabriela remexeu-se no banco e chutou uma pedrinha. Precisava falar com alguém. Então seria melhor que fosse ele, ela pensou ainda indecisa.

— Odeio quando você tem razão. — Disse num murmúrio quase inaudível.

— Então você tá encrencada, porque eu sempre tenho razão.

Ela o olhou sem dizer nada, como se o estivesse vendo pela primeira vez na vida. Subitamente soltou uma gargalhada. Acostumara-se tanto a livrá-lo de encrencas que não tinha pensado que Michel pudesse ajudá-la.

— Tá bom. Vou lhe contar tudo.

Contrariando seu hábito irrequieto, Michel ouviu tudo em silêncio. Gabriela descreveu suas alucinações, os pesadelos, a sensação de mal-estar ao ter entrado no sebo e os momentos em que estranhava a própria realidade. Também falou do medo que sentia quando ele pedia para experimentar o jogo que ganharam como brinde.

— Tudo começou quando fomos àquele sebo? — Perguntou Michel, com uma pontada de culpa ao lembrar sua insistência.

— Não. Sempre tive visões estranhas, mas ficou pior desde o dia daquele jogo de taco que nós ganhamos, lembra?

Se ele lembrava. Jamais iria se esquecer daquele jogo e da cara do Jorjão, quando conseguiu apanhar a bola rebatida por ele.

— O que você viu lá? — Perguntou ele, com um esforço para deixar de lado suas lembranças e se concentrar na história dela.

— Lembra que procuramos a bolinha depois que o jogo acabou?

— Sim. Você a achou debaixo de um pé de mamona.

— Pois então... Quando eu a peguei, a bola falou comigo.

— Como assim?

— Sei que é difícil de acreditar, mas é isso mesmo. Quando a segurei, ela abriu os olhos e uma boca surgiu. A bola olhou para mim e disse que eu tinha que voltar para um lugar que depois esqueci, mas aquele monstro do desenho falou a mesma coisa no pesadelo.

— E que lugar é esse?

— Walka! Se me perguntar onde fica isso, eu bato em você.

Ele nada disse. Mas sua mente fervilhava, enquanto analisava tudo o que ela lhe dissera. Ele até se divertiria com aquele mistério todo, se não fosse pela aflição dela.

— Tá bom. Não vou perguntar onde fica isso, mas tem outro lugar que nós podemos ir se quisermos descobrir alguma coisa dessa história.

— Onde?

— O sebo onde ganhamos o DVD. O panfleto que apareceu no campinho não foi por acaso, acho.

— Se tudo já não fosse tão inacreditável, eu ia pensar que você ficou louco. Mesmo assim, eu não volto naquele lugar nem amarrada.

— Eu também não quero voltar lá, mas acho que a gente vai ter que encarar essa. Aquele duende deve ter muita coisa pra contar.

— Nem pensar. Acabei de lhe contar que vi o sujeito no lugar do professor, na sala de aula. Seja lá o que ele for, deve ser perigoso. Além disso, não sabemos com o que estamos lidando, nem no que eu estou metida.

— Mas Gabi...

— Você já ajudou bastante me ouvindo. Agora é melhor ficar fora disso.

Os argumentos dela eram perfeitamente lógicos, mas ele também podia citar uma lista de razões para voltarem ao sebo. Eles tinham que investigar. Se Gabriela não estivesse tão abalada certamente concordaria com isso.

— Nós podemos passar lá a caminho de casa. É só desviarmos pelo mercado velho antes de pegar o ônibus.

— Parece que você não ouviu o que eu falei.

— Ouvi, sim. Por isso mesmo acho que devemos voltar lá e descobrir o que está acontecendo. Ou você quer continuar nesse inferno?

— Parece que você tem razão. Eu...

— Já sei. Você odeia isso admitir que eu tenho razão. Vamos?

—Tá bom. Vamos. — Disse ela levantando-se.

Eles atravessaram a praça e seguiram por uma rua transversal em direção à parte baixa da cidade, onde ficava o mercado velho. No caminho, pararam num orelhão e ligaram para suas casas. Não era bom arrumarem encrenca com suas mães no meio daquela crise.

— Pronto. Minha mãe não gostou muito da história de pesquisa na biblioteca, mas acho que colou. Só exigiu que almoçássemos antes na cantina da escola. — Disse Michel, ao recolocar o fone no gancho.

—— A minha também, mas agora não temos tempo.

— Mas eu tô realmente com fome. Não podemos voltar? É só um instante.

— Depois eu lhe pago um Cheese qualquer coisa, com tudo dentro. Vamos. — Insistiu Gabriela.

Michel resmungou um protesto, mas saiu trotando feliz atrás dela. Sentia que a velha disposição de Gabriela voltava e isso era bom. Ela estava reagindo como tinha que ser, uma guerreira. Guerreira! De repente o significado dessa palavra lhe pareceu um fardo excessivamente pesado para sua amiga.

A ideia de voltar àquele lugar não lhe agradava, mas havia um mistério a ser resolvido e isso era uma tentação suficientemente forte para superar o medo. Não seria fácil, todavia. A única coisa que sabia com uma razoável dose de certeza era que o livreiro esquisito poderia dar as respostas que precisava para ajudar Gabriela Dissimuladamente, ele a olhou por um instante. Viu um semblante tenso que não era comum naquele rosto, sempre tão sereno e confiante.

Algum tempo depois, estavam em frente ao prédio onde deveriam encontrar o sebo. Mas tudo o que viam era um velho sobrado em ruínas, com a porta da frente pendurada precariamente por uma única dobradiça. O reboco da fachada havia desaparecido quase completamente e exibia antigos tijolos de argila esburacados pela chuva e o vento. Pareciam feridas num corpo há muito sem vida.

Estarrecidos, eles contemplaram o que restava do sobrado. O que permanecia de pé era apenas os escombros de uma época esquecida.

— Será que estamos no lugar certo? — Perguntou ele, incrédulo.

— Acho que sim. Não dá para ver o número, mas os prédios em cada lado são os mesmos, não são? Tenho certeza de que viemos ao mesmo lugar.

— Isso é muito estranho. Parece que faz um século desde que esse prédio foi habitado pela última vez.

— Agora ficou mais fácil de acreditar em mim?

— Ficou. — Ele admitiu. — Mas eu já tinha outra razão para acreditar em você.

— É mesmo? Que razão? — Provocou ela, feliz por constatar que não estava imaginando coisas.

— Ora! Você não tem imaginação suficiente para inventar uma história tão maluca.

— Muito obrigada. — Retrucou Gabriela com ironia.

— De nada. — Respondeu ele no mesmo tom. — E agora? O que fazemos?

— Vamos entrar.

— Entrar ali? Ficou doida?

— Ainda não. Mas vou ficar, se essa história não acabar.

Gabriela atravessou a rua sem esperar por ele e entrou no prédio, esgueirando-se pela porta entreaberta.

— Acho que eu é que tô ficando maluco. — Resmungou Michel para si mesmo, antes de segui-la. De repente aquele mistério já não parecia tão interessante.

No interior do prédio não havia nenhum sinal das estantes repletas de livros, nem de Icas. Sobre a porta que dava acesso à parte de trás da loja, uma enorme teia de aranha pendia dos caixilhos da forra apodrecida.

— Aqui não tem nada que ajude a gente. — Falou Michel com um desapontamento sincero. — Vamos embora?

— Ainda não. — Respondeu Gabriela, com os olhos arregalados. — Tem alguma coisa aqui, eu sinto isso.

A sensibilidade de Gabriela estava bem apurada, pois o sobrado não estava totalmente vazio, como parecia. Novamente as sombras pareciam ganhar vida e mover-se furtivamente, como se estivessem à espreita.

— Vamos embora daqui! — Implorou Michel, numa voz esganiçada pelo medo.

— Shhh! — Fez Gabriela com o dedo indicador nos lábios. — Escute!

Michel ficou imóvel, com a respiração suspensa.

— Não tô ouvindo nada...

— Acho que você tem razão. — Disse Gabriela num sussurro desanimado.

De repente ouviram o rangido do assoalho apodrecido. O ruído vinha da sala dos fundos e era acompanhado pelo conhecido som de alguém dando pulinhos.

— O duende está aqui. — Falou Michel com uma voz rouca.

Eles se agacharam para passar sob a teia de aranha e espiaram para dentro de uma sala escura e vazia.

— Não tem ninguém aqui também. — Cochichou Michel.

Gabriela o ignorou e entrou na sala.

— Tem alguma coisa escrita na parede, mas não consigo enxergar.

— Espere. — Falou Michel remexendo nos bolsos. Sob o olhar interrogativo de Gabriela, puxou um chaveiro com uma pequena lanterna pendurada.

— Como é que você anda com esse tipo de coisa?

— A gente nunca sabe quando vai precisar.

— Sei...

Ela pegou a lanterna e pressionou o botão, mas nada aconteceu.

— Essa droga não funciona. Deve ser muamba do Paraguai, né?

Michel pegou a lanterna e a bateu contra sua mão esquerda. O pequeno facho de luz iluminou fracamente a sala.

— Pronto. É só um jeitinho.

— Dê aqui. — Falou Gabriela arrebatando a lanterna de sua mão.

— Fominha!

Sem fazer conta do protesto dele, Gabriela dirigiu o facho da lanterna para a parede oposta. A luz iluminou uma frase. Estava escrita de forma caprichosa em caracteres góticos.

— A verdade está no jogo. — Murmurou Michel, lendo a frase. — O que será que isso quer dizer?

— Quer dizer que finalmente você vai experimentar aquele maldito jogo. — Respondeu Gabriela contrafeita. — Acho que isso é tudo que vamos encontrar aqui.

— E o saci?

— Se estava aqui, já foi embora. E é o que nós vamos fazer também.

Já na rua, eles piscaram os olhos devido a claridade da tarde. Após recuperarem o fôlego, sacudiram a poeira das roupas e, sem olhar para trás, se puseram a caminho de casa.

Logo depois que eles saíram daquele lugar, uma sombra monstruosa se projetou na parede. Era bem maior que Icas, o livreiro, mas o mesmo riso velhaco ecoou no interior do velho casarão.

CAPÍTULO V

UM JOGO MUITO ESTRANHO

Para Gabriela, o retorno à loja de livros usados não tinha sido muito útil. Pelo menos não no sentido de explicar o que estava acontecendo. Por outro lado, dera-lhe a confortável convicção de que não havia nada de errado com sua sanidade mental, uma vez que Michel também havia presenciado os estranhos acontecimentos ocorridos naquele velho sobrado. Isso a livrava de um pesado fardo que se insinuara em sua mente há muito tempo.

Desde a infância via e ouvia coisas que os outros não percebiam. Em algumas ocasiões, animais falavam com ela. Em outras vezes, eram os objetos que adquiriam vida e lhe falavam de outro mundo, que também aparecia em seus sonhos, como se estivesse em outra vida, da qual ela tinha a impressão de já ter vivido. Quando tentava falar com sua mãe sobre isso, ela atribuía tudo à fértil imaginação da menina. Quase sempre, essas tentativas acabavam derivando para uma discussão entre seus pais, sobre os gibis espalhados pela casa e as histórias que ele lhe contava. Um dia, depois de um desses desentendimentos, Gabriela resolveu que não falaria mais com eles sobre o que lhe acontecia.

Os anos passaram e aquelas visões praticamente desapareceram. A sua adolescência se iniciava e os brinquedos e as fantasias começaram a ceder espaço para outros interesses, até o dia daquele jogo de taco no terreno baldio. Então, ela começou a pensar que algo muito estranho acontecia com ela, e que provavelmente tinha ligação com aquele jogo de videogame.

Contudo, somente no domingo eles tiveram permissão para experimentar o DVD. O dia a nublado e ventoso parecia propício para ficar em casa. A manhã fria e cinzenta prenunciava o fim do veranico de maio. Nessa época, o outono tinha um humor volúvel, com mudanças repentinas de temperatura. Em alguns dias parecia um verão renitente, em outros se apresentava como um inverno apressado.

Às sete da manhã, por força de hábito, Gabriela abriu os olhos e, com a dificuldade costumeira para se pôr desperta, olhou para o relógio e maldisse o tempo passar tão depressa quando ela estava dormindo. Ainda sonolenta, se perguntou por que o alarme do despertador ainda não havia disparado, até que lembrou que não precisava acordar cedo no domingo.

— Que ódio! — Exclamou contrafeita, mas logo voltou a dormir.

Ao contrário dos outros dias, os pesadelos não voltaram desde que resolvera rodar o jogo no seu computador, mas por via das dúvidas cobriu o espelho e evitou olhar-se nele. Aparentemente, o estratagema havia dado resultado, a menos que sua decisão sobre o jogo tenha sido responsável por aquietar o demônio que a atormentava.

Por volta das nove horas da manhã ela acordou. Estava sendo insistentemente sacudida por outra espécie de pesadelo. Era Michel, impaciente ao vê-la ainda dormindo.

— Levanta, dorminhoca!

— Não acredito!

— Olha só o que eu trouxe! — Disse ele, não fazendo caso da sua indignação. Em sua mão brilhava o estojo do DVD.

Gabriela bocejou resignada. Piscou os olhos sonolentos e virou para o lado oposto, esperando que ele desaparecesse.

— O que você tá fazendo aqui de madrugada?

— Madrugada? Nem no Japão. São quase nove da manhã. — Anda! Levanta de uma vez. Você não queria experimentar o jogo?

— Tá bom! Vai ligando o computador, enquanto acabo de acordar.

— Yes!

Gabriela se levantou e encaminhou-se para o banheiro. Alguns minutos depois, quando já tinha retornado ao quarto, sua mãe a chamou para tomar café. Ela saiu rapidamente, puxando Michel pela gola do casaco.

— Ei! — Protestou ele.

— Você não tá sempre grudado em mim? Então vai descer também. — Ela completou sem esperar resposta.

— Garotas! — Exclamou ele aos tropeções.

Dentro do banheiro, um par de olhos vermelhos surgiu no espelho. Estava semioculto pela toalha pendurada no cabide ao lado. Fitou por um momento a porta entreaberta e desapareceu em seguida.

Gabriela sentou-se à mesa, enquanto sua mãe trazia o bolo de fubá.

— Vai tomar café também, Michel? — Perguntou, ao vê-lo postar-se em pé ao lado de sua filha. Parecia indeciso.

— É o mesmo que perguntar se macaco quer banana. — Disse Gabriela, mordaz.

— Eu já tomei café em casa. — Ele disse, belicoso. Michel era muito suscetível a qualquer menção ao seu enorme apetite.

— Tem certeza? — Provocou Gabriela, levantando uma fatia do bolo diante de seus olhos gulosos.

— Bem...

— Sente-se, Michel. — Disse a mãe de Gabriela, sorrindo. Ela não se surpreendia com o apetite dos adolescentes, mas Michel era um caso à parte. Apesar do seu tipo franzino, comia como se fosse um atleta.

— Não sei como você consegue comer tanto. — Implicou Gabriela. — E nem tem músculos suficientes para queimar tanta caloria.

— É o meu cérebro. Tenho neurônios de alto desempenho. — Respondeu ele, abocanhando um sanduíche.

— Menos a parte que controla o apetite. — Ela retrucou, com azedume.

Aquela implicância com Michel pela manhã era absolutamente normal e a mãe de Gabriela já não se surpreendia com isso.

— O tempo mudou. — Comentou, piscando os olhos para a claridade da manhã. — Está um ótimo dia para irmos à praia, vocês não acham?

— Praia nesta época? — Replicaram os dois, sem muito entusiasmo.

— Sim, por que não? Na idade de vocês eu adorava ir à praia e catar conchas para minha coleção. Tinha um acervo respeitável, fiquem sabendo.

— Mamãe, às vezes você é patética!

Mal havia dito a frase, Gabriela percebeu que a palavra patética estava se tornando demasiado frequente em seu vocabulário, assim como a tola presunção dos adolescentes mal-educados e frívolos que ela evitava na escola.

— Não seja tão insolente, mocinha. Há muito mais na vida que televisão e jogos de videogame.

— Desculpe. — Respondeu ela, consternada. — Eu não sei por que falei desse jeito com você, juro.

A mãe de Gabriela nada respondeu. Ficou absorta em relembrar suas próprias mudanças de humor quando tinha a mesma idade. Teve a impressão de ter passado por momentos semelhantes, mas lhe pareceu também que havia algo mais nas atitudes da filha, como se de repente aflorasse outra personalidade. Devia estar imaginando coisas, pensou enquanto soltava o ar preso em seus pulmões, com um longo suspiro.

— Está bem. — Disse ela, por fim. — Vamos esquecer o assunto. O que vocês vão fazer? Já que sair parece que está fora de cogitação.

— Nós vamos experimentar um novo jogo no micro. — Respondeu Michel afoito, mas logo engoliu as palavras, ao ver a expressão de desagrado estampada na face da mãe de Gabriela. — Acho que isso não é uma boa ideia.

Gabriela olhou para a mãe, ainda arrependida do que tinha dito. Desejava não ter lhe falado daquele jeito. A magoada expressão materna ainda a galvanizava por dentro. Contudo, mães amorosas são de um tipo especial. Ela percebeu o conflito que se instalava no coração da filha e não hesitou em iluminá-la com o seu mais terno sorriso.

— Que jogo?

— É um jogo que ganhamos numa promoção. — Respondeu Gabriela, timidamente.

— Compreendo. Espero que o conteúdo desse jogo não seja impróprio para a idade de vocês.

— Na verdade nós não conhecemos o jogo, mas eu queria ver se vale pena guardar ou jogá-lo fora.

— Não é mais um daqueles jogos sanguinários, cheio de demônios e bruxas, é?

— Yes! — Responderam em coro.

— Impressionante! Não sei como vocês não têm pesadelos com essas coisas.

— Às vezes eu tenho. — Admitiu Gabriela, subitamente sombria.

— Quer falar sobre isso?

— Não é nada. — Respondeu Gabriela, mudando de assunto. — Anda Michel, vamos!

— Pô! Ainda nem acabei meu sanduíche.

— Você não acaba nunca. Podemos subir, mamãe?

— Está bem. — Respondeu a mãe dela, suspirando novamente. Era seu jeito de indicar que havia se resignado com alguma situação. — Mas não façam barulho, nem bagunça no quarto.

— Tá. — Ela respondeu enquanto arrastava Michel escada acima.

— Tem mais uma coisa...

— O quê?

— A luz vai ser desligada às onze horas para a troca de um transformador na rede elétrica da nossa rua. Então, antes disso, o computador deve ser desligado, certo?

— Tudo bem. Quando chegar a hora a gente interrompe o jogo. — Respondeu Gabriela, entrando no quarto.

A mãe dela serviu-se de uma xícara de café. Pensativa, interrompeu o movimento circular da colher. Talvez devesse ter uma longa conversa com Gabriela sobre seus pesadelos, filmes de terror e aqueles joguinhos horrorosos.

Alheia às preocupações de sua mãe, Gabriela acompanhava as tentativas de Michel para fazer o DVD rodar no computador.

— Não adianta. Não tá lendo o DVD. — Disse ele desapontado. — Porcaria!

— Deixe-me tentar. — Falou ela, puxando-o da cadeira.

— Já fiz tudo que se podia fazer. Não adianta.

Sem responder, Gabriela continuou tentando acionar o DVD. Parecia tomada de um frenesi, como se aquilo fosse uma questão de vida ou morte. De repente a tela do monitor explodiu num caleidoscópio de cores, que giravam e se alternavam de forma hipnótica.

— Consegui! — Exclamou ela triunfante

— Não entendo... Eu fiz a mesma coisa! — Disse Michel, contrariado.

O título do jogo surgiu na tela do monitor em caracteres góticos, seguido de várias telas apresentando a primeira fase, enquanto uma voz soturna despejava instruções e advertências aos jogadores.

— É um RPG. — Falou Gabriela, excitada.

— Eu não disse? Agora vamos criar o clima. — Disse Michel, levantando-se para fechar as cortinas da janela e destapar o espelho da penteadeira.

— O espelho não! — Protestou ela.

— Por que não? Gosto de espelhos. Eles parecem uma porta para outra dimensão.

Ela achava que espelhos eram mais do que a imaginação dele dizia. Pareciam realmente como portas, mas que podiam levar a horrores desconhecidos e tinha medo do que poderia achar, mas nada disse. Não esperava que ele compreendesse o que sentia, pois até mesmo para ela era muito difícil encontrar sentido no que lhe parecia inacreditável.

— Tá bem. — Ele condescendeu. — Espelho não.

— Agora senta aqui e fica quieto. Vou reinicializar o jogo para ouvir as instruções de novo.

Novamente surgiu o título do jogo na tela, acompanhado da estranha voz que desafiava os jogadores a enfrentar o desconhecido:

"Esta é uma guerra entre a tradição e a magia dos Magos Celestiais do reino de Antária e o reino de Céltica e suas corporações militares. Escolham seus avatares para a primeira missão, ó jogadores e decidam de que lado irão ficar."

— Como é que o jogo sabe que tem mais de um jogador? — Perguntou Gabriela, desconfiada. — Nós não escolhemos ainda a função multiplayer.

— Acho que ele reconheceu o segundo joystick.

Uma paisagem inóspita surge na tela. Ao longe aparece uma torre, cuja silhueta se recorta do céu iluminado por duas luas. Um efeito de zoom aproxima a imagem.

"Veja a torre oriental do reino de Antária. Nela está encerrado o demônio Zaphir, derrotado após uma dura batalha com os Magos Celestiais.

Forças ocultas se movimentam para libertá-lo. Solto, o demônio torna-se novamente um flagelo e rompe o equilíbrio entre os reinos em guerra e, inadvertidamente, promove a supremacia de Céltica e seus aliados. Sua missão, ó jogadores, é defender a torre ou libertar o demônio. Entretanto, cuidado!

Sua escolha, qualquer que seja, poderá trazer consequências que podem ser devastadoras, pois muitos são os perigos para aqueles que se aventuram neste mundo. Este é o momento da decisão, ó jogadores. Desejam continuar?"

As duas opções apareceram na tela e piscavam impacientes.

— Uau! Que sinistro! — Exclamou Michel, entusiasmado.

Após hesitar um momento, Gabriela confirmou a opção de continuar. Em seguida, uma lista de personagens daquela fase apareceu no vídeo. O demônio dos seus pesadelos encabeçava a lista e parecia fitá-la com uma expressão de desafio. Gabriela estremeceu quando o reconheceu.

— O que foi? — Perguntou Michel, ao perceber sua hesitação.

— Nada. Tive a impressão que já conhecia aquele personagem. — Respondeu ela, apontando o demônio.

— Zaphir... Parece o demônio que você desenhou outro dia na sala de aula. — Disse ele, displicente, sem atentar para o possível significado disso para sua amiga. — Bem, vamos jogar, não vamos?

Sem conseguir compartilhar do entusiasmo de Michel, Gabriela olhava para o monitor com a respiração ofegante, sem decidir-se. Quase em pânico, ela tentava compreender o que estava sentindo. É só um jogo, não é? De algum modo, ela pressentia que aquele RPG parecia ser algo mais que isso.

— O que tá esperando? — Perguntou Michel, já impaciente.

— Não sei. Tô. com um pressentimento estranho sobre esse jogo.

— Xi! Não vai dizer que...

— Tô com medo.

— Que besteira! Eu nunca vi você com medo de nada. Isso é só um jogo.

— Agora é diferente. Nunca vi um jogo assim. Parece que vou entrar nele.

— Que bobagem! Um jogo é só uma simulação. Nada ali existe de verdade. É só uma sequência de códigos binários. — Retrucou Michel, com a lógica irrefutável de um grande conhecedor da linguagem de programação dos jogos.

— Tem razão. Acho que tô ficando velha e gagá. — Respondeu ela, confirmando a disposição de entrar no jogo. Ao seu comando abriu-se uma janela para que escolhessem seus avatares.

Michel optou por Bullit, um elfo com poderes mágicos ligados aos quatro elementos da natureza: terra, fogo, ar e água. Gabriela fitou os personagens restantes. Um feiticeiro, um centauro guerreiro e o demônio Zaphir. Embora tenha ficado tentada a escolher Zaphir, no último momento ela se decidiu pelo centauro Beron. Talvez assim pudesse combater o demônio e expulsá-lo de seus sonhos. Após ela ter confirmado a escolha de seu personagem, surgiu uma tela com uma planície de aspecto estranho, cuja vegetação rasteira era entremeada por pequenas árvores retorcidas e de aspecto sombrio. Ao longe, uma torre avançava sobre o céu iluminado pelas luas gêmeas do mundo de Az'Hur, demarcando o início de uma densa floresta.

O jogo havia começado. No comando do seu avatar, Gabriela avançava por entre a vegetação em direção a uma clareira. Sua visão era a do centauro, numa forma incrivelmente realista.

Oculto pelas sombras, o centauro Beron tentava perceber algo anormal. Havia recebido um aviso telepático do guardião da torre sobre a presença de estranhos na área. Isso era um fato estranho naquele lugar desolado, mas Bullit não costumava se enganar.

Logo adiante, por detrás da copa das árvores, Beron podia enxergar a grande torre antariana. Erguida numa colina, a fortaleza tinha um aspecto imponente, ao refletir o brilho azulado do duplo luar. De suas ameias era possível ter uma visão de 360 graus de toda a região, desde as montanhas Celestiais, a leste de Antária, até os pântanos de Walka, situados no extremo oposto das planícies orientais.

Em que pese sua importância estratégica, aquela torre tinha uma razão especial para existir. Nela estava encerrado o demônio Zaphir, uma entidade feroz e sanguinária, que tinha surgido logo após o desaparecimento de Zaphira, a implacável princesa guerreira, durante uma batalha com as forças místicas de Antária.

Apesar da ampla visão que tinha da região em torno da torre, Bullit concentrou-se em acompanhar a inspeção do centauro Beron pelas imediações. O que o centauro via ele via também. Isso era possível graças ao elo mental que compartilhavam.

Guiando seu avatar, Gabriela circundou a clareira e caminhou pela mata, sem nada encontrar para o prosseguimento do jogo.

— Não acontece nada. — Falou impaciente. — Acho que este jogo tá com defeito.

— Não tô encontrando o meu personagem. — Disse Michel.

Eles já iam desistir do jogo quando, de repente, Gabriela *"ouviu"* o pensamento de seu avatar:

"Acho que o elfo se enganou."

"Eu nunca me engano." Respondeu o elfo mentalmente.

— Achei! — Gritou Michel, apontando a diminuta figura quase invisível no alto da torre. Exultante, ele experimentou os comandos fazendo o elfo pular na ameia.

— Agora vai!

Aos poucos eles se deixaram envolver pelo enredo do jogo e não tardou para que se transportassem para o cenário na pele de seus personagens.

"Volte para a clareira com cuidado. Eles estão próximos." Tornou a ecoar a voz do elfo na cabeça do centauro.

"Cale a boca." Respondeu Beron, esquecendo que ouvia uma mensagem telepática de um superior imediato. Na verdade, hierarquia não significava nada para ambos, depois de anos de camaradagem.

Ainda resmungando, como sempre fazia ao ouvir uma ordem do elfo, o centauro retornou à clareira. Quando se aproximou do local, ouviu o som abafado de passos furtivos seguindo em direção ao centro da clareira.

Avançando com cuidado, o centauro seguiu o ruído e não tardou a ver um pequeno grupo de homens armados, liderados por um velhote de estatura fora do comum. Era franzino e tinha a pele macilenta e esbranquiçada, como se nunca tivesse se exposto à luz do sol. Não obstante sua aparente fragilidade, seu porte era altivo e destoava dos guerreiros que o acompanhavam. Esses tinham o porte físico robusto e atarracado. Eram criaturas peludas, com a aparência de um elo perdido na evolução humana. Isso lhes dava um aspecto grotesco e bestial. Suas vestimentas eram de couro reforçado com placas de metal no peito e nas costas. A pesada vestimenta se complementava com elmos ornados por pequenos adereços que lembravam asas de morcegos. Fortemente armados com escudos e lanças, eles ainda traziam pesadas espadas na cintura.

Ao atingir o centro da clareira, o velhote parou. Os guerreiros sentaram-se ao seu redor e aguardaram em silenciosa expectativa.

O centauro ouviu o velhote sussurrar e aproximou-se um pouco mais para ouvir suas palavras. O esforço foi em vão, pois não conseguiu compreender a estranha língua utilizada.

"Ele está falando em n'sualli, a língua dos deuses mortos. Acho que você encontrou um feiticeiro tchala." Respondeu Bullit, antecipando-se à sua pergunta. *"O que ele está fazendo aqui?"* A pergunta era meramente retórica. O elfo sabia o que o bruxo queria e tratou de preparar-se para o embate que se anunciava.

"Boa pergunta! Por que não o convida para jantar?" Perguntou o centauro com a ironia costumeira.

"Não creio que ele vá gostar do cardápio." Respondeu o elfo no mesmo tom. *"Continue observando, mas esconda essa bunda grande e faça o possível para que não o percebam."*

Beron mudou de posição, tentando ver melhor o que se passava. Quando o feiticeiro se voltou em sua direção, o centauro pode ver seu rosto. Era uma caricatura de um rosto humano, com grandes orelhas de abano, que se projetavam da cabeça por entre uma cabeleira grisalha e desgrenhada. Beron não podia ver detalhes devido à distância. Todavia, na face encovada, um par de olhos fitava a torre com uma expressão diabólica.

Silenciosamente, o estranho desenhou no chão um triângulo, com um símbolo místico em cada vértice da figura.

Bullit soltou um impropério. Ele identificava os preparativos para a conjuração de um antigo feitiço de destruição, capaz de neutralizar os encantos que protegiam a torre e, ao mesmo tempo, provocar sua destruição através de um efeito secundário, de natureza explosiva.

Beron mantinha os olhos fixos no feiticeiro. O centauro nunca tinha visto aqueles olhos, mas eles lhes eram estranhamente familiares. Lembranças de uma canção ouvida na infância vieram-lhe à mente, como a alertá-lo do perigo que corria.

Eis que surge novamente a noite
com seu negro manto a ocultar
aquele que se movimenta nas sombras
longe dos olhos e do coração.
No escuro véu da noite calada
ele espreita com seus olhos malignos
que brilham como brasas na escuridão,
a guardar o silêncio das almas.

"Isso não é hora para lembrar cantigas de ninar! Preste atenção no velhote." Falou Bullit, invadindo de novo a mente do centauro. Aquela súbita intromissão em seus pensamentos deixou Beron irritado. A canção que ecoava em sua mente revivia antigos temores expressados no folclore de sua terra natal. Eram histórias de ataques sangrentos, sofridos por aldeias localizadas em regiões remotas de Antária. Todavia, o elfo tinha razão e ele fez um esforço para concentrar-se no que estava vendo.

Na clareira, o velho feiticeiro começou a entoar um cântico quase tão antigo quanto a aurora do tempo.

"Swamy rana af notibulum aramai.
Sutur volcan luma et sussum corda.
Swamy rana volcan ale et."

Declamava o feiticeiro, tomado de um estranho frenesi.

"Swamy Rana."

Respondiam os soldados em transe, repetindo o refrão a cada verso entoado pelo seu mestre.

"É um encanto de destruição! Saia já daí!!" Berrou Bullit em sua mente.

A ansiedade do elfo fez Beron compreender que algo muito grave estava acontecendo. Com efeito, uma bola de fogo surgiu acima do feiticeiro tchala. Ao seu comando ela disparou em direção à fortaleza céltica e explodiu numa nuvem de poeira e fragmentos. O centauro olhou para o local da explosão e não percebeu nenhum dano significativo, mas o feiticeiro recomeçou o cântico. Pela força que viu no primeiro impacto a torre poderia ser destruída, se o bombardeio continuasse. Beron desembainhou a espada e avançou em direção à clareira.

"O que você está fazendo? Saia já daí!" Repetiu Bullit aflito.

"Tenho que fazer alguma coisa, nanico. Você sabe que a torre não aguentará muito tempo."

"Os outros guerreiros já estão a caminho. Você não pode fazer isso sozinho."

"Ora! Você sabe que eles não chegarão a tempo. Agora pare de me aborrecer, que tenho trabalho a fazer."

O elfo silenciou. Sabia que Beron estava certo. Pelo tipo de encantamento proferido pelo feiticeiro tchala, deu-se conta que iria precisar de toda a proteção que os centauros guerreiros pudessem proporcionar. Após dedicar uma prece ao amigo, ordenou à guarnição que se apressasse em retornar à torre. Impedir a libertação de Zaphir era mais importante que tudo, inclusive a vida de um amigo ou a dele próprio.

Entre Beron e o mago havia sete guerreiros. Nada demais para ele, cuja força física e habilidade no combate corpo a corpo eram muito superiores às de qualquer um daqueles oponentes. Contudo, os guarda-costas do feiticeiro estavam muito próximos uns dos outros. Embora eles ainda estivessem em transe, tinha que considerar a reação do próprio feiticeiro. Como todo centauro, ele tinha um verdadeiro pavor de encantamentos e feitiçarias. Sua hesitação não era, como poderia se pensar, temor pela própria segurança, mas a convicção de que não poderia falhar, ou a torre seria destruída. Isso abriria um flanco para o inimigo. Não havia margem para erros, portanto. Seu último pensamento antes de atacar foi de que não sobreviveria. Era apenas uma simples e fria constatação, que continha a costumeira dose de fatalismo que permeia o raciocínio de um guerreiro preste a entrar em combate. Para um centauro guerreiro, Thanatis, a deusa da morte era uma caçadora tenaz e implacável, mas tratava bem aqueles que caíam em combate e concedia-lhes a honra de guerrear ao seu lado nas batalhas travadas além das estrelas.

Saindo da mata cerrada, o centauro avançou pela clareira num galope veloz. Com os olhos fixos no feiticeiro, ele não percebeu que um dos guerreiros mais próximos do seu alvo tinha saído do transe.

— Um centauro! — Exclamou a criatura, ao mesmo tempo em que erguia a espada. — Defendam o mestre!

Numa fração de segundos, os outros guarda-costas se posicionaram, enquanto o primeiro erguia sua espada e atacava o centauro. Num esforço, Beron ergueu suas patas dianteiras e aparou o golpe com os cascos e, em ato contínuo, esmagou o crânio do adversário. Na sua passagem, uma lança atingiu-lhe as costas. Apesar da dor lancinante, ele conseguiu abater mais um guerreiro com um coice certeiro. O feiticeiro estava próximo, mas já disparava a terceira bola de fogo, que fez ruir parte da torre e libertou o demônio.

Bullit lutou para manter-se consciente após o impacto o impacto de uma pesada porta, que fora arrancada de suas dobradiças.

Apesar de concentrado em seus encantamentos, o tchala percebeu a aproximação do centauro e se preparou para enfrentá-lo. Beron decapitou o terceiro guarda-costas, mas uma segunda lança o atingiu de raspão. Sem fazer caso dos ferimentos, ele deu um último salto e alcançou o velhote. Ia desferir o golpe fatal, quando fitou novamente aqueles olhos negros. De repente seu braço ficou pesado e a sua espada parecia descer com uma lentidão exasperante, enquanto mais um golpe o atingia pelo seu flanco direito. Nesse instante, Bullit invadiu novamente sua mente e o livrou daquele domínio. Foi o último esforço do elfo antes de desmaiar, enquanto a espada do centauro descia certeira para separar a cabeça do feiticeiro do resto do seu corpo. O corpo sem cabeça do tchala deu alguns passos grotescos, antes de dobrar os joelhos e cair silenciosamente.

O centauro não teve tempo de entoar seu canto de vitória. Logo tombava também, sob uma saraivada de golpes que pareciam vir de todas as direções.

— Meu Deus! Ele tá morrendo! — Exclamou Gabriela, sentindo a agonia do seu avatar.

— E-eu também tô sentindo. — Gaguejou Michel, apavorado com as sensações que aquele jogo transmitia. — Desliga isso!

— Não consigo.

O derradeiro momento fez o centauro lembrar que não possuía descendentes, pois o caráter errante da vida militar o impedira de constituir família. Com pesar, percebeu naquele momento que sua linhagem se extinguiria com ele. Era um tanto irônico pensar naquilo, justamente quando a vida lhe escapava. Pouco depois, sua mente mergulhou na escuridão e ele não ouviu o gargalhar do demônio, totalmente livre do seu cativeiro.

Ainda sem fôlego, Gabriela demorou a perceber o que tinha acontecido. Olhou para Michel. Ao seu lado, ele ainda fitava o monitor como se estivesse hipnotizado.

— Faltou luz. — Balbuciou ela.

— Faltou luz. — Repetiu ele, como um papagaio, ainda sem compreender.

Gabriela foi para a janela e viu um grupo de operários da cia. de eletricidade trabalhando na substituição de um transformador à uma quadra distante da sua casa. Pensativa, ela se voltou para Michel.

— Que jogo doido! Eu podia jurar que tinha me transformado no centauro.

— Eu também. Quero dizer... Eu tava me sentindo um elfo. Isso é muito estranho.

— Estranho e perigoso. Acho que é melhor a gente não jogar mais isso.

— Tá — Concordou Michel, sem protestar. — E o que vamos fazer agora?

— Tenho uma ideia. Vamos descer.

Os dois saíram do quarto e desceram a escada correndo, atraindo o olhar reprovador da mãe de Gabriela.

— Ei! Devagar! Querem quebrar uma perna?

— Desculpe mamãe. — Disse Gabriela, refreando sua vontade de escorregar pelo corrimão da escada. — Tava pensando naquela sua ideia de ir à praia.

— É mesmo? Nada como um dia sem eletricidade. Acho que não vou mais pagar a conta da luz.

— Não exagera mãezinha. É só hoje.

— E o que nós vamos fazer na praia? — Perguntou Michel, ao tomar conhecimento da ideia de Gabriela.

— Vamos catar conchinhas. Não é legal?

— Legal?! Fala sério!

Sem fazer caso do protesto de Michel, Gabriela o arrastou para fora de casa, sob o olhar atônito da mãe dela.

No quarto de Gabriela, a tela do monitor voltou a acender misteriosamente, apesar da falta de energia. O olhar maligno, que apareceu em seu pesadelo, surgiu novamente por breve um momento e desapareceu em seguida. Talvez isso significasse que o jogo continuaria, independente da vontade deles.

CAPÍTULO VI

O JOGO DOS DEUSES

O passeio na praia encerrou aquele dia. Quando eles voltaram para casa de Gabriela já era fim de tarde, mas o impacto causado pelo jogo ainda fazia efeito. Os garotos discutiram os riscos e pensaram em desistir. Durante toda a semana resistiram em pôr o DVD no computador, mas a curiosidade fala mais alto e eles decidem ir em frente no domingo seguinte.

A próxima fase introduzia outros personagens à galeria de avatares disponíveis. Novamente Gabriela sentiu-se atraída pelo demônio, mas decidiu ignorá-lo até saber mais sobre o jogo. Ficou em dúvida entre Zaphira, uma princesa guerreira e um jovem centauro chamado Kilt. Por fim escolheu a opção que lhe parecia mais segura e clicou na figura do centauro. Esperava que, dessa vez, o personagem escolhido não morresse.

Michel escolheu Bibbo, uma ave semelhante a um papagaio, mais pela possibilidade de voar por intermédio dele, do que pelo papel que a criatura poderia ter na trama.

Como da outra vez, à medida que se envolviam com o enredo, Gabriela tinha a sensação de se transpor para o personagem e se apropriar de seus pensamentos. Entretanto, desta vez a imersão aconteceu de uma forma desconcertantemente realista e ainda mais intensa.

Sobre uma pequena elevação, Kilt podia ver o outro centauro. Ele estava à espreita de uma presa e não tinha se dado conta de que estava também sendo observado. Era quase tão jovem quanto Kilt, mas seu semblante, severo e tenso, poderia fazê-lo parecer mais velho. Era a primeira participação de Urias num grupo de caça e ele rogava a Az'Hur que guiasse sua lança para o alvo.

Na pele de Kilt, Gabriela se posicionou melhor para acompanhar o desfecho. O seu avatar ainda não tinha permissão para participar de caçadas, de modo que não podia se aproximar muito. Essa restrição lhe era oportuna, depois de sentir a morte do centauro Beron de forma tão intensa.

Voando em círculos, poucos metros acima, Michel tinha outras sensações. Extasiado, ele deslizava sobre o vento. Ao ver o personagem de Gabriela logo abaixo percebeu que sua atenção estava voltada para algo que ocorria poucos metros à frente. Ele não tinha as mesmas conexões mentais que ela possuía com Kilt, de modo que não teria como saber do que se tratava, mas percebia que algo estava por acontecer.

Oculto pela densa folhagem e as sombras do crepúsculo, o enorme quadrúpede estava inquieto ao ouvir os passos furtivos do caçador. O animal era um herbívoro semelhante a um búfalo. Apesar de encontrar-se na plenitude de sua força e vigor, teria preferido evadir-se, mas o instinto lhe dizia que o confronto seria inevitável. Então se preparou para investir contra o centauro. Baixou a enorme cabeça com os chifres apontados para o seu oponente e esperou o derradeiro momento, com o trovejar da própria pulsação a ecoar em seus ouvidos.

Um leve farfalhar das folhagens alertou o centauro que a presa não se deixaria abater facilmente. Tanto melhor. Uma luta justa era tudo que poderia desejar na sua iniciação em combate. Isso marcava sua passagem da adolescência despreocupada para o grupo de caçadores e guerreiros, a elite na estrutura social do clã de centauros ao qual pertencia.

Ele havia se preparado para esse momento desde quando foi escolhido por Iras, o mestre de armas. Fazer parte desse grupo representava o maior sonho dos jovens centauros, mas poucos eram escolhidos pelos mestres de armas. Anualmente, um torneio realizado nos primeiros dias da primavera, dava início ao rigoroso processo de seleção para a academia militar.

Os melhores participantes de cada prova eram atentamente observados, mas não bastava ser um vencedor. Os mestres valorizavam a tenacidade e a força de vontade demonstrada pelos competidores. Buscavam aqueles que podiam superar a dureza dos treinamentos e tinham no olhar o brilho especial que só os espíritos indômitos possuíam.

Urias não pensava apenas no seu próprio triunfo. Honrar o seu mestre era o primeiro dever de um jovem guerreiro e ele assim o faria. O troféu daquela caçada seria oferecido a Iras, quando o seu grupo de caçadores voltasse a se reunir em torno do líder. Com isso em mente, ele se preparou para o ataque.

Ao ver o adversário erguer a lança, o herbívoro bufou e arremeteu. Estava confiante que sua couraça o protegeria daquela ameaça. Quase duas toneladas de força bruta e fúria dispararam em direção do centauro. Mas Urias empinou e se deslocou para o lado. Rodopiou no ar, num movimento quase impossível para o seu corpo. Em ato contínuo, usou o próprio giro como alavanca e desfechou o golpe, que acertou a junção das placas que protegiam o pescoço do animal. A lança serrilhada penetrou na carne e rompeu uma artéria. O sangue jorrou com força do ferimento, enquanto o animal tombava para frente, levado pelo impulso de sua arremetida. Em sua trajetória arrastou arbustos e cipós, até parar de forma grotesca, ao chocar-se com o tronco de uma grande árvore. Arquejou por um doloroso momento, já antevendo o fim de sua existência. O centauro se aproximou com a espada em punho e, sem hesitar, desfechou o golpe fatal. A lâmina penetrou entre as costelas e alcançou o coração. O animal ficou imóvel, com os olhos rapidamente embotados pela morte.

O centauro soltou um grito de júbilo. Estava feito. Com uma reverência ao oponente que jazia a seus pés, ele fez uma breve oração ao seu deus, em agradecimento pela vitória. Por fim, preparou-se para receber os companheiros, depois de soprar sua trompa para chamá-los. Outra trompa soou ao longe e indicava que tinha sido ouvido.

Ele mal podia esperar para oferecer o animal morto ao seu mestre de armas, o líder do grupo de caçadores. Assim era a tradição do primeiro combate. Ele deveria caçar e matar a presa escolhida, para depois compartilhá-lo com o grupo. Ao líder caberia dirigir o esquartejamento e retirar os chifres, dá-lo ao seu discípulo como troféu de combate e ungi-lo com o sangue do animal abatido. Oferecer o troféu de volta ao mestre seria uma prerrogativa do caçador. Um sinal de respeito e humildade, qualidades muito apreciadas na hierarquia militar dos centauros. Assim terminaria a primeira vida do jovem Urias e iniciar-se-ia outra, que seria repleta de batalhas e glórias a serem cantadas pelos trovadores do seu clã, se os deuses assim desejassem. Todavia, os deuses não sorriram para Urias nesse dia.

Do alto Bibbo percebeu primeiro e lançou um guincho de advertência. Algo havia surgido por entre as sombras do crepúsculo e avançava furtivamente em direção ao caçador. Alertado pelo pássaro, Kilt fez menção de avisar Urias, mas o receio de interferir em seu momento de glória o conteve.

A noite chegou e Urias mal percebeu isso, absorto que estava em seus devaneios juvenis. Tampouco percebeu que a mata havia ficado estranhamente silenciosa, depois de ter ouvido o guincho de uma ave que voava em círculos sobre sua cabeça. Aquilo não era normal. A mata deveria estar repleta dos sons dos animais noturnos, mas ele parecia ser o único ente vivo na escuridão da floresta. Quando se deu conta de que havia alguma coisa errada, era tarde demais. Algo pulou sobre ele e partiu sua espinha dorsal.

O centauro desabou no chão ainda consciente o suficiente para perceber as monstruosas garras que dilaceravam sua garganta e puxavam o pescoço para trás. Com um safanão, o demônio arrancou sua cabeça e a arremessou para longe, indiferente à vida que se esvaiu. O que desejava vinha da morte do centauro. Seu espírito ceifado foi consumido com o corpo ainda quente. Urias havia deixado de existir.

Diante do cadáver do centauro, o demônio ficou imóvel por um momento. O êxtase da alma violentamente arrebatada o deixava inebriado. O espírito do jovem guerreiro tinha um sabor especial para a criatura. Era forte e vigoroso. Bem diferente de vítimas amedrontadas, que suplicavam por suas miseráveis vidas. Sua aura maligna ficou rubra e ele sentia-se mais forte, mais poderoso. Contudo, sua fome estava longe de se aplacar e ele queria mais.

Dos despojos da memória de Urias, o monstro teve ciência da presença de outros seres daquela espécie nas proximidades. Farejou a leve brisa noturna e desapareceu nas sombras, mas permaneceu ali. Sabia que não precisaria caçá-los, pois os incautos centauros vinham ao seu encontro.

Por alguma razão, o demônio não sentiu a presença de Kilt. Talvez porque o próprio Urias não sabia que ele estava ali. Felizmente para Kilt, sua posição também impedia que fosse localizado pelo cheiro.

No mundo de Az'Hur, o demônio Zaphir era o único de sua espécie. Ninguém sabia ao certo sua origem. Alguns diziam que ele era a encarnação da própria deusa da morte. Outros, no entanto, diziam que o monstro devia sua existência à vontade do deus que dava o nome àquele mundo. Az'Hur estava desgostoso com a vaidade de Thanatis e interferiu em seus planos de caminhar entre os mortais, compartilhando a existência de uma jovem guerreira. Sua essência foi violentamente arrancada da alma mortal e parte dela ficou no mundo dos homens, onde adquiriu a consciência de existir e se tornou o demônio.

Entretanto, deuses não costumavam tolerar por muito tempo aqueles que os desafiavam. A deusa da morte não tardou em tecer a teia que regeria o destino do demônio e o conduziria de forma inexorável à sua origem. Entretanto, Zaphir, tinha seus próprios planos e deixar de existir não era um deles. Para tornar sua existência permanente teria que absorver sua contraparte humana, que outrora era dominante. A oportunidade surgiu quando foi procurado por Mordro durante seu confinamento na torre de Antária. O mago ofereceu-lhe a oportunidade de livrar-se de Thanatis por meio do cumprimento de uma profecia, que revelava o ressurgimento de Zaphira no mundo de Az'Hur. O demônio conhecia a profecia, é claro. Ele fazia parte dela. Entretanto, não sabia como beneficiar-se disso para assegurar sua sobrevivência. Algo que Mordro parecia saber e propôs-lhe uma aliança. Ele o queria do seu lado para dominar os reinos de Antária e Céltica. Zaphir aceitou, pois o mago lhe oferecia a liberdade de imediato. Entretanto, para o demônio, a aliança existiria enquanto lhe fosse conveniente, mas Mordro era astuto o bastante para saber disso e tinha seus próprios planos para a cria de Thanatis. Essa estranha aliança havia sido erguida em bases tão movediças quanto a vontade dos deuses, cujos desígnios nem sempre podiam ser compreendidos pela lógica dos mortais.

Acima deles, a deusa da morte observava satisfeita o desenrolar da trama que tecia. Tudo parecia caminhar de encontro aos seus desígnios, sob o olhar indiferente de Az'Hur. O deus da criação parecia não se importar com os conflitos gerados por seus vassalos na disputa pelo poder.

Naturalmente, Thanatis sabia que a indiferença de Az'Hur poderia ser apenas aparente. Não seria a primeira vez que deuses enganavam deuses no tabuleiro cósmico da existência. Era preciso, pois, preparar-se ela própria para trapacear também.

Abaixo do olhar dos deuses, o grupo de centauros a qual Urias pertencia finalmente chegou ao local onde devia encontrá-lo. Eram cinco centauros adultos, liderados por Iras. À frente do grupo, ele foi o primeiro a ver o cadáver do seu pupilo. A visão grotesca de um companheiro sem cabeça chocou até mesmo aquele velho centauro, acostumado com as cenas atrozes dos campos de batalha.

Iras, o centauro, se aproximou e contemplou calado os despojos do companheiro morto. Há muito ele não via tanta brutalidade na morte.

— Por Az'Hur! Como um bultho poderia fazer isso? — Perguntou um dos outros centauros.

— O corpo do bultho está muito distante. — Respondeu Iras, apontando o animal abatido por Urias. — Seja o que for, apareceu depois.

O mestre de armas aguçou sua audição, mas tudo que percebeu foi o silêncio da mata. Aquilo era um mau sinal.

— Eu vi tudo.

— Kilt! O que você está fazendo aqui?

— Eu queria ver a caçada e segui Urias. Eu vi o que aconteceu. Uma coisa surgiu das sombras e o atacou. Um monstro enorme. — Disse Kilt com a voz embargada. — Antes que eu pudesse avisá-lo, já estava morto.

Não demorou muito para que Iras percebesse com o que seu pupilo lidou em seu derradeiro momento.

— Não se culpe. Se você tivesse avisado Urias, também estaria morto.

Então ouviu o guincho aflito de Bibbo.

— Em posição de combate! — Exclamou para o grupo.

— O que foi? — Perguntou o centauro mais próximo, ao mesmo tempo em que pegava uma flecha da aljava e retesava o arco.

— O que matou Urias ainda está por perto.

Mimetizado entre as sombras, Zaphir observava suas possíveis vítimas. Aqueles centauros o deixariam saciado por algum tempo. O suficiente para chegar até o pântano de Walka. O fato de seu ataque provavelmente provocar a ira de Thanatis não o preocupava. Há muito que desafiara a deusa da morte e era tarde demais para voltar atrás.

Após localizar a cabeça de Urias, Iras a colocou num alforje e a deu para um centauro. Aquele que ele sabia ser o mais veloz.

— E o corpo? Perguntou Kilt, o centauro corredor.

— Não temos tempo para isso. Quando formos atacados, você deve virar as costas para o que acontecer e galopar como o vento.

— Virar as costas para um combate? Para onde eu vou?

— Você vai para casa. Avisar a todos é mais importante do que combater, neste momento.

O centauro ia protestar, mas desistiu ao ver a expressão severa de Iras.

— Se não dermos o alarme nossas aldeias correrão um perigo mortal. É necessário que os nossos guerreiros estejam a postos para o combate. Prepare-se para partir a todo galope.

— Está bem. — Respondeu Kilt. Ele pegou o alforje e o fixou em seu dorso.

Antes que Kilt partisse, o demônio atacou o guerreiro mais próximo. Com um salto pulou em suas costas, como fizera no ataque anterior, agarrou seus cabelos e puxou-lhe a cabeça para trás, expondo a garganta ao alcance de suas garras. O demônio, porém, não contava com a reação rápida do centauro, que inverteu a empunhadura da espada e a puxou pelo seu flanco esquerdo. A lâmina atingiu seu algoz no ventre e um sangue negro jorrou. Apesar de dolorido, o ferimento infligido pela espada não poderia matar a besta, todavia deu o tempo necessário para os centauros reagirem ao comando de Iras e se posicionar para socorrer o companheiro.

Kilt fez menção de atacar, mas o mestre de armas o conteve.

— Vá agora. — Ordenou.

O centauro corredor conteve a muito custo o desejo de atacar o demônio, mas obedeceu ao mestre de armas e disparou pela mata, enquanto Zaphir apoderava-se da espada enterrada em seu ventre e a enfiava nas costas do centauro que reagira ao seu ataque, até a lâmina atingir seu coração. O guerreiro tombou com o monstro ainda sobre ele. Mas a morte ainda não era o fim para o centauro. Em seus últimos estertores sentiu sua alma arrebatada pela voracidade demoníaca da criatura.

Ainda inebriado, Zaphir gargalhou de forma obscena e olhou para os quatro guerreiros remanescentes.

— Venham, cavalinhos. — Falou a besta com desprezo. — É hora de encontrar o destino de vocês.

Um dos centauros avançou com uma lança, mas o demônio desviou-se do ataque com facilidade. Passou por baixo dele e o arremessou sobre o animal abatido por Urias. O centauro rodopiou no ar e caiu de costas sobre os chifres do bultho e foi trespassado por eles.

Uma nova lança foi arremessada e atingiu o demônio no peito. A criatura urrou de dor e olhou para o centauro que o atingira.

— Você é o próximo. — Disse o demônio.

A criatura arrancou a lança do próprio peito e a arremessou em direção ao guerreiro que o havia atingido. O impacto foi tão violento que a lança o trespassou completamente, indo cravar-se numa árvore adiante. O centauro dobrou os joelhos e caiu sobre si mesmo. Já estava morto quando atingiu o chão.

Iras e o outro centauro se posicionaram para atacar pelos flancos. Não tinham esperança de vencer, mas eles precisavam ganhar tempo para Kilt se distanciar.

— É a vez de vocês. — Disse o demônio zombeteiro. — Chegou a hora de serem obliterados dessa existência.

— Não temos medo da morte, demônio. — Respondeu Iras, determinado.

— Quem falou de morte, cavalinho? O destino de vocês é servir de pasto à minha alma negra.

— Você não tem alma, besta. É só uma aberração profana. Um filho bastardo da deusa da morte. O seu destino é voltar para o útero maldito de Thanatis. — Provocou Iras. Zaphir pareceu titubear. Ele não estava preparado para ouvir de um centauro a sentença que pesava sobre sua cabeça.

— Ora, ora! Parece que temos um espertinho aqui. Pois vai gostar de saber que sua essência ordinária me permitirá resistir ao clamor da deusa da morte.

— Que venha, então, demônio. Venha provar o fio de minha espada.

Zaphir pulou sobre o centauro. Ao pressentir o ataque, o guerreiro saltou antes que fosse alcançado e rodopiou no ar, do mesmo modo que havia ensinado Urias tempos atrás. Ao fazer isso, o dorso do demônio passou sob ele. Por uma fração ínfima de tempo, Zaphir parecia estar vulnerável. Era o bastante para o mestre de armas. A espada desceu certeira e penetrou na carne da besta até o cabo.

O demônio urrou e se debateu, ao tentar livrar-se da lâmina. O segundo centauro avançou com a lança em riste, julgando que a criatura estivesse prostrada. Apesar do aviso de Iras, o erro de avaliação lhe custou caro.

Zaphir prendeu a lança com uma das garras e com a outra rasgou a garganta do centauro. O guerreiro deu alguns passos tentando segurar o sangue que jorrava entre seus dedos. Uma tentativa que logo se mostrou inútil e ele caiu já em estado de choque.

Enquanto Iras pegava um machado, o demônio tentava livrar-se da espada.

— Agora é apenas entre nós, guerreiro. Vai pagar pela dor que me causou morrendo lentamente.

— A morte não me assusta, criatura abjeta.

— Não? Mas talvez deva temer o que vem depois da morte, quadrúpede.

— Que seja! — Bradou Iras, erguendo o machado.

O demônio avançou com as garras estendidas para sua garganta. O centauro mais uma vez desviou-se e lhe decepou um dos braços com o machado. A violência do golpe fez a arma escapar-lhe das mãos.

— Maldito. — Rugiu Zaphir, enfurecido, segurando o que restava do braço decepado. — Mil mortes não vão pagar essa agonia.

— Mil mortes não pagam o mal que você tem nas entranhas, demônio.

Enquanto falava, o centauro procurava pelo machado. Precisava se pôr em posição de combate antes que fosse tarde, mas o demônio não lhe deu chance.

— Está procurando por isso? — Falou ele, segurando o machado com o braço ileso. Em seguida, o coto do braço decepado pareceu estremecer e ganhar vida própria. Diante dos olhos de Iras, o braço regenerou-se sem nenhuma cicatriz.

Zaphir jogou o machado para longe e avançou para o centauro, que tentou resistir, mas a fúria demoníaca o destroçou em poucos segundos.

— Não foi uma morte tão lenta, afinal. — Falou o demônio, embebedando-se no ectoplasma dos guerreiros mortos.

Contudo, a morte dos centauros não fora em vão. Algum tempo depois, Kilt penetrou na grande planície de Antária, acompanhado de Bibbo pelo alto. Em breve estaria fora do alcance da besta e teria tempo suficiente para alcançar sua aldeia, enquanto o demônio ainda se regozijava com a matança.

Após saciar sua fúria sanguinária, Zaphir lembrou-se de seus propósitos.

— Walka! — Murmurou, antes de desaparecer.

Deslizando nas sombras da noite, Zaphir tomou a direção dos pântanos de Walka. O momento em que a profecia se cumpriria estava próximo, e ele tinha um encontro com o seu destino. Um destino que ele próprio queria escrever e não simplesmente submeter-se à vontade de deuses.

Mas o que saberia um demônio da vontade dos deuses? Ele nem mesmo sabia a sua razão de existir. Será que os deuses queriam punir os mortais? Esse era o dilema de um demônio que não era um deus nem tampouco um mortal, mas desejava aproximar-se da plenitude divina.

Sentada no trono de seu reino subterrâneo, Thanatis apagou com um gesto impaciente a imagem do demônio que havia conjurado. Ela refletia sobre os últimos acontecimentos. Sentia a necessidade de fazer correções na trama que tecia no destino de seus vassalos. Alguns pareciam querer moldar eles próprios a sina que carregavam. Contudo, mais que a rebeldia daqueles que lhe deviam submissão, a deusa da morte pressentia vestígios de algo mais a interferir no teatro da vida dos mortais. Será que Az'Hur, resolveu finalmente sair de sua habitual indiferença? Ela percebia haver novos elementos de probabilidades na vida dos mortais, que não haviam sido causados por ela. A própria existência do demônio era fruto de uma conjunção de fatores que escapavam do seu controle. Isso explicava o desejo da criatura em persistir existindo, a despeito da vontade dela. Algo que poderia não lhe convir. Até então, tolerou a existência do demônio. Destruí-lo seria como ferir a si mesma.

Mesmo deuses tinham que obedecer a certos princípios. Quebrar uma profecia envolvia riscos, pois implicaria em modificar a linha do destino que regia o equilíbrio entre os diversos planos de existência. Ciente disso, a deusa da morte resolveu mexer apenas algumas peças no tabuleiro daquele jogo celestial. As razões do criador ainda lhe pareciam obscuras, mas Az'Hur não lhe tiraria a iniciativa naquele embate cósmico.

Com um gesto quase imperceptível, o centauro Beron surgiu à sua frente. Ele seria o instrumento que asseguraria o cumprimento de seus desígnios.

O centauro viu-se de repente diante da deusa. Era a primeira vez que isso acontecia na sua curta existência no limbo. Espectros torturados pelo esquecimento haviam lhe dito que esse fato raramente ocorria. Eram poucos os escolhidos de Thanatis e isso significava uma grande honra para um guerreiro.

Entretanto, ele não se curvou diante da deusa. Há muito que Beron não se curvava para ninguém. Nem mesmo para deuses.

— Vejo que a tua existência em meus domínios ainda não te tirou a soberba. Isso me convém, por hora.

O centauro permaneceu calado, embora estivesse curioso em saber o que estava fazendo ali. Será que finalmente seria convocado pela deusa da morte para suas batalhas celestiais? Aquilo era tudo o que podia almejar naquele plano de existência.

— Então, centauro. Sentes falta de tua vida mortal?

— Sinto falta das batalhas.

A resposta era cuidadosamente neutra e ocultava outros sentimentos, mas Thanatis não se importou com isso.

— Tu ainda és um guerreiro, embora privado da existência física. Isso é bom, pois é meu desejo que voltes ao mundo dos mortais.

Mesmo para o estoicismo habitual do centauro, a declaração da deusa foi um choque. Tanto quanto se sabia, não havia um precedente como aquele em Az'Hur. Mortos não voltavam ao mundo dos vivos. Quando muito podiam reencarnar numa outra forma de vida. Se em uma forma de vida mais ou menos evoluída, dependia do estágio em que se encontrava o espírito. Ele próprio teria que cumprir uma trajetória a serviço de Thanatis, antes de uma nova existência.

— A que devo essa honra, minha deusa?

— Outros estariam eufóricos com essa possibilidade. Mas tu pareces indiferente.

— A minha vida mortal foi plena e satisfatória. Nada tenho a fazer no mundo dos vivos e julguei que essa parte de minha jornada existencial houvesse sido cumprida.

— Não cabe a ti fazer tais considerações, centauro. Tua jornada é determinada pelos desígnios divinos. Essa forma de pensar o aproxima de um destino que certamente não seria do teu agrado.

Desígnios divinos não faziam parte das preocupações de um centauro que almejava cavalgar nas estrelas. Contudo, Beron não desejava provocar a ira da deusa da morte.

— Perdoe-me deusa. Minha ignorância das razões divinas leva--me a parecer impertinente. Nada me deixaria mais feliz do que cumprir sua vontade.

— Aprecio teu esforço em corrigir-te, mas poupe-me dessa frivolidade cortês. Ela não condiz com a tua natureza e tenho mais o que te falar. — Disse Thanatis, levantando-se do trono.

Beron permaneceu impassível. Era inteligente bastante para perceber que sua destreza com as palavras não era a mesma com a espada. Além do mais, quando em presença de deuses, ouvir e falar o menos possível era uma atitude prudente.

— Com efeito, minhas razões não te dizem respeito. — Falou Thanatis, sem meias palavras. — Contudo, para que tenhas sucesso na empreitada que vou te confiar, é necessário que tu tenhas ciência de certos acontecimentos que ocorreram recentemente no mundo dos mortais.

Com um gesto, a deusa da morte fez surgir imagens da floresta de Antária, onde um jovem centauro seguia o rastro de uma caça.

— Urias! — Exclamou Beron, de repente saudoso de sua vida mortal.

— Vejo que reconheces um dos protagonistas desse drama. Outros logo surgirão. Continue observando.

Beron acompanhou os passos cautelosos de Urias entre as folhagens da densa floresta. Um turbilhão de emoções invadia a mente do centauro ao ver o sobrinho em sua iniciação de caçador. Ele havia prometido participar daquela caçada, quando sucumbiu no embate com os seguidores do feiticeiro Tchala.

Alguns momentos depois, ele viu quando Urias encurralou a presa e preparava-se para o combate. Através das folhagens entreviu o vulto do animal que estava sendo perseguido. Um bultho! Não havia dúvida que o garoto era audacioso e, por um instante, Beron temeu por sua segurança. Depois se deu conta de que estava presenciando acontecimentos passados. Por que Thanatis o fazia ver aquelas cenas? Será que Urias havia morrido no seu primeiro embate?

— Não. — Respondeu Thanatis à pergunta que Beron formulou em sua mente. Ainda não foi dessa vez que o jovem centauro encontraria seus ancestrais. Continue observando e logo verá o porquê de sua presença ante mim.

Beron viu quando o bultho investiu. Aquilo era previsível para um caçador experiente, mas não Urias. Apreensivo, continuou observando inquieto. Como gostaria de ter estado lá. Mas Urias sabia o que estava fazendo, e logo Beron o viu esquivar-se da investida da fera e cravar sua lança no único ponto vulnerável do animal. Bravo! Logo em seguida, veio o golpe de misericórdia desfechado com precisão.

Se pudesse respirar, Beron soltaria o ar que certamente estaria preso em seus pulmões pela tensa expectativa. Com satisfação viu que tudo havia terminado bem. Entretanto, como já sabemos o fim ainda não havia chegado.

Ao continuar observando o êxito de Urias, ele não demorou a perceber algo indo ao encontro do jovem centauro. Uma mancha difusa, que se esgueirava silenciosamente pelas sombras.

— O que é aquilo?

A deusa nada respondeu. Logo depois ele identificou por si mesmo.

— Zaphir! O que o maldito está fazendo ali?

— O que é de sua natureza. — Respondeu a deusa, com a indiferença que só os deuses tinham diante do drama na vida dos mortais.

Beron viu quando Zaphir atacou Urias. Viu que o sobrinho não teve a menor chance de se defender e sua alma soltou um sofrido lamento que ecoou por todo aquele plano de existência.

— Por que, deusa? Por que tortura minha alma com essa ignomínia? — Perguntou ele amargurado. Pouco lhe importava se sua atitude pudesse parecer impertinente aos olhos de Thanatis.

— Compreendo teu pesar, centauro. — Respondeu a deusa da morte sem se alterar, — Entretanto é necessário passar por isso. O que acaba de presenciar não é o fim, mas apenas o início de um drama que te diz respeito diretamente.

— Então ainda não acabou. O que mais aconteceu para dilacerar minha alma?

— Continue a observar, e não te esqueça de que o que tu vês já aconteceu. — Respondeu Thanatis implacável.

Logo o centauro contemplava a chegada seus companheiros ao local da tragédia. Iras, velho companheiro de batalhas à frente. Sentiu o pesar que se abateu sobre o grupo, mas uma tênue esperança acendeu-se como uma chama em seu espírito. A morte de Urias seria vingada pelos centauros. Todavia, ele logo os veria serem também atacados pelo demônio Zaphir. Exceto por Kilt, todos os centauros foram abatidos pela sanha sanguinária do monstro.

Desta feita, Beron ficou calado. Nada que dissesse expressaria ou poderia aliviar a dor que estava sentindo.

— O que deseja de mim, deusa?

— Traga-o para mim. Assim terás também a tua vingança.

Uma questão aflorou à mente de Beron. Por que a deusa da morte precisava dele para pegar o demônio? Não poderia simplesmente pôr fim a existência da besta? Precavido, não fez esses questionamentos. Preferiu fazer outra pergunta que parecesse lógica naquela situação.

— Como eu poderia matar aquele demônio, quando cinco centauros guerreiros não foram suficientes?

A deusa riu. Uma risada cristalina que parecia o canto da própria morte.

— Antes de falar sobre a maneira de pôr fim à existência do demônio, vou responder as perguntas que não ousaste formular.

Beron sentiu-se um tolo. Deveria saber que não poderia esconder seus pensamentos da deusa da morte.

— Escuta com atenção, centauro. O que vou dizer-te é difícil para uma deusa admitir. Zaphir é parte de mim, e a mim deveria ter voltado. Coisas estranhas estão acontecendo no mundo dos deuses e o fluxo natural do destino parece estar em mutação. Algo que está ainda além de minha compreensão. Zaphir está ceifando vidas cuja trajetória ainda estaria longe do fim no mundo dos mortais. Quanto mais vida se apodera, mais forte fica e mais se afasta de mim. Ele almeja ser um deus. Isso, por si, já traz consequências inimagináveis. Seria o caos alterando o equilíbrio entre os diversos planos de existência. É necessário, pois, acabar com essa anomalia o quanto antes. Infelizmente temos ainda que esperar uma conjunção favorável ao cumprimento de uma profecia, da qual não ouso contrariar. No momento propício tu atacarás o demônio com isso.

Thanatis ergueu a mão empunhando uma espada que parecia ter surgido de repente do nada.

— Essa espada foi forjada de um raro metal, por minha vontade. É a única arma capaz de infligir um ferimento mortal naquela vil criatura. Acautela-te, porém. A espada, por si, não é suficiente para vencê-lo. Tu irás lidar com a astúcia de um ser que se tornou um mestre da insídia e da enganação.

— Nada vai me impedir de pôr fim a existência da besta. — Respondeu o centauro, ansioso por voltar ao reino dos mortais e dar sequência à vingança pela morte de todos os inocentes, vítimas do demônio.

— Sim. Bem sei que escolhi o melhor entre meus guerreiros. Tu não irás me decepcionar.

— Juro por minha alma.

— Não jure por algo que já não te pertence, centauro. Por ora, dou-me por satisfeita com a tua determinação em fazer cumprir minha vontade, mesmo que seja por intermédio de teus próprios propósitos. Entretanto, tua missão não é apenas pôr fim à existência do demônio. Deves zelar ainda por aquela que veio para este plano para se unir a ele. Isso é necessário para preservar o cumprimento da profecia. Será na união deles que deves extinguir a vida do demônio. Não antes, nem depois.

— Isso significa que alguém mais virá ao seu encontro?

— Sim. O demônio só estará vulnerável quando tentar apossar-se da existência dessa mortal. Esse será o momento propício, que acontecerá quando as luas de Az'Hur estiverem alinhadas com a estrela azul e formarem um triângulo de lados iguais no firmamento. É quando se dará a união entre a inocência e o demônio. Dessa união surgirá Zaphira e a profecia se cumprirá.

— Isso quer dizer que o demônio desaparecerá?

— Ele ainda existirá no lado negro da princesa guerreira. Antes a parte humana era dominante, mas desta feita o demônio estará mais poderoso e determinado. Não sucumbirá à luz da inocência e corromperá o que está previsto na profecia.

A deusa da morte ficou um momento em silêncio, como se estivesse a meditar sobre o que dissera. Não pretendia revelar ao centauro mais do que ele precisava saber, pois parte do poder dos deuses residia no enigma da existência divina. Todavia, devia dar-lhe o suficiente para garantir que sua determinação em eliminar o demônio não caísse no esquecimento quando estivesse em sua forma mortal.

— Tu já sabes o que precisas para cumprir meu desígnio.

— Sim, deusa. Estou pronto para retornar ao mundo dos vivos.

— Estou certa que sim. Mas há algo mais que deves saber. O espírito de cada um dos teus companheiros não chegou aos meus domínios, como tem sido com os mortos desde o início dos tempos. Eles estão presos à aura negra do demônio. Tua intervenção os libertará para que cumpram a jornada para este plano.

— Assim farei. — Respondeu o centauro.

— Sim. Tu serás meu arauto no mundo dos mortais. Como é de meu desejo, tua intervenção restaurará o equilíbrio entre os planos existenciais. Agora deves ir, pois são muitos os perigos que atravessam o caminho da inocência, e cabe a ti zelar por ela.

Dito isso, a deusa da morte abriu uma fenda na realidade daquele plano e, através dela, o centauro avistou as planícies de Antária.

— Vá! — Ordenou Thanatis.

Beron penetrou na fenda e desapareceu, deixando Thanatis ainda pensativa.

Os dados estavam lançados e, se Az'Hur queria jogar, que assim fosse. Só não compreendia por que o deus daquele mundo parecia deliberadamente pôr em risco a existência de todos os deuses. Essas razões, que lhe pareciam ainda obscuras, poderiam significar uma completa ausência de lógica divina. Então, o que poderia significar uma requintada estratégia, poderia ser o vestígio de insanidade num deus que poderia estar se tornando irremediavelmente senil. Nesse caso, nem a própria deusa da morte saberia prever as consequências dos atos de um deus insano sobre a estrutura dos planos de existências. Então, até mesmo os deuses poderiam não estar a salvo do final dos tempos.

Após alertar os centauros do ataque do demônio, Gabriela e Michel sentiram libertar-se dos seus avatares. Aquela fase do jogo havia terminado.

— Puxa! — Ele exclamou quase sem fôlego. — Nunca vi um jogo tão realista.

— Realista? Eu me senti dentro do jogo, como se estivesse realmente vivendo aquilo. Isso não é normal, é?

Ele olhou para Gabriela e viu a expressão de desagrado estampada em sua face. Em seu entusiasmo, Michel havia esquecido o motivo que os havia levado a experimentar o jogo. Apesar da primeira experiência já ter causado uma impressão muito forte nela e, até mesmo por isso terem achado mais prudente desistir, havia um mistério ainda não resolvido que parecia ter relação com aquele jogo e acontecimentos recentes na vida dela.

— Não sei dizer se isso é normal. — Ele respondeu compenetrado. — Muita coisa parece anormal ultimamente.

— Tem razão. — Concordou Gabriela com um suspiro.

— Quer parar?

Ela levou um momento para responder. Lembrou-se do ataque do demônio aos centauros e o sentimento de consternação voltou com força. Estava cansada de presenciar violência e morte, mesmo de forma virtual.

— E continuar com aquelas alucinações? Acho que não. Prefiro continuar e entender de uma vez o que tá acontecendo comigo.

— Sim. Precisamos acabar com isso. — Respondeu ele, solidário. Estava ansioso para ver sua amiga bem outra vez.

Ela sorriu para ele. Não estava certa de sair ilesa daquilo, mas era sempre bom tê-lo ao seu lado naquela estranha jornada.

CAPÍTULO VII

DE VOLTA AO MUNDO REAL

Após três erros de saques seguidos, o professor interrompeu o treino com um apito estridente e se aproximou com a cara fechada. Gabriela era sua atleta mais promissora e lhe desagradava vê-la com um olhar tão distante da quadra.

— Posso saber onde você está?

— Como? — Ela perguntou confusa.

— Eu perguntei onde você está. Na quadra é que não é.

Então ela percebeu que sua mente realmente não estava ali. E não conseguia evitar a sensação desconfortável de querer estar em outro lugar.

— Desculpe professor. Acho que não tô me sentindo bem hoje.

O professor conteve qualquer sinal de desagrado. Via aquilo com frequência nos adolescentes, especialmente nas meninas. Era evidente que Gabriela, sempre tão centrada nos treinos, não estava imune às alterações de humor que eram próprias da idade. Entretanto, tinha a impressão de que havia algo mais no semblante cansado dela.

— Hoje você não está num bom dia, não é?

— Acho que não. — Disse ela, apática.

— Você precisa descansar. Continuamos o treino na próxima aula, está bem?

— Tá bem. Vou recolher o material, então.

— Pode deixar. Eu mesmo faço isso.

Ela agradeceu e saiu da quadra em direção à biblioteca. Tinha uma pesquisa para fazer com Michel. Como estava adiantada, podia se distrair com alguma leitura até ele chegar. Gostava dos antigos livros de aventura de Emílio Salgari e já tinha encontrado alguns na biblioteca da escola. Minutos depois já estava com o livro na mão e escolheu um canto sossegado para acomodar-se e iniciar sua leitura. Entretanto, o sossego não durou muito.

— Oi. — Saudou uma voz ao lado dela.

— Oi. — Ela respondeu antes de levantar os olhos, ao reconhecer a voz.

— Gino? Então, agora frequenta a biblioteca?

— Mais ou menos. Tenho que fazer um trabalho sobre Vasco da Gama. Tá lendo o quê? — Perguntou ele, espichando os olhos. — Gavião do Mar! Esse é muito bom.

— Já leu? — Ela perguntou surpresa. Pelo que sabia a respeito de Gino, ele não era muito chegado à leitura.

— Já. Meu pai tem uma coleção completa do Emílio Salgari. Eu não gosto muito de ler, mas às vezes pego um.

— Ah! — Exclamou Gabriela, cuja interjeição significava que tinha compreendido.

— Eu nunca lhe agradeci pela ajuda que recebi no bimestre passado, na prova de matemática.

— Bobagem... Já faz tanto tempo.

— Mesmo assim, foi graças a você que passei. — Disse ele sentando--se. — Gostaria de retribuir de alguma forma.

— Esquece isso. Tá tudo bem.

Ele ia retrucar, mas alguém se aproximou e interrompeu.

— Então é aqui que você se meteu?

— Valéria? O que você está fazendo aqui? — Perguntou Gino contrariado.

Valéria fuzilou Gabriela com o olhar. Ela retribuiu com a calma indiferença que lhe era peculiar. Desde aquela festa de aniversário, elas não tinham mais se falado. Aparentemente Valéria logo se cansava de seus joguinhos, no entendimento de Gabriela. Para ela, o acontecido naquela noite tinha provocado uma sensação intensa, pela inexperiência dela, mas logo percebeu que não tinha um significado especial.

— O que acha? Estava procurando você. Não tínhamos combinado ir ao shopping hoje à tarde?

— Ih! É mesmo. Desculpe. Esqueci completamente e vim para cá fazer um trabalho de história.

— Estou vendo. — Retrucou Valéria com desdém.

Gabriela não costumava alterar-se facilmente com pessoas como Valéria, mas não tinha paciência para lidar com atitudes que considerava tolas e não queria tornar esse dia aborrecido em algo ainda pior.

— O feliz casal não precisa de mim para continuar a discussão. Vou nessa.

— Espere Gabi. Você não tem que ir embora porque já estava aqui. — Disse Gino com irritação. — E você, não imagine coisas.

— Não vou me dar ao trabalho. Da fruta que você gosta, ela lambe até o caroço.

Aquela observação carregada de insinuação conseguiu irritar Gabriela.

— É mesmo? Você já falou para o Gino dos joguinhos que você gosta de fazer? Aposto que ele ia achar muito interessante.

— Do que ela tá falando?

— De nada. — Respondeu Valéria, sem jeito.

Percebendo vozes alteradas, a bibliotecária se aproximou deles com cara de poucos amigos.

— Aqui não é local para discussão. Acalmem-se ou saiam.

— Vamos embora? Perguntou Valéria para Gino.

Ele ia insistir no assunto, mas concordou em ir embora para evitar mais um chilique de Valéria dentro da biblioteca.

— Vamos! Tchau, Gabi.

— Tchau. — Respondeu Gabriela em tom neutro.

Depois que Gino e Valéria saíram, Gabriela sentou-se novamente à mesa de leitura e conferiu a hora no relógio de parede da biblioteca.

— Aquele pirralho já deveria estar aqui. — Falou para si mesma, pensando que aquela situação desagradável talvez não tivesse acontecido, se Michel já estivesse ali com ela. Depois sorriu quando percebeu que, na verdade, divertiu-se com a cena de ciúme de Valéria. Era a primeira vez que provocava algo assim e aquilo a fazia sentir-se bem, embora não compreendesse exatamente o porquê daquilo.

Uma hora depois, concentrada na leitura, Gabriela custou a perceber que Michel ainda não aparecera. Aquilo era muito estranho, porque ele nunca faltava quando combinavam alguma coisa. Ela esperou mais 15 minutos e decidiu procurá-lo. Percorreu todas as dependências da escola infrutiferamente. Não havia sinal dele em lugar nenhum e ela começou a ficar preocupada.

Ao passar pela quadra de esportes viu dois garotos da turma de Jorjão. Eles vinham da direção da torre da caixa d'água e pareciam bastante animados com alguma coisa que fizeram. Gabriela ocultou-se. Depois seguiu o caminho deles no sentido inverso. Apostar que eles tinham alguma coisa a ver com o sumiço de Michel não era nenhum absurdo.

Ao se aproximar da torre da caixa d'água, percebeu que a porta de acesso à escadaria estava bloqueada pelo lado de fora, mas sem o cadeado original na tranca. O que impedia a sua abertura era um arame grosso, torcido para unir as pontas. Com esforço, ela desfez a tranca improvisada e abriu a porta e encontrou Michel.

Amarrado e amordaçado com as próprias roupas no cano da bomba d'água, Michel tentava desesperadamente soltar-se. Mais que o medo, havia um enorme constrangimento no seu olhar pela patética situação em que se encontrava, quando avistou Gabriela.

— Espere, eu ajudo você.

— Eu não pude... Fazer... Nada. Eram muitos. — Disse, com lágrimas nos olhos.

— Está tudo bem agora. Fique calmo.

Ciente do seu constrangimento com a nudez forçada, Gabriela evitou olhá-lo diretamente, enquanto o ajudava a vestir suas roupas. Sentia um ódio feroz pela estupidez daquela injúria, mas nada disse. Não queria aumentar ainda mais o sofrimento dele.

— O que aconteceu? — Ela perguntou depois de alguns minutos.

— Eles me pegaram quando eu ia para a biblioteca encontrar com você. Arrastaram-me para cá e me amarraram naquele cano. — Disse ele, apontando o cano d'água com o olhar. — Enquanto faziam isso, riam e me batiam.

— Não se preocupe. Eles vão ter o que merecem, assim que chegarmos ao gabinete do diretor da escola.

— Não.

— Não?

Ele respirou fundo. Não sabia como explicar ainda, mas sentiu um enorme desejo em revidar a afronta sofrida.

— Punição da escola é pouco. — Disse por fim. — Eu vou pegar aqueles desgraçados.

— Ficou doido? Eles são muitos para você enfrentar.

— Quem falou em enfrentar?

— O que você quer fazer?

— Ainda não sei bem. Mas vou encontrar um jeito de me vingar daqueles imbecis. — Ele disse com o rosto crispado.

Sua expressão era impressionante, principalmente para quem conhecia aquele garoto afável. Gabriela nunca o tinha visto assim e teve receio que Michel estivesse perdendo uma parte importante de si naquele momento.

— Você está bem?

— Tô.

— Então vamos embora. Já não há razão para continuarmos aqui.

Ela pegou em sua mão ainda trêmula e o conduziu para fora, mas antes que saíssem ele a segurou.

— Gabi?

Ela se voltou e fitou seus olhos tristes.

— Não se preocupe. Isso fica só entre nós. Agora vou te levar para casa. É muito tarde para a gente fazer aquele trabalho de aula.

Eles saíram do colégio e, abraçados, seguiram para o ponto de ônibus. Gabriela nunca o sentiu tão frágil e ficou novamente com raiva dos moleques que cometeram aquela barbaridade.

No dia seguinte, ela procurou Michel em sua casa para irem juntos para o colégio. Normalmente era ele é que fazia isso, mas ela decidiu mimá-lo um pouco só daquela vez.

— Michel não vai à aula hoje, querida. — Disse à mãe dele ao abrir a porta para ela.

— Não?

— Não, meu bem. Michel amanheceu com febre e decidimos levá-lo ao médico, por precaução. Hoje você terá que ir sem o seu parceiro de aventuras.

— Tá. — Concordou ela, não muito feliz com isso. — Mais tarde eu passo aqui para ver como ele está.

— Venha sim. Ele vai gostar de ver você.

— Tá bom. Obrigada.

— Até mais tarde, querida.

Aquele dia seria bem chato sem Michel, pensou Gabriela sem muita vontade de admitir que sentia a falta dele.

— Hoje tem treino de vôlei de novo. — Lembrou para si mesma — Pelo menos o dia não será tão chato.

Mas foi. Na parte da manhã, duas aulas seguidas de matemática tão cansativas que a deixaram com a impressão de ter sido abduzida, tal era a inaptidão do professor para lecionar.

Felizmente as aulas chatas terminaram e ela logo estaria livre até a hora do treino de vôlei. Teria tempo para pesquisar e redigir o trabalho escolar que faria com Michel. Então, depois do almoço, foi para a biblioteca da escola.

Enquanto isso. Michel voltou do consultório médico e trancou-se no quarto. Fora alguns hematomas e uma luxação no pulso direito, ele estava bem. Entretanto, recusou-se a responder qualquer pergunta sobre o que havia acontecido.

Deitado de costas na cama ele olhava fixamente o teto, enquanto sua mente vagava pelo mundo de Az'Hur. Se fosse realmente um elfo, teria poderes mágicos e poderia enfrentar os valentões que o perseguiam na escola. Ficou imaginando o que faria. Talvez os transformasse em algum animal rastejante e gosmento, algo assim. Não sabia se elfos podiam fazer essas coisas, mas se não pudessem, certamente poderiam fazer alguma poção que fizesse crescer orelhas de asno e pelos nas mãos de cada um daqueles idiotas. Uma poção? Por que não? De repente tudo se tornou claro para ele. Já sabia o que fazer e levantou-se da cama. Antes de qualquer coisa, tinha que encontrar a caixa de remédios de sua mãe. Felizmente ela não costumava jogar nada fora e, certamente, ele encontraria o que precisava. Depois pensaria nos detalhes, disse para si mesmo antes de adormecer.

Na escola, Gabriela se esforçava para concentrar-se no treino. Ela adorava jogar vôlei, mas detestava treinar saque. Sentia-se como um jogador de futebol que só treinasse cobrança de pênalti. Sabia que era importante dominar cada fundamento, sempre buscando a perfeição, mas sua alma não estava naquele treino.

— Mais uma vez. — Ordenou o treinador.

Aquilo parecia uma sessão de tortura chinesa, mas ela obedeceu e recomeçou os saques. Havia decidido dar o melhor de si e extravasar a raiva que estava sentindo. Ficou tão concentrada nesse esforço que não percebeu a aproximação de Valéria e um pequeno grupo de alunos.

— Ei! — Gritou Valéria, da lateral da quadra. — Se acertar o próximo saque, ganha uma cueca.

As outras garotas riem e algumas imitam o andar masculino.

— Perereca musculosa. — Disse Valéria perto dela e depois se afastou rindo.

Esse tipo de provocação não costumava afetar Gabriela, mas ela não estava definitivamente num bom dia. Olhou fixamente para Valéria por um segundo e a fez desviar os olhos. Em ato contínuo jogou a bola para o alto e desfechou um golpe com toda a força de que era capaz. A bola partiu certeira e atingiu a desafeta na testa. Ela nem teve tempo de perceber e caiu desacordada. O treinador correu para socorrê-la e a levou para a enfermaria, não sem antes olhar para Gabriela.

— Não saia daqui. Nós temos que conversar sobre isso.

Os desdobramentos desse último acontecimento não foram, como se poderia esperar, muito favoráveis para a reputação de Gabriela junto à direção da escola. Logo depois de levar Valéria para a enfermaria, o treinador a conduziu para a sala do diretor e chamou sua mãe. Uma hora depois ela foi instada a explicar o motivo da agressão cometida contra outra aluna. Quando terminou seu relato, o silêncio do diretor a deixou inquieta.

— Isso realmente aconteceu, treinador?

— Eu percebi que havia um grupinho à beira da quadra falando com ela, mas o que eles disseram eu não consegui ouvir, pois estava do outro lado e havia muito barulho. Contudo, percebi que elas estavam prejudicando o treino dela e atravessei a quadra, mas antes disso Gabriela acertou a garota.

"Mentiroso." A palavra ecoou na mente de Gabriela, mas ela nada disse. Lembrava que o treinador, na verdade, estava bem próximo e era impossível não ouvir os insultos de Valéria.

— Nós compreendemos que você tenha sofrido uma afronta, mas a agressão que cometeu não poderia ter acontecido. — Disse o diretor da escola. — As consequências disso poderiam ter sido muito graves. Você compreende?

— Sim, senhor.

— Eu não entendo como minha filha fez isso. Não é da natureza dela. — Falou a mãe de Gabriela pela primeira vez, com um tom de voz que denotava a decepção que sentia. Aquilo fez com que Gabriela se encolhesse na cadeira. Há muito compreendia o quanto era difícil para sua mãe lidar com a própria solidão e cuidar dela. Era justamente a partir dessa compreensão que se esforçava para não lhe causar nenhum tipo de aborrecimento, até que cometera aquele ato impensado.

— Desculpe, mamãe. — Murmurou.

— O bullying é uma prática abominável, mocinha. — Continuou o diretor. — E lamentamos muito você ter sido vítima disso e, justamente aqui, na nossa escola. Contudo, reagir com violência não é a melhor forma para lidar com situações como essa.

— Eu... Compreendo. — Repetiu ela, ansiosa para sair da sala do diretor. Sabia que aquelas palavras eram vazias e não significavam nada. A única coisa verdadeira ali era o constrangimento de sua mãe.

— Fico feliz que você tenha compreendido isso. Doravante, situações como essa devem ser relatadas imediatamente aos professores.

— Sim, senhor. — Ela respondeu apática. Todo aquele discurso era um amontoado de bobagens politicamente corretas. Ela sabia que os professores nada fariam. Há meses que Michel era perseguido, agredido e afrontado em sua dignidade, sem que houvesse qualquer atitude da direção da escola. Ninguém se importava.

"Bando de hipócritas."

— Infelizmente não podemos relevar a agressão que você cometeu em represália à ofensa que sofreu. Assim, fica suspensa das aulas por dois dias e obrigada a fazer um trabalho sobre violência na escola durante o cumprimento dessa suspensão. O trabalho será apresentado no auditório para todos os alunos no dia que você voltar, durante a pausa.

"Que ótimo." Pensou Gabriela. "Agora toda a escola vai me odiar."

— E Valéria? — Ela perguntou.

— A menina que você agrediu? O que tem ela?

— Desculpe diretor, mas a pergunta dela é pertinente. — Intercedeu a mãe de Gabriela. — Minha filha foi vítima de bullying. O que o senhor vai fazer quanto a isso?

— Mas a outra já levou uma *bolada*. E foi sua filha mesma quem se encarregou disso.

— Gabriela reagiu a uma ofensa, mas a tal garota infringiu o regulamento da escola, não é mesmo? Além disso, a prática de bullying é crime, não é?

— Bem...

— Eu exijo que a outra garota também seja punida. — Interrompeu a mãe de Gabriela, subindo o tom da voz.

— A senhora tem razão. — Respondeu o diretor, por fim. — Ela será suspensa também, mas por três dias. Está bem assim? Além disso, também será obrigada a fazer um trabalho de aula sobre bullying e apresentá-lo no auditório na hora da pausa, como Gabriela.

— Isso me parece satisfatório, mas vou acompanhar de perto o fim dessa história.

— Está no seu direito. — Respondeu o diretor não muito à vontade.
— Bem... Se todos estão de acordo, podemos encerrar essa reunião.

Elas se despediram formalmente e saíram da sala do diretor. Alguns minutos depois, já fora da escola, Gabriela quebrou o silêncio opressivo que reinava entre elas.

— Desculpe mamãe.

A mãe dela olhou a com uma expressão de desalento, mas nada disse.

— Por favor, diga alguma coisa.

— Ela realmente disse aquilo para você?

— Sim.

— Ela tinha algum motivo para isso?

— Ela me viu conversando com o namorado dela na biblioteca outro dia. Eu acho que não gostou muito disso.

— Entendo. Ela fez isso por ciúmes.

Havia mais para contar, mas Gabriela decidiu que não gostaria de falar de coisas que ainda não compreendia bem. Sentia um inexplicável pesar que apertava seu coração, talvez pelas palavras que ouviu de Valéria, ou pelas palavras que não foram ditas pela sua mãe. De qualquer modo se sentia magoada e triste.

No dia seguinte, Michel estava na escola sem a companhia de Gabriela pela primeira vez. Isso lhe dava uma sensação desconfortável, mas ele procurou não pensar muito a respeito. Todavia, a ausência dela lhe era oportuna, pois desta feita queria que Jorjão e seu bando de arruaceiros se sentissem à vontade para molestá-lo.

Reviu tudo que havia planejado para esse dia. Não poderia se esquecer de nada, caso contrário estaria em maus lençóis. Um pouco ansioso, enfiou a mão no bolso do casaco para se certificar, pela centésima vez, que havia trazido tudo que ia precisar. O contato dos dedos com o saco plástico o tranquilizou. Estava tudo ali. Agora só lhe restava esperar pela hora do recreio e pela sanha costumeira de seus opressores em infernizar sua vida.

Havia duas aulas antes da pausa do recreio. Em sua ansiedade, aquelas duas aulas duraram uma eternidade, mas o sinal da última aula finalmente soou e interrompeu o professor. Como em qualquer escola, ali também o sinal que anunciava o fim da aula era a senha para um verdadeiro estouro de boiada. A rapidez com que os alunos deixavam a sala contrastava fortemente com a disposição de entrar.

Em poucos segundos a sala estava praticamente vazia, exceto pelo professor e Michel com seus três únicos amigos, além de Gabriela. Ela estava ausente nesse dia. Eles sempre saíam por último, pois não era bom ficar no caminho dos mais afoitos.

— Vocês não vão para o recreio? — Perguntou o professor. Aqueles quatro alunos sempre lhe despertaram a curiosidade. Não correspondiam ao padrão medíocre dos alunos da escola. Na verdade, eles pareciam não se encaixar em lugar nenhum, mas gostava deles.

— Já estamos indo. — Respondeu Michel.

Eles se levantaram e saíram da sala em silêncio, até que chegaram ao pátio de recreio.

— Tem certeza de que quer fazer isso? Perguntou um dos garotos para Michel.

— Sim. Mais que qualquer outra coisa. — Respondeu ele frio.

Esteve ansioso até aquele momento, mas depois que começou a pôr seu plano em prática sentia uma excitação crescente, como um anticlímax da vingança que estava por vir. Não haveria contemplação para aquele bando de idiotas.

— Cara, tô ficando com medo de você. — Disse outro dos seus amigos, com uma risada nervosa.

— Peguem uma mesa e esperem por mim, como combinamos. Vou buscar o suco de laranja. — Disse ele tomando a direção da cantina.

Ele pegou uma bandeja de plástico e colocou quatro copos grandes de suco de laranja. Olhou ao derredor para certificar-se que não estava sendo observado e, depois, despejou o conteúdo do saco plástico que trazia no bolso em cada copo. Metódico, esforçou-se para que cada um recebesse uma dose igual à do outro. Enquanto usava uma colher para homogeneizar a mistura, ele procurava Jorjão e seu bando. Precisava passar perto deles para que seu plano desse certo. Não demorou muito para que ele os localizasse próximos de onde estavam seus amigos. Ele não poderia desejar uma situação melhor para o que pretendia fazer. Pegou a bandeja e seguiu em direção deles.

— Ei, olhem só o CDF levando suquinho para os namorados. — Gritou Jorjão com desdém.

— Ei, menininha! Perdeu a noção do perigo? — Gritou um dos moleques levantando-se a um sinal do líder. Era a senha para os outros o cercarem.

— O que temos aqui? Uma bandeja com quatro copos de suco de laranja. — Falou Jorjão. — Trouxe para nós?

— Me deixa em paz. — Retrucou Michel, com a costumeira expressão apavorada no olhar.

— Bota essa bandeja aqui na mesa, bobalhão.

— Não.

— Tá querendo ir de novo para a caixa d'água? Pessoal, eu acho que ele gostou de ser amarrado naquele cano.

Os moleques riam de forma espalhafatosa e chamavam a atenção de outros alunos que estavam próximos. Não demorou muito para juntar uma pequena aglomeração.

— Que tipo de bichinha você é? — Perguntou Jorjão com desdém. — Será que é daquelas que gostam de apanhar?

Outro moleque respondeu à pergunta com voz em falsete.

— Me bate amor.

Michel ouvia as risadas, mas não se importava. Levaria seu plano adiante e depois riria por último.

— Bota a bandeja na mesa. — Repetiu Jorjão em tom ameaçador.

Mais uma vez ele fingiu resistir, mas colocou a bandeja na mesa para não os irritar demais. Não queria correr o risco de os copos serem derrubados.

— Muito bem. Nada como uma bichinha esperta. — Disse o brutamonte distribuindo os copos entre seus comparsas. — Vamos brindar à saúde dela. Não é, rapazes?

Eles ergueram os copos à maneira de cavaleiros medievais, ou pelo menos era assim que imaginavam, numa pantomima que pretendia ser engraçada. Depois olharam para ele e esvaziaram o conteúdo dos copos rapidamente.

— Esse suco tava com um gosto estranho. — Disse um dos moleques desconfiado.

— Besteira! — Exclamou Jorjão dando-lhe um tapa nas costas. — Você nem sabe o gosto que tem um suco de laranja.

Os outros riram como focas amestradas. Internamente Michel ria também, mas teria que aguardar o resultado daquilo antes que pudesse comemorar.

— Tá fazendo o que aqui, bichinha? Cai fora! — Falou Jorjão, ameaçando-o com um pontapé.

Michel afastou-se rapidamente. Já tinha concluído o que pretendia e só precisava aguardar o estrago que aquela mistura faria no estômago daqueles infelizes.

— Deu tudo certo? — Perguntou um dos seus amigos quando ele se aproximou.

— Deu. Eles tomaram tudo até a última gota. Agora é só esperar para o resultado.

— Quanto tempo demora?

— Não sei, mas não deve demorar. Eu coloquei uma dose pra cavalo em cada um dos copos.

— Caraca! Espero que isso não mate aqueles idiotas.

— Tô nem aí. — Respondeu Michel, surpreendendo-se com a própria frieza.

Antes não sabia ser capaz de tanto ódio. De repente percebeu que estava no limite do que poderia suportar e, a partir disso, o que restava era o pior de si mesmo. Um lado obscuro que não desconfiava existir e muito menos manifestar.

De repente, ele sentiu-se mal. Depois de dar uma desculpa, Michel correu para o banheiro e trancou-se, antes que a náusea que lhe acometia fizesse seu estrago na frente de seus camaradas. Depois chorou copiosamente, como há muito não acontecia.

O sinal do fim do recreio ecoou no pátio. Era o momento de voltar para a sala de aula. Era onde, esperava, tudo iria acontecer. Felizmente, seu grupo ficava sentado próximo à porta da sala e isso poderia ser útil para o caso de ser necessária uma retirada estratégica.

— Vamos. *Alea jacta est*. — Disse Michel, mal contendo sua ansiedade.

— O que você disse? — Perguntou um dos garotos.

— É latim, bobão. Quer dizer "A sorte está lançada". — Respondeu outro.

Logo depois que eles entraram na sala, o inimigo número um de Michel também entrou. Os demais membros daquela gangue estudavam em outra turma. Ao passar por Michel, Jorjão lhe deu um peteleco na orelha.

— Tá na minha mira, moleque. Fica esperto.

Com a orelha ardendo, Michel se absteve de qualquer reação. Logo teria a sua vingança e ele saberia esperar por isso.

O professor entrou na sala de aula e o burburinho logo cessou. Era dia de prova oral de biologia e ele era conhecido pelo rigor nas suas avaliações. Até mesmo os alunos mais turbulentos o temiam e evitavam incorrer na sua ira.

— Hoje faremos a prova oral do bimestre. Vocês foram avisados com bastante antecedência e tiveram muito tempo para estudar. Então eu espero que me façam feliz hoje e me mostrem que não perdi meu precioso tempo com essa turma. A prova constará de quatro questões e terá peso dois na avaliação do bimestre.

Após essa introdução não muito animadora para a maioria dos alunos daquela turma, o professor pegou um saquinho de plástico, remexeu o conteúdo e chamou uma aluna que se sentava logo à sua frente.

— A chamada será em ordem aleatória. Por favor, pegue um dos rolinhos de papel que está neste saco.

A garota fez o que o professor pediu e lhe entregou o papel. Um aluno que estava sentado no fundo da sala foi chamado para frente. Das quatro questões ele conseguiu responder duas e voltou para sua carteira com uma expressão aliviada. Trinta minutos depois, a maior parte dos alunos já havia sido chamada. Michel estava entre eles e, quando estava na frente respondendo às questões formuladas pelo professor, aproveitou para ver o estado de Jorjão. A mistura que colocou no suco de laranja já devia ter surtido efeito, mas o brutamonte não aparentava sentir nada.

Michel terminou sua prova oral e o professor estendeu o saco para ele chamar o próximo aluno. Ele estava frustrado e, nem mesmo o fato de ter respondido facilmente todas as questões, o deixou muito animado.

— Jorjão. — Chamou o professor. — É a sua vez.

Quando Jorjão levantou-se e andou para frente da sala, Michel percebeu que seus passos eram incertos. Alguma coisa estava acontecendo com ele.

— Primeira pergunta. — Anunciou o professor. — Qual a função da mitocôndria na célula?

Ao invés de responder à pergunta, Jorjão soltou um ruído flatulento e o característico cheiro nauseabundo se espalhou rapidamente.

— Credo! — Exclamou o professor recuando. — Você está bem?

Não houve resposta para a pergunta. Jorjão se esvaía nas calças, num processo que parecia não ter fim.

— Olha só... O Jorjão tá se cagando todo. — Gritou um dos alunos.

Constrangido, o brutamonte procurou Michel com o olhar furioso. Ele havia se lembrado do suco de laranja e compreendeu que havia caído numa cilada. Tentou avançar em sua direção, mas um novo espasmo o conteve.

Michel aproveitou do momento em que as atenções estavam voltadas para Jorjão. Evadiu-se discretamente da sala de aula e seguiu para a biblioteca.

Com o coração disparado, ele procurou a sua mesa preferida, que ficava num canto e quase oculta por uma estante.

— Dia difícil? — Perguntou uma voz conhecida atrás de si, assim que ele se sentou.

Ele se virou rapidamente e deu de cara com Gabriela segurando um livro.

— Gabi? O que faz aqui? Pensei que tinha pegado uma suspensão.

— E peguei. Mas me deram um trabalho para fazer, como parte do castigo. Agora me diz por que está tão agitado?

— Peguei o Jorjão e sua turma.

— Pegou? — Ela arqueou a sobrancelha numa expressão cômica que traduzia incredulidade. — Conta essa história direito.

— Na verdade, só vi o que aconteceu com o Jorjão, mas o mesmo deve ter acontecido com o restante daquele bando de idiotas.

Encontrar Gabriela foi inesperado, mas era tudo o que ele precisava para se acalmar. Michel então contou o plano de vingança que tinha colocado em prática. No começo as palavras saíam aos tropeços, mas logo se tornou uma narrativa fluente e entusiasmada.

— Caraca! Isso foi sinistro. — Exclamou Gabriela rindo. — Daria tudo para ter assistido.

— É... Foi pena você não ter visto.

— Tudo bem. De qualquer modo foi bom ver que você soube se virar sozinho. Os últimos dias também não foram muito fáceis para mim.

Ele lembrou o que tinha acontecido com ela, mas evitou falar diretamente sobre isso. Conhecia Gabriela e sabia que ela tinha sua própria maneira de lidar com as adversidades.

— Eu sei. Essas coisas me fazem pensar que a vida é muito difícil.

— Quando se sente assim, o que você faz? — Perguntou ela, com um interesse especial sobre aquele assunto.

— Fico me imaginando em outro lugar, vivendo outra vida.

— Como naquele videogame?

— Mais ou menos. Já pensou como seria legal ter poderes mágicos e viver uma grande aventura?

— Já. Acho que vivo pensando nisso. — Ela respondeu.

— Pena que isso não seja possível, mas pelo menos temos aquele videogame. A gente podia jogar hoje, depois do jantar.

— Não vai dar. Minha mãe me deixou de castigo e só vou poder jogar no domingo.

— Pena. Eu queria voltar a usar aquele personagem, Bullit. Acho que vou aprender algumas coisas com ele.

— Eu acho que ainda não encontrei um personagem que me agradasse totalmente, mas vou experimentar a princesa guerreira. Acho que é mais a minha cara.

A realidade pode não ser muito atraente quando se é adolescente num mundo opressivo e cheio de contradições. Gabriela e Michel não estavam imunes a esse tipo de pensamento e seria inevitável pensar em Az'Hur. Talvez fosse um lugar melhor para se viver, mesmo com o demônio e toda sua violência.

CAPÍTULO VIII

O OUTRO LADO

Eles ficaram um longo tempo olhando a tela do computador. Pareciam hesitar mais uma vez. O ambiente virtual daquele RPG se mostrava cada vez mais envolvente e sedutor a cada fase, de tal modo que a própria realidade parecia ainda mais sem graça, à medida que iam avançando. É verdade que os acontecimentos daqueles últimos dias não haviam colaborado muito para que essa percepção negativa da vida houvesse mudado. Contudo, os garotos tinham consciência de que um simulador nunca substituiria a experiência real, por mais desinteressante que ela pudesse se tornar ao longo de suas vidas. A questão que se insinuava em suas mentes era para onde a experiência virtual os levaria e como isso os afetaria, depois que a imersão total naquele jogo se completasse. Naturalmente, o que lhes ocorria não era um pensamento claro e articulado sobre esse dilema. Parecia mais um alerta intuitivo, que se insinuava em seus pensamentos a respeito do jogo.

— Pronta? — Perguntou Michel, após colocar o DVD na gaveta do leitor ótico. Gabriela aquiesceu com o olhar e ele empurrou o disco.

Logo após o computador inicializar o jogo houve uma mudança repentina na luz ambiente. Embora ainda fosse dia e as cortinas estivessem abertas, o quarto escureceu e um vento gelado surgiu do nada, como se um poderoso ar-condicionado tivesse sido acionado.

— Tem alguma coisa errada! — Exclamou Gabriela. De repente, ela estava com um terrível pressentimento.

— Que frio! — Disse Michel, ao constatar que as janelas estavam fechadas. — De onde tá vindo esse vento?

— Não sei... Acho melhor desligar essa coisa. — Respondeu ela, tentando fechar o programa.

O vento aumentou e um redemoinho surgiu e sugou as roupas espalhadas pelo quarto. Gabriela lembrou vagamente que deveria ter arrumado aquela bagunça no dia anterior. Foi só um pensamento passageiro. Apenas o bastante para ela sentir-se estúpida em preocupar-se com suas obrigações naquele momento. Na verdade, era o que ela gostaria de fazer: acordar daquele pesadelo e arrumar o quarto.

— Olha o espelho!

Ela seguiu o olhar apavorado de Michel e viu a superfície do espelho se tornar opaca e deformar-se como um lago agitado pelo vento. Com o canto dos olhos Gabriela percebeu que os móveis pareciam também se deformar e afastarem-se deles. A impressão que tinha era que o quarto estava se tornando maior.

— Desligue isso! — Pediu Michel em pânico.

— Não consigo! Puxe a tomada.

Aos tropeços, ele procurou a tomada e, incrédulo, percebeu que o cabo não estava conectado a lugar nenhum. Não havia como desligar o computador, nem compreender como ele estava funcionando. No monitor, o demônio gargalhou e começou a dançar de modo grotesco e assustador.

— Não pode mais voltar atrás, minha criança. O jogo começou pela magia e não há como parar.

O vento aumentou e formou um vórtice que os levantou do chão, fazendo-os rodopiar sem controle. Era uma sensação de desamparo nova e desagradável. A gargalhada do demônio foi a última coisa que ouviram antes de serem tragados pelo espelho. Quase imediatamente, o quarto voltou ao normal.

Sugados pelo vórtice de natureza mística, Gabriela e Michel tentaram dar as mãos enquanto rodopiavam num vazio escuro e gelado, mas uma força invisível os afastava um do outro cada vez mais. Sem pontos de referência, eles tinham uma apavorante sensação de impotência, que parecia não ter fim.

Então, quando a tensão já se tornava insuportável, tudo acabou. Gabriela sentia-se enjoada e com receio de abrir os olhos. Poderia apostar toda a mesada de que não estava no quarto, a julgar pelo cheiro do ar, úmido e putrefato, que respirava.

— Michel?! — Chamou cautelosa. Nenhuma resposta. Abriu os olhos e percebeu que estava na margem de um pântano. Isso explicava a origem do mau cheiro. Chamou por Michel novamente, mas ele não respondeu. Ela estava só.

Confusa, Gabriela olhou onde estava. A vegetação que amorteceu sua queda era uma espécie de capim com caules longos e grossos. Suas folhas largas apresentavam uma coloração azulada, assim como todo o resto da vegetação rasteira. As árvores, por outro lado, tinham uma variação maior de tons, que iam de um azul pálido ao mais escuro.

Ainda um pouco zonza, Gabriela sentia-se dolorida, mas aparentemente não tinha sofrido nenhuma fratura. Após se refazer, ela saiu à procura de Michel.

De repente, um leve ruído vindo de trás de uma árvore a deixou em estado de alerta. Lidar com surpresas naquele nível de imersão não era exatamente o que Gabriela esperava de um RPG. Ela ainda não sabia o que tinha acontecido, mas uma hipótese praticamente inacreditável tomava forma em seu inconsciente.

— Quem está aí?

Não houve resposta, mas o ruído se repetiu. Gabriela respirou fundo. Olhou em volta e decidiu contornar a árvore. Por precaução, afastou-se um pouco mais, a fim de evitar uma posição que lhe deixasse mais vulnerável.

Quando começou contornar a árvore, ela viu a sombra. Alguma coisa enorme, de orelhas pontudas, se ocultava atrás do tronco da árvore.

— Quem está aí? — Ela perguntou novamente e pegou uma pedra para se defender. De repente um cão enorme surgiu por detrás da árvore e a fitou com grandes olhos amarelados.

O animal viu a pedra e rosnou para ela, mas permaneceu onde estava. Eles se fitaram por alguns segundos, como se examinassem o grau de ameaça que um representava para o outro. Sentindo que precisava tomar a iniciativa, Gabriela tentou falar com o cão. Estava apavorada demais para pensar em outra coisa.

— Amigo?

O animal permaneceu um momento impassível. Depois se sentou sobre as patas traseiras, como se ainda não houvesse decidido se ela era uma presa ou algo para temer. Para sair daquele impasse, a menina se arriscou e soltou a pedra. Em resposta o cão pegou algo no chão e se aproximou devagar.

— O que é isso?

Cautelosamente ela pegou da boca do animal o que parecia ser uma pequena bolsa de couro. Gabriela a abriu e encontrou um pedaço de cristal de coloração vermelha, que tinha um formato hexagonal e era perfeitamente lapidado. Ao ser tocada a pedra brilhou intensamente como se emitisse sua própria luz.

— Que linda! — Exclamou, impressionada com o brilho avermelhado, que parecia querer fundir-se com a ponta de seus dedos. Após hesitar um momento, ela devolveu a pedra à bolsa de couro e a prendeu em seu cinto.

— Pena que não seja real.

O cão latiu e lambeu sua mão. O contato súbito e molhado, embora amigável, a sobressaltou. O animal soltou um breve ganido e recuou. Aliviada, ela soltou o ar preso em seus pulmões.

— Bem... Pelo menos agora já não tô sozinha. — Disse, tomando coragem para afagar a cabeça do animal. — Você bem que poderia me ajudar a encontrar Michel, não poderia?

O cão latiu em resposta, como que assentindo. Ela começou a andar e o animal a seguiu. Depois lhe tomou a dianteira e continuou farejando a relva pelo caminho.

— Parece que você sabe o que está fazendo. — Disse ela, seguindo-o.

Após alguns minutos andando atrás do cão, tudo o que ela conseguia ver era uma paisagem lúgubre, formada por uma vegetação rasteira, que margeava de um lado uma densa floresta e, de outro, a água escura e inerte de um imenso pântano. Vez por outra, sua superfície era ocasionalmente perturbada pelo estouro das bolhas de metano que se desprendiam do fundo lamacento.

— Isto aqui tá parecendo o cenário de "A Bruxa de Blair". — Disse para o cão, estranhando o som da própria voz, ligeiramente mais grave do que o normal.

Gabriela fez um esforço para dominar a inquietação, provocada mais pelo desaparecimento de Michel do que pela estranha situação em que se encontrava. Sem outra opção, continuou seguindo o cão. O animal, pelo menos, parecia conhecer bem aquele lugar.

Caminharam por alguns minutos e encontraram uma trilha que acompanhava a margem do pântano. Sem nenhuma noção de onde estava ela decidiu seguir por ali. Pelo menos não correria o risco de ficar ainda mais perdida, caso decidisse voltar ao mesmo local. À medida que o tempo passava, ficava mais aflita, sem saber o que havia acontecido com seu companheiro naquela aventura.

— Eu sabia que isso não ia dar certo. — Resmungou sem se dar conta de que estava falando sozinha de novo. — Que outra coisa se poderia esperar daquele saci? Só queria ter a chance de encontrá-lo de novo. Ele ia aprender a não se meter comigo, ora se ia.

Frustrada, ela chutou um cascalho e prosseguiu tentando encontrar algum sinal do paradeiro de Michel, sem perceber que o cão tinha ficado subitamente alerta. O animal disparou pela trilha, deixando-a sozinha.

— Ei! Volte aqui, seu vira-lata pulguento.

Sem alternativa ela foi atrás do cão, torcendo para que o animal tivesse encontrado alguma pista do seu amigo. Mais adiante a trilha se estreitava, espremida entre uma enorme rocha e a margem do pântano. Depois fazia uma curva e era interrompida por uma grande árvore caída. Atravessada no caminho, a árvore tinha parte do tronco mergulhado na água escura e malcheirosa.

O cão estava parado e com os olhos fixos no tronco da árvore.

— Ah! Você está aí. O que encontrou? — Perguntou desanimada, ao ver o enorme tronco atravessado na trilha. — Grande! Agora vou ter que contornar pelo mato. O que mais falta acontecer nesta aventura idiota?

— Isto é só o começo, mocinha. — Disse uma voz que lhe soou familiar. — Ainda vai piorar, do seu ponto de vista.

— Quem disse isso? — Perguntou Gabriela, enquanto continha o cão que rosnava furioso. — Quieto!

Para sua surpresa o animal obedeceu e sentou-se, mas ninguém lhe respondeu. De repente ela ouviu um estalo, seguido da queda de um pedaço da casca da árvore. Havia alguém em cima do tronco.

— Quem está aí? Apareça cretino.

— Corajosa hein? Isso é bom, muito bom. Muitas são as provações por que irá passar, minha cara.

— Vai aparecer ou não vai? — Desafiou Gabriela, exasperada.

Uma sombra se movimentou claudicante no alto do tronco.

— Tenha paciência, mocinha. É difícil descer daqui com uma perna só, viu?

— Uma perna só? Icas?

Ele surgiu arrastando-se pelo tronco do lado em que estava Gabriela. Olhou para ela e esboçou o mesmo sorriso torto, com o velho cachimbo fedorento pendente do canto da boca. Era Icas, sem dúvida.

— Finalmente você chegou. Por que demorou tanto?

Gabriela não respondeu. Desconfiou que estivesse sonhando, mas aconteciam coisas estranhas demais com ela, até para um pesadelo.

— O que você está fazendo aqui? — Perguntou por fim.

— Estava esperando você. Creio que a pergunta que gostaria de fazer é o que você está fazendo aqui, não?

— Este é o meu pesadelo. — Respondeu ela, dando de ombros. Não ia deixar aquele anão esquisito amedrontá-la no seu próprio sonho.

— Então pensa que está sonhando... — Retrucou Icas, imitando a forma como ela sacudia os ombros, numa indiferença aparente. — Lamento discordar, mas você não está sonhando.

— Não? E onde estou, então?

— Você está no mundo de Az'Hur, minha cara. De volta ao seu mundo, devo dizer.

— Mundo de Az'Hur? Estou dentro daquele jogo maluco?

— Se prefere pensar assim... É um modo de encarar as coisas.

O DVD do jogo havia sido dado por ele. A lembrança disso deixou-a furiosa e ela avançou em sua direção, disposta a obter algumas respostas. Com um safanão tirou a carapuça de Icas, que soltou um guincho e pulou para trás assustado. A expressão velhaca, que beirava o desdém, havia desaparecido de sua face. No olhar havia apenas o pavor de um animal acuado. Ao ver aquela expressão, Gabriela se perguntou se era real.

— Devolva minha carapuça. — Guinchou.

Indiferente ao tom aflito na voz dele, Gabriela olhou para a carapuça em suas mãos. Aquele trapo lembrava-lhe algo, mas era uma lembrança fugaz.

— Você quer isso?

— É minha. Devolva... Por favor.

— Hum... Acho que não. — Disse ela girando a carapuça nos dedos. — Prefiro você como vejo agora, e desconfio que sua mudança de atitude tenha a ver com esse trapo.

Com um movimento súbito Icas fez menção de saltar, na tentativa de recuperar a carapuça. Mas o cão se interpôs entre ele e Gabriela. Um rosnado ameaçador fez o anão recuar.

— Acho que o meu amigo não gosta de você. Por que será?

— Ele é o Cão das Sombras. Não é amigo de ninguém e é muito perigoso.

— Bem, por alguma razão ele me adotou. Agora você vai responder umas perguntinhas, a menos que queira se entender com o cão.

— Acho que prefiro a primeira opção.

— Pois muito bem, agora as perguntas...

— Depois você me devolve a carapuça? — Interrompeu Icas, tentando tirar partido da situação adversa.

— Talvez. — Respondeu Gabriela, ainda tentando resgatar na memória o que a carapuça lembrava tão vagamente.

O anão já não a olhava nos olhos e parecia temê-la. O cão, por sua vez, olhava fixo para ele e acompanhava atentamente seus movimentos. Gabriela voltou a duvidar da autenticidade daquela demonstração de temor, mas nada disse. Preferia limitar a conversa ao que lhe interessava.

— Que lugar é esse? E como vim parar aqui? — Ela perguntou impaciente.

— Quantas perguntas... — Reagiu Icas de modo evasivo. Sua atitude voltou a ser a mesma de quando ela o viu pela primeira vez, no dia em que entrou naquele sebo em companhia de Michel. Parecia novamente o duende velhaco e dissimulado que conhecera.

— Não enrola. Foi você que nos deu aquele DVD, não foi? Então estamos aqui por sua causa. — Ela acusou. — Você nos trouxe para cá. Por quê?

O saci saltitou ao redor dela, como se procurasse uma resposta satisfatória. O movimento despertou a atenção do Cão das Sombras e o animal rosnou ameaçadoramente, fazendo com que ele parasse.

— ... Acho que esse bicho realmente não gosta de mim.

— Começo a pensar que ele deve ter bons motivos para isso.

O Saci riu. Era um riso sorrateiro, como ela já tinha ouvido antes. Era justo pensar que aquela criatura estivesse escondendo algo.

— Agora fiquei magoado. — Ele disse canastrão. — Está bem, minha jovem. Eu mesmo não conheço todos os detalhes, pois não sou deste mundo também, como você já sabe.

— Desembucha de uma vez.

— Pois bem, já que está pedindo com tanta gentileza, eu vou lhe contar. Você veio para este mundo para cumprir uma profecia.

— Eu?

— Sim, você! Há muito tempo, uma profecia menciona sua volta ao mundo de Az'Hur.

— Você quer dizer aqui? Mas eu nunca estive neste lugar.

O saci aproximou-se dela, de tal jeito que o Cão das Sombras rosnou para ele. Entretanto, desta feita, Icas não pareceu se amedrontar e segurou a mão dela. O contato foi inesperado e Gabriela se retraiu, mas não antes de ter sua mente invadida por imagens que evocavam lembranças que não eram suas, mas pareciam estranhamente familiares.

— Esteve sim. — Ele disse. — Mas você não lembra, não é?

— O que você quer dizer com isso? — Ela perguntou quase sem fôlego. Ainda estava abalada com as imagens em sua mente.

— Quero dizer que você viveu neste mundo, numa outra vida. Uma vida que se encerrou bruscamente há treze anos, pela escala de tempo do mundo de onde você veio.

Era difícil acreditar naquilo tudo que ouvia, mas a curiosidade era ainda maior que a dificuldade em admitir aquela história como sendo verdadeira.

— O que aconteceu com... Comigo?

— Você era Zaphira, a princesa de Walka, um pequeno reino que estava sob a ameaça de Antária, o reino dos Magos Celestiais.

— Que maluquice. Mas você ainda não respondeu à pergunta que fiz.

— Eu já ia chegar lá, menina impaciente. Você desapareceu numa batalha com o Grão-Mestre da Ordem dos Magos Celestiais, segundo ouvi dizer. Aliás, ele também desapareceu. Logo depois, Mordro, um mago renegado de Antária descobriu uma antiga profecia que falava de sua vida, de sua morte e renascimento em outro mundo. A mesma profecia previu também sua volta ao mundo de Az'Hur. Durante muito tempo, Mordro perscrutou as estrelas em busca de um sinal. Um dia percebeu uma anomalia nas vibrações da barreira mística que há entre Az'Hur e a Terra. Encontrou uma forma de perscrutar o seu mundo e constatou que Zaphira, isto é, você, havia renascido. Ele a encontrou.

— Fala sério! — Ela retrucou, contendo um ataque de riso. Apesar disso, algo lhe dizia que aquele sujeitinho esquisito não estava brincando, de modo que resolveu manter o jogo. — Por que Mordro estava tão interessado em mim?

— Ele foi seu mestre na outra vida — Disse o saci, como se pudesse ler sua mente. — Isso aconteceu depois que Mordro foi banido da Cidade Celestial, por haver se rebelado contra o Grão-Mestre e praticado alguns encantos proibidos.

— Encantos proibidos?

— Sim. A ordem dos Magos Celestiais proibia certas práticas, que ele insistia em ignorar. Alguns feitiços arcanos antigos, magia negra... Essas coisas, você sabe. — Respondeu Icas, novamente evasivo.

— Sei?

— Sabe, sim..., mas não lembra, é claro.

Para Gabriela era difícil acreditar em algo tão fantástico, principalmente se comparado à vidinha monótona e sem graça que ela acreditava ter vivido até então. Não que nunca tivesse fantasiado ser uma princesa, ou desejado outra vida, mas aquilo era um pouco demais. Era tudo tão fantasioso, e ao mesmo tempo tão impressionante, que ela quase esqueceu que ainda havia lacunas no relato do saci, que precisavam ser esclarecidas.

— Por que esse mago tem tanto interesse nessa profecia?

O saci deu de ombros

— Zaphira era sua aliada e Mordro teria muito a ganhar com a volta da princesa guerreira.

Aquilo era uma maluquice, mas ela decidiu continuar dando corda ao saci. Precisava saber mais.

— Como você se envolveu nisso tudo?

— Para voltar às minhas origens. Eu nem sempre fui o que você está vendo e Mordro prometeu ajudar-me. Por isso concordei em levar até você o sortilégio que a faria vir para este mundo.

Enquanto o saci falava, Gabriela ficou pensando o quanto ele poderia estar envolvido naqueles acontecimentos estranhos.

— E Michel? Por que ele veio também?

— Isso eu não sei explicar. Era para ter vindo somente você.

Novamente ela tinha a sensação de que o saci não estava contando tudo. Começava a pensar que estava envolvida em algo maior do que um simples jogo de RPG. Para desvendar os mistérios daquela estranha aventura, ela percebeu de repente que deveria rever seus conceitos e olhar tudo de outro jeito.

Enquanto isso, longe dali, Michel lidava com dificuldades de outra ordem. Ele não sentia que estivesse em outra realidade, como Gabriela, mas a conexão com seu avatar foi difícil. O elfo jazia inconsciente por entre os escombros de uma velha torre. O corpo estava inerte, em contraste com a mente agitada e ainda envolta nas terríveis sensações da morte do Beron.

O garoto não conseguia entender a razão de sentir tanto a morte do centauro, já que ele tinha sido o avatar escolhido por Gabriela. Chegou a pensar que havia inadvertidamente acionado outro personagem, quando se lembrou do elo místico que Bullit partilhava com Beron. Essa ligação explicava o sentimento de pesar de seu personagem, entremeado pela culpa por ter falhado em proteger a torre. As sensações emanadas do seu avatar eram surpreendentemente intensas, como se ele fosse o próprio elfo, mas sabia que aquilo que estava sentindo era fruto da sua imersão no jogo.

Onde estava Gabriela? Perguntava-se, enquanto lutava para sair da escuridão que teimava em envolvê-lo. Ela deveria estar ao seu lado, sentada em frente ao computador. Esforçou-se para manter aquele resquício de consciência, mas sentia-se demasiado cansado e preste a se deixar esvair daquela realidade.

Dias se passaram naquela realidade, enquanto Michel jazia inconsciente, mas quando acordou, a noção de tempo decorrido tinha sido de apenas alguns minutos na escuridão.

Ainda lutando para permanecer desperto, Michel percebia pensamentos alheios fluindo sem controle em sua mente, como se vivesse uma vida dentro de outra vida. Exausto, ele deixou sua a mente flutuar para além da consciência, em direção da acolhedora escuridão que ficava no limiar da não existência. Ele ainda lutava por se refazer, sem saber que havia um destino a cumprir, para aqueles que ultrapassavam as fronteiras da realidade.

Algum tempo depois, ele abriu os olhos. Seu corpo dolorido repousava sobre um divã. À sua frente, um centauro estendia-lhe uma taça contendo um líquido quente e viscoso. Ele teria dado um pulo assustado, mas estava cansado demais para isso.

— Quem é você? — Conseguiu balbuciar.

— Eu sou Anthar, mestre Bullit. Sou o chefe da guarnição dessa torre. Fomos atacados por um feiticeiro tchala. Não consegue lembrar?

— Não. Isto é, não tô entendendo nada. Não me chamo Bullit e você é um centauro.

— E você é um elfo.

— Elfo? Do que você está falando. Eu sou um garoto. Há quanto tempo estou aqui?

— Há várias noites. Você bateu com a cabeça e, desde então alterna estado de consciência e delírio. Beba isto e se sentirá melhor. — Falou o centauro imperturbável.

Cautelosamente, Michel aspirou aos vapores que se desprendiam do cálice. Tinham um leve odor de canela e vinho, que lhe evocava lembranças de um tempo quase esquecido, na casa de sua avó. Ele lembrou que nunca tinha provado daquela bebida, pois era ainda pequeno. Era um momento bem esquisito para lembrar essas coisas, mas sua memória não obedecia a critérios que pudessem fazer sentido e tinha tendência para fazer associações estranhas.

Depois de aspirar mais uma vez os odores que se desprendiam do cálice, ele sorveu um pequeno gole.

— Isso é bom.

— Sim. Vai tirar suas dores e prepará-lo para ir atrás do demônio.

— Eu? Tá maluco? Eu não vou atrás daquele monstro de jeito nenhum. — Disse Michel, ainda sem entender o que estava se passando.

O centauro olhou para ele impassível. Era preciso ter paciência com essas criaturas elementares.

— Já há relatos de uma chacina cometida contra uma tribo de centauros do norte. — Disse Anthar, por fim.

— Eu sei. Estava lá.

— Estava? — Perguntou o centauro sem compreender.

— Quero dizer... Imaginei que isso fosse acontecer.

— Só os Magos Celestiais têm o poder necessário para conter aquele flagelo, elfo. Você sabe disso, não sabe?

— Eu não sei de nada. — Respondeu Michel com um suspiro exasperado. Pare de me chamar de elfo. Eu sou um garoto e não sei o que estou fazendo aqui. Eu deveria estar no quarto de Gabriela jogando videogame e não dentro do jogo. Isso é uma loucura.

Anthar não simpatizava muito com elfos e outros seres de magia. Para ele, tais criaturas estavam na origem de todos os males que assediavam o mundo de Az'Hur.

— Não compreendo o que você está falando, nem sei que jogo é esse. — Disse o centauro.

Ele saiu do vestíbulo por um instante, voltou com um espelho e o colocou em frente do garoto.

— Se você não é um elfo, então eu não sei o que mais possa ser.

A imagem refletida no espelho era de uma criatura de pele esverdeada, ar bonachão e grandes orelhas pontudas. Era a imagem do personagem que escolhera no início daquele jogo. Sem dúvida não se parecia com ele, mas repetia seus movimentos e expressões faciais com a precisão de um reflexo verdadeiro.

— Caraca! Tô parecendo o Yoda. Como isso foi acontecer?

— Não sei quem é esse tal de Yoda, mas para mim você é Bullit, o elfo. Por agora trate de recuperar-se. A sua missão é difícil.

— E agora, o que vou fazer?

O sentido da pergunta era meramente retórico, mas o centauro não podia perceber isso. Para Michel significava como iria sair daquela enrascada. Aparentemente estava dentro do ambiente virtual daquele jogo e no corpo do seu avatar. Isso já não parecia mais tão divertido. De repente lembrou-se de Gabriela. Ela também havia sido tragada pelo espelho.

— Você sabe onde Gabi está?

— Gabi?

— Sim, uma menina que estava comigo quando...

— Não conheço nenhuma menina, e estamos isolados aqui já por duas estações.

Mais um problema, pensou Michel. Eles deveriam estar juntos, mas parecia não haver nenhuma lógica nos acontecimentos ligados ao jogo. Talvez Gabriela tivesse ido parar em outra fase, se é que ele estava realmente num mundo virtual. Precisava encontrá-la antes de pensar numa saída. Deveria haver uma em algum lugar.

— Se entramos no ambiente do jogo, deve ter uma saída. — Disse para si mesmo.

— Você fala engraçado, Elfo. Diz palavras cujo sentido eu não compreendo. — Disse o centauro olhando para ele. — Procure descansar.

Dito isso o centauro saiu do aposento. Ele não estava mais à vista, mas Michel ainda podia ouvir seus cascos ressoando no corredor.

— Que lugar maluco. Acho que iria gostar daqui se pudesse voltar a ser eu mesmo.

Michel voltou a fitar-se no espelho. A imagem refletida olhou para ele com uma expressão de desgosto.

— Caraca! Que bicho feio!

"Ora! Você também não é lá grande coisa." — Falou uma voz em sua mente.

— Ai! De novo aqueles pensamentos esquisitos. — Disse o garoto, batendo com a mão na própria testa.

"Ei! Devagar aí, hein? Você está batendo na minha cabeça."

— Bullit? É você?

"Quem mais poderia ser? É o meu corpo que você está usando."

— Como isso é possível?

"Não faço ideia. Mas vou descobrir. Sei que tenho habilidades telepáticas e posso invadir outras mentes, eventualmente. Mas o contrário nunca aconteceu. Isso é ridículo! Agora me diz quem é você e como veio parar dentro de mim."

— Não faço a menor ideia. Tudo o que sei é que estava experimentando um jogo com Gabi e, de repente, já não estava no quarto e apareci aqui, no meio dessa confusão, e no seu corpo.

A voz de Bullit permaneceu em silêncio, deixando Michel inquieto. Ele já estava se acostumando a dividir suas preocupações com seu avatar.

— Ei! Cadê você?

"Quem é Gabi?" — Perguntou o Elfo, sem fazer caso de sua aflição.

— Gabriela. É minha melhor amiga.

"Gabriela!..." Exclamou Bullit com uma reticência que não passou despercebida ao garoto. O elfo parecia querer falar algo mais, mas "silenciou" a comunicação telepática.

— Sumiu de novo! — Exclamou o garoto. Não era fácil falar com o elfo. Mesmo enfiado em sua cabeça ele sumia. Talvez fosse um defeito em alguma linha de comando no programa daquele jogo maluco.

"Jogo? Você pensa que está num jogo?" Disse o elfo de repente.

— Como assim? Isso é só um jogo, não é?

"Talvez na realidade de onde você veio. Isso que chama de jogo é um sortilégio e o trouxe para cá. Aqui tudo é real, inclusive a morte."

— Você está me assustando.

O elfo não fez caso do seu temor. Aparentemente o menino em sua mente desconhecia o motivo de estar ali. Cabia a ele encontrar uma solução e continuou a pensar a respeito do mistério que envolvia a vinda dele para a sua existência. Lembrava-se de um sortilégio feito para alterar algumas probabilidades ligadas ao cumprimento de uma profecia. Isso aconteceu na época em que se descobriu que o manuscrito que a continha havia sido roubado.

"Talvez o que você chama de jogo seja um portal para outro plano de existência, mas o que poderia ter causado isso?" Disse Bullit. *"Preciso pensar. Talvez encontrar sua amiga seja a primeira coisa a fazer."*

— Então, o que estamos esperando?

"Que você pare de fazer perguntas e comece a andar."

— Por que eu? O corpo é seu, não é?

"O corpo é meu, mas por alguma razão é você que está no comando dele. Então, ande! E Ande depressa, pois não temos tempo a perder."

— Andar? Mas em que direção?

"Walka fica para aquele lado. Siga o poente, para além da planície até o rio."

— Como você sabe que Gabi está em Walka?

"Eu não disse isso, disse? Apenas penso que sua amiga pode estar nas imediações dos pântanos de Walka, como as vibrações místicas parecem indicar. Precisamos nos apressar, pois a roda do destino de vocês já se pôs em movimento."

— Como assim?

"Você faz perguntas demais, mesmo para um garoto. A fuga do demônio põe a todos nós em perigo e a presença de vocês em Az'Hur parece ter relação com isso."

Alguns minutos depois, ele estava no lado externo da Torre.

— De que lado é o poente?

"Atrás de você. Agora ande, não temos muito tempo."

Michel apressou o passo e rumou na direção do pôr do sol. A situação estranha o fez desejar que aquela fase do jogo terminasse, embora tivesse um pressentimento de que as regras tinham mudado e não haveria outros níveis a cumprir numa sequência crescente de dificuldade, mas uma jornada integral, sem etapas.

CAPÍTULO IX

CONSIDERAÇÕES FILOSÓFICAS DO SACI

Sentada numa pedra, Gabriela fez um esforço para entender o que estava se passando. Tudo havia começado com aquele jogo esquisito. Na verdade, não tinha certeza disso também. Ela lembrava que sua jovem vida era repleta de fatos estranhos e tudo parecia corroborar as palavras de Icas.

— Isso é como virar a realidade pelo avesso, não é? Quero dizer... Tudo o que havia ao meu redor deixou de existir.

— A realidade é aquilo que você percebe. Mas nada é tão simples assim, pois as coisas existem também por si mesmas, não é interessante, queridinha? — Disse o saci, cacarejando uma risadinha.

Gabriela se irritou com o tom irônico, presente nas entrelinhas daquele tratamento diminutivo, mas procurou se conter. Precisava dele para desvendar o mistério de sua presença naquele mundo e encontrar Michel.

— Você está se contradizendo. Não tente me enrolar com esse jogo de palavras. — Disse ela em tom áspero.

Era estranho agir daquele modo. Especialmente porque lhe parecia tão natural discutir com um anão perneta, à beira de um pântano. Mais estranho ainda é que não havia nenhum temor no seu espírito

— Fale de uma vez!

Como se compreendesse o que se passava, o cão rosnou para o anão, fazendo Icas recuar com um pulo desajeitado.

— Sempre belicosa, hein? Eu só quis dizer que a existência de algo pode ser independente da sua percepção.

— Por falar nisso, você é um Saci, não é? Você não existe, mas está aqui falando comigo. Como pode ser?

— Sim, sou isso aí que você diz. Para você, sou uma criatura mítica do seu mundo. Mas eu existo em minha própria realidade. O que para você é imaginário, para mim é real. Agora estamos juntos. Então, você é capaz de me dizer qual de nós dois é real?

— Já não sei mais.

— Na minha percepção, ambos existimos, mas provavelmente somos imaginários em relação à percepção de alguém em outra realidade.

A conversa de Icas parecia tão bizarra quanto aquela situação maluca e isso a lembrou novamente de Michel. Ele gostaria de participar daquela discussão e, provavelmente, conseguiria estabelecer uma relação entre as afirmações do saci e o comportamento das moléculas do ponto de vista da física quântica. Aquilo lhe deu um aperto no coração. Tinha que encontrá-lo e sair daquele lugar.

Como se percebesse seu estado de espírito, o cão aproximou-se e pôs a cabeça no seu colo. Gabriela o afagou distraidamente com a mão que ainda segurava a carapuça vermelha.

— Você a quer de volta? — Perguntou para Icas, agitando a carapuça. Ela lembrou que um saci perdia seus poderes sem a carapuça e ficava indefeso. Não que acreditasse realmente na possibilidade daquele anão ser um saci, mas nada ali parecia fazer qualquer sentido.

— Sim, preciso dela. — Respondeu ele ansioso.

— Então me ajude a encontrar Michel e sair daqui. Se você apareceu na minha realidade, deve saber como voltar para lá.

O saci coçou a cabeça.

— Na verdade, eu não sei. Também não sou deste mundo, nem do seu, como você já sabe. Acho que devemos empreender esta jornada juntos. Penso que isso seria do agrado dos deuses deste lugar, ou de quem nos trouxe para cá.

— De quem nos trouxe para cá?

— Sim. Se existe uma forma de voltar ao seu mundo, ele deve saber.

— Ele quem? Como encontro esse sujeito?

— Não sei. Eu também não deveria estar aqui. Talvez Mordro tenha as respostas que você procura.

— Mordro?

— Mordro nos trouxe aqui, isso é certo

— Vamos até esse Mordro, então.

— E a minha carapuça?

— Você a terá de volta, quando eu encontrar Michel e a saída deste lugar.

— Mas nada sei do seu amigo.

Gabriela deu de ombros, pegou uma pedra e enrolou na carapuça.

— Então diga adeus a esse trapo. — Ela retrucou, fazendo menção de atirar a carapuça por cima da árvore, em direção ao lago.

— Espere! — Gritou Icas, parecendo aflito. Vamos para Walka. Lá você encontrará todas as respostas.

— Primeiro devemos encontrar Michel — Insistiu ela.

— Devemos encontrar Mordro primeiro. Através dele, descobriremos como encontrar seu amigo, se ele não nos encontrar antes, é claro.

— Como assim?

— Ele deve estar procurando você.

— Está bem, faz sentido. Por onde seguimos?

— Atrás desse tronco há uma trilha que nos leva até um pequeno ancoradouro. Lá, devemos esperar o barqueiro que nos fará atravessar o pântano. Depois de alguns dias de marcha pela trilha, passaremos pelo bosque dos lamentos, pela terra dos faunos e, finalmente, Walka.

— Só isso? Este mundo maluco não tem ônibus? Uma carruagem?

De mau humor, Icas nada respondeu, mas o cão rosnou para ele. Não era um rosnado de advertência, como Gabriela já o tinha visto fazer. "Será que ele está zombando do Saci?" Pensou Gabriela. "Devo tá é ficando doida."

Após contornarem a árvore caída, seguiram por uma trilha estreita, que os afastou da margem do pântano. Gabriela não conseguia ver muito adiante e teria se perdido facilmente naquele labirinto, se não fossem os latidos providenciais do cão. A vegetação ao longo da trilha era cerrada, com árvores espinhosas, cujos galhos retorcidos, ornados de cipós, pendiam sobre a cabeça dela. Seguir adiante logo se tornou um cansativo exercício de contorcionismo para qualquer pessoa de estatura acima de 1,40 m. Felizmente a trilha voltou a aproximar-se da margem do pântano e a densa vegetação cedeu lugar a uma clareira. Ao ver o saci saltitando mais à frente, seguido pelo cão, ela relaxou a tensão que já se incutia em sua mente.

Caminharam por mais trinta minutos até que encontraram um pequeno ancoradouro. Icas saiu da trilha e saltitou sobre ele. Ao chegar na beirada, parou e acendeu o cachimbo. Gabriela aproximou-se.

— E agora? — Perguntou ela impaciente.

— Esperamos. — Respondeu ele lacônico.

— Esperamos? Esperar o quê?

— Temos que esperar o barqueiro, como já lhe disse. A menos que você queira nadar nessas águas.

— Quanto tempo vamos esperar?

O saci deu de ombros.

— Está escurecendo. Acho que teremos uma longa noite até ele chegar.

— Temos que passar a noite aqui?

— Sim. E aconselho a manter-se próxima do cão das sombras. Existem muitos predadores noturnos neste mundo e, por alguma razão, esse bicho parece gostar de você.

Se pretendia assustar a menina, Icas se frustrou, ao perceber que ela não se mostrou assustada. Gabriela sentia-se capaz de enfrentar qualquer situação, embora não compreendesse de onde vinha aquela convicção. Acomodou-se como pôde ao lado do cão. Felizmente a madeira do ancoradouro ainda estava seca, apesar do sereno.

Muito tempo depois de esquadrinhar o céu daquele mundo, e deixar-se levar por toda sorte de pensamentos, Gabriela conseguiu relaxar o bastante para adormecer. Não foi um sono tranquilo, todavia. Sonhos estranhos se sucediam em sua mente adormecida e traziam cenas de batalhas terrivelmente sangrentas. Ela era uma guerreira. Violência e morte pareciam naturais e não a chocavam. Antes, pareciam lhe causar um regozijo jamais experimentado. Havia algo de perverso e profano naquelas sensações trazidas pelos sonhos. Sensações que a atraíam cada vez mais. Contudo, na guerreira dos sonhos, havia ainda a menina. No inconsciente, lutou bravamente para se libertar daquele pesadelo e, de repente, despertou com o latido do cão.

Ainda estava escuro, embora o alvorecer do dia já se prenunciasse na pálida claridade do horizonte. Gabriela ergueu-se lentamente. O cão farejava o ar. O animal havia pressentido algo surgindo da escuridão do pântano.

— Viu alguma coisa? — Ela disse, subitamente apreensiva com as surpresas que aquele lugar ainda lhe reservava.

O animal olhou para ela e soltou um breve ganido. Depois voltou a rosnar olhando para o pântano. Havia algo se movendo sobre a água.

— Parece que o nosso transporte chegou. — Disse o saci, enquanto esfregava os olhos e abria a boca num bocejo preguiçoso.

Ela ainda não ouvia nada, mas o cão permanecia atento.

— Tem certeza?

— Deve ser o barqueiro. Quem mais estaria remando num pântano de madrugada?

Aos poucos, uma silhueta apareceu na bruma espessa. O rosnado do cão tornou-se mais alto e furioso.

— Fica quieto! — Ordenou Gabriela, sem deixar de fitar o vulto que se aproximava numa embarcação tosca, de aparência não muito segura. Quando o barco chegou perto o suficiente, ela distinguiu o barqueiro com mais clareza. Sua silhueta, recortada contra a claridade que se insurgia, parecia vagamente familiar.

— Parece o barqueiro do inferno. Como vamos pagar a travessia? Eu não tenho nenhuma moeda.

— A nossa travessia será paga pelo Bispo de Walka, se o barqueiro se atrever a cobrar de Mordro. De qualquer modo, o seu dinheiro não teria valor aqui e duvido que ele aceite o que eu poderia lhe dar.

Gabriela sentiu-se compelida a perguntar o que ele poderia dar ao barqueiro, mas de repente achou que não gostaria da resposta e era melhor não saber. Naquele momento, tudo o que lhe importava era sair dali.

A criatura atracou o bote e olhou para eles. Sob a luz difusa do amanhecer, Gabriela vislumbrou com mais clareza a face macilenta e encovada. O primeiro a saltar para a embarcação foi o cão, que se acomodou na proa com os olhos atentos aos movimentos de Icas e do barqueiro. O saci pulou para o barco, sem muita dificuldade. Logo depois que Gabriela subiu a bordo, a silenciosa figura impulsionou a embarcação, num movimento ágil e, depois, começou a remar num ritmo constante e silencioso.

O bote distanciou-se rapidamente do ancoradouro e tomou o rumo da margem oposta. O barqueiro ia manobrando entre os canais formados por gigantescas plantas aquáticas e árvores retorcidas, cujos troncos sumiam na água escura.

A margem oposta estava mais distante do que parecia. Quando ultrapassaram metade do percurso, o fim da tarde se aproximava. A sombra do bote se alongava na água, afastando-se do crepúsculo. Gabriela sentiu um desconforto no estômago e lembrou-se que há muito não comia. A excitação dos últimos acontecimentos a fizera descuidar-se de suas necessidades básicas. Não sentia fome na verdade, mas o organismo juvenil clamava por nutrição e ela desejou que chegassem logo à margem, onde esperava encontrar algum fruto que fosse comestível. Entretanto, algo mais a inquietava além da sensação desconfortável de um estômago vazio. Sentia dores pelo corpo, sem conseguir precisar exatamente onde. Era um mal-estar vago e sutil, que se insinuava aos poucos, como se estivesse na iminência de pegar uma gripe. Ficar doente naquela situação era tudo que precisava, pensou, ajeitando-se no fundo do barco.

Um lagarto, dotado de patas traseiras extraordinariamente desenvolvidas, moveu-se rapidamente pela superfície do pântano, como se caminhasse sobre a água. Seus movimentos eram acompanhados por uma revoada de criaturas aladas não menos estranhas, que se ocultavam entre as plantas aquáticas.

— Bicho esquisito — Comentou Icas, distraído.

— É um Moldure. — Ela respondeu, erguendo a cabeça. — Está caçando.

— Como você sabe? — Provocou o saci.

— Não sei. — Respondeu ela, espantada. — Foi algo que pensei.

O nome lhe viera à mente quando vira a criatura, mas tinha certeza de que nunca tinha estado ali antes. Algo estava acontecendo com ela. Sensações estranhas, como fragmentos de memória provocados por aquele lugar e por odores trazidos pela brisa.

Repentinamente alguma coisa bateu no bote, fazendo-o oscilar perigosamente. Gabriela encolheu-se no fundo da embarcação, temendo ser atirada para fora. O barqueiro parou de remar e fixou o olhar na água escura.

— Um aqualante. — Disse Icas, sem esperar que ela lembrasse. — É a sua hora de caçar, também. Parece que ele pretende nos incluir no seu cardápio de hoje.

Instintivamente Gabriela tirou as mãos da borda do bote. Não sentia medo, mas não tinha a intenção de virar jantar para nenhum monstro das profundezas daquele pântano. Redemoinhos surgiam em volta da embarcação em intervalos regulares, cada vez mais próximos. Logo em seguida uma mancha escura surgiu ao lado deles e projetou-se para fora da água. Algo que parecia um gigantesco girino elevou-se acima de suas cabeças e mergulhou em seguida.

— O bicho vai pegar! — Exclamou Icas, levantando-se. — Essa é uma boa hora para você me devolver a carapuça.

— Não.

— Escute menininha. Logo você não precisará mais de mim, mas agora não tem como lidar com isso. Estamos em perigo, e não posso fazer nada sem minha carapuça. Preciso estar inteiro para lutar.

O cão latiu, chamando a atenção dela. De alguma forma, Gabriela percebeu pelo olhar do animal que ele concordava com o saci. Após um momento de hesitação, ela estendeu a carapuça para Icas.

O saci pôs a carapuça na cabeça, enquanto o monstro rodeava o barco preparando uma nova investida.

— Agora sim. Eu estava me sentindo nu, sabe? — Disse ele, saltitando feliz.

Se não estivesse tão assustada, Gabriela teria rido. Ver o saci se exibir em uma diminuta tanga de trapos, que pouco escondia do seu corpo desengonçado e dos seus trejeitos amalucados, era uma situação completamente louca e inacreditável, até para a imaginação mais desvairada.

O monstro voltou a atacar.

— Vem para o papai, vem. — Gritou o saci, agitando os braços.

A criatura rodeou o barco. Parecia hesitar, surpreendida com aquela ousadia. Talvez, por uma fração de segundo, tenha passado pelo seu diminuto cérebro a possibilidade de desistir do ataque, mas isso não aconteceu. Como se estivesse irritado com aquela insolência, o aqualante atacou, engoliu o saci e desapareceu nas profundezas ante o olhar espantado de Gabriela. Ela não conseguia acreditar na imprudência de Icas e nada pôde fazer, além de fitar as ondulações provocadas pelos movimentos do monstro ao mergulhar.

E agora? Pensou ainda em choque com o destino trágico do saci. Como conseguiria achar Michel sem a ajuda dele? Só lhe restava o cão. Tinha que chegar rapidamente à margem, antes que o aqualante voltasse.

— Vai ficar aí parado? — Ela berrou para o silencioso barqueiro, que se limitou a olhá-la de modo impassível. Contudo, um momento depois começou a remar, como se nada houvesse acontecido.

A margem estava a apenas quinhentos metros distante. Logo estariam na segurança da terra firme. Pelo menos esse era o pensamento de Gabriela, enquanto afagava o cão das sombras e fitava a margem. Haviam se distanciado não mais que cinquenta metros do ponto em que Icas foi atacado, quando a criatura ressurgiu repentinamente. O monstro emergiu das profundezas do pântano com um impulso tão forte, que se projetou totalmente para fora da água. O aqualante girou sobre si mesmo e tornou a mergulhar, como um leviatã ensandecido. Alguns segundos depois ele voltou à superfície e se debateu furiosamente, para logo desaparecer de novo e ressurgir alguns metros adiante. A criatura nadava velozmente, em grotescas manobras e mudava de direção a esmo. Parecia totalmente fora de controle.

— Está vindo para cá — Gritou Gabriela.

O aqualante passou sob o bote, emergiu e tornou a mergulhar, deixando círculos de água e espuma atrás de si, que se abriam em pequenas marolas e logo desapareciam. Alguns segundos se passaram sem que o monstro retornasse à superfície.

— Acho que ele foi embora. — Ela falou para o cão. Entretanto, o animal continuava a fitar a água, ainda alerta.

— O que foi? — Perguntou, seguindo a direção do seu olhar. — Putz! Tem alguma coisa ali.

Mal acabara de falar, a borda da embarcação foi puxada por uma mão e um pedaço de carne vermelha foi jogado a bordo.

Gabriela ainda não havia se recuperado do espanto, quando Icas surgiu, resfolegando e cuspindo água.

— Voltei! — Exclamou ele, triunfante. — Sentiu saudades?

— Como você escapou daquele monstro?

— Eu o comi por dentro. Até trouxe um lanchinho para você. — Disse, e apontou o pedaço de carne.

— Eca! Que nojo! Eu não vou comer isso aí.

O saci deu de ombros e jogou o pedaço de carne para o cão.

— O seu bichinho deve apreciar esse quitute.

O Cão das Sombras não se fez de rogado e abocanhou a carne ainda no ar. Icas soltou um sonoro arroto e pegou seu cachimbo.

— Acho que teremos de arrumar alguma coisa que agrade o seu paladar. Afinal, uma princesa também precisa comer, não é?

— Talvez possa encontrar alguma fruta, quando chegarmos à terra firme. — Disse ela, ao sentir a urgência do seu estômago.

O barco se aproximou da margem, mas parou num banco de areia. O barqueiro olhou para eles, indicando que a travessia do pântano havia terminado.

— Acho que você terá que molhar os pezinhos, princesa — Falou Icas, com uma mesura.

Gabriela ignorou o comentário e pulou na água lamacenta, seguida pelo cão.

— Vamos de uma vez! — Ordenou.

— Você manda. — Retrucou saci, enquanto saltitava canhestramente, com a água na cintura.

Da margem, eles seguiram por uma trilha que serpenteava entre a densa vegetação que rodeava o pântano. Caminharam até uma pequena clareira dividida por um regato de água límpida. Gabriela e o cão correram para saciar a sede.

— Beba devagar, aconselhou Icas. — Está escurecendo e vamos ficar aqui algum tempo. Vou procurar o que comer e já volto.

Ela ficou inquieta. Por um momento passou pela sua cabeça que o saci a abandonaria, depois de recuperar a carapuça. Olhou para o cão, que levantou imediatamente, de prontidão. Aquele animal parecia ler seus pensamentos.

— Que mundo nós estamos! — Exclamou o Saci. — Ninguém confia em ninguém. Vamos lulu. Precisamos arrumar um banquete para a princesa.

Gabriela ficou só. Apesar da proximidade da noite, não se sentia apreensiva. É verdade que aquele lugar parecia hostil, mas havia em si uma nítida sensação de força e coragem. Não que o destemor lhe fosse estranho. Ela já o tinha em seu caráter. Entretanto, tinha algo mais crescendo no seu espírito. Algo cuja natureza lhe escaparia à percepção, não fosse a estranha história contada por Icas.

O saci não tardou em voltar com os braços carregados de frutas e raízes comestíveis. Logo depois, o cão surgiu com uma enorme ave presa entre os dentes.

— Parece que vamos ter um banquete. — Ela disse, com a fome aguçada.

— Digno de uma princesa. — Respondeu Icas, fazendo-lhe uma mesura ao estender-lhe uma fruta que parecia maçã.

Ela não questionou o tratamento pomposo. Estava cansada demais para discutir com um saci. Por outro lado, se tinha um papel a cumprir naquela história esquisita, que fosse de uma princesa. Onde mais poderia ser uma? Pensou com um pragmatismo inquestionável.

Horas depois estavam comendo a ave preparada pelo saci com um espeto improvisado.

— Puxa! Nunca comi tanto. — Disse ela, a despeito de ter estranhado um pouco o gosto da ave, sem sal e temperada com ervas que ela não conhecia.

— Fez bem. Vai precisar de toda energia que puder acumular, porque temos uma longa jornada pela frente.

O cão olhou para ele com um brilho estranho nos olhos amarelados. O saci percebeu e desviou o olhar. Indiferente ao que estava acontecendo, Gabriela acomodou-se como pôde num improvisado colchão de folhas secas e adormeceu.

Longe dali, Michel contemplava a paisagem quase monocromática, através dos olhos de Bullit. Uma combinação monótona de cinza, que ia da palidez translúcida da geada na vegetação rasteira ao chumbo das nuvens carregadas que cobriam o céu, desde as montanhas até a planície de Walka.

Era o início de sua própria jornada, repleta de pequenas aventuras ao longo do percurso. O compartilhamento da existência com seu avatar proporcionava-lhe momentos inesquecíveis, enriquecidos pela sabedoria do elfo. Aos poucos, a coexistência com a mente de Bullit permitiu-lhe compreender aquele mundo mágico naquilo que tinha de maravilhoso e estarrecedor.

"Estamos perto. A montanha está próxima. Depois dela, chegaremos a planície e os pântanos de Walka."

"Próxima? Para mim parece estar se afastando de nós." Retrucou o garoto, cansado de tanto caminhar, montar bichos que não sabia dizer o que eram e navegar em barcos que pareciam feitos para afundar com a primeira marola.

"Não reclame. Você está usando o meu corpo, não está?"

"Pode ser, mas sou eu quem está sentindo o cansaço."

"Não seja bobo. Nós compartilhamos todas as sensações, já esqueceu?"

Michel se sentia como se estivesse numa daquelas infindáveis discussões com Gabriela. Bullit também parecia ter sempre a última palavra. Alguns momentos depois passaram por um grupo de centauros. Eles se preparavam para uma caçada e olharam para o que parecia ser um elfo perdido, sem lhe dar muita atenção.

"Por que não montamos um daqueles centauros?"

"Você já montou um centauro? Se um deles ouvisse sua pergunta estaríamos mortos."

"Pois para mim parecem boas montarias."

"Garoto insensato. Centauros são seres inteligentes e não bestas de carga ou montaria."

Bom, esse "diálogo amigável" terminou aí. Elfos ficam calados quando estão aborrecidos. Talvez não por esse motivo, mas não demorou muito para que o garoto fosse também tomado por um profundo sentimento de pesar.

Eram os pensamentos do elfo invadindo sua mente. Referiam-se novamente ao seu fracasso em impedir o ataque à torre e a fuga do demônio Zaphir. Felizmente o cansaço era maior que aquela sensação. Michel sentou-se à sombra de uma árvore e adormeceu. O elfo ficou a sós com seus pensamentos.

Bullit contemplou a paisagem sem muito ânimo. O momento de se confrontar com os Magos Celestiais logo chegaria e ele não tinha muitos aliados nos círculos mais elevados da Ordem, embora fosse um deles.

A torre estava sob sua guarda. O demônio nela encerrado era sua responsabilidade. Agora estava livre novamente para aterrorizar as populações indefesas das fronteiras de Antária. Isso martelava em sua mente de tal modo, que ele não conseguia pensar em outra coisa.

Koynur, o reino sombrio, nunca tinha se atrevido a provocar a ira dos Magos Celestiais, antes. A razão daquele ataque não parecia ter sido uma simples tentativa de pilhagem. A libertação do demônio era o objetivo. Mas por quê? Zaphir era uma entidade incontrolável e sanguinária. Não era aliado de ninguém, tampouco tinha o hábito de ser grato por qualquer ajuda que tivesse recebido. Nenhum reino de Az'Hur estaria a salvo daquele flagelo.

Depois do descanso, a jornada continuou e muitas horas de caminhada mais tarde, Bullit e seu hóspede involuntário encontraram uma caravana de mercadores. Michel ficou aliviado em descansar os pés do elfo, mesmo mal acomodado em cima da carga de uma grande carroça. Apesar do lento progresso daquela comitiva, a montanha estava ficando mais próxima. Após dois dias de marcha eles já conseguiam vislumbrar a planície. No fim da tarde chegaram à trilha que os levaria aos pântanos de Walka.

Apesar de quase não ser possível perceber, as montanhas na curva do horizonte se tornaram mais próximas, à medida que o dia cedia à noite. Logo Michel contemplava as estrelas, acomodado sobre uma carga de cereais e não demorou muito para que seus pensamentos se tornassem desconexos e se misturassem com os sonhos que vagavam em sua mente.

Bullit percebeu que o garoto adormecia novamente e isso lhe agradou. Assim estaria a salvo de suas perguntas por algum tempo. Compreendia que o menino tinha uma curiosidade bastante aguçada, e aquilo era bom para um aprendiz. Mas o momento não era muito propício. O elfo tinha mais o que pensar e precisava concentrar-se nos acontecimentos recentes.

A sanha sanguinária do demônio já se manifestara ainda dentro das fronteiras de Antária. Bullit tinha dúvidas se conseguiria mobilizar o Conselho da Ordem dos Magos Celestiais como precisava. Sua participação na ordem, a despeito do apoio de Andrômaco, sempre foi questionada, mesmo que de forma velada, por diversos membros. A presença de um elfo, um ser de natureza elemental, nos círculos internos da Ordem nunca foi bem aceita.

Após o desaparecimento de Andrômaco na última batalha contra Zaphira, seu filho Garth foi ungido Grão-Mestre da Ordem dos Magos Celestiais. Ele manteve Bullit como um dos magos dos círculos internos. Uma escolha natural, já que o elfo havia sido um dos seus mentores durante a preparação para suceder o pai no comando da Ordem.

Garth devia a Bullit todo o conhecimento e habilidade que detinha das artes arcanas. Foi com o elfo que ele se iniciou nos mistérios que regiam o equilíbrio entre os elementos da natureza. Esse conhecimento compunha um diferencial indispensável para a sua supremacia frente aos Magos Celestiais, cuja união era constantemente ameaçada por rivalidades e conspirações. A designação de Bullit para ser o guardião da torre o manteve afastado das intrigas em Antária, mas enfraqueceu em muito a sua posição nos círculos internos da Ordem. Uma situação que iria se agravar ainda mais, considerando os últimos acontecimentos.

O elfo estava tão absorto em seus pensamentos, que quase não percebeu que a planície que levava aos pântanos de Walka havia começado. Ele sentia a trilha mística deixada pela menina. Sua natureza inocente podia ser percebida facilmente, assim como seu espírito forte e indomável. Bullit sorriu satisfeito. Ela era forte bastante para resistir ao que viria, mas isso seria suficiente? Thanatis tinha muitos meios para corromper a inocência e, no fim, tudo o que existia iria depender das decisões de uma jovem. Como se isso já não fosse suficientemente assustador, havia ainda a presença do demônio a tornar aquela jornada ainda mais penosa para todos.

A libertação de Zaphir de seu confinamento e a presença da menina em Az'Hur indicava uma forte ligação entre esses acontecimentos. Não havia como ignorar isso. Os Magos Celestiais teriam que esperar. Todavia, ainda precisaria de ajuda para lidar com a entidade demoníaca, isso era certo. O demônio estava mais poderoso e sua magia já não seria suficiente para contê-lo. A esperança de Bullit era que Garth, Grão-Mestre da Ordem dos Magos Celestiais, chegasse à mesma conclusão e estivesse preparado para ajudá-lo no momento oportuno.

O elfo fitou as estrelas. Com o garoto dormindo, ele tinha um pouco mais de controle de seu corpo, mas estava também muito cansado. Logo suas pálpebras se tornaram pesadas demais para ele segurar. Os sonhos já estavam inquietos aguardando o momento de se libertar.

Entrementes, havia sonhos em outra mente. Michel sabia que estava sonhando, mas sentia-se como se estivesse desperto. Tão real parecia a percepção daquele lugar, que poderia jurar que estava acordado, não fosse a profusão de cores berrantes e a textura da paisagem, que parecia uma pintura surrealista. Com uma sensação contínua de perplexidade deparou-se com objetos que conhecia, mas de proporções fora do comum.

Semienterrado na areia azul daquele estranho lugar jazia um relógio de bolso gigantesco. Apesar da distância, ele julgou ouvir o ruído contínuo e compassado do ponteiro de segundos. Na sua imaginação, aquele som parecia marcar a linha do tempo de sua vida. Essa última percepção lhe veio com uma sensação de algo perdido. Isso o fez desejar voltar atrás, para antes do momento em que começou a jogar aquele RPG. Todavia, o ruído silenciou e ele percebeu que o ponteiro de segundos do relógio havia parado, como se o tempo deixasse de fluir.

Em todas as direções, para as quais se voltava, havia elementos inusitados na paisagem e ele se sentia dentro de um quadro pintado por um artista tão genial quanto insano. A alguns metros à sua esquerda, jazia um crânio humano gigantesco, cujas órbitas vazias pareciam querer dar-lhe boas-vindas àquele mundo, aparentemente sem nenhum sentido. Entretanto, a mandíbula levemente deslocada para o lado direito num sorriso torto, caçoava de seu espanto, como se tudo ali fosse perfeitamente natural, menos ele próprio.

De repente ele ouviu o farfalhar de asas atrás de si. Voltou-se rapidamente, temendo que estivesse para ser atacado por alguma criatura estranha. Ao invés disso, foi envolvido por milhares de borboletas. Michel ergueu a mão, num gesto instintivo para proteger o rosto, mas isso não foi necessário. As borboletas, embora voejassem muito próximas, não o tocaram. Exceto por uma, que pousou em sua mão.

Ao contrário de quase tudo que via naquele lugar, a borboleta pousada em sua mão tinha um tamanho que poderia ser considerado normal, embora não fosse muito pequena. Contudo, não foi o seu tamanho que intrigou o garoto, mas o aspecto da criatura. Ao vê-la de perto, Michel percebeu que estava segurando uma espécie de borboleta mecânica, que parecia também estudá-lo com muito interesse. Seus olhinhos eram também diminutas câmeras de vídeo e suas antenas vibravam constantemente, como se estivessem emitindo, ou recebendo, algum tipo de comunicação. Desconcertado com o que parecia ser um exame, ele sacudiu as mãos. As borboletas que o envolviam de repente se dispersaram e se afastaram dele, mas não por esse motivo. À sua frente, um camaleão gigante o olhava com insolente indiferença. Aparentemente, deparar-se com um garoto atrapalhando sua caçada era algo perfeitamente natural. Talvez fosse. Afinal, o que não poderia ser normal naquele lugar, onde tudo parecia fora de contexto e de proporções?

— Acho que atrapalhei sua caçada, né? — Disse o garoto de modo amigável, esperando que o bicho não o considerasse uma alternativa para o almoço.

O Camaleão nada disse, naturalmente. Apenas se voltou em direção contrária com um movimento preguiçoso e bamboleante e, lentamente, desapareceu por detrás de uma duna azul.

— Parece que fiquei só. — O garoto disse para si mesmo. Sua voz soava estranha, como se estivesse subindo uma montanha num carro veloz e a súbita mudança de pressão nos ouvidos alterassem sua audição.

Ele olhou ao redor e não encontrou ninguém naquele lugar desolado e triste. Não havia temor nessa constatação, pois tinha convicção de que não corria perigo. Afinal tudo era apenas um sonho, apesar de absurdamente real. Talvez pudesse explorar esse sonho um pouco mais, antes de acordar. Enquanto pensava nisso, viu um ponto se movendo na linha do horizonte.

O objeto, embora indistinguível pela distância, estava se aproximando dele. Contudo, sua trajetória parecia errática, quase em zig-zag. Aquilo durou alguns minutos, quando Michel finalmente pode ver o que se aproximava. Perplexo, ele viu um tubarão alado cada vez mais perto dele. A criatura inusitada era desprovida de asas, mas se comportava no ar como se estivesse na água. Em certo momento, o tubarão começou voar em círculos cada vez mais próximos. Confuso, Michel percebeu que seria alvo do ataque de um tubarão voador em seu próprio sonho.

— Ele não vai fazer isso. — Disse para si mesmo.

Mal ouviu sua própria voz, percebeu que a criatura interrompeu sua trajetória em círculo e arremeteu em sua direção com a boca escancarada. Não havia mais tempo para fugir e ele apenas pensou em fechar os olhos.

— Não acredito! — Gritou, apavorado ao ser sacudido.

"Acorde garoto!" — Falou Bullit de mau humor, por ter sido acordado por um pesadelo que não era dele.

Ainda ofegante, o garoto abriu os olhos. Estava novamente em cima da carroça. Na verdade, nunca tinha descido dela.

— Estou vivo?

"Está, mas não por muito tempo, se não parar de sacudir o meu corpo."

Ele tentou ficar quieto, mas não conseguiu. Depois de alguns minutos chamou o elfo.

— Bullit?

"O que é agora? Outro tubarão?"

— Como você sabe? Quero dizer... Aquilo foi um sonho, não foi?

"Nós compartilhamos as memórias também. Aquilo foi um sonho, sim. Mas você podia ter morrido."

— Como assim? Aquele tubarão não fazia parte do meu sonho?

"Faça uma pergunta de cada vez, garoto. O tubarão fazia parte do sonho, assim como você."

— Mas o sonho era meu.

"Mas você não controla os sonhos, não é? Pelo menos não de forma consciente."

— Isso ficou confuso.

"O sonho que você teve surgiu de suas lembranças, de seus temores. Você estava no sonho e estava sendo atacado pelo tubarão. Neste mundo, os sonhos podem ser reais. O medo daquele tubarão era bem real, não era?"

— Sim. Eu sinto medo de tubarão desde criança, quando vi um filme que contava a história de um desses bichos, que aterrorizava uma cidadezinha à beira-mar.

"Então suas lembranças foram usadas contra você. Alguém se divertiu com os seus medos e lhe pregou uma peça."

— Como assim? Quem poderia fazer isso aqui?

"Eu poderia pensar em algumas possibilidades, mas temos que esperar que se mostrem para termos certeza."

O garoto não gostou daquela resposta. Era muito vaga para uma situação em que ele correu risco de vida, mas já tinha aprendido que não adiantava tentar arrancar mais informação do elfo. Precisava esperar que Bullit voltasse ao assunto. Só esperava que isso acontecesse antes que ele sonhasse daquele jeito de novo.

O elfo sabia que tinha deixado Michel inquieto, mas julgou que isso seria bom para o garoto, porquanto o manteria atento aos perigos que corria em Az'Hur. Todavia, ele próprio estava curioso.

A peça da qual o menino fora vítima parecia ser obra de um Guardião da Magia. Isso, em si, era um fato surpreendente, pois Guardiões da Magia não costumavam aproximar-se tanto de um mortal. Na verdade, não costumavam nem mesmo perceber sua existência. Entretanto, um deles parecia interessado no garoto. Essa inferência também o deixava inquieto, pois apontava para uma entidade que tinha um comportamento tão imprevisível quanto perigoso. Agora precisava saber de seus motivos para preparar seu jovem companheiro de jornada para o que poderia vir.

CAPÍTULO X

VISÕES E LAMENTOS

A noite na margem oposta do pântano tinha sido infernal. Gabriela acordou no meio da madrugada sentindo-se nauseada e com o corpo todo dolorido. A princípio parecia apenas uma gripe, mas com o passar das horas ela piorou e chamou por Icas. O saci estava alguns metros adiante, adormecido do outro lado da fogueira e não reagiu ao seu chamado.

Depois de algum tempo, somente o cão se aproximou. Ele a farejou e encostou o focinho gelado em seu rosto. Para seu espanto, Gabriela percebeu que o animal parecia estar medindo a sua temperatura.

"Era só o que me faltava." Pensou ela. *"Fico doente neste lugar maluco e o único que se importa é um cachorro idiota."*

O cão afastou-se dela.

"Aonde você vai? Desculpe! Volte aqui!" Os pensamentos fluíam normalmente, mas ela não conseguia mais falar.

O cão rodeou a fogueira e aproximou-se do saci, que ressonava tranquilo. Aparentemente ele não tinha ouvido nada. O animal latiu e Icas mudou de lado, mas continuou a dormir. Então, um rosnado furioso o fez pular de sua cama improvisada.

— O quê? Como? — Perguntou ele confuso. — O que você quer? Cão dos infernos! Será que é muito eu querer dormir sossegado por uma noite?

O cão latiu novamente e virou-se para Gabriela. Embora sem muita vontade, o saci logo compreendeu que havia algo errado. Levantou-se de um pulo e foi até ela.

— Estava tudo muito tranquilo, para ser verdade. — Disse ele, de má vontade. — O que está acontecendo, menina?

Gabriela conseguiu apenas olhar para ele. Estava sentindo que não se manteria consciente por muito tempo e se esforçou para que o saci compreendesse isso. Não que fosse de grande ajuda. Ele não lhe inspirava muita confiança e parecia contrariado com aquele contratempo.

Apesar disso, a criatura tocou-lhe a têmpora e sentiu seu pulso. Depois se afastou dela, sem nada dizer. Isso provocou um rosnado de protesto do cão.

— Preciso de certo tipo de erva para fazer uma infusão. — Respondeu o saci, ainda mais contrafeito. — Você cuida dela até eu voltar.

O Cão das Sombras postou-se ao lado de Gabriela e lambeu seu rosto, como se tentasse reanimá-la. Sem perceber qualquer reação, ele ganiu baixinho, como se lamentasse.

Afortunadamente, Icas não tardou em retornar. Trouxe um punhado de ervas e uma cabaça com água. O saci avivou o fogo e trabalhou rápido. Logo depois a infusão ficou pronta e ele a pôs para esfriar. Assim que percebeu que a temperatura diminuiu, aproximou a cabaça da boca de Gabriela.

— Tome. Isso vai fazê-la sentir-se melhor. — Disse, fazendo-a beber a infusão em pequenos goles.

Por um momento ela pareceu melhorar, mas logo em seguida tudo escureceu e Gabriela sentiu-se flutuar impotente. Pensou ter desmaiado, mas sentia que ainda estava consciente. Aquilo era realmente muito estranho e lhe exigiu um esforço para entender o que estava acontecendo, em meio à sensação de leveza num imenso e negro vazio, até que uma luz surgiu em algum ponto distante.

Ela se concentrou na imagem. A luz parecia aproximar-se e, aos poucos se tornou mais forte. A claridade a envolveu como se quisesse confortá-la.

"Sente-te melhor agora, minha filha?" Ressoou uma voz em sua mente.

"Sim." Ela respondeu. Surpreendeu-se com seus próprios pensamentos, até entender que não estava realmente falando. Parecia uma espécie de comunicação telepática, e a voz que "ouvia" era-lhe estranhamente familiar.

"Onde estou?"

"Num lugar que tua mente teria dificuldade em compreender. Mas estás em segurança agora."

Gabriela percebia isso. A luz não desejava feri-la e fazia-lhe bem. O mal-estar que lhe atingira parecia ter desaparecido. Sentia-se tão bem como nunca havia se sentido.

"Quem é... O que é você?"

"Eu sou tudo que existe desde sempre, inclusive tu."

Ela se demorou um pouco para digerir aquela resposta. Parecia mais uma das maluquices filosóficas do Saci.

"Não compreendo."

"Sou o princípio e o fim de todas as coisas que tu percebes neste plano de existência." Disse a entidade em sua mente.

"Você é um deus?"

"Os mortais costumam se referir a mim dessa forma. Mas os homens chamam de deuses todos os fenômenos que não compreendem."

Gabriela queria fazer muitas perguntas, mas tinha dificuldade em se concentrar naquele diálogo telepático. Entretanto, a "voz" em sua mente pareceu compreender isso e antecipou o que ela queria saber.

"Tu estás aqui para restaurar o equilíbrio entre o caos e a ordem."

"Está brincando! Eu não consigo pôr em ordem nem o meu quarto."

"Há perturbações na teia de relações que regem os planos de existência, que tiveram origem na tua outra vida. Tu não precisas compreender isso, mas deves sentir que há algo incongruente na tua realidade, fruto das ações insensatas de uma deusa arrogante e ambiciosa."

Gabriela não entendeu completamente aquele palavreado, mas sabia com certeza que algo estava errado.

"Pensei que deuses eram sábios."

"Nem sempre. Deuses também são acometidos de paixões e sentimentos obscuros, como acontece com os mortais. Assim ocorreu com Thanatis, que rege o mundo inferior, cujas ações alteraram a tua realidade."

"Já não sei o que é a minha realidade. Ela parece mudar a todo o momento."

"A tua realidade está em muitos planos de existência, para utilizar um termo mais compreensível para ti. Este é um deles."

"Mas aqui não existe nada."

"Engana-te. Não estamos aqui, neste momento?"

"Sim, mas..."

"Nossa presença é a premissa básica para a existência deste plano, que permanece existindo enquanto aqui estivermos."

"Isso parece muito confuso." Ela retrucou, sem muita convicção do que a entidade lhe dizia.

"Tuas dúvidas são compreensíveis, pois tu ainda não te lembras dos deuses como parte do que és. O que cabe a ti resolver é a anomalia causada por Thanatis, quando tocou tua face. O toque da deusa da morte em ti gerou uma outra entidade, que cresce continuamente e sonha em aproximar-se dos deuses. Tu deves subjugar e neutralizar tua contraparte, para voltar a ser o que eras."

"Grande! Os outros fazem a festa e eu fico para lavar a louça."

"A analogia é bastante próxima do significado de tua missão."

"Mas eu nem me lembro dessa outra vida, se é que realmente existiu. Tampouco tenho um demônio de estimação fora de controle, nem nunca fui para o lado negro da força. Isso tá parecendo conversa de nerd num jogo de RPG. Tudo que eu quero, neste momento é encontrar Michel e voltar para minha casa."

"Para voltar, terás que seguir em frente e cumprir a profecia. Tu te lembrarás dessa tua outra vida quando renunciar à racionalidade. Procura mais sentir do que entender. A compreensão se fará pelo instinto que te é nato, não pela razão. Quanto à outra entidade, ela faz parte de ti, embora esteja agora existindo de forma autônoma. Essa é a anomalia que põe em risco os planos de existência, inclusive a realidade que te é mais cara."

Renunciar à racionalidade era algo difícil para Gabriela. Sua mente funcionava em bases lógicas, embora ela nem tivesse consciência disso. Essa tendência se mostrou providencial para manter sua sanidade mental a salvo, em meio aos acontecimentos mais insólitos e incompreensíveis de sua vida. Até mesmo a lidar com o que acontecia ali, naquele momento.

"A tua contraparte tentará subverter a tua natureza. Tu serás teu maior inimigo nessa batalha, e teu caminho será repleto de encruzilhadas. Quando tiveres dúvidas, siga o instinto. O caminho que te agradar será o caminho certo."

"Espero que isso simplifique as coisas."

"Em alguns momentos não será tão simples. Nem sempre tu poderás ceder aos desejos."

"Eu sabia! Tem sempre algo mais nessas histórias."

"Existir não é simples. A complexidade faz parte de tudo que existe. Mas tu te sairás bem. Apenas tome cuidado com os desejos. Eventualmente eles podem não ser o caminho."

"Acho que entendi. Significa não cair em tentação, certo?"

"Tu compreendeste bem. Haverá ocasiões em que não poderás esquecer-te disso, quando lutares para manter tua natureza e tua integridade."

"Agora fiquei assustada."

"Sentir medo é um sinal de sensatez. Muitas forças agirão a favor do cumprimento do teu destino. Outras, porém, serão contrárias. Cada qual por seus próprios motivos, e nem sempre serão convenientes para ti. Use-as, se te aprouver. Teu próprio arbítrio será sempre soberano em última instância. Siga tua própria natureza. Esse é o caminho para lograres êxito sobre as adversidades que estão por vir."

A luz começou a esmaecer, indicando que a conversa tinha terminado, mas Gabriela ainda queria saber do paradeiro de Michel.

"Teu amigo te encontrará quando mais precisares dele." Respondeu a voz, antes de a luz sumir completamente. A escuridão a envolveu novamente. Desta feita, porém, aparecia como um bálsamo em sua mente cansada e lhe trouxe a quietude ao espírito, antes que se dissolvesse na inconsciência.

Mais tarde, quando abriu os olhos, ela não saberia dizer quanto tempo havia dormido. Parecia que muitas horas haviam se passado, quando despertou com o som da voz de Icas. Foi quando o viu despejando um pó preto numa fogueira. As chamas se avolumaram e uma fumaça negra e espessa se desprendeu do fogo, enquanto o saci entoava um cântico numa língua estranha.

Ela tentou localizar o cão, mas não queria levantar-se para não chamar a atenção de Icas, sem descobrir o que estava acontecendo. Então, resolveu fingir que continuava dormindo, mas manteve os olhos semicerrados e os ouvidos atentos. Logo depois viu um rosto se formar na fumaça que se desprendia das chamas. Tinha a expressão sombria e carregada de uma ira mal contida.

— O que está retendo você na margem desse maldito pântano? — Perguntou a imagem das chamas. — O tempo está ficando perigosamente curto, você sabe as consequências de um fracasso a essa altura.

— A menina adoeceu esta noite e não tem condições de andar.

— Ela não está doente. É somente a dor do crescimento.

— Que seja. — Respondeu o saci exasperado. — De qualquer modo ela não pode fazer esforço. Seria muito arriscado.

— Arrume uma montaria para ela. Isso é algo que você já devia ter pensado.

"Maldito bruxo." Pensou o saci. *"Onde vou encontrar uma montaria neste lugar desolado?"*

Em resposta à pergunta que fez a si mesmo, Icas viu o Cão das Sombras surgir de trás da mata tangendo um grande animal. A criatura tinha um aspecto bizarro. Parecia um rinoceronte com três pares de patas. Contudo, o animal era herbívoro e tinha um temperamento bem dócil, para o seu tamanho.

— Parece que esse cão tem mais competência que você. — Disse a imagem tremulando na fumaça da fogueira. –— Traga a menina para Walka sem mais atrasos. O alinhamento das luas de Az'Hur já está em curso e não temos mais tempo a perder, a menos que você já tenha se esquecido da ameaça que paira sobre sua existência.

A imagem sumiu, deixando o saci resmungando algo ininteligível. Provavelmente amaldiçoando o cão e aquele mago infernal. Não lhe restava alternativa a não ser submeter-se à vontade de Mordro. Pelo menos até conseguir o que tanto desejava. Nesse dia, faria Thanatis engolir sua própria arrogância, enquanto aquele mago iria arrepender-se amargamente de suas conjurações. Furioso, o saci cerrou os punhos, mas conteve sua ira. Não podia correr o risco de se revelar, mas uma sombra demoníaca surgiu acima dele, tremulou por um instante e logo desapareceu.

Do ponto onde estava deitada, Gabriela seguia atentamente os passos do saci. A conversa dele com aquela imagem só confirmou o que já intuía: Icas tinha suas próprias razões para levá-la ao encontro de Mordro. Que sombra era aquela? Ela apertou os olhos, mas nada mais viu. Provavelmente tinha imaginado coisas, pensou.

Ao ver que Icas se aproximava, fingiu que estava acordando naquele momento. A impressão de que o saci não era apenas o que aparentava ser se tornou quase uma certeza, mas procurou nada demonstrar. Ainda era prematuro deixar-se levar pelo desejo de acabar com aquela situação.

— Sente-se melhor? — Perguntou o saci, sem demonstrar a contrariedade que sentia em estar ali, servindo-lhe de pajem e guia.

— Sim. — Respondeu ela, ao levantar-se. — Acho que sim.

Ao vê-la de pé, o Cão das Sombras latiu e abanou o rabo alegremente, provocando um sorriso na face de Gabriela. O animal aproximou-se e lambeu sua mão.

— Bom menino. — Disse ela agachando-se e afagando o animal. — Você cuidou de mim o tempo todo, não é? Ainda bem que tenho você aqui comigo.

O cão latiu amigavelmente para ela, como se estivesse assentindo.

— É hora de continuarmos a nossa jornada, se não se importa. — Interrompeu o saci. Ele parecia se incomodar com aquela demonstração de afeto dela para com o cão.

— Está bem.

— Devemos aproveitar a luz do dia para atravessar o bosque dos lamentos. Dizem que à noite aquele lugar pode ser muito perigoso. — Falou Icas em tom misterioso e provocador.

— Perigoso?

— Sim. Alguma coisa a ver com os mortos que morreram violentamente e ainda estão vagando por este mundo amaldiçoado. Está com medo?

— Não. — Disse ela incisiva. E era verdade. Apesar de estar vivendo uma aventura estranha naquele mundo bizarro, nada parecia abalar seu espírito.

Mas ainda tinha dúvidas de que aquela conversa com o deus daquele mundo tinha sido real. Imaginar-se como a contraparte de uma entidade demoníaca era demais, até mesmo para ela. Contudo, a sombra que viu sobre o saci lhe dizia que talvez houvesse perigos que não se mostrariam facilmente e ela deveria estar atenta.

O saci entregou-lhe algumas frutas e um objeto esponjoso, de aspecto não muito agradável.

— É um favo de mel. — Disse ele, respondendo ao seu olhar interrogativo. — É um pouco diferente, mas o gosto é quase o mesmo.

— É bom. — Concordou ela, depois de provar. Depois atacou as frutas com prazer. Depois daquela noite infernal, sentir o apetite voltar parecia uma dádiva.

— Coma tudo que puder, pois não vamos parar até atravessarmos o bosque dos lamentos.

— O que é aquilo? Perguntou Gabriela, apontando para o animal que estava pastando placidamente um pouco adiante, quase oculto pela vegetação.

— Não sei o nome, mas é manso. Será a nossa montaria.

— Bom. A ideia de andar tanto não estava me agradando.

— Precisamos de arreios. — Disse o saci, afastando-se em direção a uma árvore carregada de cipós. Ele escolheu um e testou sua resistência.

— Este aqui, parece bom. — Disse, fazendo um laço e encaminhando-se para o animal, sob o olhar de Gabriela. Ela tinha dúvidas, se Icas sabia o que estava fazendo.

O pressentimento se mostrou correto. Quanto o animal sentiu o laço se aproximando do seu focinho, empinou e soltou um mugido ameaçador. Surpreendido, o saci saltou para trás numa cambalhota grotesca.

— Acho que não vai dar. — Disse ele, estatelado no chão. Sem que Gabriela percebesse, Icas maldisse a forma frágil que Mordro o convencera a assumir.

— Espere. — Respondeu ela, aproximando-se. — Talvez ele não goste de arreios.

— Fique à vontade. — Respondeu o saci, desgostoso com o próprio fiasco, mesmo sabendo a verdadeira razão para o animal ter reagido daquela forma.

Ela se aproximou cautelosamente do animal e acariciou seu focinho. Em resposta ao afago, o bicho se abaixou e deixou-se acariciar na barriga.

encorajada, Gabriela se apoiou num dos joelhos e o acariciou mais em cima. Não houve nenhuma reação. Ela se encheu de coragem, tomou impulso e escalou suas costas com agilidade. Montou-o e segurou-se nas placas coriáceas que lhe protegiam o pescoço. O animal continuou a pastar tranquilamente.

— Acho que já podemos ir, se eu descobrir como fazer esse bicho andar.

— Experimente cutucá-lo com o calcanhar, como fazem os vaqueiros no seu mundo.

— Vamos ver. Eia! — Gritou ela.

O animal pôs-se em movimento vagarosamente.

— Para onde eu dirijo essa coisa?

— Siga o cão. — Respondeu o saci, pulando no dorso do animal. — Ele parece saber a direção.

Gabriela logo descobriu que podia dirigir a criatura com os pés. Bastava bater em suas ilhargas, no lado que ela queria que fosse a direção a ser tomada.

Durante quase toda a manhã a estranha montaria conduziu Gabriela e Icas por uma savana que parecia não ter fim. Acomodando-se o melhor possível, ela logo sentiu o efeito da noite mal dormida. Com o balançar cadenciado do animal, não tardou em adormecer, tão logo percebeu que o cão os conduzia de modo seguro.

Horas depois, a montaria parou sob uma árvore. Poderia se dizer que tinha feito isso por vontade própria, mas foi o cão que a conduziu para aquele lugar. Embora não fosse muito alta, a árvore tinha seus galhos providos de uma espessa folhagem, que lançava uma sobra extremamente convidativa. Gabriela deu graças pela oportunidade de refugiar-se do calor do dia, pelo menos por algum tempo.

Icas escalou a árvore com surpreendente agilidade e logo sumiu de vista. Gabriela levantou a cabeça e viu o cão sentado sobre a relva. O animal parecia tranquilo e aquilo era sempre um bom sinal. Confiava nas reações dele para alertá-la de qualquer sinal de perigo.

O Saci logo retornou trazendo um cacho de frutos da árvore.

— Coma. Vai lhe fazer bem. — Disse ele, estranhamente gentil.

Eram frutinhas escuras, do tamanho de jabuticabas e soltavam um suco espesso e adocicado, de coloração semelhante ao suco de uva, com um teor levemente alcoólico. Nem tudo naquele mundo era ruim, afinal de contas, pensou Gabriela apreciando o seu almoço.

— Onde estamos? — Perguntou, sem parar de mastigar.

— Estamos perto do Bosque dos Lamentos.

— Você não parece muito feliz com isso.

— Não gosto dessa região. Há algo aqui que me incomoda e quanto mais rápido atravessarmos o bosque, melhor.

— Está com medo dos fantasmas? — Perguntou ela zombando dele.

— Almas recusadas pela deusa da morte não são algo para se apreciar. — Ele respondeu, pensando em tanto desperdício, mas aquelas almas estavam fora do seu alcance.

Gabriela sentia-se bem e o cão estava tranquilo, de modo que não viu motivo para se deixar levar pelas apreensões do saci.

— Podemos ir? — Ele perguntou depois de vê-la engolir a última fruta.

Em resposta, ela assobiou para o cão. O animal levantou-se e latiu. Depois seguiu em frente, com a montaria logo atrás.

— Quem era aquele sujeito que aparecia na fumaça? — Perguntou de repente para Icas.

— Você viu?

— Sim. Quem era ele?

— Mordro. É para ele que estou levando você, lembra? Ele tem as respostas que procura.

— Por que será que não sinto muita convicção no que você diz?

— Tratar com aquele mago renegado não é algo que me agrade, mas é necessário por enquanto. De qualquer modo, o seu caminho cruza o dele e você não tem outra opção, não é? — Respondeu o saci em tom impertinente.

— Por que você precisa desse mago? Quero dizer... Você não parece precisar de ninguém, não é?

— O mago possui o conhecimento que preciso para me libertar das amarras do meu nascimento. Pelo menos foi esse o trato.

Amarras do seu nascimento? O saci tinha um gosto por enigmas, e o mago não parecia muito confiável para cumprir tratos, pensou Gabriela.

— Por que esse Mordro escolheu você para me encontrar?

— Ele não me escolheu, propriamente. Nós temos interesses mútuos, eu diria.

— Isso é tudo?

O saci assumiu novamente a velha expressão velhaca e abriu um sorriso maroto na boca torta.

— Para falar a verdade, eu me diverti um pouco com vocês. Principalmente assustando aquele seu amiguinho, mas não sou especialmente do mal, como vocês dizem. Depende da forma como acreditam em mim.

— Sei. E aquela história de que eu já vivi uma vida neste lugar é sério mesmo?

— De acordo com Mordro, isso é verdade. E agora se aproxima o momento em que você ressurgirá como Zaphira, a sanguinária princesa guerreira.

— Fala sério! Eu tenho cara de uma princesa sanguinária?

— Ainda não. — Respondeu Icas enigmático. — Só sei que você tem um destino a cumprir.

— A voz no meu sonho disse a mesma coisa. — Disse Gabriela, sentindo de repente um enorme peso no coração, como se toda a culpa do mundo recaísse sobre ela.

— Voz?

— Sim. Uma luz apareceu no meu sonho ontem à noite e falou que eu estava num conflito entre deuses. Que eu teria um destino a cumprir para restaurar o equilíbrio cósmico, ou algo assim.

— É o que diz a profecia.

— Quem profetizou essa idiotice?

— Não sei. Essa profecia faz parte do livro sagrado dos Magos Celestiais. É algo muito antigo, da época em que Az'Hur falava com os homens.

— A voz me disse que era o princípio e o fim de todas as coisas. Acho que esse tal de Az'Hur falou comigo.

O saci a olhou um tanto surpreso, mas percebeu que ela falava sério. A menina, afinal, era mesmo alguém especial naquela trama cósmica.

— Veja! — Exclamou o saci, apontando uma árvore. — Estamos entrando no bosque dos lamentos.

Era uma árvore cheia de galhos retorcidos e de aspecto ameaçador. Atrás dela outras árvores apareciam. Cada uma de aspecto mais sombrio que a anterior, o que dava ao bosque uma atmosfera lúgubre em plena luz do dia.

— Que árvores feias! Pensei que ia encontrar um bosque bonito.

— Isso é só o começo. — Respondeu Icas. — Este lugar é tenebroso e assustador, até mesmo para um saci.

— Fala sério! São apenas árvores maltratadas pelo tempo.

— Talvez para você, que é humana e não percebe o que se encontra além do que os olhos podem ver. Para mim este lugar é tudo o que a lenda diz.

Gabriela não se deixou levar pelos lamentos do saci, mas percebeu que a sua montaria estava ficando inquieta.

— O que está acontecendo?

— Vozes! Está ouvindo?

Antes que ela respondesse, uma ventania surgiu e passou uivando entre os galhos das árvores, que se agitavam como se quisessem sair do lugar.

— É só o vento passando entre as árvores, eu acho.

— Não. São vozes, sim. Ouça!

A garota achou bobagem, mas procurou prestar atenção no silvo do vento. Ainda não achou nada de estranho, mas subitamente distinguiu algumas palavras entre o ruído sibilante da ventania.

— ... Ela voltou... Maldita... E traz consigo o ceifador de almas... — Dizia um coro de vozes sobrenaturais.

— Credo! — Exclamou, sentindo um arrepio. — De quem será que estão falando?

— Acho que é... De você. — Respondeu o saci.

— Eu? Mas quem é o ceifador de almas?

— Quem pode saber do que essas almas amaldiçoadas estão falando? Respondeu ele, dissimulado.

— Será que os fantasmas não estão falando de você? — Perguntou ela de repente.

O saci não respondeu. Temia que isso pudesse acontecer naquele lugar e não era chegada a hora de revelar-se. Entretanto, o impasse se resolveu por si mesmo. A montaria pôs-se a corcovear e os atirou no chão, mesmo com o rosnado de advertência do Cão das Sombras. Depois o paquiderme saiu do bosque em disparada, como se estivesse sendo perseguido por todos os demônios daquele mundo.

O cão rodeava Gabriela e rosnava para algo que só ele parecia ver. Então os espectros se tornaram visíveis e carregavam em si os vestígios de morte violenta. Alguns estavam degolados, outros com membros amputados e terríveis chagas, testemunhas de sanguinários combates. Vários outros espectros foram surgindo e se colocando ao redor de Gabriela com dedos encarquilhados apontados para ela.

— Voltou Maldita? Tua sede de sangue não tem fim? — Disse uma aparição mais próxima.

Icas, numa atitude surpreendente, pulou à frente de Gabriela agitando os braços.

— Voltem para as trevas! — Gritou o saci.

Os espectros gargalharam e se voltaram contra ele.

— Tu nada podes neste mundo contra nós, ceifador. Tua sina é maior que a nossa, pois continuarás vagando eternamente ainda que vivo.

— Quem são vocês? — Perguntou Gabriela, sem se deixar amedrontar.

— Quem somos nós? — Retrucou outra aparição, com uma gargalhada esganiçada. — Somos os malditos que tua espada mandou para o limbo.

— Sim. — Respondeu outro espectro. — A nós, que caímos em combate diante de ti, é negado o direito do guerreiro morto, à glória de cavalgar e combater ao lado da deusa da morte.

— Somos malditos, condenados a vagar por entre este vale de sombras até que tu encontres a morte e tua carcaça apodreça no reino dos mortos. — Disse um espectro, soltando um miasma esverdeado e pútrido.

— Argh! Que fedor!

— É o hálito da morte que vem te buscar.

— Vingança! — Bradaram os espectros fechando o círculo.

O Cão das Sombras saltou sobre eles com as mandíbulas escancaradas, mas passou através das aparições, como se não existissem. Os espectros ergueram Gabriela do chão, fazendo-a girar de modo grotesco sem tocá-la.

— Soltem-me! Icas!

O saci, num ato quase instintivo, tirou sua carapuça e a pôs na cabeça de Gabriela. Quase imediatamente ela caiu no chão e os espectros sumiram como se nunca tivessem estado ali.

— Funcionou! — Exclamou ele, ajudando-a levantar-se.

— Para onde eles foram?

— Acho que voltaram para o limbo.

— Eles disseram que eu os matei. — Disse Gabriela, depois de algum tempo. Sua voz estava carregada de um profundo pesar.

— Se isso aconteceu, foi em outra vida. Você era outra pessoa.

— Mas se a profecia estiver certa, eu continuo sendo a mesma assassina da vida passada. Só que eu não me lembro de nada.

— Se você cometeu essas iniquidades, e recordar tudo que fez, provavelmente não vai mais se importar com esses fantasmas. Então, para que se incomodar?

— Justamente por isso gostaria de ajudá-los agora.

— Esqueça-se deles, menina. Acho que o destino desses espectros está ligado ao cumprimento de sua jornada. Sem isso nada faria sentido. — Respondeu o saci, omitindo detalhes que não lhe interessavam que ela soubesse. Alimentar culpas por atos de uma vida passada poderia induzi-la a rejeitar sua natureza e isso poria a conclusão de seus planos em risco.

O Cão das Sombras soltou um breve latido.

— Acho que o seu amigo quer continuar em frente. — Disse ele. — Mas agora teremos que caminhar. Você consegue?

— Sim. Vamos embora. Ainda estamos muito longe daquele lugar?... Como é mesmo o nome?

— Walka. Estamos indo para Walka, ao encontro de Mordro. Depois da floresta encontraremos a aldeia e, por fim, o castelo. Isso significa mais uns dois dias de caminhada.

Gabriela suspirou. Andar não era exatamente uma atividade que pudesse atrair alguém acostumada com ônibus e automóveis para se deslocar.

— Espero que tudo isso valha a pena. Tome — Disse ela, devolvendo a carapuça.

— Não. Fique com ela até sairmos daqui.

— Sim... — Respondeu Gabriela a colocando de volta. — O que isso fez para espantar os fantasmas?

— Não sei, mas funcionou, não é?

Ela nada disse. Sabia que Icas não iria lhe responder. Apressou o passo e acariciou o cão, que retribuiu enfiando-se entre suas pernas, quase a derrubando.

O Saci não poderia explicar que a carapuça era parte de si e estava impregnada de sua essência demoníaca.

"*Ela tem o espírito forte.*" Pensou Icas. "*Talvez Mordro tenha cometido um erro ao pensar que pode controlá-la.*" Esse último pensamento o divertiria, se isso também não ameaçasse sua própria existência. Sem dúvida, Mordro teria muito a explicar quando chegassem ao castelo de Walka, Ele concluiu para si mesmo.

— Você não vem? — Ela perguntou mais adiante, vendo que o saci estava parado, aparentemente perdido em pensamentos.

— Estou indo.

Ele apressou-se para acompanhá-los e saltitou canhestramente pelo caminho. A forma do corpo que tinha assumido demandava muita energia para manter.

Após o bosque dos lamentos reencontraram a savana. Era preciso atravessá-la para chegar às colinas de Walka e, por fim, ao destino deles.

CAPÍTULO XI

COMO SE TORNAR UM MAGO EM TRÊS LIÇÕES E MUITAS TENTATIVAS

Não sabia quanto tempo havia dormido. Lembrava que se deitara na relva pouco depois do anoitecer. Lembrou que observava as estrelas, quando os olhos do elfo se fecharam de puro cansaço. Era estranho pensar nos olhos pelos quais enxergava como sendo os olhos de outra pessoa, mas não havia outro jeito de explicar aquela sensação.

"Dá para você parar de pensar?" Falou o elfo de repente. *"Eu ainda não acabei de dormir."*

— Como posso parar de pensar? Nunca fiz isso.

"Experimente olhar as estrelas."

— Já tô fazendo isso.

"Tente de novo. Olhe para as estrelas, escolha uma e tente aproximar-se dela."

— Como?

"Abra sua mente e relaxe."

Era difícil para o garoto saber se o elfo estava falando sério ou apenas troçando dele. Apesar disso, tentou seguir a sugestão de Bullit. Fitou novamente as estrelas e escolheu uma ao acaso. Olhou fixamente para ela e tentou não pensar em nada, mesmo sabendo que aquilo não ia funcionar. Sentia-se demasiado tenso para relaxar.

"Você ainda acha que está dentro de um jogo. Eu lhe digo que isso é um erro. O que você percebe é real. Mas se ainda quer voltar ao mundo de onde veio, deve cumprir sua jornada em Az'Hur. Agora limpe sua mente de todas as dúvidas e se concentre nas estrelas."

Bullit falava como se ele tivesse uma missão a cumprir. Aquilo era ridículo, mas ele não tinha uma alternativa melhor do que seguir a orientação do elfo. Assim, tentou de novo, e de novo, até que fechou os olhos. Estava completamente exausto. Quando finalmente aconteceu, ele pensou que já havia adormecido e aquilo fosse um sonho. Estava flutuando e a estrela parecia mais próxima. Não no sentido literal, mas no tipo de aproximação que se consegue através de uma luneta. Ele se concentrou na visão e a estrela se tornou ainda mais próxima. Já conseguia ver as explosões e os jatos de plasma e luz que se projetavam para o espaço. Era um espetáculo belo e terrível, encenado pelas forças titânicas que se digladiavam no interior do astro. Entretanto, aquela violência cósmica lhe trazia uma serenidade que há muito não sentia, ao perceber a insignificância de sua própria existência, diante daquela exibição de poder e grandeza. Esse foi o último pensamento consciente, antes que sua mente se esgueirasse paro o abismo acolhedor do sono sem sonhos.

O romper da aurora ainda não havia se completado quando o elfo o chamou.

"Acorde garoto."

— O que foi? — Perguntou Michel sonolento.

"Só queria ver se você ainda está aqui. Acho que senti sua falta."

— Pensei que eu incomodasse você.

"Bem... Estamos juntos numa situação bem esquisita."

— Sim. No começo até achei esse jogo interessante, mas acho que não tem mais graça estar no corpo de um elfo, muito menos junto com ele.

Bullit silenciou e Michel teve receio de tê-lo ofendido de alguma maneira. Aquele lugar não parecia ser regido pelas mesmas regras do seu próprio mundo. Pelo menos sabia que o elfo considerava a situação tão estranha quanto ele.

— Você não tem um modo de separar a gente? Um encanto ou um feitiço?

"Conheço várias maneiras. Em todas elas você não iria achar o resultado muito confortável."

— O que fazemos então?

"Vamos esperar. Quando uma situação anômala acontece, a tendência é que a própria natureza encontre um jeito de voltar ao equilíbrio."

— Acho que a natureza não tem muito a ver com essa situação.

"Não me referia à natureza do seu mundo. Aqui a magia faz parte da natureza e segue certas regras que se assemelham ao que você conhece daquilo que chamam de física, no lugar de onde veio."

— Gostaria que houvesse magia também no meu mundo, e que eu soubesse como usar. Isso ia me livrar de muitos apuros. — Disse Michel, pensando em como seria se pudesse usar a magia para lidar com os valentões da escola.

O elfo captou seu pensamento e o sofrimento implícito. O garoto parecia ele próprio, quando se encontrava em Antária. Mesmo fazendo parte da Ordem dos Magos Celestiais, nunca fora realmente aceito como um deles. Isso sempre lhe dera a sensação de não pertencer a lugar nenhum e, também, por ser o último de sua espécie no mundo de Az'Hur.

"Há magia em todo lugar e se manifesta de modo diferente em cada realidade. Para usar a magia no seu mundo, você tem primeiro que aprender a sentir a energia e se comunicar com os guardiões. Só depois desse aprendizado, e muito treino, você será capaz de interagir com as forças místicas e se tornar uma criatura de poder."

— Guardiões?

"Para cada tipo de magia existe um guardião. Você só poderá usar a magia se o guardião dela assim o permitir."

— Que guardiões são esses?

"São entidades muito antigas. Creio que no seu mundo você chamaria de espíritos. Seres que já existiram no seu plano de existência e se elevaram após um longo ciclo de morte e renascimento."

— Puxa! Queria saber como fazer isso. Isto é, gostaria de poder sentir a magia e me comunicar com esses tais espíritos que você fala.

"Você pode tentar sentir a magia. Isso pode ser conseguido com algum treino, mas isso nada significará sem a aprovação de algum guardião. Ele o escolherá, se perceber em você algo que valha a pena. Só depois disso lhe será permitido aprender a utilizar a energia mística de cada tipo de magia."

— Você pode me ensinar? O que eu faço primeiro?

"Comece respeitando a magia. Não fique agindo como um bobalhão, como agora."

— Como assim? Eu não fiz nada.

"São seus motivos que o tornam um bobalhão. Você não deve querer aprender magia para usá-la para fins mesquinhos. Os guardiões não permitiriam e seria perigoso irritá-los."

— Entendi. Mas o que eu faço para ter a aprovação dos guardiões?

"Para começar, você deve parar de falar. Continua esquecendo que posso perceber o que pensa, assim como você percebe o meu pensamento. Pelo menos aquilo que eu permito que você perceba. Depois disso, você deve querer o conhecimento e não o poder. Poder sem conhecimento não é um caminho seguro e não faz de você uma criatura digna da atenção dos guardiões."

O garoto percebia que Bullit o estava testando, mas não compreendia plenamente o que ele queria dizer. O elfo acenava com a possibilidade de iniciá-lo nos mistérios das artes místicas, mas ao mesmo tempo questionava seus motivos. Ele levaria ainda algum tempo para perceber que lhe tinha sido concedido a oportunidade de rever suas razões para almejar o conhecimento da magia. O poder não era algo que se poderia exercer plenamente, sem que se dispusesse a livrar-se das paixões mundanas e as consequências do seu uso por motivos frívolos.

"Bullit?"

"Estou aqui, garoto."

"Quantos guardiões existem?"

"Não sei dizer. Para cada tipo de magia existe pelo menos um guardião. Também não se sabe quantos tipos de magia podem existir, já que as forças místicas não são estáticas e mudam a todo o momento sua natureza. Eu conheço a magia ligada aos quatro elementos: terra, fogo, água e ar. Além disso, conheço alguns encantos arcanos e de transmutação. Dominar uma magia requer muito tempo de estudo e prática, além da boa vontade do guardião em transmitir seu conhecimento."

"Isso parece complicado."

"Só é complicado quando você tenta pensar a respeito. A magia deve ser compreendida com o coração. Se você usa o coração para lidar com a magia, saberá o que fazer e o que não deve fazer. Eu prefiro pensar que há uma energia mística universal, igual em toda parte, e que muda de acordo com o guardião que faz uso dela."

"Os guardiões não são iguais, então?"

"Não. Alguns são brincalhões e adoram pregar peças. Outros gostam de jogar com o destino dos homens e costumam provocar grandes catástrofes quando julgam que sejam necessárias."

"Esses são maus?"

"Não são nem uma coisa nem outra. O bem e o mal não existem para eles, pois esses conceitos pertencem ao mundo dos homens. Por isso eles podem ser muito perigosos, já que não se importam com as consequências de seus atos no plano em que existimos."

O elfo colocava questões complexas para um menino entender. Entretanto, Michel *não* parecia um garoto comum e Bullit percebia isso. Aprender a lidar com a magia requeria uma forma especial de pensar, capaz de compreender coisas que estavam além do raciocínio baseado apenas na percepção daquilo que havia no seu próprio plano existencial. Era necessário perceber aquilo que os outros não viam e nem sentiam, mas ele se saíra bem no primeiro teste. Não era para qualquer um alcançar uma estrela.

"Bullit?"

"Ainda está aí, garoto?"

"Para onde eu poderia ter ido?"

O moleque era atrevido. Isso era bom, pois os guardiões não costumavam respeitar aqueles que se encolhiam no próprio medo.

"O que você quer?"

"Quero conhecer um guardião. Qualquer um."

"Qualquer um?"

"Sim. Se a energia mística é a mesma em qualquer lugar, tanto faz o guardião com quem farei contato, não é?"

"Você está certo e errado ao mesmo tempo. Não se pode escolher o guardião. Apenas esperar que um o aceite. Contudo, alguns guardiões são perigosos e são atraídos por pensamentos errados."

"Se não posso escolher um guardião, como vou evitar um que seja perigoso?"

"Já respondi garoto. Tome cuidado com os pensamentos errados."

"Está bem. Já entendi. Podemos invocar um guardião agora?"

"Não podemos invocar um guardião. Apenas podemos expandir nossas mentes para atingir um plano existencial onde podemos encontrá-los e esperar que algum nos faça contato."

O garoto estava impaciente. Da primeira vez o foco era a estrela escolhida. Desta vez não sabia no que se concentrar para expandir sua percepção.

"Sinta a energia mística. Ela está ao nosso redor, em toda parte." Disse Bullit.

Aquilo era um tanto vago, mas Michel já tinha percebido que o elfo se divertia e decidiu não lhe dar essa satisfação. Já tinha entendido que sua mente se expandia quando conseguia baixar o seu nível de atividade cerebral. Era como se regulasse o cérebro para funcionar em baixa frequência, num estado semelhante ao sono profundo. Dessa forma, a mente consciente cedia lugar para o subconsciente, que lidava melhor com situações que escapavam do controle do pensamento lógico. Na falta de um foco para direcionar seu pensamento, decidiu que ele mesmo era o ponto de foco e deixou sua mente vagar, percorrendo toda a extensão do corpo do elfo. Esforçou-se para perceber a textura do solo onde estava e o ar que envolvia sua pele. Tentou perceber qualquer nuance em suas sensações. Nada além de um formigamento nas pernas, assim que sentiu as câimbras em razão da posição de índio sentado que adotara. Aquilo não era jeito de entrar em transe, pensou, enquanto tinha a sensação de "ouvir" uma gargalhada telepática. O elfo ainda estava se divertindo, mas ele não fez caso disso.

Desta feita deitou-se de costas e procurou ficar o mais confortável possível. Repetiu o mesmo roteiro percorrido anteriormente e esforçou-se para aquietar seu espírito. Não saberia dizer quanto tempo levou para chegar ao estado em que o subconsciente assumiu, pois isso ainda seria uma atribuição da mente desperta. Entretanto, houve um momento em que sentiu que já não havia contato com o solo. Parecia flutuar num vazio escuro quando foi tocado por uma leve pressão no peito e um forte zumbido no ouvido. A sensação aumentou e, junto com ela, surgiram luzes multicoloridas ao seu redor, que se aproximavam alternadamente e o tocavam, como se o estivessem examinando. De repente, a sensação era de uma queda vertiginosa e ele agitou os braços desesperadamente, procurando agarrar-se em algo que pudesse segurá-lo. Contudo, aquele desamparo desconfortável logo cedeu à outra sensação. Já não tinha medo e flutuava novamente.

As luzes se afastaram, mas ele não mergulhou naquela escuridão opressiva. Conseguia ver a linha curva do horizonte, mas não reconheceu o lugar onde estava. Já não parecia o mundo de Az'Hur. Olhou para suas mãos e viu que não eram mais as mãos do elfo. Eram as suas próprias mãos e isso o deixou feliz. Era bom se ter de volta. De repente uma das luzes voltou a se aproximar dele. Era uma bola de luz azul e alternava a intensidade de seu brilho como se tentasse estabelecer um contato.

O garoto esforçou-se para se comunicar, mas tudo que lhe vinha à mente eram as lembranças recentes que trazia do seu próprio mundo. Com essas lembranças vinham também o medo constante das agressões que ele sofria, das humilhações e a frustração de não conseguir defender-se, além das tentativas de evitar encontros com os baderneiros da escola sem a proteção de Gabriela. Isso era algo que também o incomodava, embora pudesse reconhecer nas atitudes protetoras dela uma manifestação de carinhosa amizade.

O que ele não percebia com clareza eram os sentimentos de raiva e ódio que pairavam sobre essas lembranças. Sentimentos esses mal contidos pelo medo, que se extravasavam em vinganças imaginárias ou reais, cuidadosamente planejadas, como a que levou seu principal algoz à humilhação de esvaziar seu intestino em público. Mas ele queria mais. Queria ter condições para punir com rigor pessoas como Jorjão, que sentiam prazer em espezinhar e humilhar os que lhe eram fisicamente mais fracos. Havia nesse pensamento não só um desejo de justiça e reparação pelos ultrajes sofridos, mas de redenção para aqueles que viviam sob algum tipo de opressão.

Ainda não havia conseguido livrar-se dessas lembranças tristes e dolorosas, quando percebeu que a luz próxima dele havia alterado sua cor de azul para um vermelho de brilho intenso e o envolveu numa aura de hostilidade e pesar que parecia sufocá-lo. A luz não o queria ferir, entretanto. Parecia apenas querer testá-lo de algum modo que não compreendia, pois não conseguia saber o que se esperava dele. Precisava de Bullit, mas tinha a sensação de que o elfo o havia abandonado e isso o deixou consternado. Definitivamente não era bom estar sozinho numa situação daquelas, mas procurou se controlar e tentar lembrar as últimas palavras dele sobre os guardiões. Sabia que não estava mais em Az'Hur. Então havia conseguido atingir o plano de existência dos guardiões. Pensou que aquelas luzes poderiam ser os guardiões e essa conclusão o decepcionou um pouco. Imaginava os guardiões como veneráveis velhinhos de barba branca, mas não havia nada que indicasse que espíritos teriam formas humanas e ele deveria esperar por isso.

Novamente as lembranças dos últimos dias no seu mundo voltaram a assombrá-lo com sentimentos que variavam do ódio à dor da humilhação sofrida nas mãos da gangue de arruaceiros na escola. Era quase impossível não pensar em algum tipo de promessa de vingança.

A luz se tornou ainda mais intensa e parecia estar quase sólida, como se quisesse tocá-lo. Ele sentia uma dor que não se manifestava fisicamente. Parecia mais com uma tristeza imensa, difícil de definir. Era como se sua alma estivesse gritando. Em agonia, tentou concentrar-se nas palavras do elfo. Era preciso afastar aqueles sentimentos e os pensamentos de ódio e vingança. Como fazer isso, se aquela luz intensa parecia induzi-lo a isso?

Tinha que se apegar a algo que lhe despertasse sentimentos opostos. A resposta para isso veio na lembrança de Gabriela, a lhe sorrir daquele jeito tão especial. A luz se aquietou e perdeu a intensidade, mas ainda continuava irradiando o brilho vermelho.

De repente a mão do elfo o puxou para fora da luz e eles caíram vertiginosamente. Quando a queda foi subitamente detida, eles estavam novamente no mundo de Az'Hur e voltaram a ser um só.

"O que aconteceu?" Perguntou Michel ainda atordoado, ao perceber que tinha voltado ao corpo do elfo.

"Eu disse que você deveria ter cuidado com seus motivos, mas você não me deu atenção e atraiu o pior tipo de guardião."

"Mas eu não fiz nada. De repente estava lembrando coisas que queria esquecer. Não entendo como isso aconteceu."

"Foi o guardião. Ele percebeu suas fraquezas e as voltou contra você. Mas foi você mesmo que o atraiu, entendeu?"

"Acho que sim."

"Você poderia ter morrido, se eu não o tivesse resgatado a tempo. Se quer que os guardiões o ensinem você tem que superar o medo e o ódio. Esses sentimentos nunca atraem coisas boas."

"Que tipo de guardião veio até mim?"

"Um do tipo que adora pregar peças."

"Então ele queria só se divertir à minha custa? Cara, a vida toda eu tento fugir desse tipo de gente."

"Para começar ele não é nenhum tipo de gente. Pelo menos não do tipo que você poderia reconhecer como um tipo de gente."

"Isso está ficando confuso. Então o que ele é?"

"Eu já lhe disse. É uma entidade mística, que no seu mundo poderia ser reconhecido como um espírito. Ele o estava testando, para saber o quanto de ódio você poderia sentir, para que pudesse usá-lo contra você. Para ele era apenas uma brincadeira, mas isso poderia tê-lo matado."

Isso seria possível? Ou não seria? Até aquele momento, a interatividade do jogo permitia uma imersão que ele jamais havia experimentado. Tudo era assustadoramente real.

"Pare de pensar que está num jogo. O que você vive é real no meu mundo e não foi criado por nenhum homem do seu. Aqui você corre os mesmos riscos que eu, e mais um pouco, devido a sua inexperiência."

"Isso não faz nenhum sentido. Tudo isso começou com um jogo. Como vim parar aqui?"

"O jogo que você fala pode ter sido apenas uma forma para trazer você e sua amiga para Az'Hur."

"Se isso é real, como você diz, significa que Gabriela pode estar em perigo?"

"Sim, é possível."

"Você parece saber que perigo ela está correndo, não?"

"Se ela veio para Az'Hur como Zaphira, significa que a profecia está se concretizando. Isso pode não ser uma boa notícia para os Magos Celestiais e, certamente, eles tentarão impedi-la de algum modo, embora eu ainda não saiba como. Interferir no cumprimento de profecias não é permitido nem mesmo aos deuses deste mundo."

"A profecia deixaria de ter sentido se conseguíssemos voltar ao nosso mundo?"

"Sim. Penso que sim."

"Então você poderia nos ajudar a voltar e tudo se resolveria, não é?"

O elfo não respondeu de imediato. Parecia ponderar e escolher as palavras que iria usar. Era-lhe difícil traduzir para a mente do garoto coisas que ele próprio ainda estava tentando entender.

"Se a profecia tem realmente alguma relação com sua amiga e a vinda de vocês para Az'Hur, significa que ambos têm uma jornada a cumprir aqui neste mundo."

"Como se tivéssemos uma missão?"

"Algo assim."

"Mas se conseguíssemos encontrar um jeito de voltar, deixaríamos de fazer parte dessa tal profecia."

"Não é tão simples assim. Vocês já fazem parte dos acontecimentos neste mundo e não há nada que possam fazer a respeito disso, a não ser cumprir os desígnios de Az'Hur."

"Pensei que a profecia não tivesse relação com os desejos de algum deus."

"Uma profecia não tem realmente relação com o desejo de um deus, como você entende isso, mas se torna um ato divino alheio à vontade dele próprio."

"Um jeito de pôr ordem na bagunça que eles mesmos fizeram, não é isso?"

"De certa forma." Respondeu o elfo lacônico. Estava surpreso com a capacidade de o garoto entender a situação em que se encontrava.

"Acho que vou ter que esquecer a ideia de aprender magia e me concentrar em encontrar Gabriela e, depois, tentarmos voltar para casa."

"Você é um garoto sensato, mas nada é tão simples assim."

"Eu sei. Não pensei que seria."

"De qualquer modo, encontrar sua amiga é a primeira providência a tomar."

"E depois?"

"Continuar seu aprendizado sobre magia."

"Está brincando? Aqueles guardiões quase me mataram."

"Não seja tão dramático."

"Dramático? Mas você mesmo disse que se não tivesse interferido eu teria morrido."

"Sim, mas não morreu. Eles estavam apenas testando você."

"Testando?"

"Sim. E Você passou no teste. Um guardião gostou de você."

"É mesmo? Qual deles? Aquelas bolas de luzes pareciam todas iguais."

"Bolas de luzes? Não seja desrespeitoso. Ela não vai gostar de saber disso."

"Ela?"

"Alguns guardiões podem ser femininos. Qual é a surpresa?"

"Sempre achei que espíritos fossem como os anjos, que dizem não ter sexo."

"Não acredite em tudo que percebe à primeira vista. Há espíritos que mantém a identidade de quando eram simples mortais. Principalmente os mais jovens, eu acho."

"Como você tem tanta certeza de que ela gostou de mim."

"Ela não o anulou."

"Anulou?"

"Seria o equivalente a matar entre os guardiões. Agora pare de fazer perguntas e comece a andar. Vamos continuar a nossa jornada."

O garoto movimentou o corpo do elfo como se fosse seu próprio corpo. Estava se acostumando com aquela situação bizarra e isso o fez perguntar-se se voltaria ao seu próprio corpo quando conseguisse encontrar um modo de voltar.

"Voltará ao seu corpo quando as energias místicas em você forem fortes o bastante para isso." Respondeu Bullit, sem dizer que havia outro risco naquela

situação. Se permanecessem juntos por muito tempo, provavelmente não se separariam mais e, em que condições isso se daria, era uma questão que o elfo preferia não pensar naquele momento.

"Para onde vamos agora?"

"Siga a direção do poente. Precisamos chegar ao pântano de Walka antes do anoitecer ou ficaremos retidos até o outro dia, enquanto sua amiga já deve ter encontrado um jeito de seguir adiante."

Michel seguiu na direção indicada pelo elfo, mas ainda não compreendia como Bullit parecia saber o caminho que Gabriela seguia. Havia coisas que o elfo parecia deliberadamente não compartilhar com ele. Isso o incomodou.

"Eu conheço a profecia e sei como certos acontecimentos se tornarão reais. Há coisas que você ainda não pode compreender, mas elas logo se tornarão clara." Respondeu o Elfo, apaziguador. Não queria que dúvidas minassem o espírito do garoto e sua determinação em dominar as artes mágicas. A guardiã da magia o escolheu e confirmou seus pensamentos, de que ele tinha algo especial e, certamente, desempenharia um papel crucial naquela trama encenada pelos deuses.

Eles caminharam durante quase toda a tarde e, lentamente se aproximaram de uma colina. Do alto vislumbraram as margens do pântano de Walka.

"Finalmente!" Exclamou o elfo. *"Estamos nos aproximando de nosso destino e já sinto a trilha mística deixada por sua amiga."*

"Isso é bom. Por um momento pensei que não ia mais vê-la."

"Encontrá-la é só uma parte do problema. Ainda Temos que descobrir como livrá-la de cumprir a profecia."

"Isso me lembra duma coisa importante."

"O quê?"

"Gabriela me verá com a sua aparência quando a encontrarmos, não é? Se ela não acreditar que sou eu? Como vamos convencê-la a se juntar a nós?"

"Sim. Isso pode complicar as coisas... mas para esse problema eu tenho uma solução. Mire-se na água do pântano."

O garoto inclinou-se o máximo possível sobre a superfície pútrida e viu a imagem do elfo olhando para ele.

"O que está vendo?"

"Você. Ugh! Tinha esquecido o quanto você é feio."

"Pela imagem em sua memória, você também não é grande coisa, graveto."

"Tá bom! Como você vai nos separar? Pensei que isso não seria possível enquanto eu estivesse neste mundo."

"Pare de fazer tantas perguntas. Não vou tentar separar a gente, mas podemos criar uma ilusão e trocar minha imagem pela sua, compreendeu?"

"Acho que sim. Só não sei como isso seria possível."

"A imagem percebida pelos olhos é feita de luz refletida. O que pretendo fazer é compor uma imagem mental que se sobreponha à imagem captada pelos olhos de quem nos fitar, percebe?"

"Sinistro! Pode fazer isso mesmo?"

"Sim, mas essa percepção é só para os outros. Você continuará a me enxergar quando se olhar no espelho. Agora se prepare para o seu primeiro contato com a energia arcana. Siga minha mente e concentre-se na imagem que você lembra de si mesmo."

"Energia o quê? Onde tem isso?"

"Energia arcana. Ela está em todo lugar, mas os humanos não percebem. Agora se concentre porque eu não posso fazer isso sozinho."

"Certo. O que eu faço? Devo recitar um mantra ou coisa assim?"

"Apenas se concentre na sua imagem. Deixe seu desejo guiar a força mística."

Michel tentou seguir as instruções de Bullit e esforçou-se por imaginar a si próprio. Depois de algumas tentativas frustradas, a imagem do elfo refletida na água do pântano começou a sofrer uma metamorfose. O processo ainda era falho, mas aos poucos sua própria imagem prevaleceu, embora com algumas modificações.

"Não sabia que você era tão alto e forte." Observou o elfo aborrecido.

"Só fim alguns melhoramentos."

A imagem no espelho tremulou e o reflexo voltou a ser de Bullit.

"O que aconteceu?"

"Você criou uma imagem irreal de si mesmo. Isso demanda mais energia e concentração para se manter. Tente agora com sua imagem real."

O garoto ficou um pouco frustrado. A imagem que havia formado era mais aproximada daquilo que desejava ser. Como qualquer adolescente, sentia-se insatisfeito com o próprio corpo. O elfo percebeu se estado de espírito e condescendeu.

"Você gerou uma projeção de como seu corpo será num futuro próximo. Por isso não deu certo."

"Puxa! Vou ser assim mesmo, então?"

"Sim, mas agora se concentre no garoto desengonçado que você é agora, ou não terá futuro nenhum."

"Não gostei disso."

"Então pare de brincar como se estivesse num jogo. Não temos tempo a perder."

Embora frustrado, Michel seguiu a orientação de Bullit. Compreendia que havia mais coisas urgentes a fazer, do que se preocupar com sua imagem. Logo depois o reflexo do garoto franzino apareceu na água.

"Bem melhor."

"Questão de ponto de vista, não é?"

O elfo não respondeu. Já vagava pelas sombras do limbo, expandindo sua percepção do ambiente e captando qualquer vibração mística fora dos padrões do lugar. Além da aura de Gabriela havia uma trilha mística inconfundível. Sua natureza nefanda denunciava a passagem do demônio Zaphir. Precisavam se apressar para alcançá-la sem demora

A trilha mística indicava que seguiam para Walka. Isso confirmava que Mordro realmente estava envolvido com a vinda deles para Az'Hur e a ligação da menina com a profecia que anunciava o retorno de Zaphira.

Bullit só não conseguia explicar para si como o rei de Céltica permitia que Mordro manipulasse poderes de tal magnitude. Se ele conseguisse seu intento, passaria a controlar forças que nenhum reino poderia resistir. Até mesmo seu aliado estaria em suas mãos. O elfo sentiu os pelos da nuca se eriçarem ao pensar nas terríveis consequências que adviriam se os eventos preditos se concretizarem. Sem perceber, havia restabelecido o elo mental com Michel e garoto logo percebeu suas inquietações.

"Você está me assustando."

"Temos que nos apressar." Disse Bullit impaciente. *"Infelizmente o barqueiro não está deste lado, então vamos ter que improvisar."*

"Você quer dizer que vamos atravessar esse mangue imundo? Por que não levitamos ou algo parecido?"

"Precisamos de correntes de ar ascendente e elas não estão presentes aqui, nesse momento. Há limites para a magia arcana."

"Grande magia!"

O elfo ignorou aquela observação. O garoto era bom, mas ainda tinha muito que aprender e ele não tinha tempo para ficar retrucando. Projetou a imagem de uma gamboa para Michel. Era uma espécie de árvore típica daquela região pantanosa, que tinha a característica de deixar a casca em pé quando se encerrava o seu ciclo de vida. Depois que o miolo do tronco murchava e se decompunha, era devorado por insetos que apreciavam a polpa adocicada que se formava naquele processo.

Após encontrarem a árvore, veio a parte mais difícil. A casca da gamboa era leve como uma cortiça, mas muito difícil de ser cortada. Sob a orientação do elfo, Michel concentrou-se num apelo telepático dirigido a um tipo muito especial de habitante daquele lugar. Em alguns minutos apareceram alguns butis, uma espécie de besouro gigante. Alguns chegavam a medir até 30 centímetros e possuíam mandíbulas fortes o suficiente para cortar qualquer tipo de madeira. Em pouco tempo os insetos cortaram a casca da gamboa na forma de um pequeno bote.

Logo o bote singrava as águas turvas do pântano, impulsionado por uma comprida vara semelhante ao bambu. Apesar daquele ambiente inóspito, a travessia se mostrava tranquila e eles não tardariam em chegar à margem oposta do pântano.

"Até aqui tudo bem."

"Acho que não gostei dessa observação."

Mal Michel acabou de falar o bote parou como se tivesse encalhado. Depois de recuperar o equilíbrio, Michel olhou para a água ao redor.

"O que aconteceu?" Perguntou sem entender a razão daquele tranco.

"Não sei."

A embarcação estacara a cinquenta metros da margem e, até onde podia enxergar, não via nenhum obstáculo que pudesse ter causado aquela parada súbita. Parecia que a própria água havia se tornado alguma coisa sólida.

O garoto apoiou-se na borda do bote e pôs a mão na água turva. Sua consistência parecia um pouco mais viscosa que o normal, mas não poderia deter a embarcação daquele jeito. De súbito, o líquido transformou-se numa espécie de gelatina e envolveu seu pulso e começou a puxá-lo.

"Cruzes! O que é isso." Exclamou assustado.

"É uma gêmula." Disse Bullit em sua mente. *"Tente ficar calmo."*

A criatura, uma espécie de água viva, o ergueu no ar.

"Tá difícil ficar... Calmo." Respondeu Michel apavorado. *"O que eu faço?"*

"Deixe-me pensar."

"Pode pensar um pouco mais rápido?"

Finalmente o elfo proferiu o encantamento que Michel repetiu apressadamente. Felizmente deu certo e ele começou a levitar junto com seu algoz. Em ato contínuo, o ar ao redor da criatura congelou-se, permitindo que o garoto quebrasse o prolongamento gelatinoso que o prendia.

"Irra!" Gritou triunfante ao fitar a gêmula despencar no pântano, enquanto tentava recuperar o fôlego.

"Não cante vitória antes do tempo." Preveniu o Elfo.

"Ah, não! Tem mais?"

"Precisamos sair daqui. Ou você não percebeu que ainda estamos flutuando sobre o pântano?"

"E agora?"

"Concentre-se no ar, garoto. Sinta o fluxo do ar e o redirecione para a margem."

Michel não achava muito prudente ter lições de encantamentos naquela situação, mas tentou fazer o que Bullit lhe dizia, mas permaneceu no mesmo lugar.

"Bom, pelo menos não caímos." Zombou o elfo. *"Agora pare de perder tempo e faça direito."*

"Como? Eu já tô sem fôlego só de tentar."

"Você não escuta o que digo. Parece que não quer aprender."

"Ora essa! Tente você, então."

"Você está no comando do meu corpo. Então você faz. Agora se concentre e pare de resistir às forças místicas."

Michel tentou novamente. Desta vez procurou relaxar e esvaziar a mente. Após um momento em que a nova tentativa parecia também não lograr êxito, ele começou lentamente a se mover em direção à margem do pântano.

Já em terra firme, o elfo decidiu continuar a jornada imediatamente. Seus instintos lhe diziam que não tinham tempo a perder.

"Não podemos descansar um pouco?" Pediu Michel ainda exausto do esforço que fez para domar as correntes aéreas.

"Pensei que você estava ansioso para encontrar sua amiga."

"Eu tô. Mas se não descansar um pouquinho, nós nunca vamos alcançá-la."

"Está bem, mas deve lembrar que ela também deve estar procurando você. Certamente vai ficar feliz em vê-lo novamente."

"Ver? Ih! Não tinha pensado nisso. Vai ser um problema."

"Por quê?"

"Ora, porque quando ela olhar para mim vai ver um nanico verde de orelhas pontudas."

"E bem mais bonito."

"Fala sério!"

"Você esqueceu do sortilégio que fizemos?"

"Mas ainda vejo suas mãos verdes." Respondeu o garoto estendendo as mãos.

"Você vê o que é real, mas os outros serão afetados pelo sortilégio e verão o que devem ver."

"Puxa! eu tinha esquecido."

"Não esqueça que é apenas uma imagem mental, uma ilusão. Se ela o tocar vai perceber. Então tente manter-se afastado, até que possa explicar tudo." Observou o elfo. *"Agora vamos embora. Sinto que eles estão próximos de nós."*

"Eles?"

"Sim. Sua amiga não está sozinha. Ela tem um guia, que não é o que parece."

Preocupado com as palavras de Bullit, Michel pôs-se em marcha e acelerou os passos até onde era possível com as pernas do elfo.

"Não vamos muito longe assim."

"Precisamos de uma montaria. Vamos procurar uma pequena árvore com frutas roxas."

Uma árvore com frutas roxas? Aquilo não parecia fazer muito sentido, como tudo naquele mundo esquisito, pensou o garoto.

"Não pense." Admoestou o elfo. *"Apenas faça o que digo."*

Após algum tempo de procura, encontraram a tal árvore. Próxima a ela, a mesma montaria que havia levado Gabriela e o Saci através do Bosque dos Lamentos pastava placidamente.

"Eu não vou subir nesse bicho."

"Quanta coragem!"

"Eu nunca montei um cavalo na minha vida. Agora você quer que monte essa mistura de rinoceronte com algo que eu nem sei o que é."

"Confie na energia arcana. Ela o liga à natureza. Você não corre nenhum perigo aqui."

"Exceto por aquela coisa gelatinosa que queria nos devorar, né?"

"Nada é infalível. Agora suba no bicho, frangote. A não ser que não queira encontrar sua amiga."

Dominando seus temores, Michel pulou no lombo do animal. O bicho imediatamente pôs-se em marcha, como se soubesse para onde ir.

"E agora? Como eu dirijo isso?"

"Ele já está sendo guiado por mim. Agora relaxe e aproveite a viagem."

O animal aumentou o ritmo do trote e sacudia perigosamente o garoto sobre seu dorso.

"Segure-se! É o meu corpo que você está usando."

"Estou tentando!"

Felizmente o trote logo se transformou num galope suave e Michel percebeu que devia acompanhar os movimentos do animal para minimizar o desconforto. Algumas horas depois já tinham passado pelo bosque dos lamentos e, ao contrário da passagem de Gabriela e Icas, não houve incidentes desta feita.

CAPÍTULO XII

O REENCONTRO

O sol de Az'Hur já havia ultrapassado o meio do dia. Sua radiação penetrava por entre a copa das árvores e projetava um mosaico de luzes e sombras que se entendia por todo o caminho. Gabriela seguia em silêncio. Não havia outros ruídos naquele momento, além do som de seus próprios passos.

Eles seguiam para um estreito vale e a temperatura elevada tornava a descida mais penosa, na trilha marcada por imensas raízes, que pareciam emergir e desaparecer no solo recoberto de folhas mortas.

— Acho que devemos parar e descansar um pouco. — Observou Icas, arquejante. Não era de sua natureza ficar saltitando com uma perna só, por um terreno íngreme e acidentado como aquele.

—Tá bom. — Concordou Gabriela, com uma gota de suor escorrendo de sua têmpora. Olhando ao redor, ela viu uma pedra sob a sombra de uma árvore.

– Ali parece um bom lugar.

Não fosse a fome que começava a roer suas entranhas, eles certamente teriam preferido ficar ali por um bom tempo. Depois de descansar um pouco, o saci sumiu na mata, seguido silenciosamente pelo cão das sombras. Gabriela não fez menção de acompanhá-los. Sentia-se cansada demais para fazer qualquer movimento que não fosse o de deitar-se sobre a pedra. Adormeceu pensando ouvir o som de uma flauta. A princípio era um som fraco, quase inaudível. A impressão de ter ouvido algo persistiu e tornou-se real. Mesmo adormecida ela percebia uma estranha melodia a lhe envolver.

Não muito distante dali, Michel e Bullit deixaram a montaria e tomaram uma trilha que os levaria ao encontro de Gabriela.

"Está ouvindo?" Perguntou, enquanto tentava apurar os ouvidos do elfo. *"Parece uma flauta."*

"Sim." Respondeu Bullit. Aquela música lhe era familiar. Embora tivesse dificuldade em identificar onde a tinha ouvido antes. De repente a lembrança lhe veio à mente de forma perturbadora.

"Vamos!" Apressou ele. *"Temos que seguir rápido na direção desse som."*

"O que houve?" Perguntou Michel subitamente aflito.

"Faunos!"

"Faunos?"

"Sim. Sua amiga pode estar sendo atraída para uma dança de acasalamento."

O garoto demorou a perceber o significado daquelas palavras. A compreensão do horror, quando se fez, provocou-lhe um súbito acesso de náusea.

"Não é hora para chiliques, garoto. Temos que nos apressar."

Ainda trêmulo, ele pôs-se a correr pela trilha de forma atabalhoada, com as batidas do coração do elfo a ressoar nos ouvidos, que também não era dele.

Em que pese à encrenca que estava se armando, Bullit não deixou de surpreender-se com aquilo. Pelas lembranças captadas da mente de Michel, a menina parecia ainda muito jovem para ser afetada pelo poder hipnótico daquela música. A menos que os faunos houvessem mudado seus hábitos, ou havia algo com aquela garota que ele desconhecia. Felizmente eles estavam próximos dela e talvez não fosse tarde demais.

Gabriela caminhava sem perceber plenamente o que estava acontecendo. Sentia-se fora do corpo e via a si mesma seguir a melodia. Ela não sentia medo. Na verdade, estava feliz e estranhamente excitada, ansiando por aproximar-se do local de onde aquele som parecia surgir.

Ao chegar a uma clareira, a melodia penetrou em seus ouvidos num ritmo mais acelerado. No centro, sobre um altar de pedra, criaturas que pareciam ter saído de um livro de mitologia olhavam fixamente para ela. Tinham aproximadamente sua altura, embora fosse difícil perceber pela postura levemente curvada que mantinham. Da cintura para cima pareciam seres humanos quase normais, a despeito dos pequenos chifres e das orelhas pontudas. Como num filme passado em câmera lenta, ela observou cada detalhe daqueles seres de uma forma distante, como se não estivesse realmente ali e tudo se tratasse apenas de um sonho muito esquisito.

Abaixo da cintura, as criaturas tinham o corpo coberto de pelos e suas pernas arqueadas se sustentavam em cascos semelhantes às patas de bode. Esforçando-se para compreender o significado daquela visão, ela demorou a perceber que estavam nus; um detalhe que lhe parecia perfeitamente natural, no estado de consciência em que se encontrava. Quase sem se dar conta, ela estava acompanhando o ritmo da melodia. Era uma dança de sedução que se apoiava em movimentos lascivos e estranhos à sua natureza. Entretanto, naquele momento, sentia que podia tudo.

Sem que ela pudesse perceber, mais faunos chegavam ao local. Aos poucos foi formado um círculo ao redor da clareira, que se fechava na medida em que se aproximava do altar recoberto de flores perfumadas. O ritmo da música tornou-se ainda mais frenético e isso a induzia a acelerar seus movimentos até a beira da exaustão.

De repente a música cessou e ela apoiou-se no altar para não cair. Várias mãos a ergueram e a depositaram gentilmente sobre o colchão de flores. Um dos seres estranhos aproximou-se e olhou-a nos olhos. Ela o fitou sem compreender, mas sorriu para ele. O fauno parecia confuso e amedrontado e Gabriela sentiu que ele tinha medo dela por alguma razão. Tocou-lhe levemente o rosto numa tentativa de parecer amigável. Só então viu o pingente no seu pescoço. Engastada numa armação de osso e pendurada num cordão de couro, a joia refletia um suave brilho avermelhado, igual a pedra que o cão lhe havia dado. Fez menção de tocar a gema, mas o fauno recuou, para sua consternação. Por alguma razão queria que ele gostasse dela. Como se compreendesse aquela necessidade, a criatura voltou a aproximar-se e chegou ainda mais perto. Cheirou-lhe os cabelos e lhe acariciou com toques leves e reconfortantes. De repente estacou e afastou-se de novo.

— Ela ainda não está pronta, irmãos. — Falou com uma voz rouca e gutural.

Alguns faunos se aproximaram e a farejaram. O toque deles era rude e impaciente, provocando nela uma remota sensação do perigo que, até então, ainda não havia sentido ali.

— Está sim. — Respondeu um deles. — Você ainda nem sabe distinguir o cheiro de uma fêmea. Como pode dizer que ela não está pronta?

Os outros cacarejaram uma risada obscena e zombaram dele. O jovem fauno sentiu-se erguido e jogado em cima de Gabriela.

— Fertilize-a. — Gritaram em uníssono.

Gabriela ainda não sentia medo, mas estava reagindo ao torpor hipnótico provocado pela música. Antes que se perguntasse o que estava fazendo ali, Michel surgiu sobre o altar e empurrou o fauno.

—Afastem-se dela. — Ele gritou, com uma ira que jamais havia sentido. Seguiu-se um silêncio pesado.

— Sacrilégio! — Gritou um dos faunos de repente. — Morte! — Tornou a berrar como um babuíno ensandecido.

—Morte! Morte! — Repetiam os demais, enquanto avançavam e empurravam o jovem fauno para cima do altar.

De repente o garoto caiu em si e se deu conta da enorme besteira que fez. Mas antes que Bullit pudesse interferir em suas ações, uma sombra avançou sobre o fauno e o arremessou para o alto como um boneco estropiado. Pelo estalo que se ouviu, ele já estava morto antes de bater no chão. Os demais viram o companheiro morto e, tomados de uma fúria assassina avançaram sobre o altar. A sombra, porém, não recuou e uma confusão de garras e corpos dilacerados rompia o círculo de forma avassaladora. Ouviu-se uma gargalhada insana, de satisfação pela carnificina.

Com os olhos esbugalhados, Gabriela e Michel viram o demônio Zaphir pela primeira vez naquele plano. Ele os olhou por um breve momento, antes de agarrar e estraçalhar outro fauno, tão rapidamente que a criatura nem sentiu que havia encontrado a morte. Outro se voltou para fugir à sanha do demônio, mas deu de cara com as mandíbulas do Cão das Sombras, que havia voltado de sua caçada sem Icas. O Saci parecia ter desaparecido na mata.

Surpreendidos com aquele ataque, os faunos recuaram por um momento, mas logo se reagruparam para enfrentar os invasores. A clareira tornou-se pequena diante daquela multidão de criaturas sanguinárias, que parecia não parar de crescer e não se importar com a morte certa.

O demônio urrou de satisfação e jogou-se no meio dos faunos, seguido pelo cão das sombras. Não demorou muito para que a carnificina recomeçasse com fúria redobrada. No altar, Michel tentava manter afastados aqueles que tentavam aproximar-se de Gabriela.

"Será que eles não vão desistir?"

"Eles agem como uma matilha e atacarão enquanto o líder permanecer vivo." Respondeu Bullit.

"Descobrir o líder no meio dessa multidão de fedorentos não vai ser fácil."

Um fauno pulou no altar e olhou para Michel e seus olhos brilharam com uma fúria assassina.

"Você queria o líder, não é? Esse é o líder." Falou Bullit, surpreendentemente calmo.

"O que eu faço agora?"

"Mate-o!"

"Como?"

"Concentre-se no ar ao redor dele. Impeça-o de respirar. Use sua força de vontade. Depressa!"

O fauno avançou lentamente, como se quisesse prolongar aquele momento para sua glória. Então estacou e abriu a boca numa agonia silenciosa. Seus joelhos se dobraram sem forças e ele caiu aos pés de Michel.

"Consegui?" Perguntou Michel, sentindo-se estranho. A morte não lhe era familiar e muito menos quando provocada por ele.

"Sim."

"Mas eles continuam avançando para cá."

"Ainda não perceberam que o líder caiu. Temos que continuar lutando."

Outro fauno pulou no altar, mas foi derrubado pelo cão que vinha logo atrás. Somente nesse momento é que Michel percebeu o cão, mas não teve tempo de pensar muito sobre isso. As criaturas continuavam a pular sobre o altar e a batalha continuava ferrenha, apesar do enorme estrago que o demônio causava logo abaixo deles. O garoto pensava que somente um milagre os livraria daquela situação, quando viu a turba se abrir com a passagem de um centauro em furiosa investida. Sob o olhar atônito do garoto, o guerreiro derrubava todos os que ousavam barrar-lhe o caminho, num frenesi de espada e cascos afiados.

"Beron!" Ecoou o pensamento de Bullit na mente de Michel.

"Quem é ele?"

"Um centauro guerreiro que guarnecia a torre. Deveria estar morto."

"Pois parece bem vivo."

Os faunos finalmente descobriram que estavam sem líder e começaram a se dispersar. Os que escaparam ilesos da batalha desapareceram rapidamente na floresta, enquanto os feridos se arrastavam como podiam. Com olhar atento Michel seguia o movimento deles atento a qualquer nova investida.

— Por que demorou tanto, pirralho?

A voz de Gabriela lhe chegou à mente como um bálsamo. Era bom vê-la de novo, depois daquela jornada absurda.

— Gabi! — Exclamou com alegria.

Ela tentou abraçá-lo, mas ele recuou. Ainda era cedo para mostrar-se como realmente estava e ela perceberia, se o tocasse.

— Pensei que nunca mais fosse vê-la. — Falou Michel emocionado.

Gabriela sorriu, sem dar mostras de ter percebido sua atitude evasiva.

— Você não vai livrar-se de mim tão cedo. Ainda temos um longo caminho juntos, ouviu? — Disse, dando-lhe um tapinha, mas ele se esquivou.

Ela franziu a testa sem compreender aquele afastamento, mas havia mais coisas estranhas ali, naquele momento. Ainda não sabia como tinha ido parar no meio daquelas criaturas e da batalha que se seguiu. Mais incompreensível ainda era a presença do demônio de seus pesadelos naquela confusão. Como se percebesse o que se passava em sua cabeça, a besta olhou para ela com os dentes arreganhados no que parecia um sorriso cruel e se aproximou do altar.

— Aí, guria. Pensou que eu fosse te deixar se estrepar sozinha?

A proximidade da criatura já não lhe causava temor. O que sentia, entretanto, era algo mais assustador. As palavras do deus Az'Hur sobre sua contraparte demoníaca. De repente sentiu uma vertigem e Michel correu para ela.

— Eu tô bem. Foi só uma tontura.

O demônio gargalhou de satisfação, mas ela, já tinha recuperado o autocontrole e não se deixou perturbar. Sabia o suficiente para concluir que o demônio só estava lhe provocando. *"Demônios costumam ser vaidosos. Isso poderia ser sua fraqueza."* Pensou nisso sem se dar conta de onde tinha tirado essa conclusão, mas ainda devia encontrar uma forma de lidar com a sua contraparte negra.

O demônio voltou-se para Michel. Seus olhos sinistros o fitavam de um modo que parecia querer penetrar-lhe a alma.

"Se ele perceber que estou aqui vamos ter problemas." Disse Bullit, sem disfarçar a apreensão que lhe assaltava o espírito.

Contudo, Gabriela percebeu o súbito interesse de Zaphir no amigo e desviou-lhe a atenção.

— Precisava tudo isso? Perguntou apontando os corpos dilacerados.

— Preferia que fosse tu?

Ela não respondeu. Não havia uma resposta aceitável para o dilema proposto. Contudo, sentia um enorme pesar pelas criaturas mortas.

— Por que eles me atacaram?

— Acredite guria. Tu não irias gostar de saber.

Atrás dele, o centauro Beron se aproximou silenciosamente com a espada em punho. Ele havia conseguido manter-se oculto depois que a horda de faunos se desfez. Mandar o demônio para os braços de Thanatis era seu desejo, mas sabia que naquele momento a criatura ainda não estava vulnerável. Teria que esperar a profecia. Sua atenção, então, voltou-se para o garoto. Havia algo com o menino que lhe era familiar, mas não conseguia definir o que poderia ser.

Michel venceu a aversão que sentia pelo demônio e aproximou-se de Gabriela, que estava ao lado do dele. Ainda estava pálido pelo medo percebido na mente do elfo.

— Temos que voltar para casa. — Disse num murmúrio quase inaudível. No que lhe dizia respeito, estava farto daquela aventura.

— Sim, eu sei. — Respondeu ela, ao lembrar-se das palavras de Icas sobre o cumprimento daquela jornada. — Mas há coisas que precisam ser feitas antes.

Tanto Michel quanto Zaphir olharam interrogativamente para ela.

— Que coisas? — Perguntou o garoto.

— Para sair dessa encrenca, temos que seguir em frente. A menos que você saiba como interromper essa aventura maluca e nos leve de volta ao meu quarto, de onde saímos.

O demônio riu e Michel ficou consternado. Sentia-se culpado por ter insistido em experimentar o jogo que Icas havia lhes dado como brinde. Aquilo era uma armadilha, ele sabia agora. Pior que isso era ainda a sensação de ter sido ludibriado por aquele sujeito esquisito, que parecia realmente um saci.

— Eu nem mesmo tenho a certeza de que estamos realmente no ambiente virtual de um jogo. Há coisas que descobri e você precisa saber. — Disse ele, olhando significativamente para o demônio. A criatura fez uma pantomima que pretendia ser engraçada e fingiu se afastar para lhes dar privacidade.

— Sim. Também descobri algo. — Ela disse. — Mas queria falar agora de outra coisa, eu acho. Não lembro mais.

De repente ela sentiu um calafrio. O pingente que o jovem fauno usava no pescoço lhe veio à mente. Por alguma razão tinha que encontrá-lo.

— O que você quer dizer? — Perguntou Michel, sem compreender.

Ela não respondeu. Estava absorta em identificar o corpo do primeiro fauno que morreu nas garras de Zaphir.

— Ali. — Disse apontando para baixo, imediatamente à frente do altar. — Pegue para mim. — Ordenou ao ser diabólico, sem se importar com o fato surpreendente de dar ordens ao demônio de seus pesadelos.

Zaphir grunhiu em resposta, mas fez o que ela mandou. Levantou o fauno, segurando-o por uma das pernas. Pendurado de cabeça para baixo, o cadáver da criatura deixou escapar um filete de sangue pelas narinas.

— Eca! — Exclamou Michel, mais chocado com a displicência do demônio do que verdadeiramente enojado.

— Eu quero o pingente. — Apontou a pedra vermelha que parecia brilhar ainda mais intensamente, como se respondesse a um chamado.

Zaphir tentou arrancar o pingente do pescoço do fauno, mas não conseguiu. Ao tocar a joia teve que largá-la rapidamente.

— Infernos! Queimou minha mão. — Uivou o demônio, surpreso. A dor física estava se tornando frequente demais para ele.

— Não pode ser. Eu toquei nela, acho. — Disse Gabriela, tentando lembrar-se.

— Então experimenta guria. — Respondeu o demônio estendo-lhe o cadáver do fauno. — Eu não posso tocá-la.

Cautelosamente ela estendeu a mão e tocou ligeiramente a pedra com a ponta dos dedos.

— Está fria! — Exclamou triunfante.

Com um puxão, ela rebentou o cordão que prendia a gema ao pescoço do fauno, sob o olhar incrédulo de Michel.

— Você parece mudada. — Resmungou contrafeito. Aquele mundo estava mexendo com seus nervos.

Gabriela não lhe deu atenção. Estava fascinada com a pedra vermelha. e totalmente alheia ao que acontecia à sua volta.

O centauro Beron aproximou-se um pouco mais. Estava intrigado pelo elo mental que parecia compartilhar com aquele estranho menino. Era uma sensação vagamente familiar, embora não lhe fosse muito claro o propósito daquilo. Entretanto, havia feito o que lhe cabia para assegurar o cumprimento da profecia na forma que convinha à deusa da morte. Para isso, a menina tinha que ser protegida. Entretanto, a proximidade do demônio Zaphir era uma tentação forte demais e, mesmo sabendo que seria inútil, ele atacou. O demônio largou o fauno, cujo corpo jazia inerte entre suas garras e rosnou para a criatura que ousava lhe desafiar. Já matara muitos centauros e os espíritos deles alimentavam sua alma negra. Não iria desprezar a oportunidade de ceifar a vida de mais um daqueles bichos que pareciam não saber sua verdadeira natureza, se homem ou besta. Sem fazer caso da espada que era brandida em sua direção, a besta arremeteu contra o centauro, certo de que suas garras logo alcançariam a garganta do infeliz. Mas a espada o alcançou antes e um urro de espanto e dor se fez ouvir na clareira. O demônio já havia sido ferido antes, mas nenhuma lhe tinha causado aquela dor. Ele olhou seu oponente mais uma vez, antes de escapulir rapidamente entre as sombras, ante o olhar frustrado do centauro e a expressão de espanto de Michel e Gabriela.

"Caraca! O que foi isso?"

"Uma tentativa de vingança, eu creio. O demônio parece ter encontrado um inimigo capaz de derrotá-lo em seu próprio terreno."

"Sim."

Embora o ataque do centauro não tivesse sido efetivo, o garoto sentiu-se aliviado com a fuga do demônio Zaphir. Assim poderia cuidar de Gabriela, cujo aspecto frágil o preocupava ainda mais.

— Gabi? — Chamou, sacudindo-a para livrá-la do transe.

— Hã?!

— Tu bem? Você tá com um jeitão esquisito...

— Acho que fiquei tonta, mas já passou. Cadê aquele bicho feio?

— Fugiu do centauro. — Respondeu Michel sem muito interesse. Apesar da interferência do demônio ter sido providencial, preferia vê-lo pelas costas. Melhor seria não o ver jamais.

De súbito, uma imagem começou a se formar diante deles. Gabriela o reconheceu imediatamente. Era a imagem do mesmo bruxo que havia falado com Icas na margem do pântano.

— Lá vem o príncipe das trevas. — Disse aborrecida.

A Imagem formou-se completamente. O Bispo de Walka percebeu a joia na mão de Gabriela e o saquinho de couro que trazia na cintura. Sorriu satisfeito.

— Excelente! Você já encontrou duas das joias místicas e tudo se encaminha para o propósito que deve ter.

A satisfação de Mordro a desagradou e aquela história de profecia já estava enchendo, mas seu instinto lhe dizia que não devia permitir que ele percebesse seus sentimentos.

— Tudo se encaminha como deve ser. — Disse, esperando ter sido convincente.

— Exceto por um pequeno contratempo, não é verdade? Você correu um risco desnecessário, graças à inépcia daquela cria do inferno.

Gabriela supôs que Mordro estivesse falando de Icas, mas parecia se referir ao demônio Zaphir.

— Nada aconteceu. Eu estou bem.

— É verdade, mas num mundo hostil é bom perceber as coisas antes que elas aconteçam. Enquanto não desenvolve essa habilidade é melhor ficar sob a proteção dos muros de Walka o mais rápido possível.

— Sim. — Respondeu Gabriela.

Nesse ínterim, Icas finalmente surgiu das sombras da noite, como se nada tivesse acontecido. Também nada respondeu ante o olhar interrogativo de Gabriela e a expressão de espanto de Michel ao reconhecê-lo.

— Traga-a para Walka imediatamente. — Ordenou Mordro para ele, aparentemente sem estranhar sua ausência até então. — E cuide para que mais nenhum imprevisto aconteça. Você sabe as consequências disso, não sabe?

Icas não respondeu. Limitou-se a fitar Mordro de modo insolente. A imagem desapareceu em seguida.

— Sujeitinho sinistro. — Exclamou Michel. — Vamos embora?

— O garoto tem razão. Temos que seguir para Walka, menina.

— Onde está Zaphir, Icas?

— Aqui e Ali. Talvez acolá. — Respondeu enigmático. — Demônios não costumam dizer por onde andam, nem o que pensam. Não se preocupe com ele.

— Eu esperava que ele nos acompanhasse. — Disse ela sem compreender sua própria atitude.

— Ele voltará a aparecer. Não se preocupe com isso... Afinal, o que seria dele sem você?

— O que você quer dizer com isso?

— Dizer o quê? Desconversou Icas. — Chega de conversa. Temos uma longa caminhada até Walka.

Gabriela já sabia que pressionar o saci seria inútil. Teria que ludibriá-lo para conseguir as respostas. Por hora seria melhor rumar para Walka, seja lá onde isso for. Com passos ainda inseguros ela desceu do altar de pedra com um esforço que a fez cambalear. Michel apressou-se em ampará-la.

— Isso não vai ser fácil. — Disse para si mesma.

Beron aproximou-se dela e estendeu-lhe o braço.

— Venha.

Gabriela estendeu a mão para o centauro. Ele a ergueu com facilidade e a acomodou sobre o seu dorso. Saiu da clareira devagar, com os demais seguindo logo atrás.

"Você não disse que centauros não gostam de ser tratados como montaria?" Perguntou Michel para o elfo.

"Bom... Há exceções." Respondeu Bullit.

"Que exceções?"

"Ela é uma garota."

Aquilo explicava tudo para Michel. Por alguma razão, garotas quase sempre se saiam bem de apuros.

Seguindo a orientação de Icas, eles tomaram uma trilha e seguiram em direção à Walka. Formavam o que iria parecer um cortejo inusitado, aos olhos de algum viajante desavisado. Um saci à frente de uma garota montada num centauro, um garoto que tinha um andar esquisito e um enorme cão guarnecendo a retaguarda.

"Seus pensamentos em relação à sua amiguinha estão confusos." Observou o elfo.

"Ela está diferente."

"Diferente como?"

"Não sei dizer ainda."

O elfo ia explicar, mas julgou que não era oportuno o garoto saber ainda de certos desdobramentos do fado que lhes cabia naquele mundo.

"Mordro deve saber a resposta para isso. Tudo será respondido em Walka, certamente."

"Espero que sim. Inclusive como um saci se tornou um livreiro no meu mundo e depois aparece aqui."

"Icas não é o que parece. Ele tem uma aura estranha, com uma essência muito maior do que seria natural para esse ser. Devemos tomar muito cuidado com ele."

"Também acho. E aquele cão? O que aquele animal tem a ver com tudo isso?"

"Ainda não sei. A origem dele é um mistério. Como eu, ele é o único de sua espécie neste mundo. E tanto quanto eu saiba, não é um animal muito amigável e raramente foi visto antes."

Depois dessa última observação, aquele diálogo mental cessou. Ambos estavam cansados e precisavam concentrar suas energias para percorrer a trilha em direção à Walka.

Apesar do cansaço, Michel desejava conversar com Gabriela sobre o que já sabiam daquele mundo, mas ao vê-la cochilando no dorso do centauro, preferiu esperar. Já era noite alta quando eles viram a silhueta do castelo. O centauro Beron levou Gabriela durante quase todo percurso, mas ao se aproximar de Walka ele deixou o grupo.

Eles seguiram a pé pela trilha. Logo atrás de Gabriela, o saci observava os passos da menina. Sua expressão inescrutável não deixava transparecer nenhuma pista do que estava pensando. Tanto podia ser uma preocupação legítima pelo cansaço dela, quanto o receio de estar sendo traído por Mordro. Muita coisa estava em jogo e aquele mago renegado certamente teria ambições que ainda não eram conhecidas dele. Além do desconforto de permanecer na forma de uma criatura mítica de outro mundo, essas questões ecoavam em sua mente sem cessar.

Para Gabriela, a visão do enorme castelo lhe trazia aquela sensação de familiaridade com um mundo estranho. Quanto mais se aproximava do seu destino, mais nítida também se tornava a impressão de que Mordro não lhe era um completo desconhecido e tudo se encaixava nas explicações de Icas, por mais inverossímil que fosse.

Ao chegarem diante do fosso que protegia o castelo, ouviram o rangido de velhas engrenagens e correntes ocultas. A Ponte levadiça desceu de forma surpreendentemente suave, até o berço de atracação diante deles. Logo em seguida, os portões de ferro se abriram lentamente.

— Chegamos. — Disse Icas com desagrado.

Gabriela sentiu o toque de Michel em sua mão. O contato era confortador, mas ela não sabia se era de encorajamento ou ele estava simplesmente buscando a sua própria proteção, como sempre fazia em momentos de crise. Aliás, crise não definia bem aquela estranha situação. Aquilo não poderia estar acontecendo, pensou ela. Eles deveriam estar jogando um videogame no computador e não dentro dele. Tudo poderia ser apenas um sonho, mas as situações de perigo e angústia tinham sido tão reais que ela já deveria ter acordado.

— Não quer desvendar os mistérios dessa aventura, menina? — Perguntou Icas, percebendo sua hesitação.

— Sim, mas...

Michel percebeu sua hesitação e viu ali uma oportunidade para falar com ela.

"Deixe-a decidir." Ecoou Bullit na mente de Michel.

"Pensei que você estive longe, em algum plano austral qualquer."

"Infelizmente ainda estou preso a você, moleque. Ela deve fazer suas próprias escolhas, ou não conseguirá cumprir a jornada neste mundo."

"Tá. Mas é difícil não dar palpite. Eu tô no mesmo barco."

"Sim, é verdade. Temos que descobrir a razão disso."

— Por que você tá tão calado? Não vai dizer nada? — Questionou Gabriela. Ela interrompeu aquele diálogo silencioso, sem se dar conta.

— Não sei o que dizer. — Respondeu Michel com um suspiro. — Neste jogo não tem a tecla "ESC".

— Bem, não adianta ficarmos aqui plantados na porta. Vamos entrar. — Respondeu a menina.

O saci exultou. Não poderia interferir diretamente na decisão dela e corria o risco de fracassar caso a menina recuasse. Odiava essas profecias baseadas no livre arbítrio.

— Tomou a decisão certa, minha cara. Essa é a vontade do seu espírito — Disse ele no seu jeito habitual, zombeteiro e enigmático.

O pátio interno estava desolado, como se há muito ninguém houvesse entrado ali. Jardins, que pareciam ter sido belos um dia, estavam tomados de ervas daninhas, insetos e criaturas rastejantes desconhecidas. O fim do dia, cinzento e triste, enfatizava a atmosfera pesada e lúgubre daquele lugar, que parecia esconder segredos que era melhor desconhecer. No umbral da porta de acesso principal, duas gárgulas esculpidas em uma estranha rocha verde fitavam os recém-chegados com brilhantes olhos vermelhos, que lembravam o demônio Zaphir.

— Que lugar simpático. — Comentou Michel, olhando para as gárgulas.

— São apenas estátuas. — Retrucou Gabriela, tentando manter uma postura que considerava audaz. Sentia, por alguma razão, que não devia demonstrar nenhum tipo de fraqueza diante do que estava por vir.

— São mesmo? Acho que aqui nada é o que parece.

Icas adiantou-se e tocou a aldrava. A batida ressoou longamente no interior do castelo, parecendo querer acordar as estátuas.

— Só falta o Drácula atender. — Comentou Michel, com um tom mordaz.

Do interior do castelo, o som de passos arrastados aproximava-se da porta. Com um estalo seco ela se abriu. A luz de um candelabro iluminou-os e uma voz cavernosa se fez ouvir.

— Sejam bem-vindos. O mestre os espera. — Falou um sujeito alto e franzino, fitando-os com grandes olhos encovados e um sorriso sinistro de boas-vindas estampado na cara pálida.

Ao ver a criatura fitando-os com os olhos ávidos de um predador, Michel nunca sentiu a expressão de boas-vindas tão fora de propósito.

CAPÍTULO XIII

WALKA

A semelhança daquela criatura com Nosferatu era assustadoramente real. A atmosfera sombria, enfatizada pela luz bruxuleante do candelabro que ele segurava, lembrava os velhos filmes de terror em preto e branco. Nada mais apropriado para se dar boas-vindas ao castelo de Walka.

"Isso aí é um vampiro, não é?" Michel perguntou mentalmente à Bullit.

"Não exagere." Respondeu o elfo.

— Esse é Drago, o mordomo do castelo. — Informou Icas, conduzindo-os para dentro. Logo depois desapareceu, sem que eles percebessem.

Gabriela nada respondeu. Estava surpreendida com sua própria frieza. Arriscou-se a pensar que estava à vontade naquele lugar.

O interior do castelo não parecia muito diferente do estado do jardim. Uns poucos móveis, toscos e pesados, cobertos de pó guarneciam o salão principal. No chão, um velho tapete com estampas desbotadas escondia um ladrilho já bem desgastado pelo tempo. Nas paredes, quadros imensos formavam o que parecia ser uma galeria de retratos de antepassados dos nobres de Walka. Todos os retratados tinham a mesma expressão feroz no olhar e, em suas mãos, ostentavam pesadas espadas que pareciam relembrar as batalhas travadas em outros tempos. Tudo ali indicava que seus antigos moradores haviam pertencido a uma linhagem de guerreiros.

Gabriela observava atentamente todos os detalhes do salão. Cada recanto parecia querer contar-lhe antigas histórias. A sensação de familiaridade com aquele lugar se tornava mais forte e ela sentiu o medo penetrar em seu coração, como uma fina e afiada adaga.

No fundo do salão, próximo à lareira, o mago esperava por eles. Estava sentado numa espécie de trono, iluminado por dois archotes fixos na parede. De pé ao seu lado, o demônio Zaphir fitava-os silenciosamente.

Acima de Mordro, havia um quadro que retratava uma mulher, cuja beleza contrastava fortemente com o semblante severo e a expressão feroz estampada no olhar. Vestida com uma armadura leve, ela também segurava uma espada na mão direita. Michel chegou a perceber que havia certa semelhança entre Gabriela e a mulher retratada no quadro, mas preferiu falar sobre isso quando eles estivessem a sós.

Como se estivesse alheio à presença deles, o mago cofiava lentamente a longa barba negra, que quase lhe chegava até o peito. Mesmo sentado, ele parecia uma figura impressionante, com uma altura fora do comum. Sua pele era pálida e macilenta, de alguém que vivesse há muito enclausurado no castelo, sem ver a luz do sol.

Impressionado, Michel postou-se atrás de Gabriela, desejando que o mago não notasse sua presença.

— Mestre, eles chegaram. — Anunciou Drago em tom respeitoso e amedrontado.

Ao ouvir a voz do lacaio, o mago dirigiu-lhe um olhar duro e frio. Depois fitou Gabriela por um tempo que, a ela, pareceu constrangedoramente longo. Entretanto, na sua expressão não havia ameaça. Era um olhar estranhamente gentil.

— Aproximem-se. — Disse o mago, com um gesto quase imperceptível, que chamou a atenção para sua mão magra e provida de longos dedos afilados. No anular, brilhava um magnífico anel ornado com uma gema vermelha, cuja forma lembrava um escaravelho.

— Aproximem-se jovens. — Repetiu ele, impaciente com a hesitação deles. — Não vou mordê-los.

O Cão das Sombras rosnou e mostrou-lhe os dentes.

O demônio soltou uma sonora gargalhada e Michel deu um passo para trás, assustado. O mago se ergueu do trono e virou-se para Zaphir com uma expressão irada.

— Contenha-se! — Falou ríspido. — Você já cumpriu sua missão. Agora volte para o seu covil e aguarde.

O cão fitava o mago e o demônio alternadamente. Parecia aguardar um sinal de Gabriela para atacar.

— Quieto. — Disse ela, num sussurro, esperando que o animal obedecesse.

— Parece que já conseguiram um protetor. — Falou Mordro com uma ponta de ironia, olhando fixamente para o cão. — Entretanto, seria prudente não se fiar muito num aliado tão imprevisível.

— Ele tem sido bastante confiável. — Respondeu Gabriela. — Mais do que qualquer um deste mundo.

— Acredito que sim, mas agora você está entre amigos. — Respondeu o Mago. Dito isso olhou para Zaphir com uma das sobrancelhas erguida.

O demônio fez uma mesura jocosa e afastou-se silenciosamente. Gabriela sentiu um inexplicável pesar pela saída de Zaphir. Sem compreender, desejou que ele permanecesse na sala.

— Bem-vindos ao castelo de Walka, crianças. Sou Mordro, seu anfitrião.

— Obrigada. — Respondeu Gabriela.

— Acho que devemos ir embora. — Disse Michel.

— Ah! O jovem fala, afinal. Pensei que era mudo. Não sei por que você está aqui, assim como esse cão infernal, mas creio que logo tudo será esclarecido.

Ainda sentindo a ausência de Bullit, Michel engoliu em seco. Havia uma ameaça implícita nas palavras de Mordro e ele desejou não ter vindo até ali. Olhou para Gabriela, mas ela parecia ignorar seus temores. Na verdade, parecia estranhamente alheia à situação em que se encontravam, tão fascinada estava com o quadro que retratava a guerreira de Walka.

— A explicação pode estar no jogo. — Balbuciou Michel, apenas para dizer alguma coisa que pudesse fazer sentido.

— Jogo? — Repetiu Mordro ríspido.

— Deixe-o em paz! — Gritou Gabriela, sem compreender bem o que estava fazendo.

O mago se voltou para ela com o brilho de cólera ainda no olhar, mas que rapidamente desapareceu. Ela o encarou sem pestanejar, sob o olhar atônito de Michel.

"Não se preocupe." Disse Bullit, ainda oculto em sua mente. "Sua amiga parece ter recursos para lidar com esta situação."

"Onde você estava?"

"Aqui e ali."

Enquanto Michel questionava Bullit, Mordro rodeou Gabriela como uma ave de rapina.

— Espantoso! — Exclamou o mago. — O espírito da guerreira já se manifesta. Sim, você tem o mesmo olhar altivo. Não há mais dúvidas. Você é realmente quem deveria ser.

— O que você quer dizer com isso? — Perguntou Michel, temendo que Gabriela, pudesse ser conduzida a algum altar de sacrifício, em oferenda a algum deus desconhecido.

— Sua vinda já estava prevista. Dias de glória lhe esperam minha cara. — Disse Mordro, ignorando os comentários do menino.

— Parece que minha vinda não faz parte desse jogo. — Observou Michel, sem fazer caso por ser excluído da conversa. Talvez sua intenção fosse apenas disfarçar o medo que sentia daquele mago sinistro.

— Isso que você percebe não é um jogo, meu jovem. E eu não sou um personagem criado para entretê-lo. — Respondeu Mordro contendo a irritação.

— Quem é Zaphira? — Perguntou Gabriela. Queria confrontar o relato do Saci com as palavras do mago. Sua pergunta também interrompia o que ela percebeu como uma situação de perigo. Sem saber exatamente no que estavam metidos não convinha piorar a situação, pensou.

Ao ouvir aquilo, Michel deteve seu silencioso exame daquele lugar e lembrou-se que Gabriela tinha algo a lhe contar.

— O saci lhe falou de Zaphira? — Perguntou o mago, parecendo ligeiramente desconcertado. — Ele não deveria ter antecipado coisas que você deveria saber só aqui, pois você tem uma relação muito forte com a profecia e Walka.

— Nunca ouvi falar deste lugar, nem deste mundo. Acho que você está enganado. Eu não faço parte de profecia nenhuma e quero ir embora. — Disse Gabriela exaltada e mandando às favas a prudência.

— Eu também! Chega deste jogo tolo. — Exclamou Michel. — Vamos embora.

O mago os olhou sem dar muita importância à aflição deles em voltar para casa.

— Receio que isso não seja possível. — Respondeu Mordro com uma calma que, para Michel, soou de uma forma sinistra.

— Como não? — Gaguejou Michel. — Se você nos trouxe, deve saber como nos mandar de volta, não pode?

— Lamento dizer, mas não sou o responsável direto pela vinda de vocês, pois não os escolhi, propriamente. O sortilégio que os trouxe faz parte de uma profecia, que deve ser cumprida até o fim.

— Então...

Gabriela deixou a reticências no ar. Aquelas palavras não combinavam exatamente com o que havia dito antes o saci. Instintivamente ela se preparou para mais surpresas não muito agradáveis.

— Não podemos voltar para casa? — Perguntou Michel.

— Digamos que o caminho que os trouxe aqui não os levará de volta.

Michel engoliu em seco. Não voltar para casa era algo totalmente fora de propósito para ele. Em algum canto de sua mente amedrontada, uma centelha de luz brilhava insistindo que aquilo era um jogo. Se assim fosse, ele encontraria a saída.

— Compreendo que haja muitas questões para serem respondidas. — Disse Mordro para Gabriela. — Mas agora você deve descansar.

— Sim. — Ela conseguiu responder, tomando consciência do cansaço que sentia.

— Tem comida nesta espelunca? — Perguntou Michel. — Estou com uma fome "monstra".

— Sim. O jantar já está aguardando vocês. — Respondeu Mordro com uma expressão de inequívoco desagrado com as interrupções dele.

— Espero que o cardápio não seja tão esquisito quanto este lugar.

— A comida será do seu inteiro agrado, acredite. Drago os levará até o salão de refeições, enquanto eu cuido de alguns assuntos que requerem minha atenção. Depois irei juntar-me a vocês.

O estranho mordomo os guiou por um labirinto de corredores e escadas até o que parecia ser o salão de jantar.

Ao entrarem no salão, eles se depararam com um verdadeiro banquete. Pelo menos do ponto de vista dos adolescentes, não havia nada que pudessem desejar que não estivesse naquela mesa. Em fileiras de travessas havia hambúrgueres de todos os tipos, cachorro-quente, batata frita e Milkshakes, sorvetes e tortas de vários sabores.

Michel corria os olhos pela mesa e não podia acreditar no que estava vendo.

— Estou no paraíso. — Disse com os olhos gulosos. — Mamãe nunca faria tudo isso no jantar.

— Fiquem à vontade. — Falou Drago desnecessariamente. Michel e o Cão das Sombras já haviam atacado algumas das travessas sem muita cerimônia.

Mordro apareceu logo depois e sentou-se à mesa. Serviu-se de uma taça de vinho. Aparentemente, o mago não se sentia atraído pela comida servida e limitou-se a beber em silêncio. Ocasionalmente fitava Michel e o Cão das Sombras com uma furtiva expressão de desagrado. Fato que não passou despercebido por Gabriela, que permanecia atenta a tudo que acontecia, embora procurasse não demonstrar.

Quanto a Michel, ele parecia momentaneamente feliz naquela mesa. A preocupação em voltar para casa, ou "sair do jogo", adquiriu um aspecto secundário diante daquele banquete.

"Devagar, garoto! Lembre-se que é o meu corpinho que você está empanturrando." Protestou Bullit, sem muita convicção.

"Duvido que você não esteja gostando deste cheeseburger."

"Talvez, mas só porque estou gastando muito energia para manter-me oculto. O Mago e o demônio podem nos desmascarar facilmente ao menor descuido. Isso nos colocaria em perigo imediato."

"Bom, você cuida disso e eu trato da nossa alimentação, para não corrermos nenhum risco."

"Sei. Somente por isso, é claro."

Um pouco mais frugal nos hábitos, Gabriela logo acabou de comer e decidiu recomeçar a conversa com o Mago.

— O que temos a ver com o cumprimento dessa profecia que você falou? — Perguntou sem rodeios.

O mago lhe sorriu. Parecia se divertir com a sua petulância. Antes de responder, tirou uma tiara do bolso do pesado casaco que vestia e estendeu para ela.

— Coloque as pedras que você achou no engaste correspondente a cada uma delas.

Ela tirou as pedras do saquinho de couro e as encaixou na tiara. As joias se ajustaram perfeitamente e o brilho delas se intensificou.

— O que é isso?

— Isso, minha cara, é a Joia Celestial. Ela foi dada à princesa Zaphira por Thanatis. É um símbolo da aliança da deusa com o antigo monarca de Walka. Zaphira era sua filha. Este é o seu castelo. Você é a escolhida para encontrar as pedras e remontar a tiara. Essa é a sua missão.

— Por que eu? Qualquer teria a mesma chance de encontrar essas pedras.

— Na verdade, não. Somente você pode encontrar e tocar essas pedras, como já deve ter percebido. Só depois dessa jornada você encontrará o seu caminho.

— Depois que encontrar essas pedras, nós podemos voltar para casa?

— Depois que a Joia Celestial estiver completa, você estará em casa. Tem minha palavra.

— Ainda não compreendo por que eu sou "a escolhida".

Na verdade, ela sabia, mas não daria essa informação para aquele sujeito estranho.

— O seu nascimento no outro mundo ocorreu exatamente quando a Joia Celestial foi destruída. A força contida nas gemas rompeu a barreira entre os mundos e se abrigaram em sua jovem alma mortal. Com isso formou-se um elo místico que não pode ser quebrado. Coloque a tiara em sua cabeça e compreenderá o que estou dizendo.

Ao colocar a tiara em sua cabeça, Gabriela sentiu uma estranha sensação de ausência, como se seus pensamentos já não estivessem ligados ao seu corpo. Foi uma sensação fugaz, que cessou rapidamente, mas deu-lhe a impressão de que havia outra presença na sala. Alguém muito próxima a ela. Temendo desdobramentos ainda mais estranhos, ela retirou rapidamente a tiara e olhou ofegante para o mago.

— Não se preocupe. Essa sensação estranha não durará muito. — Ele disse. — Não tenha medo de experimentar a tiara de novo.

— Melhor não. — Ela respondeu convicta.

— Deixe-me ver se entendi. — Interrompeu Michel. Aparentemente ele não havia percebido o efeito da Joia Celestial em Gabriela. — Para voltarmos para casa, temos que procurar essas pedras para você?

— Sim. Pode ser entendido desse modo — Retrucou Mordro impaciente. — Como já disse, precisamos restaurar a Joia Celestial para que tudo volte a ser como antes. Para isso, sua amiguinha deve encontrar as pedras místicas.

— Quanto tempo isso vai demorar?

— É difícil dizer. Com o elo místico que ela tem com as pedras, a localização delas pode ser em alguns dias, talvez.

— Dias? Minha mãe vai me matar! — Exclamou o garoto, ao lembrar-se que já estava fora de casa tempo demais para conseguir se justificar.

— Talvez demore meses, mas vocês não precisam se preocupar.

— Não? Então me diga: como vou explicar todo esse tempo fora de casa?

— O tempo não flui no mesmo ritmo em cada um dos mundos, meu jovem. Aqui já se passaram dias desde a chegada de vocês, mas no plano existencial de onde vocês vieram se passaram apenas alguns minutos, compreendeu?

— Acho que sim. Algo como a teoria da relatividade de Einstein.

— Nada sei do que você está falando, mas parece que corrobora minhas explicações.

Michel deu de ombros e olhou para Gabriela, cujo silêncio chamou-lhe a atenção.

— O que você tem? — Perguntou alarmado.

— Nada, mas acho que vou ficar resfriada.

— Está febril. — Disse ele, depois de colocar a mão em sua testa, como sua mãe sempre fazia.

O mago aproximou-se e examinou os olhos dela. Gabriela estava com as pupilas dilatadas e parecia desorientada.

— Acho que a longa jornada lhe afetou mais do que deveria. Está sentindo alguma coisa?

— Estou com o corpo todo dolorido, como se eu fosse desmanchar.

— Você precisa descansar. — Disse ele, e chamou o criado. — Leve-os para os seus aposentos.

— Obrigada.

— Não me agradeça. Devo zelar pelo seu bem-estar. Uma noite de sono deixará você totalmente recuperada. Amanhã voltaremos a conversar, está bem?

— Sim. — Respondeu ela com dificuldade.

— Mas eu tinha tantas perguntas para fazer. — Protestou Michel.

— Amanhã você as fará, meu caro. Amanhã. — Cortou Mordro enfático.

Conduzidos pelo servo, eles subiram uma escadaria seguidos de perto pelo Cão das Sombras.

Depois de certificar-se que eles já tinham se retirado, o mago chamou o demônio com um gesto. Zaphir, que estava oculto nas sombras, adiantou-se e olhou para ele em silenciosa expectativa.

— A transformação já começou.

— Sim. Temos que localizar as pedras o quanto antes.

— A menina o fará.

— E quando ela conseguir, eu estarei livre. Que seja logo.

— Seja paciente. A profecia está em seu curso natural.

— Temo que forças poderosas estejam agindo contra a profecia. No bosque dos faunos um centauro me feriu de um jeito que nunca aconteceu antes.

— Um centauro? Curioso... De onde ele surgiu?

— Não sei, mas tenho a impressão de já tê-lo visto antes.

— Talvez você tenha razão. A presença daquele cão infernal junto aos garotos indica que temos inimigos que ainda desconhecemos. Amanhã, quando ela estiver melhor, daremos início às buscas. Naturalmente não poderei acompanhá-los, pois permaneço confinado em Walka por obra de Andrômaco. Entretanto, acredito que pelo menos uma das pedras restantes esteja nos arredores do povoado. A principal delas, o Coração de Thanatis se encontra em Antária, nas mãos dos Magos Celestiais, mas ela virá até nós no momento apropriado.

O demônio nada disse. O brilho em seus olhos vermelhos se tornou mais intenso quando fitou o mago. Eram aliados circunstanciais, mas de modo algum dariam as costas um para o outro. Em seguida, a criatura evanesceu entre as sombras projetadas pela luz dos candelabros.

Então a sós, o mago serviu-se de mais uma taça de vinho. Depois de apreciar a bebida, saiu da sala. Com pensamentos sombrios a acompanhá-lo pelos corredores, ele sentiu uma crescente sensação de solidão a pulsar em seu espírito. Previa que tempos difíceis se avizinhavam no seu caminho.

Adentrou o grande salão oval, palco de ruidosas comemorações das vitórias de Walka nos campos de batalhas. As lembranças de um passado que ainda lhe queimava na memória saltaram-lhe à mente, fazendo-o procurar com os olhos o retrato de sua adoração. Ao contemplar o quadro, o mago sempre relembrava o momento em que conhecera Zaphira. Naquela ocasião, ela era apenas uma menina.

Durante anos ele a instruiu pessoalmente no uso de novas técnicas de combate corpo a corpo, enquanto a introduzia nos mistérios do ocultismo, preparando-a para usar a tiara mística. Quando Zaphira completou treze anos, e as luas gêmeas de Az'Hur estavam perfeitamente alinhadas no firmamento, Mordro ungiu a menina nos poderes da Joia Celestial. Durante os quatro anos seguintes, ele a ensinou a controlar e usar os vastos recursos que ela ainda mal compreendia. A joia mística ampliava sua capacidade física a níveis sobre-humanos.

Zaphira tornou-se capaz de proezas inacreditáveis, as quais Mordro acompanhava com olhos críticos e exigentes. Seu maior interesse, no entanto, eram as mudanças que ocorriam no espírito e no caráter de sua pupila. Gradualmente ela se transformava de uma ingênua adolescente, apreciadora de poemas e canções românticas, numa guerreira impiedosa e sanguinária. Assim, o pequeno reino de Walka viu sua importância política aumentar e já se falava no casamento dela com o rei Elrich, do reino de Céltica. Com isso, crescia também a influência do mago celestial renegado, na corte de ambos os reinos.

Nesse período, o pai da princesa Zaphira, faleceu misteriosamente. Esse acontecimento aumentou ainda mais o poder e a influência de Mordro, que se tornou praticamente o senhor de Walka. Aproximando-se do trono de Céltica, o mago renegado passou a aconselhar o fraco rei Elrich, para desgosto daqueles que viam seu poder político definhar, enquanto menestréis e trovadores cantavam nas tavernas as façanhas da impiedosa princesa guerreira.

Para sorte de Elrich, ele valia mais vivo que morto. Contudo, aquela situação poderia ser um incômodo para Mordro, que desejava livrar-se daquele reizinho tolo o quanto antes. Enquanto isso não fosse oportuno, seu poder pessoal se consolidava e um rei submisso à sua pupila também lhe seria útil. Além do mais, o mago sabia esperar. E ele aguardaria uma eternidade, se necessário fosse. Contudo, deveria considerar que a profecia proclamava um tempo de guerras sangrentas, sofrimento e morte, provocados por uma guerreira que havia renunciado à sua humanidade para aproximar-se dos deuses. Sua trajetória cumpriria um ciclo completo de nascimento, morte e renascimento, como uma fênix vingadora, ceifadora de vidas e almas para glorificar Thanatis, a impiedosa deusa da morte, cuja aliança seria expressa numa tiara de pedras místicas que canalizaria uma fração do poder divino para uma mortal.

A tiara ficou conhecida como a "Joia Celestial". Para não cair em mãos erradas, o artefato místico foi encerrado numa câmara mortuária do castelo de Antária, junto ao pergaminho que tratava da profecia.

Nas gerações seguintes, o pergaminho e a Joia Celestial foram praticamente esquecidos. Somente os Magos de Antária mais idosos ainda se lembravam de sua existência, mas preferiram prudentemente ocultá-la das gerações futuras. Thanatis, entretanto, não era uma deusa para ser ignorada. Sob sua influência, um jovem e ambicioso mago, localizou a catacumba, resgatou o artefato místico e o pergaminho. Entretanto, a violação da câmara mortuária não passou despercebida e o mago teve que fugir às pressas.

Ao exilar-se em Walka, Mordro conseguiu a proteção que necessitava e encontrou também aquela que poderia cumprir o destino da Joia Celestial, e levá-lo a conquistar o poder e a glória que sonhava.

Parte da profecia já havia se cumprido. Mordro lutava agora para que se cumprisse o restante.

— Os desígnios de Thanatis nos favorecem, minha princesa. — Falou sem tirar os olhos do quadro. — Em breve teremos sua magnífica presença a iluminar novamente o reino de Walka, punindo aqueles que lhe esqueceram.

Se ele esperava que o retrato lhe respondesse, a expectativa tinha sido em vão. Como sempre acontecia em seus devaneios, Zaphira apenas o fitava com o desdenhoso e impassível olhar que lhe fora fixado na pintura.

— Quisera poder perceber um sinal de que me escuta. — Implorou angustiado. — Algo para aquecer meu coração na solidão deste claustro que me foi imposto.

Ainda assim, Zaphira não respondeu. Compreendendo que sua súplica era tola e inútil, ele se afastou silenciosamente e retirou-se do salão. Ao vagar pelos corredores, ainda absorto em sombrias divagações, ele quase foi atropelado por um servo.

— Por todos os demônios! Cansou de existir criatura infernal?

— Perdão, Mestre! — Respondeu Drago, apreensivo. — O arauto do rei acaba de trazer uma mensagem.

— O arauto real? Imagino que Elrich esteja ainda mais ansioso do que eu.

— Como, Senhor?

— Esqueça! Dê-me a mensagem e retire-se.

O Servo já havia presenciado os acessos de fúria do Mago em outras ocasiões, de modo que não se demorou em desaparecer.

Novamente a sós, Mordro abriu a mensagem.

— Aquele rei tolo e inútil não percebe que é impossível apressar os desígnios dos deuses. — Falou para si mesmo, depois de ler a mensagem. — Haverá um dia em que pagará caro por sua insolência.

CAPÍTULO XIV

DESCOBERTAS

Apesar do cansaço, eles ainda estavam acordados. Havia muito a discutir, após as aventuras que cada um viveu ao entrar naquele mundo. Talvez "entrar" não seja a palavra mais adequada para definir a passagem do que eles consideravam o mundo real para o mundo de Az'Hur.

— Então, tanto Bullit, quanto Icas insistem que não estamos num jogo, mas em outro mundo. Isso é uma maluquice completa. — Disse Gabriela, não muito convicta dessa conclusão.

Michel não respondeu de imediato. Estava pensando se deveria falar que estava no corpo do elfo. Embora não estivesse muito seguro disso, concluiu que seria informação demais para ela e resolveu esperar um pouco.

— Acho difícil ter certeza sobre qualquer coisa neste lugar. — Ele disse. — Coisas estranhas já estavam acontecendo antes de usarmos o DVD, não é?

— Não vai me dizer que você acredita nessa história de eu já ter vivido uma vida aqui, vai? Acho isso tão grotesco.

O termo "grotesco" não fazia parte do vocabulário usual de Gabriela, mas era um esforço para exteriorizar o que sentia.

— Não. Claro que não. Só estava pensando no que Mordro disse, quando negou que estivéssemos dentro de um jogo. Ele parecia muito convincente.

— O deus que me falou no sonho, também. Acho que nenhum personagem desse jogo idiota falaria que seu mundo não existe.

— Seria como negar a própria existência.

— Isso.

Os dois ficaram em silêncio por um momento. Cada qual refazendo mentalmente o que sabia até aquele momento.

— Você se lembra daquela advertência no começo do jogo? — Disse Michel, rompendo o silêncio.

— Lembro. Ela dizia que não poderíamos voltar atrás.

— Então acho que Mordro pode ter falado a verdade sobre termos que seguir em frente para voltar. Só não sei se ele falou...

— Toda a verdade! Eu também já pensei nisso. — Completou Gabriela bocejando.

Eles estavam num quarto que possuía uma única cama. Aparentemente Mordro e Icas não mentiram quando disseram nada saber sobre a vinda de Michel para o mundo de Az'Hur. Eles esperavam apenas por ela, mas felizmente a cama era grande o bastante para ambos. De qualquer modo, o cansaço tornava aquelas acomodações tão atraentes quanto a suíte de um hotel cinco estrelas.

— Gabi?

— Hum?

— Será que vamos conseguir sair desta encrenca?

— Claro que sim. Nós sempre conseguimos. — Ela respondeu com uma confiança que não sentia, mas se esforçou para que ele não percebesse.

Entretanto, apesar do que ela disse, Michel tinha suas dúvidas e adormeceu pensando num modo de resolvê-las. Não queria ser personagem de um RPG para o resto da vida.

Ao contrário do que os jovens e involuntários aventureiros desejavam, a permanência no castelo de Walka se prolongaria por vários dias. Mordro não demonstrava nenhuma pressa em liberá-los para cumprir a missão que lhes cabia. Na verdade, parecia satisfeito em ter a menina por perto e a tratava com a condescendência própria de um mestre frente à impaciência de um discípulo. Embora procurasse não demonstrar, Gabriela apreciava aquelas explanações. Aquilo a atraía, talvez pela possibilidade de viver situações que conhecia somente dos livros e filmes de aventura.

Entretanto, Michel não a deixava esquecer o objetivo de voltar para casa. Quando estavam a sós não perdia a oportunidade de lembrá-la disso. Sua intuição lhe dizia que algo estava acontecendo com ela. No que lhe dizia respeito, as ameaças naquele mundo pareciam bem reais e seu gosto por aventuras e combates, ao contrário dela, se limitavam aos jogos de videogame. Também era verdade que o longo tempo que ela passava em companhia do mago o incomodava. Sentia-se excluído daquelas conversas. Uma sensação degradável de irrelevância que ele conhecia bem. A lembrança de suas dificuldades de integração social no colégio e na turma do bairro ainda era forte em sua mente. Felizmente ele tinha o elfo e o cão a fazer-lhe companhia. Com o elfo aprimorava seu conhecimento das artes místicas, embora só pudesse praticar quando estivessem a sós no quarto da torre onde foram alojados. O enorme e misterioso cão recebeu um nome: Titã. Bem apropriado para o seu tamanho e aspecto de poucos amigos. O animal parecia ter gostado do nome escolhido, já que atendia prontamente quando era chamado. Para o menino, a vida ali até poderia ser boa, mas ele não se esquecia de sua casa e queria voltar para ela. Isso, por si só, era uma boa razão para impedir que Gabriela se esquecesse do mundo real. Ela estava do outro lado do pátio do castelo, mas percebeu seu olhar e sorriu para ele.

— Por que não saímos logo em busca das pedras? — Perguntou ela para o Bispo de Walka.

É verdade que perguntou mais por sentir-se entediada com um longo relato de batalhas travadas por Zaphira contra as forças de Antária, do que pelo que percebia no olhar do seu companheiro de aventuras. As palavras de Mordro lhe traziam a impressão de que estava assistindo uma reprise na TV. Como se tivesse vivido as situações descritas pelo mago, ela conseguia antecipar cada desfecho. Era a sensação de já ter vivido aquela vida, mais uma vez, lhe assediando de novo.

— Fico feliz com sua determinação, minha cara menina. Contudo, essa empreitada não é tão simples quanto parece. Muitos obstáculos estarão no seu caminho e você deve estar preparada para superá-los. Essa é a razão de nossas conversas.

— Acho que já ouvi isso antes. Obstáculos fazem parte da vida, não é? Aqui ou em qualquer lugar.

O mago não respondeu de imediato. Certas atitudes da menina tinham o poder de remetê-lo ao passado, na lembrança que ela evocava de outra discípula. A "outra", nesse caso, não significava necessariamente uma pessoa diferente. Gabriela era a outra numa vida anterior, embora ela própria rejeitasse essa ideia.

— Talvez você não compreenda a natureza dos obstáculos a que me refiro. O mundo de onde você provém, esqueceu-se dos deuses. Tornou-se frio e materialista, como alguns reinos deste mundo. Entretanto Az'Hur ainda é um mundo cuja natureza é governada pelos deuses. Saber da vontade dos deuses é a primeira condição para se conduzir bem neste mundo.

— E qual é a vontade dos deuses daqui? Tudo o que sei é que devo ajudar no cumprimento de uma profecia. Para isso devo procurar as tais pedras, devido a um... Como você chama?

— Elo místico.

— Isso. Um elo místico surgido durante meu nascimento. Quer saber, isso tudo parece um monte de bobagens. Este mundo nem deveria existir, e eu não deveria estar aqui.

— Tudo aqui parece contrariar a lógica do mundo de onde você veio, não? — Disse Mordro imperturbável. — Só que você não é de lá.

Gabriela não respondeu. Não teria paciência para mais um joguinho de palavras, depois da longa jornada em companhia do saci. Astuto, Mordro logo percebeu que a atenção dela lhe escapava e maldisse a si mesmo. Deveria ter lembrado que a menina tinha um caráter prático, mais dado à ação do que reflexões filosóficas. Teria que mudar de atitude para mantê-la concentrada nos preparativos para o cumprimento da profecia.

— Como disse, toda essa conversa tem como objetivo prepará-la para a jornada em busca das Pedras Místicas, enquanto não acontece o chamado.

— Chamado?

— Sim. As pedras a chamarão, como aconteceu com as duas primeiras que você encontrou. Não é por acaso que você foi parar na margem oposta do pântano e, depois, passou pelo Vale dos Faunos. As pedras místicas a guiaram até elas.

— Isso é estranho. Eu não ouvi nenhum chamado.

— Você não pensou que as pedras místicas iriam chamá-la pelo nome, pensou?

Mordro soltou uma pequena risada. Parecia estar se divertindo, mas Gabriela não fez caso disso. Apenas esperou com uma expressão impaciente ele concluir.

— As pedras místicas se comunicarão com sua essência espiritual, numa linguagem que não vai compreender conscientemente. Mas essa compreensão virá quando você estiver preparada para isso.

— Então devo esperar esse chamado?

— Sim. Ele acontecerá no seu devido tempo. Enquanto isso, aproveite a estadia em Walka para preparar-se.

Na verdade, Gabriela deveria estar com a Joia Celestial completa antes do alinhamento das luas de Az'Hur. Contudo, Mordro não julgou necessário entrar nesse detalhe. A jornada em buscas das pedras místicas fazia parte do crescimento dela. Com isso, o cumprimento da profecia seguiria seu curso natural, embora percorresse um caminho cheio de reviravoltas.

— Venha. — Disse Mordro, interrompendo seus devaneios. — Gostaria de mostrar-lhe algo que vai interessá-la um pouco mais.

Ela o seguiu, não sem antes lançar novamente o olhar para Michel. Ele a fitava com expressão não muito amistosa, porém não fez nenhum comentário.

"Lá vai ela seguindo o bruxo. Agora deram para ter segredinhos."

"Você tá com ciúmes." Respondeu Bullit.

"Ciúmes? Não é isso. Só não quero que ela passe por algum risco desnecessário, ora essa!"

"Ela não está correndo nenhum perigo, no momento. E você está flutuando."

Só depois que Bullit falou é que Michel percebeu que estava há alguns centímetros de altura.

"Como eu fiz isso?"

"Provavelmente suas emoções estão interferindo na energia mística. Agora trate de descer, antes que alguém perceba."

"Mas eu não sei o que fazer."

"Você subiu, tem que descer. Concentre-se na energia mística que nos rodeia. Faça como fez no pântano."

O garoto procurou repetir o que já havia feito. Esvaziar a mente e concentrar-se no fluxo de energia mística e direcioná-la para a ação pretendida. Lentamente seus pés se aproximaram do solo. Ele respirou com alívio. Tinha dado certo.

"Você conseguiu, mas não fique convencido. Há muito que treinar. Agora devemos voltar para a torre e continuar o seu treinamento."

"Mas... E Gabi?"

"Esqueça sua amiga por um momento. Ela está bem. Devemos evitar que qualquer evidência de magia seja percebida."

Alheio ao que se passava no pátio, Mordro apresentou o salão de armas à Gabriela. Ela ficou particularmente interessada na espada de Zaphira. O mago retirou a espada da sua bainha e fez alguns movimentos que indicaram ser ele próprio um hábil espadachim.

— Essa espada foi forjada para a princesa Zaphira. Tem um equilíbrio excepcional. Experimente. — Disse, estendendo-lhe a arma.

Gabriela nunca demonstrou interesse por armas, mas tinha gosto por atividades físicas que exigissem força e destreza. A Esgrima se encaixava nesses critérios com exatidão. Ela pegou a espada das mãos de Mordro e repetiu seus movimentos de forma graciosa e precisa, sem nenhum esforço aparente, como se jamais tivesse feito outra coisa na vida.

— Excelente. Você ainda conserva a técnica.

— Do que está falando? Eu nunca usei uma espada na minha vida.

— Perdão. — Disse ele. — Naturalmente que não, mas seus movimentos lembraram-me Zaphira e eu me confundi.

— Tá. — Retrucou a menina de modo incerto. Tudo indicava que as palavras de Icas não tinham sido tão absurdas quanto pensou, apesar de Mordro evitar o assunto.

— Você pode treinar o uso dessa espada, se quiser. Tem um jeito natural para isso e seria oportuno contar com algum tipo de proteção durante sua jornada.

— Sim, pode ser. Mas hoje não. — Disse ela devolvendo a espada. Uma sensação estranha apossou-se de sua mente e, instintivamente, ela lutou contra isso.

— Você está bem?

— Estou.

Sem falar mais nada a menina saiu da sala.

— Ela voltará. — Falou o mago para si mesmo. — A Guerreira está de volta.

— Falando sozinho, mago? — Disse Zaphir, surgindo por trás de Mordro.

— Por todos os demônios! Por que você sempre tem que surgir assim?

— É da minha natureza, você sabe. — Retrucou o demônio, com ironia. — Agora me fale o que a pirralha estava fazendo nesta sala? Algo me diz que você não está me contando tudo.

Os olhos de Mordro faiscaram perigosamente. O demônio estava ficando mais esperto do que lhe seria conveniente.

— Não seja tolo. Eu apenas estava encorajando a menina a reencontrar sua própria natureza. Ela não pode vacilar ou desistir das pedras místicas.

—Sei. Sua natureza, você diz. Mas não deveria prepará-la para o momento em que as luas estivessem alinhadas com Az'Hur? Algo me diz que você a está fortalecendo quando deveria apenas prepará-la para se unir à sua contraparte negra, que por acaso sou eu.

— Não sei se você percebeu, mas isso já está acontecendo. A proximidade de ambos os afeta de forma contínua, embora lentamente.

O demônio encarou o olhar do mago. Se havia acreditado nas explicações de Mordro, ele não deixou transparecer.

— Cuide para que ela esteja pronta quando a configuração astral se formar, conforme nosso acordo. — Disse Zaphir, num tom que parecia mais uma ameaça. Em seguida desvaneceu e sumiu nas sombras.

Mordro recolocou a espada no lugar e saiu da sala, cuidando para não verbalizar em voz alta os pensamentos sombrios que lhe acometiam. Pensamentos esses que certamente não seriam do agrado da criatura demoníaca, cuja interpretação da profecia era incompleta. O cumprimento dela iria levar o demônio a compreender que jogar o jogo dos deuses tinha lá seus riscos. Riscos esses que seriam compartilhados também pelo mago renegado, mas de uma forma que ele não poderia jamais imaginar, pois assim eram os desígnios divinos, incompreensíveis em sua última forma aos mortais, humanos ou não.

Não encontrando Michel no pátio, Gabriela subiu lentamente a escada em espiral. Havia saído da sala de armas com uma necessidade urgente de compartilhar com ele as sensações que a acometiam naquele mundo. Ao pegar a espada, e repetir os movimentos mostrados por Mordro, ela sentiu uma volúpia incompreensível ao imaginar-se num combate a retalhar seu oponente. Mais que isso, parecia haver uma força de natureza tanto pérfida quanto desconhecida a empurrá-la para um lado sombrio. Ela sentiu-se violada no recôndito de sua alma, como se outra forma de ser que não fosse ela própria estivesse a aflorar. De repente sentiu um medo terrível de tornar-se insana. Em alguns momentos sentia haver um Mr. Hide a guiar seus pensamentos e ações.

Ao chegar ao quarto que compartilhava com Michel, a porta esquecida entreaberta deixava passar o ruído de um livro sendo folheado. Ficou feliz em saber que algumas coisas não mudavam. Ele continuava a ser um nerd em qualquer lugar que estivesse. Todavia, a cena que viu estava longe de ser algo que pudesse considerar normal. De costas para ela, Michel recitava o que parecia ser algum encanto retirado do pesado livro que flutuava à sua frente.

O leve ruído da porta se fechando o fez se voltar assustado, enquanto o livro caía no chão.

— Você não sabe bater na porta? — Perguntou ele de modo incoerente.

— A porta estava aberta, espertinho. Além disso, o quarto também é meu. Esqueceu?

"Você se esqueceu de fechar a porta?" Perguntou Bullit.

— Tá bem. Desculpe. Eu fiquei assustado pensando que era o bruxo me espionando.

— Não era o bruxo, mas você não vai escapar de uma explicação. Pode ir desembuchando.

"Não conte."

Michel pegou o livro e entregou para ela.

— Achei este livro de feitiços e estava experimentando.

"Danou-se!"

— E como você consegue ler isso? — Perguntou ela, depois de abrir o livro e ver uma página escrita com caracteres incompreensíveis. — E como o livro estava flutuando?

"Negue isso!"

— O livro não tava flutuando. Você ficou doida?

— Fiquei?

— Tá bom! Tava flutuando, sim. Eu usei um feitiço arcano porque o livro era muito pesado.

— Como você aprendeu isso? Pare de enrolar.

— Bullit me ensinou.

"Não conte garoto. Mulheres não guardam segredo."

— Bullit?

— Sim. É um elfo. Ninguém o vê, por que tá dentro de mim. Na verdade, eu sou ele. Bem... Mais ou menos.

— Isso tá ficando complicado. Explique melhor.

"Também acho. Quero ver você sair dessa."

Michel respirou fundo. Explicar aquilo não ia ser fácil, mesmo para Gabriela.

— Você lembra quando começamos o jogo que nos trouxe aqui?

— Sim. O que isso tem a ver?

— Eu escolhi um elfo como avatar. Quando fomos jogados nesse mundo, eu assumi a forma dele. Simples assim.

— Simples assim? Mas eu lembro que o seu avatar era verde e tinha orelhas pontudas.

— Assim? — Perguntou ele, interrompendo momentaneamente o feitiço que encobria a forma de Bullit com a sua.

— Caraca! É você mesmo?

"Mais bonito, sem dúvida."

— Pare de falar.

— Por quê?

— Não é você. É Bullit na minha cabeça. Nós dividimos o mesmo corpo, mas eu é que controlo os movimentos.

"Grande coisa."

De certa forma, essa surpreendente descoberta deixou Gabriela mais aliviada. Não era só com ela que estavam acontecendo coisas estranhas.

— Até que você ficou engraçadinho.

"Não disse que eu era mais bonito?"

— Não enche.

— Hein?

— Não é você. Tava falando com Bullit de novo.

— Ele está aí com você? O elfo?

— Sim. — Respondeu Michel, recompondo sua imagem. Felizmente já não precisava de Bullit para fazer isso.

— Por que mudou? Você estava tão bonitinho.

"Não disse?"

— Pare de me azucrinar!

— O quê?

— Não é com você. Estou falando com Bullit. É difícil falar com duas pessoas ao mesmo tempo, especialmente quando uma delas tá dentro da minha cabeça.

— Tá bom. Deixa pra lá. Continue treinando seus truques de mágica, que eu vou me aprontar para o jantar.

Instigado por Bullit, Michel ergueu Gabriela no ar e a fez flutuar pelo quarto.

— Uau! Isso é muito bom.

— Não são truques. A magia realmente funciona aqui.

— Você tá parecendo o Mickey Mouse. Cuidado pra não fazer nenhuma besteira, aprendiz. Agora me ponha no chão.

— Tá.

Gabriela desceu suavemente.

— Muito bom! — Exclamou ela com entusiasmo.

— Com o mestre enfiado na minha cabeça, vai ser difícil fazer besteira.

— Sim. Um elfo verde de orelhas pontudas enfiado na sua cabeça... Isso me deixa "muito" tranquila. — Disse ela irônica. — Mas como aqui tudo é desse jeito maluco, bem-vindo ao clube.

— O que você quer dizer?

— Nada. Vou tomar banho. — Ela respondeu e escapuliu para o banheiro.

— Mulheres!

"Ela é realmente fascinante." Disse o elfo provocando. "Não me surpreende que você esteja apaixonado por ela."

"Apaixonado, eu? De onde você tirou essa besteira?"

"Do seu coração. Esquece que eu estou aqui pertinho?"

"Acho que essa nossa 'parceria' tá indo longe demais!"

"Para mim também não é muito confortável sentir alguém andando com as minhas pernas, mas devemos ter paciência até encontrarmos uma saída para isso."

Paciência era tudo o que um garoto adolescente não possuía, mas Michel compreendia o que o elfo estava falando. Cada dia que passavam juntos ficava mais fácil a conexão mental entre eles. Com isso vinha também uma melhor compreensão das artes arcanas e da energia mística que permeava o mundo de Az'Hur. Com Bullit tudo se tornava divertido e interessante. A tal ponto que ele sonhava com a possibilidade do elfo ir para o seu mundo em sua mente. Seria divertido jogar taco novamente com o Jorjão, sem precisar contar com a proteção de Gabriela. Entretanto, apesar da ideia lhe agradar, percebeu que não gostaria de servir de avatar para o elfo, pois no seu próprio mundo a situação se inverteria. Ou não?

"Vamos esperar, então." Respondeu por fim.

"Bom garoto."

Logo depois do jantar, Gabriela quis voltar ao salão de armas. Contendo sua própria satisfação, o mago a conduziu novamente até lá. Desta feita, seu olhar não se prendeu apenas à espada como da primeira vez. Lentamente ela percorreu o salão e fez inúmeras perguntas sobre cada artefato, cada arma que pegava e examinava cuidadosamente. Mordro exultava de satisfação, e respondia pacientemente cada uma das perguntas.

— Essa é a estrela de Koynur. — Disse ele, apontando uma adaga de lâmina dupla. Os habitantes do reino sombrio gostam de arremessá-la. Também usam para degolar o oponente.

— Imagino que eles se divertiam com isso. — Respondeu ela com desagrado.

Não demorou muito para que algo chamasse a atenção de Gabriela de uma forma especial. Era um traje de couro preto, reforçado por uma cota de malha e placas de metal, que se encontrava num nicho embutido em uma das paredes da sala.

— É a armadura de Zaphira. Ela usou esse traje em inúmeras batalhas.

— É tão... Impressionante. — Disse Gabriela, visivelmente interessada.

— Talvez você possa usá-la um dia.

Os olhos de Gabriela brilharam, mas percebeu que o traje era um pouco maior que suas medidas.

— Talvez daqui uns anos.

— Talvez não. — Retrucou o mago, de modo misterioso.

— Como não? Zaphira era muito mais alta que eu. Mesmo daqui a alguns anos nada garante que terei a altura dela.

— Zaphira o ganhou quando iniciou o treinamento comigo. Ela tinha mais ou menos a sua idade e sua altura.

Mordro tirou o traje do nicho e o estendeu para ela.

— Experimente. — Disse, apontando a porta de uma pequena sala.

— Mas...

— Apenas tente. O traje fará o resto.

— Tá bom.

Ao vê-la se encaminhar para a saleta, os olhos do mago brilhavam de satisfação. Contudo, outros olhos também acompanharam Gabriela. Oculto nas sombras, o demônio Zaphir acompanhava o que estava se passando com uma expressão de desagrado. Sentia o espírito da menina se fortalecer para o lado sombrio, como o mago lhe dissera. Mas algo mais parecia estar acontecendo.

Colocar o traje tinha sido bem menos complicado do que ela imaginava. A parte complicada veio depois, quando memórias estranhas se interpunham em sua mente. Lembranças de outra vida.

Novamente ela resistiu e aqueles pensamentos cessaram. Alguns minutos depois, Gabriela surgiu diante de Mordro envergando a armadura. Mal podia acreditar quando percebeu que o traje se ajustou perfeitamente.

— Serviu, mas ainda não acredito.

— O traje se ajusta à sua dona.

— Mas ele não me pertence.

— Não é você que decide isso. O traje a escolheu, assim como a espada. — Disse-lhe o mago, ao estender-lhe a arma que ela experimentou antes.

— Você deve usá-los em sua jornada fora de Walka. Assim muitos inimigos se afastarão do seu caminho, pois a tomarão por um pesadelo que retornou.

— Parece que Zaphira era muito popular. — Disse ela, sem esperar que o mago entendesse o sentido irônico da frase.

Nos dias seguintes, Gabriela voltou a usar armadura e empenhou-se nos treinamentos de combate sob a orientação pessoal de Mordro. Os exercícios eram realizados no pátio do castelo, sob o olhar de Michel e Titã. O Cão das Sombras não se afastava deles em momento algum. Nem mesmo quando se recolhiam à torre para dormir.

Quanto a Michel, ele percebia o treinamento de combate como um perigo para sua amiga, que ia muito além do risco físico.

"Ela está diferente, tenho certeza!"

"Sim." Respondeu Bullit. "Isso o preocupa?"

"Não sei. Ultimamente há momentos em que ela parece uma desconhecida. Não sabia que Gabi pudesse gostar de lutas marciais, mas isso parece que sempre fez parte de sua natureza agora. Algo assim."

"Talvez ela esteja se preparando para enfrentar o desconhecido. É natural que aflore um lado mais instintivo. Aquilo que você desconhecia apenas por que a maioria das pessoas, no seu mundo, não deve ter a necessidade de soltar a fera que cada um carrega dentro de si."

"A minha fera deve ser um camundongo, então."

O pensamento de Bullit se projetou na mente do garoto como uma gargalhada. A reação do elfo teve o dom de relaxá-lo.

"Ela não parece mais alta?" Perguntou Michel.

"Hum... Acho que não. Embora ela o veja em sua estatura normal, na verdade você a está vendo da minha altura, não é?"

"É verdade. Esqueci que você é 'um tampinha'."

"Tampinha?"

"É. Significa pouco alto."

"Ah!"

As provocações mútuas haviam se tornado rotina. Naquela estranha ligação que compartilhavam.

Aquele dia transcorreu sem incidentes. Para Gabriela, a manhã de treinamento exaustivo deu lugar a uma tarde modorrenta, que parecia se arrastar sem pressa para encontrar a noite. Ocupado com outros assuntos, o mago deixou-a livre o resto do dia. Entediada, ela arrastou Michel pelas dependências do castelo e, juntos, vasculharam cada recanto em que encontraram livre acesso.

Para Bullit, aquele tour pelo castelo de Walka era uma oportunidade imensa. Contudo, não conseguiu entrar no local que mais desejava: Uma sala na biblioteca do castelo, onde Mordro fazia seus estudos de magia e tramava contra os interesses de Antária. A entrada estava bloqueada por uma pesada porta, protegida por um encanto que parecia intransponível.

Os garotos não compreendiam o que Bullit queria que encontrassem, mas não lhes faltaram momentos interessantes para desfrutar. Em cada recanto havia quadros imensos que documentavam a história do reino de Walka desde sua fundação até o apogeu no tempo de Zaphira, a princesa guerreira. Em nichos espalhados pelos corredores repousavam pesadas armaduras e estátuas de uma linhagem de guerreiros e deuses, que assombraram o mundo de Az'Hur desde a alvorada dos tempos.

Se para Michel o castelo representava a imersão num mundo de aventura e fantasia, para Gabriela era muito mais que isso. Não que a aventura não a atraísse, longe disso. Ela era ainda mais destemida do que seu jovem companheiro. Contudo, durante o périplo pelo castelo, a impressão era de retorno. Já não se surpreendia por reconhecer detalhes e, em cada artefato que ela tocava, a vida de um tempo anterior lhe invadia a memória em *flashbacks* insistentes.

À noite o mago continuou ausente. Após o jantar eles se recolheram à torre com Titã e, é claro, com o elfo ainda oculto na mente de Michel. O garoto já se acostumara com a presença de Bullit em seus pensamentos, por mais estranho que isso pudesse parecer.

Quanto à Gabriela, ela tinha seus próprios fantasmas a inquietá-la. Isso trazia longos períodos de silêncio, que antes não existia entre os dois. Isso não significava um afastamento de fato no afeto e na camaradagem que os unia. Era apenas um interlúdio, antes que se lembrassem um do outro em amigáveis provocações.

— Você tá mais alta. — Disse Michel, sentado num tamborete observando-a tirar a armadura.

— É impressão sua. — Respondeu ela, enquanto pendurava as diversas partes que compunham o traje de couro, cota de malha e placas de metal.

— Cresceu sim. E tá rebolando também.

Gabriela voltou-se tomada de surpresa. As palavras de Michel não eram algo que ela já tivesse ouvido alguma vez antes.

— Rebolando, eu? Tá querendo levar pancada, pirralho?

Michel levantou-se e começou a imitá-la, exagerando nos gingados.

— Gabriela tá rebolando, Gabriela tá rebolando. — Recitou com voz em falsete.

Ela botou as mãos na cintura, como sua mãe sempre fazia quando queria passar-lhe um sermão, mas não aguentou e caiu na gargalhada.

— Quem tá rebolando é você. — Disse, jogando-se em cima dele. Com o impacto ambos caíram na cama rindo, como faziam antes daquela aventura maluca. Depois ficaram em silêncio, cada qual imerso em seus próprios pensamentos.

— Gabi? — Chamou ele, depois de algum tempo.

— Fala, pirralho.

— Você sente saudade de casa?

Ela demorou um pouco a responder. Surpreendida com a pergunta, percebeu que não estava pensando nisso nos últimos dias.

— Sinto.

— Não senti muita firmeza.

Ela não tinha como responder de modo convincente. Seus sentimentos a respeito disso estavam cada vez mais contraditórios e o questionamento de Michel a incomodava, porquanto expunham o caos que em que se encontrava sua alma.

— Não tenho como lhe explicar o que sinto. Às vezes gosto muito daqui.

— Isso não parece muito animador, não é?

— Não. Mas de algum modo acho que vamos voltar. — Disse ela, mais para aquietá-lo do que realmente era sua convicção.

Michel pressentiu que Gabriela fazia um esforço para animá-lo e achou melhor não insistir. Tinha receio de descobrir que a esperança era vã, e para perder a esperança, sempre haveria tempo.

O quarto ficou em silêncio, exceto pela respiração compassada deles. Somente Titã permanecia alerta. Aquela noite seria de vigília, como foram todas as outras, sem que os garotos soubessem. Titã sabia as ameaças que se ocultavam nas sombras da noite no castelo de Walka.

CAPÍTULO XV

VELHOS TEMORES

Ele não costumava chorar. Mesmo em momentos difíceis não deu o braço a torcer. Era durão. Sempre aguentou as afrontas e agressões com os dentes trincados de raiva e indignação, mas nunca chorou. Mas agora, ali estava ele, se desmanchando em lágrimas como se fosse uma mulherzinha. Só por lembrar-se de situações passadas e quase ocultas pelas brumas do tempo, Michel sentia todo o autocontrole que possuía se desmanchar. Alguma coisa já não devia lembrar. Outras já não deveriam causar aquele sentimento de pesar e consternação. Mas ele os sentia de forma tão intensa, que parecia ainda vivenciar tudo o que passou. E quanto mais tentava se controlar, pior ficava. Mas ela não o recriminava por isso, apenas o envolvia com o seu amor. Na verdade, tinha a impressão, em momentos de alguma lucidez, que ela parecia regozijar-se com sua fragilidade e a pena que sentia de si mesmo. Então ela o protegia de qualquer sentimento que pudesse feri-lo. Fazia-o sentir-se forte e capaz. Nesses momentos, sua autoestima e o desejo de libertar-se daquele casulo se fortaleciam. Mas bastava manifestar essa intenção para que uma nova onda de comiseração e autopiedade apertasse seu coração e, novamente lhe viesse uma tristeza imensa, até que ela o afagasse novamente e ele via-se protegido e feliz, como se estivesse ainda no ventre materno. Já não desejava libertar-se. De cada vez que esse ciclo se repetia, mais fraca se tornava sua vontade em retomar o controle de sua existência. Não desejava mais libertar-se, mas algo ou alguma coisa segurou sua mão e o puxou para fora daquele casulo e depois o largou.

A sensação ele já conhecia. Era de queda na escuridão, rodopiando sem controle e sem direção, enquanto um forte zumbido no ouvido parecia querer sufocar sua consciência. Mas essa sensação não durava muito. Logo depois ele flutuava suavemente e a escuridão aos poucos se dissipava para dar lugar a uma paisagem em que o tom monocromático de cor laranja variava de intensidade para compor um quadro formado por uma imensa planície desértica, que se perdia no horizonte.

Ele tentou se localizar, mas não havia pontos de referência que pudesse reconhecer, embora aquele lugar lhe parecesse familiar em algum aspecto.

Não sabia como tinha chegado ali, já que não se lembrava de ter provocado o transe que tal alteração de consciência requeria. Onde estava Bullit? Por que não percebia o pensamento do elfo em sua mente?

"Estou aqui garoto." Disse uma voz atrás dele.

"Estamos separados!" Michel exclamou virando-se.

O elfo também parecia surpreso, mas por outro motivo. Ele não havia percebido que o garoto já podia alcançar o plano de existência dos guardiões da magia sem sua ajuda. Aquilo era desconcertante, mesmo para Bullit.

"Isso já aconteceu antes, quando você conseguiu se transportar para este plano pela primeira vez, já esqueceu?"

"Não. Mas eu, isto é, nós não deveríamos estar aqui, não é? Quero dizer... Eu nada fiz para vir para cá. Nem tinha essa intenção. Foi você que fez isso?"

"Não. Tanto quanto eu sei, estávamos dormindo. Se não foi você, nem eu..."

"Tá querendo fazer suspense? Fala de uma vez."

"Foi um guardião que nos transportou para cá." Disse o elfo, sem esconder que isso lhe causava alguma inquietação. Algo que não passou despercebido ao garoto.

"Você não gostou disso, não é?"

"Isso não é comum. Os guardiões não costumam buscar um neófito e trazê-lo para o seu plano existencial. Eles esperam que alguém consiga fazer isso por seus próprios meios. Isso é... Algo que nunca vi acontecer."

Michel não conseguia entender onde o elfo queria chegar. Percebia haver por parte do seu mentor, uma preocupação com o que parecia ser um novo padrão de comportamento dos guardiões da magia. Bullit era o seu guia e, se ele não compreendia a atitude dos guardiões, eles estavam em maus lençóis.

"Fale-me do seu guardião." Proferiu Bullit para ele, depois de algum tempo.

"Falar? Como assim?"

"Você estava envolvido com um guardião, quando eu o sacudi e o retirei do seu transe. Você estava se debatendo de um jeito estranho e parecia estar em perigo. O que você estava sentindo?"

"Não sei. Tinha muitas sensações e mudavam a todo instante."

"Que tipo de sensações?" Insistiu o elfo.

"Medo, ódio, solidão... Tudo o que eu já senti alguma vez na vida. Lembrei-me de coisas que não queria mais lembrar e isso me entristeceu. Então a luz me envolveu como um abraço e eu me senti melhor."

"A luz curou suas dores?"

"Sim, mas quando eu me sentia melhor e queria sair daquela situação, as lembranças ruins voltavam e eu me sentia fraco e miserável de novo."

"Ela estava aprisionando você por causa de suas emoções reprimidas."

"Ela quem?"

"Uma guardiã de Magia. Ela foi atraída por suas emoções. No seu plano de existência não há emoções e ela queria senti-las novamente. Você tem que controlar suas emoções ou a guardiã da magia vai controlar você."

"Quem é a guardiã? Como você sabe que é 'ela' e não 'ele'? Um espírito não tem corpo, não é? Como pode ser feminino ou masculino?"

"Você faz muitas perguntas."

"E você não gosta de respondê-las."

"Faça perguntas inteligentes. Como um espírito pode ser feminino ou masculino? Ora, não é óbvio? O gênero é determinado por suas vidas passadas e como o espírito se considera. Essa guardiã controla a energia arcana que flui ao seu redor. É um espírito jovem. Quero dizer, sua vida passada no seu plano de existência foi interrompida quando ela ainda era muito jovem, mais ou menos de sua idade. Entendeu?"

"Acho que sim. Quer dizer que estou lidando com o espírito de uma menina?"

"Sim, mas não a subestime por isso. Ela é muito antiga e poderosa. Se você não se precaver contra suas armadilhas, perderá sua identidade. Ela o absorverá e você deixará de existir em qualquer plano existencial."

"Puxa! Em alguns momentos ela parecia tão amigável. Como pode ser do mal?"

"Ela não é do mal, nem tampouco do bem. Esses conceitos não existem neste plano de existência. Já lhe falei disso. Não esqueça mais, ou não aprenderá o que precisa aprender, se eu tiver que me repetir o tempo todo."

"Tá bom. Desculpe."

"Sobretudo, controle suas emoções e os motivos que você tem para aprender magia. Motivos errados, magia errada."

O garoto ia retrucar, mas sentiu de repente que estava sendo sacudido e não teve tempo de perceber o que estava acontecendo.

— Acorda pirralho! — Berrou Gabriela impaciente.

— O quê? Gabi? — Perguntou Michel confuso, enquanto tentava abrir os olhos. — O que eu tô fazendo aqui?

"Nós voltamos garoto." Explicou Bullit.

— Pirou moleque? Nós estamos no Castelo de Walka e você parece ter acordado de algum pesadelo. — Disse Gabriela cheia de energia. — Agora cai fora dessa cama e vamos tomar café.

"Não vai dar tempo garoto. Em alguns minutos seremos convocados pelos Magos Celestiais."

"Como assim? Por que você não me disse nada?"

"Porque acabei de saber. Há uma alteração no campo de energia mística de Az'Hur. Isso é sinal de que um encanto de teletransporte foi iniciado. Os magos podem nos transportar para Antária a qualquer momento. São os únicos que podem fazer isso."

— O que está havendo com você? Parece que tá em transe. — Perguntou Gabriela, estranhando a falta de interesse de Michel pelo café da manhã.

— Acho que vou passar o dia na cama. Não tô me sentindo bem hoje.

"Isso."

— Caraca! Para recusar o café da manhã, você deve tá muito mal mesmo. Vou ficar aqui e cuidar de você.

"Complicou."

— Não precisa. Vou ficar bem, se não me empanturrar de comida de novo. Pode ir. Sei que você tá louca para treinar com aquela espada.

— Tô mesmo, mas não entendo por quê. Tem certeza de que não quer que eu fique?

— Tenho. Vou dormir até mais tarde e depois vou para a biblioteca do castelo. Acho que aquele mago deve ter algum livro de encantos para eu estudar.

— Então tá, mas tome cuidado para não se meter em encrenca. — Disse Gabriela, surpreendendo-o com um beijo em sua bochecha.

"Hum...! Isso foi bom, não é garoto?"

"Não é da sua conta."

"Como não? Ela beijou minha bochecha, ora essa! Mesmo assim, tenha cuidado com o ciúme de sua guardiã."

"Desde quando eu tenho uma guardiã?"

"Desde essa noite. Ela o escolheu."

"Ela me escolheu? Por quê?"

"Como vou saber? As razões de uma guardiã é sempre um mistério insondável, mesmo para mim."

"Mesmo para você? Fala sério... Mulheres sempre serão um mistério insondável para você."

"Falou o especialista. Nas suas memórias não há muita coisa a esse respeito Dom Juan."

"Dom Juan? Você anda pesquisando demais as minhas memórias."

O elfo ia retrucar, mas não teve tempo. De repente seu corpo evanesceu e sumiu do quarto para, logo depois, ressurgir no interior do castelo dos Magos Celestiais, em Antária.

Mal tiveram tempo para desfazer a ilusão da imagem de Michel sobre o corpo do elfo. Ao som do gonzo ainda ecoando no grande salão oval, os magos de Antária começaram a ocupar seus lugares em volta da grande mesa do conselho, sob o olhar atendo do Grão-Mestre da Ordem. Para Garth, aquele momento ainda lhe era bastante desconfortável, apesar de estar familiarizado com os procedimentos.

Ele sabia que alguns membros do conselho o consideravam jovem demais para ocupar o cargo mais elevado na hierarquia da Ordem, embora não se atrevessem a manifestar-se abertamente. Ainda não os considerava uma ameaça, mas sabia da necessidade de consolidar sua posição antes que o considerassem frágil demais para isso.

Após todos estarem sentados, ele abriu o pesado livro na página que continha uma exortação ao deus Az'Hur, com a qual o Grão-mestre deveria abrir o sátraba, a reunião dos Magos Celestiais. Com um breve olhar aos magos presentes, Garth limpou discretamente a garganta e iniciou a leitura do cântico, escrito numa época em que os deuses ainda conviviam com os mortais.

Ó Az'Hur
Senhor da vida e da morte
Nós que seguimos teus ensinamentos
Rogamos tua aprovação para nossos atos mortais.

Ó Az'Hur
Senhor da criação,

Nós que te ouvimos,
Rogamos para que nos ouça e ilumine nossas decisões

Ó Az'Hur
[...]

Michel, na pele de Bullit, desejou não estar ali e não conteve um bocejo.

"Nossa! Isso é muito chato."

"Não se preocupe. A diversão vai começar agora. Pena que eu vou ser o motivo da piada. Observe os magos, o que lhe parece?"

O garoto fitou os outros seis magos sentados ao redor da mesa e deixou-se invadir pelas memórias de Bullit. Descobriu que o elfo desconfiava que houvesse um traidor entre os membros do conselho, porém ainda não fazia a menor ideia de quem poderia ser. A atitude de todos parecia perfeitamente normal.

Maleck, sentado à sua frente e à esquerda do Grão-Mestre, parecia como sempre muito compenetrado, ele repetia silenciosamente as palavras do cântico entoado por Garth. Bullit não o considerava muito inteligente, mas sabia que ele era o mago mais dedicado ao culto de Az'Hur. Sua obediência ao livro sagrado era incontestável.

Ao seu lado estava Ridondo, o glutão. Aparentemente, seu único pecado continuava a ser a gula. Erítrepes vinha a seguir. Seu caráter severo e conservador era sempre um problema para o jovem Grão-Mestre, sempre às voltas com seus questionamentos tendenciosos. Também não mantinha boas relações com Bullit. A presença de um elfo nos círculos internos da ordem muito o desagradava e ele não perdia a oportunidade de demonstrar isso.

Michel logo se deu conta que o pequeno elfo era olhado com certo desdém pelos demais, devido à sua origem elemental e caráter brincalhão.

Os seguintes eram Malthus e Melquíades. Desses, Malthus havia sido o mais agressivo dos magos e defendia uma guerra total contra país de Céltica. Na sua visão, Antária só sobreviveria se libertasse o mundo de Az'Hur definitivamente do militarismo expansionista céltico.

Melquíades havia sido o braço direito de Andrômaco desde a unificação de Antária e fundação da Ordem dos Magos Celestiais. Com o desaparecimento do seu líder, tornou-se mentor de Garth até ele se tornar apto a suceder ao pai.

Após cumprir a missão que lhe fora confiada pessoalmente por Andrômaco, Melquíades tornou-se o principal conselheiro do jovem Grão-mestre e gozava de sua total confiança.

Aparentemente, Bullit não tinha razões para pensar que havia um traidor entre os magos da Ordem, a não ser sua intuição de elfo. Essa era uma característica dos seres elementares, que tinham uma percepção bastante aguçada no trato com os humanos.

"Isso aqui parece um ninho de cobras, hein?" Perguntou Michel ao elfo.

Bullit ia responder, quando eles ouviram seu nome ser mencionado pelo Grão-Mestre.

— Que se erga e tome a palavra Bullit, o elfo.

"É agora!" Disse ele. *"Vamos fazer como combinamos. Relaxe e deixe o meu pensamento fluir."*

"Mete bronca."

Bullit levantou-se sobre a cadeira e relatou os acontecimentos que culminaram com a fuga do demônio da torre. Durante duas horas esforçou-se por apresentar um relato preciso de tudo, não omitindo nenhum detalhe. Mesmo assim foi duramente questionado por aqueles de quem já esperava as críticas mais duras.

— Eu sabia que confiar num elfo para uma missão tão importante seria uma grande imprudência. — Vociferou Erítrepes. — Por minha vontade, há muito que essa criatura deveria ter sido excluída dos círculos internos da Ordem. Por Az'Hur!

Garth permaneceu impassível. Não tinha paciência para aquele teatro.

— Creio que subestimamos os riscos de encerrar o demônio naquela torre. — Disse Melquíades em tom conciliador. — E erramos de novo em deixar Bullit e um pequeno destacamento de centauros para guardá-la.

— Devo lembrá-lo que a ideia de destacar Bullit para guardião da torre foi sua. — Falou Garth, por fim, dirigindo um olhar implacável para Erítrepes.

O mago belicoso ficou rubro de ira. Quem aquele moleque pensava que era para admoestá-lo numa reunião do Conselho?

— O demônio estava vencido. Tudo que o elfo tinha que fazer era defender a torre, não é mesmo? — Retrucou. — Qualquer um de nós poderia ter feito isso com êxito.

Mal Erítrepes acabara de falar, percebeu pelos olhares que tinha ido longe demais.

— Qualquer um? Não me lembro de você ter enfrentado um ataque dos tchalas alguma vez. Não consigo lembrar nem mesmo quando foi a última vez que você se envolveu diretamente em combate. — Respondeu Michel, articulando as palavras que Bullit deixava fluir em sua mente.

"É isso aí!" Exclamou Michel, entusiasmado. *"Dá um pau nesse mago boiola!"*

"Não perca concentração garoto!"

— Ao contrário do desejo de alguns, não estamos aqui para julgar Bullit. — Disse Garth. — Devemos analisar os acontecimentos e tomar as decisões que nos cabem para defender o mundo de Az'Hur.

— Az'Hur está em perigo e este não é o momento para disputas internas. — Alertou Melquíades. — Garth tem importantes revelações a fazer e sugiro que o ouçamos com a devida atenção.

Melquíades às vezes exagerava, pensou Garth. Podia lidar sozinho com aquele bando desastrado de mágicos saltimbancos. Com um gesto místico conjurou uma imagem no centro da mesa. O rosto de Gabriela surgiu, sobreposto ao vulto do demônio Zaphir.

— Observem essa imagem, magos! — Disse ele com desdém. — Agora me digam o que ela lhes diz.

Seguiu-se uma algaravia, com todos querendo falar ao mesmo tempo. Alguns achavam que o demônio havia incorporado na jovem para enganar os incautos. Outros diziam que Zaphir havia capturado Gabriela para fazer um sacrifício. Após um momento de sugestões mais estapafúrdias, Garth interrompeu aquela discussão.

— Silêncio Bufões! — Berrou. — Vocês não chegaram nem perto da verdade. Esqueceram-se da profecia? Essa menina é Zaphira, a sanguinária princesa de Walka.

— Ela não parece muito perigosa. — Retrucou Erítrepes, animado com a possibilidade de dar o troco naquele moleque atrevido.

— Ainda não. — Intercedeu Melquíades. — Mas o destino da menina é incorporar-se à sua contraparte, o demônio Zaphir.

— Por obra e graça de Mordro. — Completou Garth. — Sabíamos que o proscrito não desistiria de seu intento em fazer cumprir a profecia, sob o consentimento da deusa da morte.

— Com que propósito? — Perguntou Maleck descrente.

— Poder, obviamente. Mordro nunca desistiu de subjugar Antária e todos os reinos de Az'Hur.

— Zaphira era uma mortal comum, que recebeu o toque de Thanatis. Ela nasceu com um destino a cumprir, revelado numa antiga profecia. — Explicou Melquíades. — A menina deve cumprir um ciclo completo de vida, morte e renascimento.

— Como nada podíamos fazer quanto ao cumprimento da profecia, introduzimos um elemento estranho no sortilégio que a trouxe para este plano existencial.

— E que elemento seria esse? — Perguntou Erítrepes, matreiro.

— Um fator de imprevisibilidade. — Respondeu Garth, paciente. — Melquíades pode explicar melhor, pois se trata de um assunto de seu domínio.

— Como Mordro estava utilizando um sortilégio que afeta as probabilidades, contra o qual não podemos agir diretamente, adicionamos a ele um fator imprevisto com a esperança de alterar o resultado esperado pelo renegado. O inconveniente é que nós também não podemos prever o que acontecerá.

Ao ouvir as explicações de Melquíades, Erítrepes levantou-se furioso. Com o dedo em riste, admoestou Garth violentamente.

— Como ousa utilizar o conhecimento do livro sagrado para fazer essas experiências irresponsáveis? — Berrou, possesso.

A imagem de Gabriela e Zaphir tremulou e se dissolveu. Todos ficaram calados, olhando para o Grão-Mestre. Sabiam que, a despeito da pouca idade, Garth era o mais poderoso deles. Desafiá-lo abertamente não era muito prudente. Para Melquíades, que estava próximo, a expressão serena no rosto de Garth lembrava seu pai quando estava furioso. Um sinal inequívoco de perigo, que Erítrepes imprudentemente não reconheceu.

— Sua atitude demonstra uma total falta de bom senso — Continuou Erítrepes implacável.

— Basta! — Exclamou Garth, sem alterar o tom de voz. — Você já falou demais.

Ato contínuo, sem que o Grão-Mestre fizesse algum movimento perceptível, a boca de Eurípedes sumiu.

"Caraca!" Exclamou Michel entusiasmado.

"Não sabia que ele já podia fazer isso." Disse Bullit, espantado.

Malthus fez menção de interceder, mas calou-se, temendo sofrer o mesmo castigo, enquanto Melquíades esforçava-se para não soltar uma sonora gargalhada.

Felizmente para Erítrepes, a duração do encanto equivalia ao tempo em que seu autor estivesse furioso, devido ao fato de ser a ira o seu principal componente místico.

Diante daquela manifestação de poder, os outros magos calaram-se. Era mais seguro aguardar o Grão-Mestre concluir sua exposição.

— Acredito que agora possamos continuar. — Falou Garth, sem nenhum sinal perceptível de ironia. — Como eu estava dizendo, interferimos no sortilégio que trouxe a menina para este plano. Ainda não sabemos as consequências disso, mas é fora de dúvida que devemos agir para que a sua união com o demônio Zaphir não nos deixe à mercê daquele flagelo novamente.

— Por que não eliminamos o demônio de uma vez? — Perguntou Maleck.

— Ou a garota? — Completou Malthus com outra pergunta.

— Isso acarretaria alterações na profecia, com outras consequências que não podemos prever. — Respondeu Garth. — Zaphira deve ressurgir como estava previsto. Nossa esperança é que o elemento que introduzimos no sortilégio acarrete mudanças na princesa de Walka, de modo que a sua parte humana subjugue o demônio, ou possa pelo menos resistir a ele.

Todos sabiam que essa possibilidade seria remota e teriam que se precaver antes que fosse tarde demais.

— Se isso não acontecer, o que faremos? — Perguntou Maleck.

— Receio que teremos que tomar medidas extremas. — Respondeu Garth.

— Isso significa o que estou pensando? — Perguntou Malthus.

— Sim. Será uma decisão que me desagrada tomar, mas devemos estar preparados para eliminar Zaphira assim que tivermos certeza de sua natureza demoníaca.

"Eles estão falando de matar Gabriela? É isso mesmo?"

"Sim." Respondeu Bullit pesaroso. *"Talvez nós não tenhamos alternativa."*

"Mas isso não pode. Não pode! Não pode!" Repetia o menino, como se estivesse entrado em transe.

"Procure se acalmar. Eles ainda não sabem, mas o resultado do elemento estranho adicionado ao sortilégio que trouxe sua amiga já está entre nós."

"E o que é?"

"Você!"

"Eu?"

"Sim garoto. Você já está sendo preparado para interferir no momento certo e alterar as consequências do cumprimento da profecia. Por que acha que está aprendendo a lidar com a magia?"

Michel ficou em silêncio. Estava chocado com aquela revelação e um medo terrível começou a se insinuar em seu coração. Não estava preparado para ter a vida de Gabriela em suas mãos.

"Por que simplesmente não acabamos com o demônio?"

"Procure se acalmar. Zaphir é uma parte da essência vital de Thanatis. Não pode ser morto como um mortal comum." Disse Bullit, sentindo a angústia de seu jovem companheiro. *"Você não está sozinho, pois ninguém deseja fazer mal à sua amiga."*

Apesar das palavras do elfo, Michel sabia que o demônio era um adversário muito perigoso e difícil de vencer. Gabriela era o elo mais frágil daquela corrente fatídica e sua vida corria um perigo real, cuja percepção o deixou aflito.

"Ignore esse bando de velhos senis." Disse Bullit. *"O poder de decidir está nas mãos de Garth e ele não vai considerar a possibilidade de fazer mal a uma pessoa inocente. Não é da natureza dele."*

"Espero que você tenha razão." Respondeu o garoto, enquanto tentava se acalmar, para concentrar-se na algaravia em que se transformou a reunião dos Magos Celestiais.

— Basta! — Bradou Garth, interrompendo o burburinho. — Não vamos tomar nenhuma atitude precipitada. Há muito a considerar antes de decidirmos o que fazer.

— Você ainda acha que temos muito ainda a considerar? — Vociferou Malthus, ávido por demonstrar uma suposta inadequação de Garth para o cargo máximo da Ordem. — Não faz muito tempo, recebemos a notícia do ataque de Zaphir a um grupo de centauros caçadores. O demônio, mesmo sem sua contraparte humana, já é uma ameaça. O que pretende fazer contra isso, meu jovem?

O Grão-Mestre apenas olhou para o imprudente. Isso foi o suficiente para fazê-lo calar-se, mas Garth sabia que era questão de tempo para que algum deles voltasse a desafiá-lo abertamente. De repente sentiu-se cansado e desejou que Andrômaco estivesse ali. Seu pai era mais hábil em lidar com as intrigas do poder nos círculos internos. Contudo, sua hesitação durou apenas um breve instante e era decorrente mais de sua aversão à política do que propriamente ausência de atributos necessários para exercer o cargo máximo da ordem dos Magos Celestiais.

— O ataque do demônio aconteceu próximo ao pântano de Walka. — Falou, quebrando o silêncio. — Sabemos o que o demônio procura, mas não podemos cruzar a fronteira sem criar um incidente, apesar da paz nunca ter sido oficialmente declarada. Bullit não tem essas limitações, por ser um elemental. A natureza não obedece a fronteiras criadas pelos homens. Então, creio que devemos enviá-lo de volta para interferir no cumprimento da profecia no momento certo.

— Isso é absurdo. O elfo já provou que não pode com aquele demônio. — Retrucou Malthus. — Devemos desfechar um ataque que destrua de uma vez qualquer possibilidade de cumprir-se a profecia.

— Mais alguém tem alguma opinião brilhante?

O tom da pergunta não deixava dúvida quanto à imprudência presente no comentário de Malthus e os magos presentes preferiram manter-se em silêncio a provocar um novo acesso de ira do Grão-Mestre.

— A missão de Bullit será principalmente observar e determinar o momento adequado para interferirmos.

— E quanto ao demônio? — Perguntou Maleck, que até então se mantinha estranhamente calado. — Devemos permitir que a continuação de seus ataques sanguinários?

— Zaphir já penetrou no território de Walka e nada podemos fazer por enquanto. Entretanto, tenho razões para pensar que sua sanha sanguinária será contida pela proximidade do cumprimento da profecia. O demônio talvez ainda não tenha percebido que quanto mais se aproximar o dia fatídico mais fraco ficará, enquanto a menina se tornará cada vez mais poderosa na mesma proporção. Haverá um momento em que ambos estarão vulneráveis, quando então decidiremos de que modo vamos interferir definitivamente.

O círculo interno dos Magos Celestiais ficou em silêncio. A sorte estava lançada, mas teriam que aguentar as consequências de interferir em assuntos que diziam respeito apenas aos deuses.

— Esta sessão do Conselho está encerrada. — Declarou Garth. — Peço que se retirem, exceto Bullit.

Após a saída dos magos, Garth fechou os olhos, como se estivesse refletindo. O elfo apenas o fitou, enquanto um diálogo se conduzia frenético em sua mente.

"O que ele está fazendo?" Perguntou Michel, aflito.

"Não sei. Mas temo que ele tenha percebido sua presença."

"Isso não vai acabar bem." Retrucou o garoto.

"Se você ficar quieto, talvez eu possa pensar.

Contudo, o Grão-Mestre não lhe deu tempo para isso.

— Você não tem nada para me contar? — Perguntou por fim, abrindo os olhos. — Há uma anomalia inexplicável em sua aura e sinto que seu relato tem alguns lapsos.

"E agora?" Perguntou Michel novamente aflito.

"Fique calmo e concentre-se no meu pensamento."

— Estou esperando. — Disse Garth, demostrando sinais de impaciência.

— Na verdade, há uma parte do meu relato que julguei que seria melhor comunicar a você de forma reservada, pois ainda não sei exatamente o que significa.

— E o que seria?

— A menina do outro mundo não veio sozinha. Junto com ela, um garoto também foi afetado pelo sortilégio que abriu o portal e veio para Az'Hur.

— Interessante! — Exclamou Garth, refletindo. Talvez ele seja fruto do fator que adicionamos naquele sortilégio. O garoto não faz parte da profecia, mas deve ter um papel a cumprir. Onde está ele?

— Aqui?

— Aqui? Agora?

— Sim. Ele não veio fisicamente, mas seu espírito está dentro de mim.

— Entendo. Ao contrário da menina, ele não tem nenhuma ligação mística com Az'Hur. Ele entende o que estamos falando agora?

— Sim. Nós estamos dividindo a mesma existência neste mundo e partilhamos a memória um do outro. É uma situação um tanto desconfortável, na verdade.

— Imagino. Mas não entendo como se formou esse elo entre você e o garoto, uma vez que não houve sua participação na alteração que introduzimos no sortilégio.

— Ao que parece, ele me escolheu através de um jogo que foi utilizado para deflagrar o sortilégio que trouxe a menina. Há alguma forma de separar-nos?

— Sim. Contudo, seria muito arriscado. Estaríamos criando fatores de imprevisibilidade de novo. Por ora, é melhor que fiquem assim até que compreendamos o que sua presença em Az'Hur pode significar.

Tanto Michel quanto o elfo não gostaram muito da ideia de prolongar aquela situação esquisita, mas os argumentos do Grão-Mestre faziam sentido, embora nada parecesse lógico naquele mundo estranho.

— O garoto tem alguma ligação com a menina?

— Eles são amigos há muito tempo e iniciaram o sortilégio juntos.

— Isso significa que deve estar preocupado com sua amiga.

— Sim. Na verdade, está aflito.

—Ótimo. A ligação dele com a menina ser-lhe-á útil no cumprimento da missão que vão desempenhar.

— Sim. Mas para ela reconhecê-lo tive de transmutar-me na imagem dele, e não sei se isso terá outras consequências.

— Desde que ele continue abrigado em seu corpo não haverá nenhuma consequência além das que já conhecemos. O garoto tem alguma habilidade que possa ajudá-los?

— Ele parece ter uma capacidade latente para dominar algumas forças místicas e está aprendendo os rudimentos das artes arcanas.

— Ótimo. Qualquer ajuda será bem-vinda. Descansem esta noite e preparem-se para partir. Vocês compreenderam a missão que lhes está sendo confiada?

— Sim. Não impedir a profecia, mas zelar para que seus efeitos nos favoreçam.

— Mais que isso. Vocês devem decidir o momento de fazer isso. Não falhem. A alternativa seria algo que eu prefiro nem pensar.

Sem esperar resposta, o Grão-Mestre retirou-se do salão. Bullit percebeu o quanto o exercício do cargo o desagradava e não conteve uma sensação de pesar por ele. A solidão de Garth pesava-lhe na alma, como um fardo que se sobrepunha a sua própria solidão. Sem que Michel pudesse compreender plenamente o que se passava, o elfo desejou, numa prece, que a superação daquela crise proporcionasse à Garth a oportunidade de transcender suas próprias dificuldades.

"O que ele quis dizer com isso?" Perguntou Michel.

"Não se preocupe. Foi só uma saída dramática. Acho que isso diverte Garth e é uma pequena compensação pelo exercício de um cargo que ele nunca desejou."

As palavras do elfo não o tranquilizaram totalmente, mas o garoto ocultou isso de Bullit. A Habilidade de bloquear seus pensamentos da percepção do outro só tinha sido descoberta recentemente e ele julgou necessário se resguardar. Afinal estava num mundo que não seguia as regras as quais ele estava acostumado.

CAPÍTULO XVI

O CHAMADO

Aconteceu quando Gabriela treinava espadas com Michel. Não era muito claro, a princípio. Apenas uma sensação de alguém a chamando ao longe. Não era um grito, entretanto. Parecia mais um murmúrio. Algo que poderia ser facilmente confundido com o ruído do vento passando entre as árvores. Era tão sutil, que ela custou a se dar conta que seu nome estava sendo pronunciado.

— O que foi? — Ele perguntou ao vê-la estática como um perdigueiro. Ela esticava o pescoço como se tentasse ouvir alguma coisa.

— Shhh! — Fez com o dedo nos lábios. — Parece alguém me chamando de algum lugar.

Michel apurou os ouvidos, mas nada escutou.

— Deve ser o vento. — Disse ele. — Não tô ouvindo nada.

— Está mais forte agora. Alguém tá me chamando.

— Onde?

— De lá. — Respondeu ela, apontando a torre sul do castelo.

Mordro, que acompanhava o treinamento se aproximou. Tinha uma expressão que mal continha a excitação.

— Nessa direção fica a aldeia de Walka. Deve ser uma das pedras da Joia Celestial. Ela está chamando você. — Falou ele.

— Eu sei. — Respondeu Gabriela, sentindo o apelo da pedra se tornar mais urgente. — Preciso ir.

O mago meneou a cabeça, aquiescendo.

— Vou dar ordens para que as montarias sejam preparadas. Icas irá com você.

— Eu também. — Interrompeu Michel.

Mordro parou por um momento. Parecia estar pensando na conveniência daquele garoto acompanhar Gabriela.

— Eu preciso dele perto de mim. — Disse a garota, num tom que não admitia réplica.

— Muito bem... Assim será. Vou tomar as providências. — Disse o mago, com uma leve reverência.

— Enquanto isso, eu vou trocar a vestimenta.

— Você já está com a vestimenta adequada.

— Mas isso é um traje de combate.

— Exatamente. A Aldeia de Walka não é exatamente amistosa com forasteiros. Não esqueça a espada e leve também aquele cão infernal.

O mago afastou-se apressado.

— Acho que não gostei dessas recomendações. — Falou o garoto, imaginando as razões de Mordro para fazê-las.

"Nem eu." Disse Bullit em sua mente.

Gabriela, no entanto, não manifestou nenhuma apreensão. Levantou a espada e fez vários movimentos de ataque e defesa, sob o olhar admirado de Michel.

— Você parece não ter feito outra coisa na vida.

Ela nada respondeu. Seu pensamento parecia estar longe, como se já estivesse ido ao encontro daquele chamado que ninguém mais percebia.

"Sua amiga parece estar gostando da ideia de usar aquela espada. Acho que você tem razão. Ela está diferente."

"Sim." Respondeu o garoto de modo distraído. Sentia um mau presságio advindo daquele chamado. Parecia-lhe que estavam para tomar um caminho que os afastaria cada vez mais do seu próprio mundo. Temia que ele próprio tivesse que fazer suas escolhas, em algum momento.

Chegaram ao povoado de Walka no meio da tarde. Ao contrário do que eles esperavam, o lugar parecia tranquilo. Suas ruas estreitas, com casas geminadas, lembravam algum povoado do leste europeu perdido no tempo. As ruas estavam bastante movimentadas, com mercadores e camponeses expondo seus produtos em barracas improvisadas, sob o olhar complacente dos habitantes locais. Era dia de feira e todos pareciam muito ocupados em examinar as mercadorias e regatear no preço, enquanto crianças travessas corriam por entre as pernas dos transeuntes e arrancavam impropérios dos mais incomodados.

— Para onde vamos? — Perguntou Michel para o saci.

Icas não respondeu. Tirou uma baforada do cachimbo e olhou para Gabriela, que se mantinha calada até então.

— Não sei. Não estou sentindo mais o chamado.

— E agora?

— O chamado virá novamente. — Respondeu o Saci. — Tudo que precisamos fazer é percorrer as ruas do povoado, até que a pedra mística sinta sua presença. Agora vamos deixar as montarias e andar a pé. Chamaremos menos atenção.

— Parece legal. — Disse Michel, olhando um animado grupo de garotas que passava. — Isto aqui é o paraíso!

— Elas nem estão percebendo você, pirralho. — Provocou Gabriela, mordaz.

— Bom... Se aquela ali não estiver olhando para mim, deve ser estrábica.

Gabriela seguiu o olhar de Michel e viu uma linda menina sorrir para ele. Usava um vestido de tecido estampado com desenhos geométricos e um decote atrevido para sua idade. Os cabelos, caprichosamente arrumados, eram enfeitados com graciosas flores silvestres.

— Acho que ela pensa que você é um marciano.

"Ou um elfo." Gracejou Bullit.

— Ela deve gostar de marcianos, então. — Respondeu ele, sem fazer caso da observação do elfo em sua mente.

— Homens são sempre tolos, não importa a idade.

— Ora! Você tá é com ciúme. — Retrucou o garoto, aborrecido com aquela conversa. Apesar disso, ele não se esqueceu de se abaixar para evitar o costumeiro safanão, mas ele não veio. Ao invés disso, Gabriela apoiou-se nele. Seu rosto estava contraído de dor e ela respirava com dificuldade.

— O que foi? — Perguntou ele, assustado.

— Aquela dor voltou. — Respondeu ela, arquejante. — Não consigo ficar de pé.

Michel a segurou antes que desabasse no chão. Com ajuda do cão, levou-a em direção a uma taverna, mas uma multidão de curiosos começou a se formar.

— O que eles estão olhando?

"Um cão enorme, carregando uma menina em seu dorso, não é muito comum, mesmo em Walka." Respondeu o elfo.

— Vamos. Só mais um pouquinho. — Disse o garoto, apreensivo por chamar a atenção naquele lugar.

— Não precisa. — Protestou ela, ofegante. — Já tá passando.

— Precisa, sim! — Exclamou Michel. Sua atitude enérgica surpreendeu até ele mesmo.

"Parece que Gabriela não é a única que está mudando aqui." Disse Bullit.

— Não enche!

— Não tô enchendo! — Gemeu Gabriela.

— Não é com você. Vamos. Precisa descansar e beber alguma coisa.

— Por aqui. — Disse Icas, afastando os curiosos, que pareciam insistir em atrapalhar seus passos.

O Cão das Sombras soltou um rosnado e conseguiu afastar os mais renitentes. Contudo, pouco antes da entrada da taverna, Gabriela soltou-se deles.

— Chega! Já passou. — Disse ela, pondo-se de pé.

— Ainda acho que é melhor você sentar-se um pouco.

— Estou bem.

— Tem certeza? Perguntou Icas, com uma gentileza um tanto exagerada.

— Tenho! Agora parem de me amolar.

— Uh! Já voltou ao normal. — Disse Michel com a ironia que lhe era peculiar.

Com um breve assobio o garoto chamou o Cão das Sombras, mas o animal não se moveu. Subitamente alerta, o bicho olhava fixamente para a taverna.

— O que ele tem? — Indagou, sem entender a atitude de Titã.

Gabriela ignorou a pergunta e deu alguns passos em direção à porta da taverna. Icas a acompanhou com o olhar. Parecia saber o que estava acontecendo, mas sua expressão era indecifrável.

— Parece um lugar perigoso. Estou com uma sensação ruim.

— Não é mais perigoso do que ter entrado naquele sebo onde Icas nos deu o DVD. — Respondeu ela com desdém.

O saci não se mostrou incomodado com aquela lembrança.

— Agora é tarde para voltar atrás, meus jovens. — Disse.

Michel ia retrucar, mas Bullit o interrompeu.

"Ele tem razão. A profecia já está em curso. Temos que seguir adiante e usá-la a nosso favor. Não tenha receio. Eu já conheço este lugar."

Ainda não totalmente convencido, o garoto fez menção de segurar sua amiga, mas o Cão das Sombras passou entre eles e entrou na taverna.

"Que Az'Hur nos proteja." Disse o elfo numa prece.

"Ver você invocando seu deus não é muito animador."

Indiferente àquele diálogo mental, Gabriela foi atrás do cão. Icas a seguiu imediatamente, empurrando o garoto em direção à porta da taverna.

— Vamos! — Ordenou o saci com uma voz que soava de um modo muito estranho. Michel teve a impressão de que o ouvia através de um tubo.

O interior da taverna era quente e úmido. O ar pesado tinha um forte odor de vinho azedo, que se misturava com a fumaça espessa que se desprendia de muitos cachimbos. Beber e fumar pareciam ser as principais atividades naquele lugar. Para os visitantes menos acostumados, respirar ali era um ato difícil e temerário, mas ninguém parecia se importar.

O lugar era frequentado por camponeses, soldados, viajantes mal-encarados e, naturalmente, alegres mulheres de reputação apenas sussurrada na calada da noite. Eles se acotovelavam no balcão e em toscas mesas com suas canecas de vinho, as quais eram permanentemente abastecidas por robustas garçonetes vestidas em trajes supostamente provocantes. Elas pareciam prestar outros serviços ali, a julgar pela tolerância às mãos atrevidas que insistiam em apalpá-las a cada passagem entre as mesas.

Bullit gostava tanto de lugares como esse, que se sentia quase humano. Não que invejasse os seres humanos. Ele era feliz em sua própria natureza, mas alguns aspectos da vida dos homens lhe eram muito atraentes. Induzido pelo elfo, Michel sentou-se diante de uma mesa estrategicamente colocada, cuja posição lhe permitia ter uma visão ampla do salão. Apesar da baixa estatura do seu avatar, julgou que estava numa posição favorável para observar Gabriela e socorrê-la, se houvesse necessidade. No entanto, seria ele a ficar em apuros primeiro.

Logo depois de certificar-se que Gabriela estava bem, ele viu uma mulher, que parecia ter o dobro do seu tamanho, sentar-se à sua frente.

"O que eu faço?"

"Divirta-se." Respondeu o elfo de mal humor. Na condição em que se encontrava, não tinha como aproveitar aquele momento. Entretanto, o embaraço que percebia no garoto ainda poderia diverti-lo.

— Ora, ora! O que temos aqui? Um lindo garotinho! — Disse a mulher com voz pastosa e um sorriso infantil na boca torta e cheia de dentes amarelados.

"O que eu faço?" Perguntou o garoto novamente, sem conseguir desviar os olhos do exagerado decote do vestido dela, de onde portentosos peitos poderiam pular para fora a qualquer momento.

"Chame o taverneiro e sirva-lhe uma caneca de vinho. Aliás, eu também gostaria de tomar uma."

— Então, garoto. O que vai ser? — Perguntou a mulher.

"Eu ainda não tenho idade para beber vinho."

"Você não, mas eu sim. Esqueceu que o corpo é meu?"

"Mas..."

— Você é tão bonitinho. — Disse ela, debruçando sobre a mesa.

Michel recuou sua cadeira mais para trás.

"Isso tá ficando complicado."

"Relaxa e aprecie a vista. Só temos que ter cuidado para que o taverneiro nos veja com outro aspecto, já que descuidamos dessa mulher. Agora se concentre na figura de um homem adulto e deixe a energia arcana fazer o resto."

"Mas isso também não afetará Gabriela e Icas?"

"Não, se você se concentrar no padrão mental desses tolos."

"Isso não vai dar certo." Retrucou o garoto, mas fez o que Bullit havia dito. Parecia-lhe bem mais fácil lidar com a energia arcana do que com o assédio daquela mulher, já bastante alterada pelos eflúvios etílicos do vinho.

Feita a transformação, ele chamou o taverneiro.

"A mulher não percebeu nada." Disse Michel, enquanto o taverneiro colocou uma jarra de vinho na mesa.

"Ela pensa ter se enganado. Sirva-lhe o vinho e não se esqueça de mim."

Após a primeira caneca de vinho, o garoto não demorou muito para sentir-se à vontade naquele lugar. Logo estava rindo alto das piadas obscenas que a mulher lhe contava, entre um gole e outro.

Enquanto isso, do outro lado, Gabriela observava atentamente o salão. Não demorou muito para ver um grupo mal-encarado reunido num canto e entretido com jogo de dados. Um deles tirou uma pedra de um saco de couro e mostrou aos demais. Um brilho avermelhado banhou aqueles homens por um breve momento, até que o sujeito a recolocou no saco e atira-o sobre a mesa. Tinha acabado de fazer uma aposta no jogo de dados.

Gabriela logo percebeu que havia encontrado o que procurava. Instintivamente tocou o cabo da espada. Entretanto, quando já avançava em direção aos jogadores, o Cão das Sombras levantou-se e lhe chamou a atenção para o outro lado do salão. Ela viu Michel sentado numa mesa, acompanhado de uma mulher enorme. Ele parecia estar se divertindo muito.

— Ora essa! — O que será que ele pensa que está fazendo? — Disse para si mesma. Depois olhou novamente para os jogadores de dados. Temia perder aquela oportunidade e ficou indecisa. A hesitação durou apenas um instante, porém. Os acontecimentos seguintes tomaram a decisão por ela.

O jogador que havia apostado a pedra mística vê a mulher bebendo com Michel e fica enfurecido. Não fosse o encanto de Bullit, ele provavelmente não se incomodaria com aquela cena, mas tudo que via era a sua garota com outro homem. Levantou-se com a mão no cabo da espada, cuspiu no chão e avançou em direção a eles. Gabriela não tardou em perceber que Michel estava em apuros e atravessou o salão, seguida pelo Cão das Sombras. Icas ficou onde estava e limitou-se a observar o que aconteceria.

Na roda de jogo, um dos apostadores aproveitou a distração dos demais. Pegou o saco contendo a Pedra mística e esgueirou-se para fora da taverna. Ele acreditava não ter sido percebido, mas os olhos atentos do saci não o deixaram escapar. De modo sorrateiro, Icas o seguiu e ambos sumiram pelas ruas estreitas da aldeia.

Enquanto isso, sob o efeito do vinho, a personalidade do elfo se sobrepôs à de Michel e se derramou em galanteios à mulher. Ela correspondia com gritinhos de satisfação e atitudes coquetes, ao mesmo tempo em que esvaziava o copo de vinho com grande volúpia e rapidez.

"Que Az'Hur se congratule por tanta opulência." Disse o elfo, enchendo-lhe novamente o copo.

"Opulência? Eca!" Retrucou o garoto, não muito seguro de seus pensamentos. O vinho dava a sensação de ter o estômago cheio de borboletas, embora não se tratasse de seu próprio estômago.

Aquela sensação tornou-se ainda mais incômoda por conta da grande sombra que se projetou sobre a mesa. Michel logo percebeu o perigo, mas o corpo do elfo não respondia aos seus apelos frenéticos.

"Bullit!" Exclamou ele aflito, no instante que a mesa deu uma pirueta no ar e foi cair em cima de um bêbado que passava. O elfo, por sua vez, parecia alheio e limitou-se a emitir um pensamento ininteligível. O barulho logo atraiu a atenção dos outros frequentadores da taverna. O burburinho cessou de repente, engolido pelo silêncio tenso que se espalhou pelo salão.

— Maldito filho de uma cadela! — Rugiu o mastodonte desvairado. — Vai aprender a não se meter com a mulher alheia.

Com apenas uma das mãos ele agarrou Michel pela gola do casaco e o levantou facilmente, surpreendendo-se com o pouco peso de seu suposto rival.

— Esta mulher é minha, frangote! E agora você vai levar a maior surra que Walka já presenciou. — Disse o grandalhão, agitando o punho fechado.

Com dificuldade para passar entre as mesas, Gabriela ainda estava a alguns passos de poder socorrer o seu amigo, mas o Cão das Sombras avançou rapidamente, derrubando algumas cadeiras e seus desavisados ocupantes. O homem mal teve tempo de olhar para a sombra negra que o derrubou sobre o pivô daquela confusão. A mulher estatelou-se no chão sob o homem e, já livre dos efeitos do vinho, pôs-se a berrar desvairadamente, demonstrando possuir pulmões e garganta surpreendentemente saudáveis para seu estilo de vida. Entretanto, ela logo se calou ao sentir a lâmina de uma espada encostar-se a sua garganta.

Em um instante, eles já se encontravam dentro de um círculo de curiosos, cuja expressão não era das mais amistosas.

Ainda empunhando a espada, Gabriela estendeu uma das mãos para Michel e o ajudou a levantar-se.

— É só o deixar sozinho por um instante, que você já arruma alguma confusão.

— Confujão? Queee confujão? — Respondeu com a língua dormente e sem conseguir se desfazer da expressão abobalhada que teimava em permanecer em sua face.

Ela levou apenas um momento para perceber que era o elfo que estava se manifestando, mas nada disse. Ainda tinham que sair dali e estava furiosa por não sentir mais a presença da pedra mística.

— Vamos sair daqui.

— Nananinanão. Ainda tenho muito que conversar com esta dama. — Disse o elfo com voz pastosa, tentando desvencilhar-se de Gabriela.

— Roubaram nossas apostas! — Gritou um dos homens que estava entre os jogadores de dados.

— Eles devem ser cúmplices! — Disse outro, apontando para Gabriela e Michel.

— Vamos dar uma lição nesses vigaristas! — Bradou um mais exaltado, incitando os demais frequentadores da taverna.

O círculo em torno dos garotos começava a se fechar quando o Cão das Sombras pulou sobre o mais próximo, derrubando-o. Com as mandíbulas escancaradas ele rosnou para a turba, mantendo-a afastada.

— Vamos! — Disse ela, puxando Michel pela gola do casaco.

— Ei! — Protestou o garoto, sentindo seu comando retornar ao corpo do elfo.

— Fica quieto! — Advertiu ela com energia.

— O que aconteceu?

A garota o ignorou e apontou a espada para o círculo de bêbados que os ameaçava. Com uma força surpreendente, Gabriela arrastou Michel para fora da taverna, sob o olhar hostil de todos que os cercavam.

— Mas e Titã? — Perguntou o garoto, vendo-o andar em círculo, para afastar a turba.

— Ele sabe se cuidar. Não se preocupe.

Já do lado de fora, eles olharam para a porta da taverna, atraídos pela nova confusão que se formava. Alguns frequentadores e garçonetes se atropelavam tentando sair ao mesmo tempo, como se estivessem sendo perseguidos por um demônio. O Cão logo apareceu, rosnando e mordendo a todos que estivessem ao alcance de suas poderosas mandíbulas.

— Eu não disse?

— Já que tudo terminou, podemos voltar para o castelo. — Disse Michel, farto daquela incursão ao povoado de Walka.

— Ainda não. — Respondeu Gabriela enfática. — Ainda temos uma missão a cumprir, graças a você.

— Graças a mim?

— Se não tivesse arrumado aquela encrenca, eu já teria posto as mãos na pedra mística. Agora temos que começar tudo de novo.

"Você bebe e eu é que pago o pato." Disse o garoto para o elfo, cuja consciência ainda estava em estado de torpor e não lhe permitia perceber claramente a situação.

— Não fui eu. — Disse ele aborrecido. — Bullit se descontrolou ao tomar o vinho e ver aquela mulher gorda, digo opulenta.

— Pensei que era você que controlava o corpo do elfo.

— Era o que eu pensava, mas acho que o vinho também me afetou. Desculpe. — Disse ele, com desalento.

— Esqueça. — Respondeu ela dando de ombros. — Onde está Icas?

— Ele não estava com você?

Gabriela lembrou-se que o saci estava próximo dela quando a confusão começou. Depois que atravessou o salão para socorrer Michel, não o viu mais.

— Acho que vamos ter que procurá-lo. — Disse ela. Por alguma razão, achou acertadamente, que Icas se mantinha no encalço da pedra mística.

Alguns dos frequentadores da taverna ainda os fitavam com desconfiança, mas não se atreveram a aproximar-se. O enorme cão obrigava a turba a manter-se prudentemente à distância, enquanto Michel fazia-lhe agrados, satisfeito em constatar que o animal estava bem. A fera retribuía com lambidas e gania baixinho, como um filhote feliz.

— Vamos sair daqui. — Disse Gabriela em tom baixo. Ela não tinha a menor disposição para enfrentar aldeões enfurecidos, mesmo com a ajuda daquele cão infernal.

Saindo de frente da taverna, eles seguiram para o ponto onde haviam deixado suas montarias. Logo depois, contornaram o centro da aldeia sem se preocupar com os olhares curiosos. Horas depois chegaram numa parte erma do povoado, ainda sem encontrar o saci ou algum sinal da pedra mística. A noite se aproximava rapidamente e eles estavam cansados e famintos.

— O que fazemos agora? — Perguntou Michel.

—Não sei. Esperava pelo menos encontrar Icas, mas acho que é hora de voltarmos para o castelo. — Respondeu ela, fitando as sombras da noite. Entretanto, uma delas parecia mover-se de modo diferente, pondo o cão em estado de alerta.

— Estou aqui. — Saldou Icas aproximando-se deles.

— Onde você estava? — Perguntou Gabriela.

— Fui atrás do sujeito que roubou a pedra mística durante aquela confusão.

Gabriela olhou além de Icas e nada viu.

— Parece que você não se saiu melhor que nós. — Comentou Michel.

— Ao contrário, pirralho. Eu sei onde a pedra mística está. — Retrucou Icas, após sua costumeira risadinha velhaca.

— Onde ela está? Por que não sinto mais o chamado da pedra? — Perguntou Gabriela, mais aflita do que gostaria de estar. Certas reações pareciam fugir-lhe do controle e isso a desconcertava mais que tudo.

— Ali. — Respondeu o saci apontando para um outeiro, cuja silhueta se esmaecia nas sombras do crepúsculo. — No outro lado.

A menina avançou na direção apontada, esforçando-se para conter a ansiedade e não correr como uma cabrita colina acima.

— Bem, isso vai ser muito interessante. — Falou Icas, enigmático. Depois seguiu Gabriela sem muita pressa.

Aquele tom não agradou a Michel.

"Esse ser tem uma aura estranha." Disse Bullit, finalmente recuperado dos efeitos do vinho ingerido na taverna.

"Sim." Concordou o menino, que apressou o passo em direção ao outeiro. Como se tivesse compreendido o que se passava, o Cão das Sombras passou por eles e se afastou rapidamente no rastro de Gabriela.

Pedras soltas e a escuridão que avançava no cair da noite dificultavam o caminho até o cume do outeiro. Quase sem fôlego, Gabriela avançou por entre um grupo de palmeiras e se deparou com uma encosta íngreme do outro lado. Não havia nada que pudesse perceber e não sentia o chamado da pedra mística.

— Onde está? — Gritou frustrada.

— Poupe sua energia menina. — Disse Icas atrás de si. — Vai precisar dela.

Gabriela voltou sua espada para o saci e, com uma voz estranhamente calma, voltou a perguntar.

— Onde está?

— Ah! Finalmente vejo a fúria brilhar nos seus olhos. — Sussurrou o saci. Sua risadinha característica ecoou na escuridão e ele pôs-se a dar cambalhotas como uma marionete grotescamente manipulada.

— Não brinque comigo! — Retrucou a menina friamente, brandindo suavemente a espada a poucos centímetros do pescoço dele.

O saci espetou o dedo na espada e a afastou de si

— Excelente! Vejo que está pronta para matar pelas pedras místicas. Mas guarde sua fúria para o momento que se aproxima. O que procura está ali, naquela rocha.

Gabriela seguiu com o olhar a direção apontada e viu a rocha que se projetava da encosta. Num esforço para enxergar na escuridão, ela viu uma trilha quase oculta pela vegetação.

— Desça. — Ordenou para o saci.

— Não confia em mim, menina ingrata? Acho que eu até ficaria ofendido, se fosse humano. — Disse ele de modo zombeteiro, pulando para a trilha.

A pedra tinha o formato de um triângulo, cujo vértice apontava para a escuridão da noite. Na sua extremidade, o homem que havia fugido da taverna jazia com os pés e mãos amarrados. Tinha o terror espelhado no olhar e balbuciava algo, de modo incompreensível.

— O que significa isso? Onde está a pedra?

— Dentro dele. Esse verme a engoliu antes que eu o pegasse. Por isso você não sentia o chamado. Tecidos orgânicos, como bolsas de couro e estômagos, enfraquecem os sinais místicos.

Gabriela aproximou-se do prisioneiro. Estava indecisa sobre o que fazer, mas o chamado da pedra mística tornou-se novamente perceptível, inundando-a com uma volúpia que jamais havia sentido. Ao ver a espada em sua mão ele se encolheu ainda mais.

— Agora só tem um jeito de recuperar a pedra mística. — Disse o saci de modo persuasivo. — Use a espada.

— Sim. — Respondeu ela. A ideia que antes poderia lhe repugnar parecia-lhe, naquele momento, perfeitamente natural. Ao perceber a súplica no olhar do prisioneiro, o êxtase que experimentava se intensificou, como se o medo dele alimentasse o lado mais negro e profundo de sua alma. Sem hesitar, ela ergueu a espada.

— Não faça isso! — Gritou Michel, fitando-a com os olhos esbugalhados.

Gabriela parou pouco antes de desfechar o golpe e olhou para ele indecisa.

O Saci o fitou com desagrado, mas nada disse. Limitou-se a esperar a reação de Gabriela. Se não fosse agora, ela cederia em algum momento mais tarde. Fazer mais do que isso poderia revelar sua verdadeira natureza.

— O que você está fazendo?

— Eu preciso recuperar a pedra mística que ele engoliu. — Respondeu ela sem pestanejar.

— Deve haver outro modo. Abaixe a espada.

"Tem outro modo realmente." Disse Bullit.

O garoto percebia na expressão de Gabriela haver uma batalha entre sentimentos conflitantes, que se travava no recôndito de sua alma. Pensou em interferir novamente, mas o elfo em sua mente o conteve.

"Não. Essa batalha pertence a ela. Não podemos interferir na sua escolha."

Gabriela ainda hesitou, mas acabou baixando a espada.

— Qual é o outro modo? — Perguntou ela, com expressão insegura.

Os olhos do saci brilharam por uma fração de tempo, mas logo voltou ao aspecto opaco e inexpressivo que adotava para ocultar seus pensamentos.

"Que outro modo?" Repetiu o garoto mentalmente.

"Estou pensando."

"Como assim? Pensei que você soubesse."

"Sempre tem outro modo de fazer as coisas. Só temos que encontrá-lo."

— Estou esperando. — Disse Gabriela.

"Ela tá ficando impaciente. Resolva logo."

"Já encontrei a resposta. Vamos procurar um arbusto de folhas grossas e macias. Não deve ser difícil. Tem muito por aqui."

— Precisamos encontrar uma planta. — Michel disse para ela.

— Para quê?

— Para provocar vômito, eu acho. — Respondeu ele procurando ao redor.

"Diarreia." Corrigiu o elfo.

"Eca! Como vamos achar essa planta. Tá muito escuro aqui."

"Olhe para baixo. Você está pisando nela."

"Por que não disse logo?"

"Gosto de suspense. Agora apanhe as folhas da planta e esprema o sumo na boca desse infeliz."

Sob o olhar de Gabriela e o saci, Michel seguiu a orientação do elfo. O prisioneiro tentou recusar-se a colaborar, mas a aproximação da espada em sua garganta o fez mudar de ideia. O garoto repetiu a operação até acabar com as folhas da planta.

"E agora?" Perguntou para o elfo.

"Vamos esperar."

"Acho que ela não vai querer esperar muito." Disse o garoto olhando sua amiga agitando impaciente a espada.

— Isso não vai dar certo. — Falou Icas. — Ainda acho melhor usar espada.

— Vamos esperar. — Respondeu ela, contendo a vontade de fazer o que o saci sugeria.

Felizmente para o prisioneiro, a planta fez efeito antes que Gabriela perdesse a batalha contra o desejo de usar a espada. Pouco tempo mais tarde, ele se contorcia em convulsões, que lhe chegavam em ondas de dor lancinante, num ritmo cada vez mais intenso. Logo depois se esvaiu de tal modo que seria difícil dizer se sobreviveria.

— Que fedor! — Exclamou Michel. Aquela cena lembrou-lhe outra e, se não fosse pela situação, ele certamente gostaria de conhecer melhor aquela planta.

— Puxe as calças dele. — Ordenou Gabriela para Icas.

— Eu? Mas a ideia foi do pirralho.

O olhar dela o fez calar-se. Por alguma razão que ela desconhecia, o saci obedecia a seus comandos, mesmo contra a vontade.

— Apanhe a pedra. — Ordenou ela.

— Não.

— Não?

— Somente um humano pode tocá-la, esqueceu?

— Pensei que isso só acontecia com Zaphir.

Gabriela aproximou-se do homem caído. Ainda arquejante pelo esforço despendido, ele a viu erguer a espada com o terror estampado na face crispada.

— Não! — Gritou Michel.

A lâmina movimentou-se de forma graciosa e mortífera como uma cobra sobre o prisioneiro e cortou a tira de couro que prendia as calças em sua cintura. Levou um momento para ele perceber que ainda estava ileso.

— Tire as calças dele. — Ordenou ela para Icas.

Com um resmungo de má vontade, o saci cumpriu sua ordem. Tirou o trapo imundo e o sacudiu. A pedra mística caiu e rolou até os pés de Gabriela. Seu apelo telepático tornou-se subitamente forte. Quase insuportável. Contudo, a menina não a pegou imediatamente. O seu semblante impassível ocultava mais uma batalha de força e vontade. Desejo e repulsa apareciam e se alternavam em sentimentos ambíguos, em que sua verdadeira natureza já não lhe parecia tão certa como antes.

"O que está acontecendo?" Perguntou Michel para Bullit.

"Algumas escolhas difíceis, eu acho. Mas creio que a menina saberá lidar com isso. Ela é forte, como já demonstrou."

"Demonstrou?"

"Sim. Ela não usou a espada para matar, usou?"

"Não. Ainda não." Respondeu o garoto, de modo soturno. No seu entendimento ele tinha suas razões para preocupar-se. Já fazia algum tempo, desde que se reencontraram no vale dos faunos, que percebia uma Gabriela diferente da amiga que conhecia. Eram sinais sutis, que poderiam ser devidos às circunstâncias daquela aventura insólita. Entretanto, havia algumas alterações no comportamento dela que indicavam algo estranho acontecendo, como seu súbito interesse por treinamentos de combate e manejo de espadas. A arte da esgrima seria fascinante para qualquer adolescente, como ele próprio sabia. Contudo, o clamor do combate atraía Gabriela de um modo especial. Havia no seu olhar o brilho de um fogo interior que parecia preste a irromper sem controle e inundar sua alma, com uma natureza que não era a sua. Ou talvez fosse. Já não sabia mais o que pensar.

Gabriela pegou a pedra mística e a ergueu à altura dos olhos. O brilho azulado se intensificou e banhou sua face como uma carícia.

— Tudo bem? — Perguntou Michel.

— Sim. Podemos ir.

Ele desejou perguntar mais alguma coisa, mas se conteve. Sentia-se aliviado por sair daquele lugar, e isso lhe bastava por aquele momento.

Eles deixaram o prisioneiro às voltas com suas contrações intestinais e retomaram o caminho para o castelo de Walka, sem passar pela aldeia. Uma precaução que se mostrou acertada, em razão do ânimo ainda exaltado dos seus habitantes. Os jovens aventureiros não tinham como saber, mas os jogadores da taverna seguiram em seu encalço e encontraram o verdadeiro ladrão das apostas, sem que suspeitassem disso. Um detalhe que livrou o larápio de passar por novos apuros e ainda lhe deu a oportunidade para vingar-se. Não foi difícil convencer os companheiros de jogo a ir ao encalço deles.

Apesar dos sobressaltos de suas aventuras no mundo de Az'Hur, Gabriela estava se sentindo surpreendentemente feliz. Ainda entregue a esses devaneios ela percebeu que Michel a observava com uma expressão tão séria que a fez sorrir e se aproximar dele.

— Está cansado?

— Muito. Tenho a sensação de que fui atropelado por uma manada de elefantes.

— Eu também, mas acho que já não estamos muito longe.

Eles continuaram em silêncio por mais algum tempo.

— Gabi? — Chamou ele, depois de algum tempo.

— Hum?

— Você faria realmente aquilo?

— Aquilo?

— Você sabe.

Ela sabia, mas não queria responder.

— Não sei. Acho que sim...

Ele ficou pensativo por um instante. Gabriela percebeu que sua resposta o havia decepcionado, mas nada podia fazer.

— Eu sinto que você já não é a mesma desde que nos reencontramos. Isso me assusta, porque já não sei o que esperar.

— Isso também me assusta. Às vezes acho que não sei mais quem sou. Por isso preciso de você mais do que nunca.

— Precisa de mim? Pois me pareceu que você é perfeitamente capaz de cuidar de si mesma.

— Isso não é verdade. Se não fosse você, eu teria matado aquele sujeito.

— Mas você não o matou. Fez a escolha certa, afinal.

— Graças a você. Mas não é isso que me preocupa.

— O que é então?

Gabriela hesitou. Não seria fácil admitir para si mesma aquilo que ia dizer para Michel.

— Eu queria matar ele.

Ele ficou em silêncio novamente. O que ela disse não era exatamente algo novo, mas suas palavras tinham a dureza da confirmação.

— Por isso preciso de você. — Disse ela, perturbada com o seu longo silêncio. — Seja meu grilo falante e não me deixe esquecer quem eu sou.

— Tá. — Respondeu ele conciliador. — Mas fique sabendo que vou ser um grilo muito chato.

Ela sorriu descontraída.

— Tá combinado.

CAPÍTULO XVII

EMBOSCADAS

Ele ouviu apenas o sibilo da lâmina cortando o ar. Sem ao menos se voltar, ergueu sua espada aparando o golpe. O impacto o surpreendeu pela força. Garth se perguntaria como uma garota conseguia brandir uma espada com tanto vigor, mas não havia tempo para conjecturas, pois ela já investia novamente contra ele e mal teve tempo para desviar a estocada e recuar para contra-atacar.

Eles se olharam em silêncio, cada qual avaliava o adversário e sua força, enquanto tentava antecipar seus próximos movimentos. Ele fitou seus olhos. Eram frios como a lâmina que ela segurava, mas julgou perceber algum interesse a mais, além de querer fatiá-lo como um pernil. Mas essa impressão durou apenas uma fração de segundos, o tempo que ela levou para desfechar um novo ataque.

Zaphira viu a oportunidade quando ele pareceu esquecer-se que estava num combate. Sujeito estranho. Ela atacou, aproveitando o que parecia uma distração do seu oponente. Só percebeu a cilada quando ele desviou seu ataque e a derrubou. De repente ela se descobriu à mercê daquele estranho. Essa situação não era muito comum em combates nos quais se envolvia. Talvez tenha ficado autoconfiante demais e, irritada, se recriminou por isso.

O jovem mago de Antária considerou que o combate havia terminado, até que viu a fúria no olhar dela. Nesse momento ele soube que não poderia haver clemência. Sua adversária estava completamente subjugada, mas não se entregaria à derrota, a menos que morresse. Tanto melhor, ele não saberia agir de outra forma, mas tinha que evitar aquele olhar.

Ela pensou, por um momento, que não havia mais saída. Mas só por um instante, até que viu o jeito como ele a olhava. Isso lhe bastou para saber que ainda não havia perdido aquele confronto. Então devolveu seu olhar e sorriu para ele. Desconcertado, Garth baixou sua guarda e se aproximou demais. Zaphira aproveitou-se de um breve momento em que seu adversário saiu do ponto de equilíbrio e, num movimento rápido com as pernas, o derrubou. Eles rolaram na poeira e se afastaram um do outro, cada qual em busca de sua espada. O combate ainda não havia terminado e voltaram a se encarar, arquejantes.

Prontos para o embate final, eles foram de repente surpreendidos por uma sombra negra, que saltou e se interpôs entre eles. Era o Cão das Sombras.

— O que esse bicho está fazendo aqui? — Ela conseguiu dizer, com uma voz que soava distante e estranha a si própria.

Ao ouvir a voz dela, Garth percebeu não ser real. Que nada ali era real, mas pensou que era mais uma artimanha de sua adversária e assumiu uma postura de combate, disposto a dar um fim naquela contenda.

O Cão das Sombras os fitava alternadamente, com seus grandes olhos amarelos e parecia apelar para que eles cessassem o combate. Eles bem que tentaram continuar se atacando, mas o animal acompanhava seus movimentos e não permitia que se enfrentassem. Nada parecia resolver aquele impasse e Garth foi o primeiro a se dar conta do sonho e acordar, mas demorou a perceber que estava de volta ao seu quarto em Antária. Para um mago, os sonhos eram janelas de onde se podiam vislumbrar os mistérios da alma e da existência. Todavia, os sonhos não costumavam ser muito claros e naquele, em especial, havia significados que não se mostrariam facilmente à sua compreensão.

Para Gabriela o despertar foi súbito, devido à precariedade como se acomodara naquela pedra. Depois de algum tempo, quando já estavam distantes da aldeia, eles pararam ali para descansar. Não fosse aquele sonho estranho ainda estaria dormindo, ela pensou bocejando. Talvez adormecesse novamente, se o relembrasse desde o começo. A única lembrança nítida era o rosto do guerreiro com o qual se batera em circunstâncias não muito claras. Pensava já tê-lo visto em outra ocasião, mas não conseguia lembrar. Possivelmente estaria se confundindo com as memórias de outra vida. Isso parecia acontecer cada vez com mais frequência.

Farta de pensar naquilo, tentou dormir de novo e se acomodou como pôde. Aquele lugar não era um hotel cinco estrelas, mas teria que servir. O local escolhido por eles foi uma laje de pedra à margem do caminho. O calor do sol que ainda irradiava dela e era uma tentação irresistível no frio da noite.

Encostada no Cão das Sombras, Gabriela logo adormeceu, apesar daquele desconforto. Voltou a sonhar com o seu oponente. Desta vez, as circunstâncias pareciam mais agradáveis e ela se permitiu um sorriso. Para sua sorte, sua expressão feliz ficou oculta na escuridão.

Contudo, nem todos dormiam naquele momento. Ainda contrariado, Icas soltou um impropério qualquer em alguma língua desconhecida e desapareceu sorrateiro na mata atrás de si. Tinha pressa em chegar a um determinado local para um encontro que seria crucial na concretização de seus planos, mas não podia contrariar a menina. Os desejos dela soavam como uma ordem em sua mente. Isso o incomodava, mas nada podia fazer enquanto não se cumprisse todas as condições previstas na profecia.

Inquieto pelos recentes acontecimentos, Michel não sentia sono, apesar do cansaço. Pôs-se a fitar as estrelas e tentou lembrar-se de como era a noite em seu mundo. Sentia falta de algumas referências como as constelações e a lua solitária no céu. Nessa noite ele também se sentia só, mesmo compartilhando a existência com o elfo. Apesar disso, não demorou muito para que as estrelas se tornassem fora de foco. O sono o envolvia em seu abraço, apesar de ele tentar manter-se desperto. Todavia, na sua mente, o elfo ainda se encontrava bastante ativo.

"Não durma ainda, garoto..."

"Por que não?"

"Porque o ser saltitante desapareceu na escuridão. Ele deveria estar guardando vocês, não deveria?"

"Não sei." Respondeu Michel, pensando pela primeira vez sobre isso. Icas nunca gozara da sua confiança, mas tanto quanto podia lembrar, sua atitude para com eles naquele mundo, sempre fora de proteção. Pelo menos com relação à Gabriela.

"Mantenha-se alerta, garoto. Se você não estiver desperto não tenho como protegê-los."

Michel ainda ouviu a advertência, mas o véu noturno avançava mansamente, como se os perigos da noite houvessem dado uma trégua aos cansados aventureiros. Não demorou muito para que ele também deslizasse para o mundo dos sonhos. Somente Titã, o Cão das Sombras, mantinha-se alerta. Ele parecia estar de acordo com o elfo ou, talvez, pudesse antecipar por si mesmo o que estava por vir.

Foi apenas um estalo. Um galho seco cedera ao peso de um homem, produzindo um som quase imperceptível para ouvidos humanos àquela distância. Contudo, foi o suficiente para Titã. Ele farejou o ar e percebeu o odor de vinho azedo. Eram os homens da taverna. Mas havia outros no grupo, cujo odor ele não reconhecia. O animal levantou-se e acordou Gabriela.

— O que houve? — Perguntou ela pondo-se de pé rapidamente.

O cão avançou silenciosamente e saltou sobre um arbusto. O grito abafado indicou que suas mandíbulas haviam encontrado a garganta de algum infeliz. Então, como num movimento exaustivamente ensaiado, quatro vultos de espadas em punho saltaram sobre a laje quase ao mesmo tempo. Gabriela mal teve tempo de aparar a lâmina que investia em direção ao seu peito. Girando sobre si mesma, ela repetiu o movimento do adversário no sonho que havia tido antes. Ergueu sua espada e atingiu o pescoço do agressor, decapitando-o. Enquanto o corpo iniciava os passos grotescos de uma dança macabra, a cabeça caiu e rolou até Michel.

— O quê? — Ele perguntou sonolento. Ao abrir os olhos, o garoto deu de cara com a cabeça, cujos olhos arregalados e já sem vida olhavam para ele.

— Ai! O que é isso?

"Uma cabeça, boboca. Acorda!" Gritou o elfo em sua mente.

O garoto pôs-se de pé num salto, como se tivesse sido impulsionado por uma mola. À sua frente, sem pensar no que tinha feito um instante atrás, Gabriela se digladiava com dois espadachins, enquanto o cão pulava sobre um terceiro, mas os outros salteadores não demoraram a se posicionar para atacar rapidamente. Como um bando de hienas famintas, formaram um círculo ao redor dos garotos.

Michel não teve tempo para compreender plenamente o que se passava. Um dos homens voltou-se para ele com uma expressão homicida no olhar, mas que logo mudou para espanto, ao ver a ponta de uma lâmina surgir em seu peito e rapidamente desaparecer, puxada por uma mão firme e decidida. Uma mancha rubra surgiu no lugar da espada e ele desabou nos braços do menino.

Michel saltou para trás apavorado, não tanto por ver alguém morrer diante de si, nem mesmo por quase ter sido morto ele próprio, mas por ver Gabriela matar com desconcertante desenvoltura.

— Ela o matou. — Gaguejou, esquecendo que o elfo podia captar seus pensamentos.

"Ela fez o necessário para salvar você. Ou melhor, para nos salvar."

A impressão de que ela havia mudado depois que foram parar naquele mundo tornou-se um fato incontestável. Ao vê-la rodopiar como uma bailarina e esgrimir graciosamente sua espada com a precisão mortal de uma cobra, ele percebeu o quão profunda tinha sido a mudança na natureza de

Gabriela. O que mais o chocava era a expressão dela. Se pudesse traduzir em palavras diria que era de puro êxtase. Mesmo na tensão daquele momento, ele foi invadido por um sentimento de perda, que foi captado pelo elfo.

"Pare de choramingar, garoto!" Gritou Bullit em sua mente. *"Ela não vai poder nos livrar a pele o tempo todo. Aliás, é a minha pele que está em jogo. Mexa-se!"*

"O que eu faço?"

"O que quiser, mas tire-nos daqui."

Outro assaltante pulou sobre a pedra e ergueu a espada em sua direção. Diante daquela ameaça, tudo o que Michel conseguiu pensar foi no encanto de levitação. Sob o olhar espantado do oponente, ele flutuou para fora do alcance do agressor.

— Acho que nunca vou me acostumar com isso. Disse o garoto, sem se dar conta de que estava realmente falando, completamente esquecido da comunicação telepática.

"Não foi nenhuma maravilha, mas serve. Agora se concentre na luta. Sua amiguinha precisa de ajuda!"

Logo abaixo, o homem que ia agredi-lo aproximava-se de Gabriela por trás. Apavorado, Michel percebeu que ela não ia vê-lo a tempo.

— Meu Deus! Ele vai matá-la!

"Não, se você fizer alguma coisa agora. Concentre-se!"

Ainda sem saber o que fazer, ele concentrou seus pensamentos no assaltante. O homem estacou e caiu.

"Ótimo! Parou o coração do sujeito."

— Parei seu coração?

"Isso foi... Criativo. Cruel, mas criativo. Agora me diz por que essa sensação de náusea nos invadindo?"

— Eu matei um homem.

"E daí? Salvou sua amiga. Além do mais, você já fez isso antes. Era um fauno, mas você o matou, não matou?"

— Você não entende? Matei um homem!

"Foi necessário. Agora pare de falar. Eu sinto seus pensamentos, garoto. A luta ainda não acabou. Desça agora."

Novamente no chão, Michel não tinha a menor ideia do que fazer, além de olhar fascinado para Gabriela. Ela não desperdiçava nenhum movimento, nem mesmo quando recuava. Entretanto, os adversários estavam ainda em vantagem numérica, apesar de contar com o cão ao seu lado, protegendo um dos flancos.

"Onde Icas está?" Perguntou o garoto aflito.

"Boa pergunta. Mas não temos tempo para pensar nisso agora. Olhe para trás."

O garoto virou-se bem a tempo de ver o homem que havia derrubado levantar-se com os olhos crispados de ódio e avançar para ele. Ainda não fora dessa vez que havia matado um homem, afinal. Todavia, antes tivesse matado, pois o sujeito já apontava uma espada para ele.

Michel só conseguiu pensar em levitar novamente. Entretanto, antes de conseguir esboçar qualquer reação, o sujeito estacou de repente, garras saíram do seu peito e seguraram seu coração ainda pulsando. Zaphir surgira tão de repente que só foi notado quando já se refestelava na morte.

— Mamãe! — Exclamou o garoto apavorado.

"O demônio!" Disse o elfo sem demonstrar surpresa. Ele parecia esperar por aquilo, mas escondeu seus pensamentos mais profundos do garoto. Aquele momento não era muito adequado para levantar questões polêmicas.

Com a intervenção do demônio, a situação mudou rapidamente. Sob o olhar atônito de Michel, a criatura pulou sobre um homem que tentava subir na laje e o destroçou com rapidez e selvageria, enquanto o Titã avançava sobre a garganta de outro.

Os poucos salteadores que ainda estavam de pé fugiram espavoridos, perseguidos pelo cão e o demônio. Tudo indicava que eles teriam o mesmo fim. Saindo do seu estupor, Michel virou-se para onde Gabriela estava. Procurou-a com os olhos e a viu limpar a espada nas vestes de um morto. Sua expressão, quando seus olhos se encontraram, era fria e distante. Aquilo o chocou mais do que o massacre que presenciara. Era como se estivessem em realidades diferentes e não partilhassem mais qualquer vínculo emocional. Parecia-lhe que a amiga que conhecia havia perecido naquela batalha.

"Algumas escolhas não podem ser desfeitas, assim como suas consequências." Disse Bullit. *"Em seu mundo alguém já disse que suas escolhas determinam o que você é para o outro."*

"Como você sabe disso?"

"Está em suas memórias. É dessa forma que você agora vê sua amiga."

O garoto se deu conta que aquilo que Bullit dizia era verdade e isso o entristeceu. O aperto no coração o fez pensar que talvez tivesse preferido nada ter percebido. Nem sempre a verdade era bem-vinda.

— Vamos embora. — Disse Icas, ao surgir entre as pedras.

Gabriela embainhou a espada e olhou para ele com uma estranha expressão no olhar. Algo que não passou despercebido a Michel, que permaneceu observando a cena que se descortinava a sua frente, sem nada dizer.

— Onde, por todos os demônios, estava você? — Ela perguntou com frieza.

— Eu estava onde estava o demônio. Respondeu ele enigmático.

"Ele não estava aqui, nem mesmo ao lado daquele demônio." Comentou Michel para Bullit.

"Talvez ele estivesse aqui, mas não ao lado do demônio." Respondeu o elfo, imitando o jeito enigmático de o saci falar.

"O que você quer dizer com essa charadinha?"

Você ainda não percebeu que Icas desaparece quando o demônio surge?"

"Você quer dizer que..."

"Não somos os únicos a alterar a imagem que é percebida pelos outros. Eu já tinha pressentido uma aura estranha em volta dele. Agora compreendo a razão disso."

"O saci é o demônio. Pensando bem, faz sentido. Assim a criatura tem mais liberdade para se locomover."

O elfo ainda tinha outra revelação a fazer, mas desta feita não surpreenderia tanto Michel.

"Mas isso me faz pensar em outra coisa"

"Qual?"

"Gabriela não parecia surpresa com o sumiço do saci. Acho que ela já sabia disso o tempo todo."

"Eu sei. Percebi isso quando ela interpelou o saci daquele jeito estranho. Eles pareciam compartilhar algum segredo."

Havia um travo amargo naquela constatação, como a consternação de alguém cuja confiança foi traída. O elfo sentiu que era o momento de interferir naquela sequência de pensamentos carregados de paixão, que punham em risco a evolução do garoto no aprendizado da magia e o expunham aos caprichos dos guardiões, sempre ávidos das sensações originadas nas imperfeições da natureza humana.

"Você interpretou corretamente apenas parte dos sinais que percebeu nas atitudes de sua amiga. Ela não compartilha nenhum segredo com o saci, ou o que quer que ele seja. Contudo, é verdade que ela está começando a perceber a verdadeira natureza dele. Se nada disse, é por que a percepção de algo nem sempre vem acompanhado da compreensão que se faz necessária para tomar decisões."

"Você quer dizer que Gabi já percebeu a verdadeira natureza de Icas, mas ainda não compreendeu totalmente o significado disso?"

"Sim. Temos que lhe dar tempo para isso e ajudá-la nesse processo de reflexão. Afinal, nem todos se podem dar ao luxo de contarem com um elfo em sua consciência."

O garoto reconhecia o valor do elfo como uma espécie de catalisador nos seus processos mentais de percepção da realidade daquele mundo e sobre si mesmo, mas não permitiria que a vaidade de Bullit interferisse de alguma forma no juízo que a ele próprio cabia fazer, assim como nas decisões que deveria tomar.

"Ter você enfiado na minha consciência nem sempre é uma vantagem orelhudo."

"Agora você me deixou magoado."

"Você é egocêntrico demais para isso."

O elfo não retrucou. Já havia conseguido o que pretendia. Satisfeito, recolheu-se ao canto mais remoto da mente do garoto e deixou-o em paz durante algum tempo. Michel nem percebeu que Bullit havia se distanciado de sua consciência. Continuou a observar Gabriela e Icas. Entre eles havia algo que ele não havia percebido antes. Uma espécie de simbiose. Por um momento ele pensou que estava imaginando coisas, mas sua intuição insistiu até que não lhe restasse dúvidas.

Após refazerem-se do combate travado, eles reiniciaram a jornada para o castelo de Walka. Michel manteve-se alguns passos atrás de Gabriela. Ela era acompanhada do saci, que vez ou outra sumia por algum tempo. Num desses momentos, ele decidiu aproximar-se.

Eles caminharam calados um longo tempo, sem que ele encontrasse um jeito de romper o silêncio. Pela primeira vez não se sentia à vontade com ela. Era como se estivesse caminhando ao lado de uma desconhecida. Depois de algum tempo, ele percebeu que ela o olhava.

— Você quer falar daquilo, não quer? — Perguntou ela.

Ele sobressaltou-se ao ouvir sua voz, mas decidiu que não a deixaria conduzir aquela conversa.

— Do que você está falando?

— Você sabe. Eu vi seu olhar esbugalhado quando me viu matar. Achei que o elfo também estava me olhando com a mesma expressão de espanto, decepção e medo. — Disse ela com amargura.

— Não. — Ele respondeu. — Na verdade Bullit apenas disse que você fez o necessário para nos proteger.

— Mas você não é da mesma opinião. Olhou-me como se eu fosse uma criatura das trevas.

"Criatura das trevas? Agora parecia a Gabriela que conhecia."

— Não pensei isso. — Tentou ele responder. — Isto é, eu...

— Não era eu.

— Como assim, não era você? Eu vi.

Ela parou e o forçou-o a olhá-la de frente.

— Não sei como explicar, mas parecia haver outra pessoa dentro de mim. Alguém acostumada com aquilo, que sabia o que fazer. Eu fiquei com medo e ela assumiu o controle.

Aquilo Michel podia compreender. A sensação de ter alguém dentro de sua consciência não lhe era desconhecida, mas apenas a olhou, sem nada dizer. Precisava encontrar um modo de certificar-se de que era ela mesma que falava com ele.

— Acredite em mim. — Ela pediu. — Eu não queria fazer aquilo. A luta me atraía, mas era como no treinamento. Depois comecei a gostar daquilo, como se eu fosse outra pessoa. Eu via tudo o que acontecia como se olhasse de fora, e... Aqueles homens... Eles eram apenas um incômodo que eu precisava afastar. Eu não desejava fazer mal a ninguém. mas quando vi você em perigo, eu me descontrolei.

Ele percebia o tormento que ela estava sentindo, mas não conseguia encontrar as palavras que sabia que ela precisava escutar.

— Diga alguma coisa, pirralho! — Exclamou ela de repente. — Não fique aí me olhando com essa cara de peixe de aquário.

Era ela mesma, sem dúvida.

— Precisamos sair desse jogo. Ele tá fora de controle. — Michel conseguiu dizer.

Ela assentiu com a cabeça.

— Eu já tenho dificuldade em acreditar que estejamos realmente no ambiente virtual de um jogo. Tudo parece tão real, do jeito que Mordro falou.

— Eu sei. Estava lá quando ele afirmou isso. Bullit diz a mesma coisa, mas isso pode fazer parte do jogo. A ilusão só é eficiente se acreditarmos nela, não é?

— Eu já começo a acreditar que sou realmente Zaphira. Às vezes me confundo relembrando batalhas e coisas que aconteceram com ela como se fossem minhas lembranças.

— Acho que Bullit mencionou algo sobre não esquecermos.

— Não esquecermos? O que não devemos esquecer?

— Sei que é importante, mas já não consigo lembrar direito. Espere... É isso. Não devemos nos esquecer de nossas vidas reais e de quem realmente somos, pois o perigo está no esquecimento.

Gabriela não gostou de ouvir aquilo, pois tocava justamente no que acreditava que acontecia consigo. A cada momento sentia-se mais atraída pela vida que aquele ambiente supostamente virtual lhe proporcionava. No mundo de Az'Hur ela era tudo o que gostaria de ser no mundo real. Sentia-se bonita, forte e corajosa. Mais que isso, sentia ter o poder de moldar seu destino e dos que estavam a sua volta segundo sua vontade. Isso não era pouco, quando lembrava as limitações de sua vida anterior.

Michel, no entanto, não esquecia quem era em momento algum, mas a possibilidade de possuir poderes mágicos era uma tentação irresistível até para ele. Os devaneios foram crescendo e ele logo teria uma lista de coisas que faria se tivesse poderes mágicos de verdade, Caso Gabriela não o tivesse interrompido.

— Acorda pirralho! — Esbravejou ela. — Você parece estar caminhando como um morto-vivo.

— Só estava pensando umas coisas.

— Devem ser coisas muito interessantes, pela sua cara de elfo safado.

"Você pensa um monte de bobagens e eu é que sou culpado?" Perguntou Bullit voltando de repente.

— O quê? Ora! Eu só tava imaginando como seria bom ter poderes mágicos no mundo real. Só isso.

— Só isso? — Zombou ela. — Fico imaginando a quantidade de vestidos que seriam levantados por algum vento repentino.

— Eu não faria isso.

"Faria sim." Entregou Bullit.

"Fique fora disso." Retrucou o garoto irritado com o elfo.

— Tá bom. — Condescendeu Gabriela. Ela achava que ele merecia uma trégua de suas costumeiras implicâncias. — Admito que eu também já tinha pensado nisso.

— Nisso o quê?

— Ora! Do que estamos falando? De contar com as habilidades que desenvolvemos aqui no mundo real, não é?

— É. Seria legal, mas isso não seria possível. Afinal, este mundo nem existe de verdade. É só a simulação de um programa de computador.

A discussão sobre o que é real ou uma simulação seria recorrente na aventura que estavam vivendo. Entretanto, perceber o real iria se tornar cada vez mais um exercício de abstração que pudesse satisfazer todos os sentidos de forma incontestável. Para tanto, eles não poderiam esquecer-se de onde vieram. E nisso, no esquecimento, residia o principal risco daquela aventura.

Absortos em seu esforço de compreensão, eles caminharam em silêncio. Cada qual ficou imerso em seus próprios pensamentos, mas ambos sob o olhar atento de Icas. Ele tinha a impressão de que sua verdadeira natureza já havia sido percebida pelos garotos. Se por um lado a compreensão disso poderia contrariar seus interesses, de outro simplificava sua aproximação de Gabriela com seu verdadeiro aspecto. Isso era bom, pois ansiava em abandonar aquela forma.

Caminhando mais à frente com Michel, Gabriela rompeu o silêncio.

— Às vezes fico pensando que não há como a gente descobrir se isso é real ou não.

— Há momentos em que acho que estamos mesmo num ambiente virtual, e que o programa do jogo sempre vai tentar nos enganar. Quero dizer, a simulação deve sempre tentar nos convencer de que tudo é real.

— Faz sentido, eu acho.

— Justamente. E se faz sentido, é lógico pensar que os personagens do enredo do jogo estejam programados para isso.

"Isso é besteira garoto. Continuar pensando que estão dentro de um jogo vai expô-los a muitos perigos." Disse Bullit, metendo-se na conversa.

— A não ser que isso não seja um jogo. — Disse Gabriela, subitamente tensa.

"Garota esperta. Gosto dela."

— Como assim?

— Aquele DVD que Icas nos deu pode ser a chave de um portal que nos trouxe para cá. Tipo assim, um teletransporte, como havia na Enterprise, lembra?

— Lembro. Isso também faz sentido.

"Até que enfim disse uma coisa sensata."

— Resta saber o porquê. — Completou Michel, ignorando o aparte do elfo.

— A explicação pode ser a história de Zaphira e a tal profecia.

— Então você pode ser realmente Zaphira, não é? Isso explicaria um monte de coisas, começando por essa habilidade em combates.

Gabriela apertou o passo. Alguma coisa naquela explicação não a agradava, mas não conseguia entender o quê. O fato é que alguns aspectos da natureza de Zaphira não eram exatamente do modo como ela seria, mesmo que fosse uma guerreira em outro mundo.

— Então por que não me lembro de nada e apenas tenho a sensação de já ter visto isso ou feito aquilo a todo o momento.

— É um *deja vu*.

— Um o quê?

— *Deja vu*! É a sensação que você descreve. Ter a impressão de ter visto, sentido ou feito algo em outro momento. Você não se lembra de nada porque estamos falando de outra vida. Dizem que o espírito reencarnado não traz lembranças de sua vida anterior.

— Desde quando você é um especialista nisso?

— Não sou. Mas leio de tudo e tenho um cérebro privilegiado.

— E um ego imenso. — Completou Gabriela com sua costumeira ironia, enquanto tomava-lhe a frente na trilha.

"Não exagere, garoto."

Admitir que eles estivessem em outro mundo trazia uma nova perspectiva às questões que se referiam ao caminho de volta para casa. Afinal de contas, Gabriela já não tinha certeza sobre o significado disso para ela. Quanto a Michel, ele não tinha nenhuma ligação anterior com o mundo de Az'Hur, mas estava construindo sua história nele. Restava saber até onde iria essa história.

Ele olhou para Gabriela caminhando à sua frente e, constrangido, percebeu que estava admirando seu traseiro. Na verdade, nunca a tinha visto daquele jeito. Seu andar havia adquirido uma graça quase felina, que parecia fazê-la flutuar por entre as pedras do caminho.

— Gabi?

Ela não respondeu de imediato. Havia momentos em que demorava a reagir quando chamada pelo próprio nome, como se não o reconhecesse como tal.

— Gabi? — Insistiu Michel.

— O que foi pirralho? — Ela perguntou, voltando-se para ele.

Michel detestava quando ela o tratava assim, embora soubesse que aquele tratamento significava uma deferência especial. Um jeito que ela tinha de expressar carinho por ele, mesmo quando o "pirralho" viesse acompanhado de um sorriso irônico, como dessa vez. Será que ela percebeu que ele a estava observando? Certa vez ele ouviu alguns garotos mais velhos comentarem que as mulheres sempre sabiam quando alguém fixava os olhos em seus traseiros. Na dúvida, esforçou-se por concentrar o foco de sua visão num ponto do caminho mais adiante, além de onde estava Gabriela. Entretanto, o sorriso dela não deixava dúvida de que realmente havia percebido seu olhar indiscreto. Naquele momento decidiu que ia lhe dar o troco.

— Você tá rebolando de novo.

Ela riu sem nenhum constrangimento e parou de andar.

— Então é melhor você caminhar na minha frente.

— Eu? Por quê?

— É a minha vez de olhar sua bunda.

"Ih! Garoto, eu acho que ela tá falando sério."

"Acho que não. Mas antes ela não faria esse tipo de brincadeira maliciosa. Gaby realmente não é mais a mesma pessoa que eu conheci desde que começamos aquele jogo idiota."

"Ainda não percebeu? Ela está se tornando adulta rapidamente. Isso significa que a profecia está em curso e se cumprirá."

— O que está esperando? Passe na minha frente. — Disse Gabriela. — Ou será que está com medo?

Ele se adiantou e passou por ela. Logo se deu conta de que tinha sido beliscado no traseiro e apressou o passo ainda sem saber se gostava da nova versão de sua amiga. Gabriela, por sua vez, descobriu que estava se divertindo ao desconcertar Michel. Isso não era novidade para ela. Desde que se conheceram ela o provocava frequentemente. Não era algo feito para agredir, entretanto. Era antes um jogo que eles se acostumaram a fazer, que se constituía de provocações mútuas e que sempre terminava em gargalhadas. Contudo, desta vez ela teve a impressão de que havia ido longe demais e aproximou-se dele.

— Quantas pedras você já tem? — Ele perguntou, quando percebeu que ela estava do seu lado.

Ela mal conteve a frustração, pela aparente falta de reação dele às suas provocações, mas não iria dar o braço a torcer e fingiu também que nada havia acontecido.

— Três pedras. — Ela respondeu.

— Isso significa que restam ainda quatro pedras místicas para serem encontradas. Não vai ser fácil sair daqui.

— Talvez... — Ela respondeu dando de ombros.

— Talvez?

— Você está esquecendo que as pedras místicas me chamam. Lembra agora por que saímos do castelo de Walka?

— O chamado que só você escutou.

— Sim. Mordro disse que tenho um elo com as pedras místicas que pertenciam à tiara de Zaphira. Tudo isso parece um monte de besteiras, mas sei que as pedras restantes darão um jeito de me encontrar.

— Então espero que elas a chamem logo.

O elfo, que estava quieto até então, manifestou-se de repente na mente do garoto.

"Lembre-se que tudo faz parte de uma profecia, que interessa a Mordro que seja cumprida. Então não esperem que ele esteja falando toda a verdade."

"O que você quer dizer com isso?"

"Sua amiga está mudando. Se ela não é Zaphira, está se transformando nela e nada indica que isso vá contribuir para que vocês voltem ao seu mundo."

"O que devemos fazer?"

"Por enquanto nada. Não há como deter o cumprimento da profecia, já que o processo se iniciou com a vinda dela para Az'Hur. Mas você também está aqui e não faz parte disso. Então temos que descobrir qual será a sua participação no retorno de Zaphira. Garanto que Mordro deve estar pensando a mesma coisa."

— Por que você está tão calado? — Perguntou Gabriela, sem saber daquele intenso debate mental.

— Estou discutindo algumas coisas com Bullit sobre o cumprimento dessa tal profecia e a nossa volta para casa.

— O que ele disse?

— Que temos que esperar para saber o que fazer. Também disse que não devemos confiar em Mordro. Isso me lembra da outra parte envolvida nessa história.

— Que parte?

"O demônio Zaphir. Você está certo garoto." Disse Bullit.

— Zaphir. Temos que descobrir o que ele tem a ver com a profecia.

— Sim. Por falar nisso, onde Icas está? Eu não o vejo na trilha. — Falou Gabriela, ao olhar para trás.

— Isso significa que Zaphir deve aparecer, não é?

— Você também percebeu?

— Não foi difícil.

Eles se aproximam de uma pequena elevação e eis que surge o demônio Zaphir, vindo na direção contrária. Entretanto, ele não estava sozinho.

— Por falar no diabo... — Disse Michel, do seu jeito peculiar.

— Mas quem são os outros?

Ao lado do demônio, uma figura alta e magra segurava uma sacola de couro e olhava diretamente para Gabriela. Atrás dele, havia alguns vultos atarracados que pareciam dar-lhe proteção.

Os garotos ficaram tensos. Sabiam que o demônio não era confiável, mas não esperavam que se voltasse contra eles de repente. Aquilo deveria ter uma explicação, pensou Michel, mas não muito seguro disso.

CAPÍTULO XVIII

O ESQUECIMENTO E AS LINHAS DO DESTINO

O garoto analisava rapidamente aquela situação. O demônio estava à frente deles, mas não parecia liderá-los. Essa atribuição cabia ao sujeito esquisito que estava ao seu lado. Um tipo que parecia tão sinistro quanto Zaphir.

"É um feiticeiro tchala com alguns de seus guerreiros bestiais." Explicou Bullit, que parecia tão surpreso quanto ele.

"Isso demonstra que eles têm outros interesses com Zaphir, além de sua libertação?"

"Os tchalas são seguidores de Thanatis, a deusa da morte. Acho que isso explica tudo."

"O que devemos fazer?"

"Nada, por enquanto. Zaphir está com eles e, se representassem alguma ameaça para Gabriela ele já os teria atacado."

Por suas próprias razões, o garoto não confiava na disposição de Zaphir para protegê-los, em que pese a história de Zaphira ter sido sua contraparte humana. Entretanto, Titã estava tranquilo e ele confiava no instinto do cão para corroborar a opinião do elfo. Num mundo onde quase nada era o que parecia, era bom contar com o instinto apurado daquele bicho para antecipar as ameaças.

Titã era o único de sua espécie, uma lenda no mundo de Az'Hur. Ninguém sabia sua origem e poucos tinham tido a chance de conhecê-lo e sobreviveram para contar a história, diziam as canções em todos os sete reinos. Apesar dessa ferocidade aparente, ele parecia bastante ligado aos garotos. Fato que não passou despercebido a Mordro. O mago renegado até poderia compreender a ligação entre o animal e Gabriela. Havia uma afinidade natural entre eles. Entretanto, a criatura parecia demonstrar um apreço especial pelo garoto. Ele percebeu isso quando se aproximou de Michel e sentiu os olhos do animal o seguindo atentamente. Não duvidava que aquele cão infernal o atacasse, caso esboçasse algum gesto ameaçador ao menino.

Essa dedicação lhe era incompreensível porque o garoto não tinha nenhuma ligação mística com o mundo de Az'Hur. E, tanto quanto sabia, também não teria tido nenhuma de suas vidas passadas naquele mundo. Para o Mago, a presença dele em seu mundo era um mistério quase tão intrigante quanto à existência do Cão das Sombras.

Michel, é claro, ignorava tais questionamentos sobre sua presença no mundo de Az'Hur. No entanto, ele percebia haver restrições ao seu acesso às memórias de Bullit que se referiam ao Cão das Sombras. Já havia percebido isso em outras situações, mas não isso não o preocupava. Ele próprio aprendeu a restringir o acesso livre do elfo às suas memórias. Compreendia que ambos precisavam manter uma reserva de privacidade nos seus pensamentos, pois havia o momento certo para que informações da memória de cada um fossem compartilhadas com o outro.

O líder da comitiva soltou uma bolsa que trazia atada à cintura. O garoto ficou apreensivo, pois o gesto podia significar um possível ataque. Contudo, Gabriela passou por ele e se aproximou da estranha figura. Michel olhou para o Cão das Sombras, mas o animal apenas sentou-se nas patas traseiras, sem esboçar nenhuma atitude de ação, enquanto o elfo parecia ter sumido para algum outro plano existencial.

O feiticeiro tchala se adiantou e estendeu a bolsa de couro para ela. Gabriela olhou nos olhos dele sem receio. Parecia saber o que estava fazendo, como se aquele encontro já fosse esperado. O olhar do feiticeiro era vazio e inexpressivo, como se não houvesse um espírito naquela carcaça.

Gabriela tomou a bolsa que lhe era estendida e, quase imediatamente sentiu uma sensação estranha de força. Ela então viu que o feiticeiro a temia de algum modo. Entretanto, ele manteve o braço esquálido estendido ainda por um momento, depois que ela pegou a bolsa. Parecia fazer algum tipo de invocação, embora não proferisse nenhuma palavra.

Logo depois, o feiticeiro fez-lhe uma mesura. Voltou-se e retornou até seu séquito. O pelotão de soldados bestiais lhe abriu passagem e o acompanhou, até que sumiram na trilha. Gabriela voltou sua atenção para o demônio, mas Zaphir já não se encontrava ali. Também havia sumido.

Sem nada dizer, ela abriu o saco e mostrou o conteúdo para Michel. Havia três pedras preciosas no saco.

"São as pedras místicas, com certeza." Disse Bullit.

— Quantas faltam? — Ele perguntou para ela.

— Uma. Eram sete pedras no total.

— Quer dizer então que só falta encontrar uma pedra para podermos sair desse jogo besta? — Perguntou Michel entusiasmado.

"Devagar garoto. Não vai ser tão fácil assim."

— Acho que sim. — Disse ela, sem saber das palavras de Bullit na mente de Michel.

Michel concentrou-se no pensamento de Bullit. Tinha uma sensação incômoda após ouvir o elfo.

"O que você quer dizer com isso?" Ele perguntou para o elfo.

"A última pedra é a que está em Antária, lembra? Os Magos Celestiais jamais permitirão que ela saia de lá."

Aquilo seria realmente um grande problema. Antária estava distante dali e nada indicava que os Magos Celestiais iriam colaborar para o cumprimento daquela maldita profecia. Sem isso, pelo que ele compreendia a missão não estaria completa e o jogo não se encerraria.

"Vamos perder?"

"Você ainda insiste que está dentro de um jogo? Acha que não existo?" Interpelou Bullit. O elfo parecia aborrecido.

"Não sei." Respondeu o garoto no mesmo tom. *"A ideia que eu tinha da realidade parece já não servir mais."* Ele completou, sentindo-se perdido.

Como se tivesse percebido finalmente aquele diálogo telepático, Gabriela pegou em sua mão. O toque dela teve o efeito de abrandar seus receios quase imediatamente, como ela sempre fazia. Ainda levaria muito tempo para ele entender como aquilo ocorria, mas não tinha dúvida que funcionava.

— Vamos? Precisamos chegar logo em Walka. — Disse ela.

— Mas e Zaphir?

— O demônio já fez o que tinha que fazer. Mas está por perto, não se preocupe. Logo vai aparecer diante de nós saltitando como um saci, com a cara mais deslavada do mundo.

As palavras que ela usou soaram estranhas. Parecia outra pessoa falando e isso sim era preocupante. Significavam que Gabriela estava mais próxima do que era Zaphira, mas seria difícil falar com ela sobre isso. Por algum motivo intuía que sua companheira de aventuras não o compreenderia. Sua amiga estava se esquecendo de onde vinha e, pior ainda, ela estava esquecendo quem era.

Como se estivesse apenas esperando uma deixa, Icas apareceu no caminho logo à frente deles.

— O que estão fazendo aí parados? — Disse o saci de mãos na cintura, numa atitude que pretendia ser insolente. — Precisamos chegar logo em Walka.

Eles passaram por Icas sem fazer caso de suas lorotas e seguiram em frente.

— Queria saber por que ele tá tão apressado para chegar a Walka. — Falou Michel, mais para si mesmo.

Gabriela deu de ombros. Ela não parecia estar interessada nas razões do saci, ou de seu álter ego demoníaco.

— E você? Sabe por que devemos nos apressar para chegar a Walka? — Ele perguntou de repente para ela. A pergunta pareceu surpreendê-la. — É por causa da profecia?

— Sim. E dessas pedras. Não é o caminho para sairmos desse lugar maluco?

— Sim, acho que sim.

Ela se calou. Embora continuasse a andar ao seu lado, parecia não estar mais ali. Aquilo o frustrou. Se Gabriela se esquecia do mundo real, isso significava que o seu próprio esforço para não esquecer teria que ser redobrado. Teria que lembrar pelos dois e mantê-la no caminho do cumprimento da profecia até achar a saída do mundo de Az'Hur.

Em silêncio eles seguiram pela trilha, logo atrás do Cão das Sombras. O saci se adiantou e pulava à frente de Titã. Aparentemente, se esforçava por manter-se distante de suas ameaçadoras mandíbulas. A cena que se descortinava à sua frente fez Michel pensar se Icas realmente temia o animal, dado ser o que realmente era, na verdade. Relutantemente ele afastou aquelas especulações de sua mente e se esforçou por concentrar-se no caminho que percorriam. Seria uma longa jornada de volta ao castelo de Walka. Apesar de aquele mundo ser repleto de aventuras, Michel gostaria de poder evitar as partes chatas e cansativas. Longas jornadas definitivamente não eram as suas preferidas.

Em Antária, mais precisamente no castelo dos Magos Celestiais, outros acontecimentos se desenrolavam, ao cair da noite. Apesar da distância, esses eventos guardavam forte relação com os jovens aventureiros e o cumprimento da tal profecia.

Pela primeira vez Ridondo havia entrado naquele vestíbulo. Era um lugar de acesso restrito, mas não parecia ter nada de especial, exceto pela joia que repousava sobre uma pequena almofada de veludo azul, dentro de uma redoma de cristal. Seu brilho era intenso e ela parecia pulsar como se percebesse sua presença. Ele pensou em se afastar, mas quando teria novamente a chance de contemplá-la? Talvez nunca mais fosse designado para guardá-la. Então era melhor aproveitar e satisfazer seu desejo. Ele retirou a redoma e pegou a joia. Aquele contato foi o que bastou para que sua mente fosse obliterada. Sua consciência foi arrancada e totalmente suprimida. Ridondo havia deixado de existir e seu corpo tornou-se apenas uma casca vazia, sob o comando de uma entidade fria e inumana.

No início ele moveu-se como uma marionete, cujo manipulador fosse totalmente desprovido de habilidade para isso, mas depois de alguns segundos já se movia com desenvoltura pelo vestíbulo. Apenas seu olhar distante e inexpressivo poderia denunciar que havia alguma coisa errada com o mago Ridondo, mas não havia ninguém para notar. Era seu o plantão daquela noite e ele estava sozinho.

O que antes era um mago de aspecto bonachão e complacente, pegou a Joia e esgueirou-se furtivamente pelos corredores sombrios do castelo. Com passos surpreendentemente leves para o seu corpanzil, ele desceu as escadarias que levavam às saídas laterais e desapareceu na escuridão da noite.

Alguns minutos depois, aquilo que tinha sido o mago Ridondo estava diante de um homem encapuzado. A figura alta e magra estendeu a mão para ele com uma pequena bolsa de couro presa entre os dedos. Ele nada disse. Não era preciso, pois a entidade que governava o corpo do mago sabia o que devia fazer. A joia foi colocada na bolsa e rapidamente ocultada na veste do desconhecido, que virou as costas e desapareceu por uma trilha oculta entre a vegetação cerrada. Logo depois a carcaça de Ridondo começou a se desfazer, derretendo-se como uma figura de cera colocada próxima de uma chama. Em instantes, tudo o que restou do mago era uma mancha negra e gordurosa, no local onde antes ele se encontrava. A presença espectral que o controlava sumiu sem deixar qualquer rastro perceptível pelos sentidos humanos.

O desaparecimento de Ridondo e da Joia Celestial só foram percebidos ao amanhecer, quando Maleck foi chamá-lo para a louvação matinal ao deus Az'Hur. Após procurá-lo em todos os lugares, o mago mais antigo da Ordem deu o alarme e se reportou ao Grão-Mestre.

O Grão-Mestre da Ordem dos Magos Celestiais já havia percebido uma perturbação inexplicável no fluxo da energia mística do mundo de Az'Hur. Algo grave acontecia, mas a notícia do desaparecimento de Ridondo e da Joia Celestial era um duro golpe em sua trajetória à frente da Ordem. Um breve exame do vestíbulo onde tudo aconteceu revelou vestígios de uma energia mística desconhecida.

— É possível que Ridondo tenha nos traído? — Perguntou Erítrepes, sempre apressado em tirar conclusões.

Garth não respondeu. Tinha uma paciência limitada para lidar com os joguinhos tendenciosos daquele mago afetado e pretensamente virtuoso. Contudo, Melquíades estava presente e considerou as palavras de Erítrepes uma tolice desnecessária. Garth não tardaria a perceber o que realmente tinha acontecido.

— Parece-me que Ridondo foi vítima de um ataque místico. — Disse. — Ainda há vestígios da energia que foi liberada aqui. É muito poderosa.

O mago Erítrepes se absteve de responder ao comentário. Embora não fosse a sagacidade uma característica de sua natureza, sabia quando devia permanecer calado.

— Sim. — Concordou Garth. — Só gostaria de saber como não percebemos um ataque dessa magnitude.

Erítrepes se animou. Ele pensou ter a resposta e isso o redimiria aos olhos do Grão-Mestre.

— Talvez o ataque não tenha vindo de fora. — Disse. As palavras quase foram atropeladas pela sua ansiedade.

Os olhos de Melquíades brilharam perigosamente. Aquele falastrão parecia ter um estoque infindável de bobagens perigosas.

— Acho que você devia se acostumar a pensar melhor no que diz. — Disse ele, controlando sua ira com muito custo.

— Não. — Intercedeu Garth. — Talvez Erítrepes tenha encontrado uma boa explicação.

Os olhinhos suínos de Erítrepes brilharam de satisfação.

— Eu quis dizer que talvez não tenhamos percebido nada porque aquilo que atacou Ridondo já estava aqui dentro desta sala.

— Como pode dizer um absurdo desses? — Explodiu Melquíades encolerizado.

Erítrepes encolheu-se. Não compreendia por que Melquíades estava tão irritado, mas conhecia seu poder e lamentou ter falado demais. Contudo, o Grão-Mestre fez Melquíades se calar com um gesto impaciente.

— Por que você pensa isso? — Perguntou Garth para Erítrepes.

— Porque me ocorreu que a pedra que estava guardada aqui possui uma energia mística que não conhecemos totalmente. Então pensei que talvez ela tivesse vontade própria e tenha querido sair daqui. E para isso, pode ser que tenha conseguido subjugar Ridondo. Algo assim.

— Quanta bobagem! — Exclamou Melquíades.

— Não. — Disse Garth. — O que ele falou parece absurdo, mas faz sentido. Nós sabemos que aquela pedra fazia parte da Joia Celestial e que, por sua vez, estava por trás do poder e da fúria de Zaphira nos campos de batalha. Parece lógico pensar que ela possua qualidades que não percebemos, ou esteja possuída por alguma entidade que lhe tenha atribuído tais propriedades para cumprir aquilo que lhe foi destinado fazer.

Melquíades nada disse. Concluiu sabiamente que não era o momento de contrariar Garth, mas isso seria feito num momento mais propício.

— Então o que pensei já não parece tão absurdo. — Concluiu Erítrepes, satisfeito não só por escapar da fúria de Melquíades, como também por ser ouvido pelo Grão-Mestre. O jovem já não lhe parecia tão imaturo para exercer o cargo que era de seu pai, afinal de contas.

A investigação que se seguiu encontrou as marcas que o corpo de Ridondo deixou no solo do jardim ao se desfazer.

— Era de Ridondo sim. — Disse Garth depois de tocar a mancha enegrecida com os dedos. — Ainda percebo resíduos do seu ectoplasma.

— Mas e a pedra mística? — Perguntou Melquíades. — Se não foi Ridondo que a levou para fora do castelo, como ela saiu daqui? Eu não ousaria pensar que ela saiu flutuando por vontade própria.

— Por outro lado, um invasor seria facilmente percebido. — Disse Garth, mais para si mesmo do que para os magos que o acompanhavam.

— A resposta está por aí, em algum lugar. — Falou Erítrepes, para logo se calar ao ver o olhar de Melquíades. Isso o fez pensar outras coisas, que preferiu não falar.

Para o jovem Grão-mestre havia uma profecia em curso e o único fator que impediria seu cumprimento era a pedra mística que estava em poder dos magos de Antária. Entretanto, depois dos acontecimentos recentes, teria que rever a situação da menina que veio do outro mundo. Taciturno, ele desejou que seu pai estivesse ali, mas ele não estava. Então, caberia a si mesmo decidir o que fazer. Precisava de mais informações e aconselhamento. Algo que não encontraria em Walka, sem Bullit.

Após alguns preparativos, Garth partiu em busca de resposta. Sob o olhar pensativo de Melquíades, ele seguiu para o outro lado das montanhas. O mago sabia o destino de seu pupilo e aquilo o desagradou sobremaneira.

— Ele é impulsivo como o pai. Isso não é bom. — Resmungou Melquíades para si mesmo.

A jornada para Akron foi longa e cansativa. Embora estivesse ao alcance de sua visão, a impressão de proximidade era enganosa. Não havia como chegar à cidade do oráculo em linha reta, uma vez que a trilha descia pela montanha num trajeto repleto de idas e vindas, acompanhando o relevo acidentado. Malgrado a dificuldade, no fim do dia o Grão-Mestre da Ordem dos Magos Celestiais estava diante das três irmãs Destino, as guardiãs da encruzilhada do tempo e que possuíam o raro dom de interpretar as consequências dos acontecimentos presentes no futuro. Elas eram remanescentes de uma antiga raça, precursora dos tchala e dos Magos Celestiais. A idade delas era impossível calcular, pois costumavam dizer que enganavam Thanatis há tanto tempo, que elas próprias já não lembravam de quando haviam surgido no mundo de Az'Hur. Na verdade, a deusa da morte preferia ignorar a existência delas, a levar o caos e a insanidade para seus domínios. Contudo, é certo que elas carregavam em si os sinais evidentes da passagem do tempo. Uma era completamente surda, a segunda cega e a última era incapaz de falar. Em comum havia o fato de serem totalmente insanas e exprimirem suas previsões em frases desconexas, que somente podiam ser decifradas pelos Magos Celestiais e, mesmo assim, após muita reflexão e paciência, pois o pronunciamento de suas previsões demorava bem mais que a jornada até o templo de Akron.

Garth mal podia conter sua impaciência diante do semblante impassível das bruxas, perigosamente inclinadas sobre a borda do Poço do Tempo, uma fonte de água borbulhante, que surgia no centro do templo quando invocada. De sua superfície opaca desprendia um vapor espesso, de coloração esverdeada e odor nauseabundo. As três irmãs sorviam profundamente aquele miasma com uma expressão de puro deleite.

Após o que parecia uma eternidade esperando pelo pronunciamento do oráculo, até mesmo Garth, que tinha uma capacidade notável de abstrair-se, começou a inquietar-se. De súbito, uma das irmãs Destino, a muda, endireitou o corpo e revirou os olhos, fixando-os em algum ponto além da realidade que habitavam.

— Chegou o momento! — Exclamou uma outra, a que era cega. — As névoas do tempo acabam de se dissipar.

— Hein? — Resmungou a surda, abrindo os olhos e endireitando o corpo, por sua vez.

— Eu disse... Deixa pra lá! — Resmungou a cega. — Você é inútil mesmo.

— Eu "ouvi" você! — Retrucou a surda, que era telepata. Furiosa, deu um tabefe na cega.

A muda, que estava um pouco atrás, agarrou o pescoço de ambas e bateu uma cabeça de encontro à outra, enquanto soltava sons guturais e ininteligíveis.

Recompondo-se, a cega e a surda postaram-se eretas ao lado da muda e principiaram a falar em coro:

Atente, mortal, para ouvir a voz do oráculo,
se preparado estiverdes para saber a verdade.
Pois somente aqueles que forem bravos e justos
poderão ousar descortinar o que lhes reserva o futuro,
tanto aqui como no outro mundo.

— Estás preparado para saber o que te reserva o destino, Garth, Grão-Mestre da Ordem dos Magos Celestiais? — Perguntou a cega.

— Sim. — Respondeu ele, com voz firme.

— O que ele respondeu? — Perguntou a surda para a cega.

— Leia o pensamento dele, sua bruxa velha!

— Como se atreve, sua ladra de pesadelos?!

Elas estavam prestes a engalfinhar-se novamente, quando a muda ameaçou bater novamente suas cabeças. Recompondo-se novamente, a cega voltou sua atenção para o mago.

— Pois então, saiba que seu destino está ligado ao destino daquela que já foi banida deste plano. Aquela que já não existe, mas existe. Aquela que já foi uma e agora habita esta e outras realidades e, em cada uma, existe de forma diferente. Aquela que...

— Cale a boca! — Gritou a surda. — Ele já entendeu, eu acho.

— Por que me mandas calar a boca, se isso não faz diferença para ti? Sua múmia surda e senil. — Esbravejou a cega, dando um tapa na nuca da surda, por trás da muda.

A surda tentou avançar para cima da cega, mas foi contida pela muda, que arreganhou os dentes numa expressão silenciosa, que parecia significar um rugido de advertência de um animal feroz. Garth, que assistia atônito a cena, viu as antagonistas cessaram as hostilidades imediatamente, sem conseguir perceber se a mudança de atitude de ambas foi motivada pelo receio das presas da muda, ou simplesmente obedeceram ao seu comando, em função da liderança que parecia exercer.

— Que mais deseja saber, Garth de Antária? — Perguntou a cega, após pigarrear, embaraçada.

— Porque os tchala libertaram o demônio Zaphir? — Perguntou Garth, já impaciente com a atitude dispersiva delas.

A muda concentrou-se e a cega começou a falar, como se ela própria estivesse tendo a visão.

— Os feiticeiros do reino das sombras foram instrumentos da vontade da deusa da morte, cuja essência vital paira entre este mundo e o mundo exterior.

— Como isso será possível? — Perguntou Garth, temendo que fosse verdade o que lhe ocorria naquele momento.

— O demônio é a manifestação do lado negro da deusa da morte e que, por si, deseja continuar a existir, mesmo contra a vontade dos deuses. Quando, no alinhamento das estrelas de Az'Hur, aquele que atende pelo nome Zaphir perverterá a inocência que vem do mundo exterior e ganhará forças para resistir à vontade de Thanatis. Então o mal maior triunfará e romperá o equilíbrio que rege a existência.

— Como podemos impedir isso?

— A inocência não pode ser destruída, nem seu destino alterado, a menos que pereça junto com sua contraparte negra.

— Como posso encontrar a inocência? — Perguntou Garth ao oráculo. Não queria depender apenas de Bullit, pois suas decisões estavam permeadas pela vontade do menino. Ele certamente colocaria a segurança de sua amiga em primeiro lugar.

— Procure a inocência onde o mal estiver.

A cega silenciou, parecendo abalada. De repente, a muda cai no chão, exausta. A surda, que pouco tinha falado empertigou-se e declarou solene:

— Esta sessão está encerrada. Pode retirar-se agora, mas não se esqueça da oferenda aos deuses do tempo.

Garth atirou um saco de joias para a bruxa surda. Com uma agilidade espantosa ela o apanhou no ar.

— Joias! — Exclamou ela, com os olhos brilhando de cupidez e satisfação.

— Joias?! — Ecoou a voz da cega, pulando em sua direção. — Passe isso para cá!

A surda mudou de lugar num pulo, com uma agilidade surpreendente para quem existia há tanto tempo. A cega estatelou-se no chão e amaldiçoou a irmã, que pouco ligou para a enxurrada de impropérios.

Garth retirou-se e iniciou sua jornada para Walka. As Irmãs Destino não tinham sido muito precisas quanto ao paradeiro daquela a quem chamavam de inocência, mas o domínio do mago renegado era um bom lugar para começar sua procura.

Nesse ínterim, já era noite alta, quando Gabriela e Michel distinguiram a silhueta do castelo de Walka. Recortadas na escuridão pelo brilho azulado das luas gêmeas, as quatro torres erguiam-se imponentes para as estrelas, como se pretendessem desafiar Az'Hur. Mesmo na penumbra, o castelo era uma visão impressionante para os olhos deles, cansados pelo esforço de enxergar o caminho através da escuridão.

O retorno havia sido uma longa jornada por trilhas tortuosas, acidentadas e perigosas, que havia durado quase a noite toda. Escaldados pela emboscada que sofreram durante o retorno, mandaram Titã verificar qualquer sombra ou movimento suspeito em todo arbusto grande o bastante para ocultar alguma surpresa desagradável.

Felizmente para eles, nada mais grave aconteceu além da ocasional e apressada fuga de alguma pequena criatura, assustada com súbita aparição do cão infernal no seu caminho. Apesar disso, não foi um retorno sem contratempos. Gabriela voltou a se sentir mal algumas horas depois do encontro com o feiticeiro tchala e isso dificultou um pouco a jornada.

Sujos, cansados e famintos, eles se aproximavam das muralhas do castelo, imersos cada qual em sentimentos diversos. Exceto pelo cão, aparentemente alheio às emoções que o cercavam, cada um deles tinha seus próprios motivos para encerrar-se em seus próprios pensamentos. Assim, a maior parte do restante do trajeto de volta havia sido percorrida em quase absoluto silêncio.

Ante a visão do castelo, Gabriela esforçou-se em apressar os passos. Sentia-se um trapo, mas a lembrança de uma cama quentinha e macia era tudo que precisava para melhorar seu humor... Não fosse aquele maldito mal-estar, até dava para apreciar um pouco a situação, pensava ela, enquanto acelerava os passos.

Ante a aproximação do grupo, os portões se abriram com o mesmo lamento da primeira vez, mas parecia querer dar-lhes boas-vindas desta feita.

— Chegamos ao castelo do vampiro. — Disse Michel, que não morria de amores por aquele lugar sombrio.

— Vampiros não existem bobalhão.

— Ah, é? Este lugar também não deveria existir, mas estamos aqui.

A perspectiva de encontrar-se novamente com o Bispo de Walka não entusiasmava o garoto nem um pouco, só lhe aumentava o desejo de pular fora daquela aventura maluca.

— Tá bom. — Contemporizou Gabriela. — O importante é que chegamos. Tô morta!

— Eu tô morto, mas é de fome.

— Novidade! Você não consegue pensar em outra coisa.

— E daí? Tô em idade de crescimento.

— Com certeza... Para os lados.

— Ah, é? O último a chegar é mulher do padre. — Disse ele disparando na frente, com Titã. O cão logo o abandonou, aparentemente feliz em farejar novamente a cozinha do castelo.

— Ei! Espera por mim. — Gritou Gabriela, correndo atrás deles.

De repente Michel diminuiu o ritmo e parou.

— O que foi? — Perguntou ela, alcançando-o.

— Olha lá... O Conde Drácula.

Sob o umbral das grandes portas do castelo, Drago, o mordomo do castelo de Walka, acompanhava a chegada deles. A distância e a sombra projetada sobre seu semblante ocultavam o olhar taciturno do servo do Bispo de Walka.

— Também não gosto daquele sujeito, mas ele é inofensivo. — Disse Gabriela, sem acreditar muito, ela própria, no que estava dizendo.

Nada parecia ser inofensivo naquele mundo. Entretanto, havia alterações sutis na aparência dos jardins. Já não se percebia o ar decadente na entrada e o lugar também não parecia tão lúgubre. Embora os garotos não tivessem percebido de imediato, poder-se-ia dizer que o castelo de Walka havia retornado aos dias de glória, em que Zaphira reinava.

Longe de perceber esses detalhes, Gabriela estava sentindo novamente a estranha familiaridade com o castelo e com tudo que se relacionava com aquele lugar. Uma sensação cujo centro parecia ser o bispo de Walka, com o qual ela percebia existir uma afinidade que não compreendia. Mordro não lhe inspirava nenhuma forma de afetividade, mas parecia haver entre eles algum tipo de ligação. Era a mesma sensação que o mundo de Az'Hur lhe transmitia, mas lhe fugia à compreensão. Insurgia-se em seu coração como fragmentos de lembranças da vida de Zaphira.

Entretanto, Michel não tinha nenhum sentimento dúbio em relação ao mundo de Az'Hur. Gostava das possibilidades que tinha naquele mundo de magia, mas permanecia com o sentimento de que nada era real, malgrado o que Bullit e Mordro afirmavam.

— Vamos. — Disse ela, tocando em seu ombro. — Apesar de não podermos confiar, esse é o único caminho que poderá nos levar de volta.

Michel pensou em lembrar-lhe que isso era o que Mordro havia lhes falado, e que poderia não ser verdade. Entretanto, preferiu ficar calado. Tinha dúvidas também sobre o desejo de Gabriela realmente querer voltar para casa.

— Esse sujeito me dá arrepios. — Disse ele por fim, deixando-se conduzir por ela.

— Ele não representa nenhuma ameaça para a gente.

— Como você pode ter certeza disso?

— Intuição feminina, eu acho.

— Intuição feminina? Você nem sabe o que é isso.

— Eu não preciso saber bobão. Tenho apenas que sentir. É como um pressentimento. Nunca teve um?

— Ih! Qual é? Tá me estranhando? Imagina se eu vou ter esse negócio de intuição feminina.

— Tá bom! Esquece, então. É melhor a gente deixar de discutir porque acho que ele já pode ouvir. — Ela disse, enquanto apontava Drago com os olhos.

— Certo. — Retrucou Michel, olhando para o mordomo. — E aí, Conde? Tudo em cima?

Drago esboçou o melhor sorriso amarelo que pôde. Não gostava daquele garoto impertinente, mas tinha ordens para recebê-los bem e assim o faria, apesar de desejar esganá-lo.

— Fico feliz em vê-los de volta, meus jovens.

— Não duvido... — Ia retrucando Michel, quando foi interrompido por uma discreta cotovelada.

— Obrigada, Drago. — Respondeu Gabriela. — É bom ver você também.

— Seus aposentos já estão preparados para recebê-los.

— Isso é muito bom! Estou cansada, suja e faminta. Não sei o que é mais urgente.

— O Mestre irá encontrá-los mais tarde, no salão de jantar.

— Queiram seguir-me, por favor. — Disse Drago fazendo meia volta, no seu jeito empertigado.

— Ele parece um mordomo inglês de filme de terror. — Sussurrou Gabriela.

— Ainda acho que ele é um vampiro. — Disse Michel, depois que Drago afastou-se alguns passos na frente, segurando um candelabro.

— Psiu! Ele pode escutar. Eu já disse que não tem perigo, não disse?

— Ah, é? Por que você tá com essa cara assustada?

— Deixe de falar bobagens. Essa é a minha cara de sempre.

Sem se dar por vencido, Michel ia retrucar como sempre fazia. Porém, ao ver Drago deter-se para esperá-los, calou-se. Em silêncio, eles o seguiram pela escadaria em caracol. A sombra dele, projetada na parede pela luz do candelabro, parecia deslizar como se estivesse flutuando no ar. Aquela visão parecia definitivamente sinistra para Michel, e ele decidiu que jamais ficaria sozinho com aquele sujeito, não importa o que Gabriela falasse.

Após uma longa subida em espiral, Drago parou ao lado de uma pesada porta de madeira, em cujo centro aparecia o brasão da casa de Walka. Com sua mão comprida e ossuda, ele pressionou um mecanismo oculto no trinco da porta e ela se abriu. O movimento foi suave e silencioso, para decepção de Michel, que esperava ouvir o ranger melancólico de uma casa mal-assombrada.

— Esse quarto não parece o mesmo que ficamos na primeira noite. — Disse ele, desconfiado.

— Não parece mesmo. Por que mudamos de aposento, Drago? — Perguntou Gabriela, olhando para o interior do quarto, iluminado pela luz bruxuleante do candelabro segurado pelo estranho servo de Mordro.

A luz do candelabro parecia ressaltar ainda mais sua palidez cadavérica e sobrenatural, mas Gabriela pareceu não se impressionar com isso. Ao contrário de Michel, que preferiu ficar atrás dela, quando drago se virou para eles.

— O mestre ordenou que lhes instalasse num local mais apropriado, com acomodações para duas pessoas. Trouxesse roupas limpas. Estão em cima de suas camas. — Falou Drago, com uma mesura.

— Ótimo. Estava precisando mesmo. Obrigada Drago — Ela disse de modo altivo, sem perceber que sua postura revelava uma pessoa muito diferente da menina que havia chegado ali. A atitude firme e decidida, que já fazia parte de seu caráter, estava se revestindo de um sutil verniz de nobreza e que lhe parecia natural, como se tivesse sido sempre parte dela.

CAPÍTULO XIX

METAMORFOSE

Os novos aposentos que lhes foram reservados ficavam na torre mais alta do castelo. Apesar do inconveniente que representava os degraus a mais, na longa escada em caracol, a mudança foi bem recebida. O espaço era amplo e bem iluminado pela luz natural, que penetrava pelas enormes janelas durante o dia. Era algo que contrastava com a lúgubre escuridão dos corredores, que não contavam com esse artifício.

— Não vai entrar? — Perguntou Gabriela, olhando para Michel já do interior dos aposentos.

— Já tô indo. — Respondeu ele, com um mal disfarçado alívio, ao ver Drago descer as escadas, após acender as luzes dos archotes ao longo do corredor.

— O que foi?

— Nada. Só me distraí pensando umas coisas.

— Que coisas?

— Nada não. Deixa pra lá.

— Tá. — Concordou Gabriela, dando de ombros.

A menina teria insistido para ele falar a respeito daquilo, mas tinha suas próprias inquietações naquele momento. Logo que entrou no quarto, venho-lhe novamente aquela estranha familiaridade que a acometia cada vez com mais frequência. Dessa vez a sensação era mais forte, quase como uma lembrança de alguns dias. Tanto os móveis, como a disposição deles, pareciam ter sido escolhidos por ela.

— Eu poderia ter vivido aqui. — Resmungou para si mesma, olhando ao redor, como se estivesse procurando reconhecer detalhes.

— O que disse? — Perguntou Michel, olhando-a atentamente.

— Não falei nada.

— Falou. Você disse que...

— Se falei, esqueci. Deixa pra lá.

— Tá bom. — Era a vez de ele dar de ombros. Se Gabriela preferia não falar, não iria insistir, mas o que ele teve a impressão de ouvir parecia importante, a menos que ela estivesse ficando caduca. E isso era uma possibilidade bastante plausível, considerando que ali era difícil discernir entre o que era real ou não.

— Não vejo a hora de tomar um banho. — Disse Gabriela, abrindo a porta do banheiro. — O que foi? Ela perguntou ao perceber expressão dele.

— Nada. Eu também Tô louco pra tirar a poeira do lombo.

— Tá. Mas eu vou primeiro.

— Então vai ser uma longa espera.

Ela arqueou a sobrancelha, parecendo por um momento a Gabriela de antes.

— Não sei por quê. — Disse, e pegou distraidamente as roupas que estavam em cima da cama.

— Mulheres!

— Pirralhos! — Ele a ouviu exclamar em resposta, pouco antes de fechar a porta sem lhe dar chance de retrucar.

Essa era a Gabriela que ele conhecia, sempre dando a última palavra. O velho jogo de implicância entre eles o fez sentir-se um pouco melhor. Era um sinal de que certas coisas nunca mudariam em suas vidas. Entretanto, desta vez a brincadeira não encontrou a mesma ressonância em seu coração. Então lhe veio a certeza de que ele também estava mudando e não sabia se gostaria disso. O crescimento nunca acontece sem alguma perda, e isso queria dizer que algumas coisas já não teriam a mesma graça de antes. Michel percebia tudo isso ainda num nível intuitivo, mas era o bastante para deixá-lo perturbado. A consciência plena desse processo só viria muito mais tarde, quando a inocência perdesse espaço para o cinismo da vida adulta. Algo que ainda relutaria muito em aceitar, num futuro que já não parecia assim tão distante. Por enquanto, a forte ligação afetiva que mantinha com suas referências juvenis o mantinha a salvo das contradições que acompanham a maturidade emocional. Ele não desejava tornar-se Peter Pan, nem pensava em refugiar-se para sempre na Terra do Nunca, mas não podia evitar o temor pelo futuro, através de pensamentos que surgiam de repente. Eram como ondas de melancolia que inundavam seu coração, envolvendo-o numa renitente bruma de tristeza. Felizmente, de cada vez que surgiam, encontravam-no mais resistente ao desconforto que causavam, embora descortinassem novos receios em seu espírito ainda em formação. Quando isso acontecia, sabia que não devia alimentar esses pequenos demônios que apareciam em sua mente. Cedo aprendera que o melhor modo de lidar com seus medos era deixá-los no limbo do inconsciente, até que perdessem a força e pudessem ser confrontados. Nesse modo de perceber o mundo, ele não era muito diferente de Gabriela. Parecia haver em suas mentes juvenis, um saudável pragmatismo, que retinha no inconsciente aquilo que não compreendiam ou não estivessem preparados para lidar.

Gabriela tirou seu traje de guerreira e olhou para sua camiseta encardida, sem esconder o desagrado. Nunca havia passado tanto tempo sem trocar de roupa. Entretanto, o desconforto não era causado apenas por isso. A dificuldade em despir-se a fez perceber que a camiseta parecia ter encolhido. Mas ela logo se esqueceu disso. Estava encantada com o que via ao seu redor. Aquele enorme banheiro era bem diferente do que tinha usado na noite anterior. As paredes eram revestidas com uma pedra verde, semelhante ao mármore. Rajada em tonalidades diferentes, ela compunha um curioso mosaico de formas e padrões variados, permitindo que uma mente fértil visse figuras e cenas em que pessoas comuns veriam apenas manchas. Gabriela logo percebeu as cenas de batalhas, e entre elas, os combates travados pela guerreira de longos cabelos negros, cujo retrato tanto a havia impressionado.

— Ela deve ter sido uma grande guerreira. — Murmurou.

— A melhor de todas. — Disse uma voz, de repente.

Uma cabeça emergiu da banheira.

— Icas?

— Quem Mais poderia ser? — Disse o saci impertinente.

— O que você está fazendo aqui? — Ela gritou enquanto se cobria com uma toalha.

— Relaxando um pouco. Tá pensando que sacis também não ficam estressados? — Respondeu ele, pondo a única perna por sobre a borda da banheira.

— E não havia outro lugar para você se enfiar? — Perguntou, exasperada.

— Não com tanta classe. Zaphira sabia como se tratar, entre uma batalha e outra.

— Você não me engana com essa conversa mole. O que você está tramando agora?

— Eu, tramando? — Ele retrucou, fazendo um muxoxo. — Quanta injustiça! Acho que se eu não fosse um saci ficaria profundamente magoado.

— Não me faça chorar. Desde quando demônios ficam magoados?

— Então você já percebeu? Melhor assim. Essa forma é muito desconfortável, se quer saber. — Disse o demônio, antes de brilhar intensamente e mudar para sua forma original.

Agora saia dessa banheira!

— Tá ficando mandona, hein guria?

— Saia!

— Tá bom, mas vire para lá.

Um demônio com pudor era algo surpreendente, principalmente porque ele não usava roupas em momento algum. Gabriela esforçou-se para não rir, mas a ausência de roupas dele a fez lembrar-se da carapuça do saci.

— Se você não é um saci, por que ficou tão alarmado quando eu lhe tirei a carapuça?

— Aquele trapo fazia parte de mim. Não poderia correr o risco de ficar sem um pedaço do meu corpo.

— Na verdade, tem algo que você precisa saber. — Disse Zaphir, puxando o tampão da banheira.

— Eu sabia.

— Presta atenção, guria. — Retrucou o demônio, impaciente. — Você está mudando com rapidez, e sua natureza logo será outra. Muitos desvios existem no seu caminho, daqui por diante. Um mais tentador que o outro, e os riscos de algo dar errado aumentam a cada passo.

Um demônio falando do perigo das tentações. Haveria algo mais que a surpreendesse naquele mundo? Parecia a voz de Az'Hur advertindo-a para não cair nas tentações que estavam no seu caminho.

— Do que você está falando?

— De muitas coisas. O que aconteceu no bosque foi só o começo.

Ela não lembrava direito o que havia acontecido no bosque, mas tinha consciência de que havia corrido perigo em algum momento.

— Se eu corri perigo, fui protegida. Inclusive por você.

— Isso é verdade. Mas nem sempre você poderá contar com uma proteção que não venha de si mesma. A Joia Celestial de nada lhe servirá, se você estiver corrompida e isso afetará a nós dois.

— A nós dois?

O demônio ignorou a pergunta. Não desejava alertá-la sobre coisas que ela não precisava saber.

— Seja o que for que lhe aconteça, não renuncie a sua integridade de caráter, pois qualquer mudança em sua personalidade pode alterar as probabilidades de acontecimentos futuros, você entendeu?

— Acho que sim. — Respondeu ela, incerta. Naquele instante lembrou novamente do jovem mago, com o qual se batera em sonhos. Agora compreendia que o desejo de luta entre eles era de outra ordem, prenúncio de algo mais envolvente e arrebatador.

— Está vendo? Algumas tentações já se manifestam. Você não deve esquecer-se disso.

Aquela declaração a surpreendeu. Não o fato de estar ligada a Zaphir, algo que já admitia para si mesma, embora ainda relutasse em aceitar isso. O que a surpreendia era saber que ele percebia o que lhe acontecia num plano que não deveria ser-lhe acessível. Sua alma. Entretanto, o mais surpreendente era o demônio confessar que estava vulnerável ao que acontecesse com ela.

— Como o que me acontecer pode afetar você?

O demônio fechou a cara, mas ela continuou esperando uma resposta.

— Se você não recuperar a Joia Celestial, voltarei a vagar neste plano como uma besta sem alma, espalhando destruição e morte. Destruir e matar, tudo bem. Isso faz parte da minha natureza. Mas viver sem propósito é um pé no saco, se quer saber. — Ele falou com sinceridade surpreendente para uma criatura demoníaca, mas omitiu o fato de Thanatis reclamar sua essência vital.

— Isso é loucura.

Zaphir gargalhou. Sua contraparte o divertia mais do que poderia imaginar.

— Existe algo neste mundo que não seja insano?

— Acho que você voltou ao normal.

— Mais ou menos. Você me faz bem, e isso não é bom para a minha reputação. — Resmungou o demônio, não muito feliz com a descoberta.

— Sinto muito, mas demônios em crise existencial não fazem parte de minha especialidade. Agora gostaria de tomar o meu banho, se não se importa.

— Tá legal, guria. Só mais uma coisinha, que me esqueci de dizer. Logo você vai conhecer Elrich, o rei de Céltica. Tome cuidado com aquele déspota e seus degenerados cortesãos. Ele faz parte do seu destino e não há nada que se possa fazer a respeito, mas receio que aquele panaca tente fazer coisas que não deve.

— Coisas?

— Coisas. Você sabe... Coisas.

— Não, não sei. Pode explicar melhor?

— Ele ia se casar com Zaphira, entendeu?

— Não.

— Zaphira é você, esqueceu? Há muito ele espera por sua noiva.

Demorou um pouco para Gabriela pensar sobre todas as consequências daquela afirmação e a conclusão que obteve não lhe agradou. Todavia, esse desagrado não tinha nenhuma conotação moralista e se referia mais às questões de outra ordem, como se a sua mente estivesse analisando a conveniência de tal ligação. Esse pensamento, embora fugaz em sua consciência, trazia-lhe outros questionamentos, advindos da percepção de que algo estava a ocorrer em sua natureza, como se a sua alma renunciasse aos princípios existenciais que sempre a nortearam. Seriam essas as tentações que estavam no seu caminho?

— Tem mais uma coisinha. — Falou Zaphir, em tom melífluo.

— Fale. — Disse ela, impaciente.

— Haverá um torneio entre guerreiros de todas as regiões de Az'Hur e você foi inscrita por Mordro.

— Não quero participar de torneio nenhum.

— Jura? — Perguntou Zaphir irônico. — Pois me parece que você adora um bom combate. De qualquer modo, o torneio pode ser a chance de você conseguir a última pedra mística que falta para completar a Joia Celestial.

— A última pedra mística está em Antária, com os tais Magos Celestiais.

O Demônio deu uma risadinha e a olhou com uma expressão zombeteira.

— Será mesmo?

— O que você sabe sobre isso?

— Sei apenas que a profecia está em curso. Aqueles magos patéticos não conseguirão impedir o seu cumprimento.

— Então você não tem do que se preocupar, não é? Agora caia fora!

— Tem certeza de que não quer ajuda para esfregar as costas?

— Zaphir!

— Brincadeirinha! Afinal, sou um demônio.

— Suma!

— Fui!

Zaphir desvaneceu-se com uma mesura, não sem antes deixar sua gargalhada sinistra ecoando na mente de Gabriela.

Com um longo suspiro, ela voltou a contemplar os azulejos do banheiro. Fitando as manchas nas pedras de revestimento tentou ver novamente as cenas de batalhas, mas não conseguiu. Era como se o encanto houvesse se quebrado. Tanto melhor, pensou. Ela precisava tomar logo o seu banho, antes que Michel começasse a bater na porta.

Na banheira havia duas estatuetas de peixes dourados, que a fitavam inertes. Tinham a boca aberta virada para cima e Gabriela demorou um pouco para entender a função daqueles ornamentos. Eram torneiras e o mecanismo delas logo mostraram que funcionavam com perfeição. Quando ela apoiou uma das mãos num dos peixes dourados, a boca virou para baixo e a água jorrou. Repetiu o gesto com o outro ornamento e a mesma coisa aconteceu. Pelo vapor que se desprendia, percebeu que era água quente.

— Ora! Isso funciona igual ao aquecedor a gás do banheiro de minha casa.

Depois de acomodar-se, percebeu que havia uma garrafa numa prateleira. Gabriela a abriu e molhou os dedos na substância viscosa e perfumada que a garrafa continha. Algumas gotas caíram na água, dissolvendo-se em espuma. Ela esperou ardentemente que aquilo fosse xampu. Naquele momento, lavar o cabelo era uma necessidade vital e urgente.

No outro lado da banheira, três potes encaixados na borda continham pequenas esferas aromáticas, que recendiam a flores silvestres. Ela pegou uma das esferas e a pôs na água. A esfera desapareceu entre seus dedos numa espuma efervescente, liberando a fragrância que continha.

— Sais de banho! — Exclamou. Com um suspiro de satisfação acomodou-se na banheira. Era tudo o que poderia desejar, pensou, deixando-se afundar. Contudo, não demoraria muito para descobrir que estava errada.

Ela ainda não compreendia o que estava se passando. Até mesmo seus pensamentos ecoavam estranhos em sua mente, como se não lhe pertencessem. Todavia, estava feliz e receptiva, como se pressentisse o que adviria. Nesse estado de espírito contemplou seu corpo estendido na banheira. Parecia diferente daquela forma desengonçada que se acostumara a olhar no espelho. Continuava esguia, é certo, mas suas curvas estavam mais acentuadas, ou seria impressão sua? Até mesmo a sua maior fonte de frustração já não parecia tão insignificante. Talvez tivesse que mudar o número do sutiã, se encontrasse algum naquele lugar. Michel tinha razão, havia crescido de forma espantosa nos últimos dois dias. Ela constatou isso com uma ponta de satisfação. Devia ser efeito daquele mundo estranho, mas por que o mesmo não acontecia com ele? Talvez Az'Hur só afetasse mulheres. Ficou pensando se o ritmo dessas mudanças se manteria até que ela envelhecesse totalmente. Isso lhe deu um arrepio e a assustou por um momento com essa possibilidade. Depois pensou na profecia e concluiu que não ultrapassaria a idade de Zaphira, se Mordro e o demônio estivessem certos. Dando de ombros, ela afastou as dúvidas que se formavam em sua mente. Preocupar-se-ia com isso depois. Naquele momento, queria apenas descobrir as mudanças que seu corpo havia sofrido, e não a causa delas.

Ao movimentar-se na água, sentiu sua nudez de uma forma surpreendente, provocando sensações que vinham em ondas que pareciam não ter fim. No fundo de sua mente, o prazer da descoberta misturava-se ao pânico, que se manifestava na ausência do autocontrole que havia cultivado durante toda a sua curta existência. Queria parar aquilo, mas parte de si desejava que continuasse, como se houvesse não uma, mas duas de si lutando pelo controle do seu corpo e de suas reações. Então, tão de repente como tinham começado, as ondas sensoriais se dissiparam e a deixaram entregue a um turbilhão de pensamentos. Pela primeira vez percebeu com clareza a dualidade que havia em seu ser e, intuitivamente, soube que mais cedo ou mais tarde haveria um confronto, cujo resultado ela não se atrevia prever.

Ainda ofegante, derrubou os sais aromáticos na água. Precisava acalmar-se e retomar o controle. Fosse o que fosse que acontecia com ela, estava disposta a decidir por si mesma, quando aconteceria a batalha. Paradoxalmente, sentia-se mais forte à medida que se deixava tocar pelas sombras que tanto temia, que recolhiam os fragmentos de si pelas trilhas do interior de sua alma. Eram pedaços de sua essência que pareciam perdidos em algum momento de uma existência que não conseguia lembrar. Ela sabia que estava sonhando, mas aquilo era bom. Sem resistir, deixou-se flutuar para além da consciência.

Durante o que lhe pareceu uma eternidade flutuou inerte no líquido, acalentada por um canto que parecia vir de algum lugar distante, e ao mesmo tempo tão próximo que parecia tocá-la. Ao encolher-se sobre si, ela assumiu uma posição fetal e seu corpo foi envolvido por um casulo protetor. A sensação era de plenitude e esquecimento, morte e renascimento, continuamente repetindo ciclos que se opunham e se complementavam. Ficou assim por um tempo que parecia uma eternidade. Sentia despir-se de uma vida para entrar em outra, até que o casulo se rompeu. Já não se sentia flutuando num ambiente líquido. Ela pairava em pleno ar, sustentada por asas diáfanas e multicoloridas que surgiram de repente em seu corpo.

Luzes flutuavam ao seu redor. Em cada uma delas sentia uma presença. Saber que não estava só não há surpreendeu. Porém, as luzes logo se afastaram e, por mais que tentasse, não conseguia alcançá-las. Um sentimento de pesar inundou sua alma quando a solidão a envolveu. Era um sentimento tão opressivo, que ela achou que morreria. Existir já não dependia apenas de sua consciência, mas também da ciência e da aceitação tácita de outras existências. A incômoda sensação durou pouco, entretanto. Uma claridade surgia ao longe e aproximava-se dela, chamando-a docemente. Ela a via em sua mente, tão clara e nítida que poderia ofuscá-la, se a visse com seus olhos. Aos poucos, percebeu que a luz adquiria contornos de uma pessoa que se aproximava dela. As feições de sua mãe tomaram forma e ela percebeu o sorriso, tão caro e familiar como o canto que ouvia. Uma antiga canção de ninar. Como poderia ter esquecido?

Esticou-se para tocá-la, mas não conseguiu. Ela se afastava como as outras luzes e fugia das sombras que avançavam em sua direção. As sombras a chamavam. Havia nesse chamado uma sedutora promessa de força e poder a atraí-la cada vez mais.

Apesar de toda a sedução daquele chamado, algo nela ainda resistia. Um último baluarte ainda se rebelava às sombras, como se a escuridão significasse a negação de si mesma. Ela então lutou mais uma vez, tentando ignorar o chamado, mas sabia que era inútil resistir. Apenas adiaria o que já estava escrito na cabala de algum deus insano.

Sua resistência por fim se extinguiu. Inerte, ela esperou que as sombras a envolvessem, mas isso não aconteceu. Algo a puxava para longe da escuridão, num ato que lhe pareceu estranhamente familiar. Em sua mente surgiram imagens de sua infância. Um dia na praia olhando as ondas do mar e o desejo de atirar-se nelas e experimentar a sensação de flutuar, para logo depois descobrir que não podia respirar embaixo d'água. O medo que lhe apertou o coração com a súbita noção de perigo logo foi substituído pelo alívio, ao sentir-se puxada para a superfície de encontro ao abraço seguro do pai, que a olhava com uma expressão de amor e aflição.

A sensação de frio chegou-lhe aos poucos. A água estava gelada e cristalina, sem vestígio da espuma provocada pelos sais aromáticos. Ela levantou-se e, apesar do desconforto, sentia-se fisicamente bem, exceto por um líquido viscoso que descia por suas pernas e tingia a água em pingos de cor púrpura, que logo se desvaneciam.

Apesar de saber do que se tratava, ela não pode evitar o grito. Não estava em pânico, mas aquilo poderia ter acontecido numa ocasião menos inoportuna. Embora fosse algo carregado de significados para sua vida, naquele momento tudo o que conseguia pensar era em absorventes e em como as mulheres daquele mundo resolviam o assunto.

As batidas de Michel na porta interromperam seu olhar em busca de algo que pudesse usar.

— Ei, Gabi! Você está bem?

— Sim, por quê?

— Você gritou. Posso ajudar?

— Acho que não. — Respondeu ela, depois de um momento. — A menos que você saiba onde encontrar uma loja de conveniências aberta.

— Uma loja de conveniências? — Perguntou ele, incrédulo.

— Sim. — Respondeu ela, distraída. — Não sabe o que é? Um desses lugares que vendem refrigerantes, chocolates e... Outras coisas, a qualquer hora.

— Eu sei o que é! Mas acho que não existe uma loja dessas aqui.

— Foi o que pensei.

— Acho que você pirou.

— Pensei nisso também.

— Tem certeza de que está bem?

— Tenho. Só me assustei com uma aranha, mas ela já sumiu.

Uma aranha? Foi a vez de Michel estranhar. Gabriela nunca iria se assustar por tão pouco. Ela tá pirando mesmo, ou tem alguma coisa muito estranha acontecendo naquele banheiro. Ele já imaginava um alien descendo pela parede, babando alguma meleca ácida em cima dela.

— Não vai abrir a porta?

— Não. Agora me deixe acabar o meu banho.

— Tá bom. Vê se não demora, que eu já tô me coçando. — Disse ele, sem perceber que contrariava seus próprios hábitos de sempre protelar a hora de tomar banho.

Ela nada respondeu. Estava olhando as roupas trazidas por Drago. Talvez tivesse como improvisar o que precisava. O traje era composto de um vestido longo, de alças e detalhes bordados em ouro. Um cinto, cuja fivela reproduzia o brasão que já vira no hall de entrada do castelo, e um par de sandálias completavam a vestimenta. Numa pequena caixa esculpida em um material semelhante ao jade, encontrou a tiara da Joia Celestial, com os engastes vazios, além de um colar e um par de brincos feitos com uma pedra semelhante a que encontrara no bosque de Walka, mas de cor diferente. Essas tinham um brilho frio e esverdeado.

Ao levantar o vestido para admirá-lo, ela percebeu que havia algo mais.

— Não acredito! Lingeries! — Exclamou feliz, sem surpreender-se muito com a improvável possibilidade de encontrar aquelas coisas ali. Nada no mundo de Az'Hur parecia provável de existir, mas ela estava ali e tinha que lidar com aquela realidade, por mais estranha que fosse.

Levantou as roupas íntimas e notou as pequenas toalhas, sem acreditar no que estava vendo. Aparentemente, quem providenciou as roupas para ela usar, havia pensado em tudo. Até no que ainda não tinha acontecido. Isso a fez lembrar Mordro de um modo estranho, que mesclava desdém com uma curiosidade pelo que ainda não sabia a respeito dele, mas intuía com razoável facilidade.

— Esse sujeito parece saber o que está acontecendo comigo. — Disse baixinho, para si mesma. — E parece que não diz tudo o que sabe.

Com esforço, procurou concentrar sua mente em algo mais próximo, como o fato de estar nua naquele banheiro que parecia ter saído de um conto de fadas. Permanecer despida não lhe era habitual. Nunca tivera muita curiosidade pelo seu corpo anguloso e sem graça. Naquele momento, porém, sentia prazer em sua nudez, como se estivesse livre e pudesse fazer tudo. Era uma sensação excitante e ao mesmo tempo perturbadora, como tudo o que estava lhe acontecendo naquele lugar.

Ainda inquieta, viu sua imagem refletida no espelho oval. De repente olhava uma estranha que a fitava não menos espantada. Somente nesse momento se deu conta do quanto havia mudado, e por mais que se esforçasse, não conseguia mais enxergar a imagem que fazia de si mesma. A menina magricela e temperamental já não existia mais. Ela fitou-se por um longo momento, como se avaliasse cada mudança em seu corpo. Gostaria que aquelas vadias convencidas do colégio a vissem agora, pensou, mirando as curvas que dias antes não existiam. Os garotos provavelmente não a chamariam mais para jogar bola, mas ela desconfiava que não seria menos popular por causa disso.

Timidamente sorriu para si mesma, mas a imagem no espelho não lhe respondeu. Já não parecia ela refletida, mas uma mulher adulta, de longos cabelos negros. Ela a fitava como se estivesse pedindo ajuda, mas sua expressão logo mudou. Na sua face crispada transparecia um mal tão intenso que parecia querer libertar-se do espelho para alcançá-la. Assustada, Gabriela recuou alguns passos e caiu novamente na banheira. Em pânico, levantou-se o mais rápido que pode, procurando a sacola com as pedras místicas. Ao tocá-la, o pavor que havia se apossado dela se dissipou. Ainda ofegante, olhou novamente o espelho, mas viu apenas a sua imagem refletida nele.

Ofegante, ela levou alguns segundos para recuperar-se do susto. Embora não fosse do tipo que se assustava facilmente, essas alucinações estavam começando a minar sua resistência. Aquele mundo parecia ter sido criado especialmente para testá-la e tentar destruir seu espírito. Todavia, ela decidiu enfrentar o que lhe reservava o destino, com determinação e ousadia. Havia em si uma autoconfiança renovada por forças que não sabia de onde vinham.

Olhou novamente para o espelho, disposta a desafiar qualquer coisa que pudesse estar ali, mas nada viu além de sua própria imagem. Sorriu e começou a vestir-se lentamente. Bem diferente do tempo em que levava dez minutos para aprontar-se para a escola.

Depois que acabou de vestir-se, mirou-se novamente no espelho. O reflexo mostrava-a muito diferente da imagem que tinha de si mesma na memória, mas gostou do que viu. Talvez estivesse romântica demais para o seu gosto, e aquele decote parecia um pouco exagerado, mas tinha que admitir que estava vestida para arrasar, seja lá o que fosse encontrar pela frente.

Sorrindo satisfeita, pôs os brincos na orelha e colar. Faltava algo, ela sabia. Olhou para a tiara e, num impulso, pegou as pedras místicas e as colocou no lugar. Satisfeita, constatou que todas se encaixavam perfeitamente nos engastes que, de alguma forma, ajustou-se e as prendeu. Faltava apenas uma para completar a Joia Celestial, mas mesmo incompleta parecia impressionante. Após escovar cuidadosamente os cabelos, modelou-os de modo que o penteado se complementasse com a tiara. Depois de ajustá-la, contemplou-se novamente no espelho e sorriu satisfeita.

— Me aguardem! — Exclamou como se estivesse se preparando para um baile de debutantes. Na sua cabeça, as pedras místicas brilhavam com uma leve pulsação.

Alguns minutos depois de ter falado com Gabriela, Michel se encontrava na janela da torre. Resmungava algo sobre a demora das garotas no banheiro. Lembrou-se que Gabriela não costumava demorar-se, mas ela já não era mais a garota que conhecia, e o que sabia dela já não servia mais para compreendê-la. Com um longo suspiro olhou as sombras da noite. Aquele castelo era definitivamente tétrico. Melhor seria se tivessem ficado na aldeia. Lá, pelo menos, teria a chance de conhecer a menina que o tinha olhado tão insistentemente. Nunca uma garota o tinha fitado assim, a ponto de provocar ciúmes em Gabriela. Logo ela, que nunca se deixava perturbar por nada.

Com longo suspiro de insatisfação, ele olhou novamente a porta do banheiro trancada. Sentia que não conseguiria esperar muito, de tão cansado que estava.

Ao fechar a janela, um súbito rufar de asas chamou sua atenção. Firmando a vista ele viu que alguma coisa passou sobre a torre e voltava em sua direção. Alarmado, afastou-se rapidamente a janela. A criatura mudou de direção e passou a voar em círculos.

Com os olhos esbugalhados, Michel percebeu que era um gigantesco morcego, e parecia furioso com ele. A criatura voou em círculos mais alguns segundos, parecendo indecisa. Subitamente mudou a trajetória e aproximou-se de sua janela, fitando-o com olhos maldosos e injetados de sangue. Na face parcialmente metamorfoseada ele conseguiu distinguir as feições de Drago.

Michel jogou-se para trás, assustado, tropeçou, girou sobre si e bateu fortemente a cabeça contra a cama. Antes de desmaiar por completo, ele viu Drago, com os olhos famintos de um predador a observá-lo através da janela.

O toque suave no rosto foi a primeira sensação que ele percebeu depois que voltou a si. Só depois viu os olhos de Gabriela refletindo sua face. Tentou levantar-se, mas a vertigem o fez prostrar-se novamente.

— Não se mexa. — Disse ela, suavemente. — Você tá com um galo enorme.

— Parece que tô num carrossel. — Gemeu, sentindo-se enjoado.

— O que aconteceu?

— Você não ia acreditar.

— Tente.

— Eu vi Drago.

— Aqui no quarto?

— Não. Através da janela.

Gabriela aproximou-se da janela e olhou para baixo.

— Daqui até lá embaixo deve ter uns sete andares de altura. Você deve ter pensado que viu Drago depois que bateu com a cabeça.

— Não. Eu o vi antes. Ele estava voando como um morcego. Até as asas eram iguais.

— Dá um tempo!

— Eu disse que você não acreditaria, mas eu sei o que vi. Ele chegou até a janela e me assustou. Por isso bati a cabeça.

— Você vai agora repetir aquela besteira de Drago ser um vampiro?

— Vou. — Retrucou Michel, obstinado.

— Quanta bobagem! Essas criaturas não existem. Você sabe disso, não sabe?

— Sei. Mas ele parece que não sabe. Aliás, este lugar tem um bocado de criaturas que não existem, não é?

Gabriela não conseguiu responder. A lógica dele era irrefutável, mas um vampiro? Isso seria demais até para a imaginação de Michel, mas quem acreditaria num demônio escondido em sua banheira? Confusa, andou pelo quarto. Era a primeira vez que ela não dava a última palavra numa discussão entre eles. A constatação disso deixou-lhe uma sensação de insegurança, como se tivesse finalmente percebido o surrealismo daquele lugar. Contudo, nada falou de Zaphir para ele. Michel já parecia abalado o suficiente por aquela noite.

— Gabi?

— Hã?

— ... Nada, não. — Respondeu ele, parecendo constrangido, com o pensamento que lhe ocorrera.

— Ah, não! Agora fala. — Insistiu ela, inclinando-se para ele.

— Vamos jantar? Estou faminto. — Disse Michel, ainda embaraçado.

Ela levantou a sobrancelha, desconfiada.

— Você ainda não tomou banho e...

— Pô! Esqueci esse detalhe. — Respondeu ele, sentando-se cautelosamente.

— Não é só isso.

— Não é só isso o quê?

— Você ia falar outra coisa.

— Não ia não. Tô com fome. — Respondeu ele, sem muita convicção.

— Ia sim. — Insistiu Gabriela novamente, fazendo-lhe cócegas. — Vou torturá-lo até você confessar.

— Pare! — Exclamou Michel, contorcendo-se, com lágrimas nos olhos.

— Então fala o que você ia falar. — Continuou ela, implacável.

— Ai! Tá bom eu falo...

— Fala!

— Você tá com uns peitões...

— O que? — Ela estacou, endireitando-se rapidamente, tentando ocultar a evidência que o decote deixava aparente.

— Você que perguntou.

— Você tá ficando é doido. — Retrucou Gabriela, sentindo o rubor lhe queimar as faces. Aquele tipo de situação era algo novo em sua vida.

— Tô nada! Parecem dois melões. — disse ele, erguendo as mãos em sua direção.

— Tá querendo levar um cacete, moleque? Falou Gabriela, afastando-se, ainda mais constrangida.

— Pode bater. Pelo menos, desta vez, vou apanhar por uma boa causa.

— Acho que você já está melhor. — Respondeu ela, conseguindo sorrir.

Ele sorriu de volta, aliviado. Tinha escapado da bordoada, sem precisar voltar atrás. Isso era algo que não conseguiria antes, pensou ele, sem tirar os olhos da nova silhueta que ela exibia. Sem dúvida, algumas das mudanças que estavam ocorrendo com sua companheira de aventuras eram bem-vindas.

— Você acha que cresceram, mesmo? — Perguntou Gabriela, esticando-se de perfil.

— Ô, se cresceram. Estão maiores do que os da Valéria.

Apesar de um tanto envergonhada, aquela frase a encheu de satisfação.

— Aquela penosa! — Exclamou com desdém, lembrando com desgosto os beijos ardentes que Valéria trocava com Gino, o seu *crush* secreto na escola. Naquele momento, sentia-se redimida de frustrações que nem percebia existir, mas estavam lá, no seu subconsciente e afloravam ao menor estímulo, cobrando perdas passadas.

— Tô bonita? — Perguntou ainda insegura.

— Bonita? Você tá uma gata!

Ela nunca tinha recebido olhares de admiração. Então, para o inferno com a vergonha, pois aquilo era muito bom. Feliz, rodopiou pelo quarto ainda tentando acostumar-se com o vestido. Era um pouco diferente da costumeira calça jeans que usava

— Mais uma coisa... — Começou a dizer Michel, ainda admirado com a nova Gabriela que surgia naquele estranho mundo.

— O quê? — ela retrucou. Estava surpreendida e levemente irritada com a interrupção do fluxo de seus pensamentos. Era como se estivesse concentrada num diálogo interior, mantido com outra consciência, mas que também era ela. Uma sensação estranha que aumentaria nos próximos dias, embora ainda não tivesse se dado conta disso.

— Você tá rebolando de novo.

— Acho que a sujeira já penetrou no seu cérebro. Não vai tomar banho? — Desconversou, desta vez incomodada com a observação dele.

— Vou. Mas não adianta mudar de assunto. Você tá rebolando mesmo!

— Bobagem! Você bateu com a cabeça e tá vendo coisas demais. — Respondeu lacônica, sem compreender a própria reação. Algumas mudanças demoravam um pouco mais a se concretizar. Assumir a própria sensualidade seria uma delas.

— Sei. — Respondeu ele irônico.

Naquele momento não havia como explicar para Michel que ele a estava irritando, pois tocava em coisas que ela preferia não discutir. Coisas que ainda não compreendia, mas que a atraíam de modo irresistível. Algo lhe dizia que Michel, com sua mente astuta e inquisitiva, era um incômodo. Mal aquele pensamento surgiu, teve novamente a sensação de que vinha de outra pessoa e instintivamente resistiu. Gabriela sabia que isso era importante. Resistir até compreender plenamente o que lhe sucedia. Nisso, Michel era sua referência mais cara e ela precisava preservá-lo do vulcão que sentia estar crescendo em sua alma. De repente o sentiu tocar timidamente em sua mão, fazendo-a sentir-se novamente conectada consigo mesma. Aquilo era realmente uma sensação muito esquisita.

Ainda de mãos dadas com ele, conduziu-o para o banheiro. Na porta, Michel parou, parecendo confuso.

— Poderia fazer-me um favor? — Perguntou para ela.

— Claro. — Ela respondeu, procurando sorrir.

— Fica aqui comigo, enquanto tomo banho.

Ela surpreendeu-se com o pedido e, por um momento, achou que Michel estava querendo ser esperto demais para sua idade. Depois, olhou para ele e viu apenas um garotinho assustado.

— Por favor. Insistiu ele. — Estou com medo de ficar sozinho.

— Mas você nunca está sozinho. Esqueceu do elfo?

— Bullit não está aqui comigo. Sumiu faz um tempo.

— Tá bom. — Sorriu-lhe novamente. — Mas não vou ficar olhando para você.

— Se você conseguir resistir...

— Você ainda não tem muito que mostrar moleque. — Disse ela, com uma gargalhada espontânea. — Além disso, tá no corpo do elfo. Mesmo que não estivesse, não ia ter muito o que mostrar.

— Ora, eu já tenho até cabelo no peito. — Respondeu-lhe Michel, tirando a camiseta e exibindo o peito juvenil com dois fiapos de cabelo claros, quase invisíveis. Essa era a sua imagem real, que Bullit o convenceu a manter.

Gabriela olhou de relance através do espelho esforçando-se para não rir novamente.

— Parece mais um cabelo peitudo.

— Mulheres! — Exclamou ele, tão dignamente quanto possível.

Gabriela já não lhe prestava atenção, entretida com o seu próprio reflexo no espelho. Aquilo também era novo para ela. Espelhos nunca lhe tinham merecido mais que uma olhada rápida enquanto penteava os cabelos ou escovava os dentes. Embora estivesse se divertindo, no íntimo esperou que a vaidade que agora lhe aflorava não lhe trouxesse também a detestável frivolidade que já tinha observado em outras meninas. Em algumas coisas ela não desejava mudar, apesar das vozes em seu interior.

CAPÍTULO XX

CAMINHOS SEM VOLTA

Ela soube do impacto que causou assim que entrou no salão e viu o olhar de Mordro. Ele a fitava com uma expressão embevecida, como se contemplasse a própria Thanatis em todo o seu esplendor. Aquilo não lhe incomodou, como poderia ter acontecido há alguns dias. Antes a fez sentir-se exultante e totalmente consciente de uma nova sensação de poder. Algo que lembrava admirar em algumas garotas mais velhas, mas que julgava jamais possuir.

Mais atrás, Michel logo notou o que se passava e isso o desagradou de tal modo que quase lhe tirou o apetite. Seu desconforto não era tanto pela admiração do mago ao ver Gabriela, mas por ter percebido o olhar de satisfação dela ao sentir-se admirada e, talvez, desejada. Assim como Gabriela, ele também teria que aprender novas regras para o jogo da vida.

O mago aproximou-se deles, mas seu olhar estava fixo nela.

— Você está magnífica! — A Joia Celestial foi feita para você, sem dúvida. Quando ela estiver completa você também estará completa. — Disse, e deu-lhe o braço para conduzi-la à mesa. Mordro parecia comovido de um modo que pareceu estranho para Gabriela, como se estivesse vendo algo mais, além de sua aparência.

— Falta só uma pedra mística, mas acho que está fora do meu alcance consegui-la. — Sua intenção era provocá-lo, mas ficou subitamente consternada com essa possibilidade.

Esse sentimento era novo e surpreendente, pois a importância da Joia Celestial estava em lhe conduzir ao caminho de volta. Voltar para onde? Já não lembrava direito já não se importava.

— Talvez essa última pedra mística não esteja tão longe de você quanto imagina, minha cara menina. — Disse-lhe o mago. — Há uma sequência de eventos em curso que você desconhece.

— O que você quer dizer com isso? — Ela perguntou, e decidiu ocultar o que já sabia. Quase sem se dar conta, estava se acostumando com o jogo dele em seus próprios termos.

O mago nada disse de imediato. Limitou-se a puxar a cadeira para ela sentar-se.

— Não seja impaciente. Há um momento certo para tudo, acredite.

— Você está enrolando e não gosto disso. Ela disse com rispidez. Aquele modo de falar não era novo para ela. Acostumara-se a tratar os garotos do bairro, e da escola, do mesmo jeito e sempre soubera como se impor. A novidade estava no modo como se impunha a um adulto, numa situação que lhe deveria ser totalmente estranha, mas não era. Tudo parecia surpreendentemente familiar.

Atento, Michel gostou de ouvi-la. Em algumas coisas Gabriela continuava sendo a mesma pessoa e isso lhe acendeu a esperança de um final feliz para aquela aventura. Enquanto isso, o melhor que podia fazer era aproveitar o banquete à sua frente. Novamente encontrou tudo que ele e Gabriela gostavam, como se o Bispo de Walka soubesse o que desejavam e se esforçasse por agradá-los. Esse pensamento acendeu novamente a luzinha de alarme em seu cérebro, mas ela foi prontamente apagada. Isso também podia esperar e ele sempre pensava melhor de barriga cheia.

O mago sentou-se no lado oposto de Gabriela e serviu-se de uma taça de vinho. Como da outra vez, ele não se interessou pela comida. Limitou-se apenas a olhar com desagrado as maneiras estabanadas de Michel à mesa. O garoto percebeu seu olhar, mas não se importou. Estava comendo por dois e a ansiedade em satisfazer sua fome era uma prioridade absoluta naquele momento.

Depois de comer com a costumeira parcimônia, Gabriela rompeu o silêncio.

— Que torneio é esse que você me inscreveu? — Havia no seu tom de voz uma clara intenção de mostrar ao Bispo de Walka seu verdadeiro lugar, embora nem mesmo ela soubesse que lugar seria esse, mas sentia que podia fazê-lo.

O mago levantou a sobrancelha, num gesto que indicava contrariedade. Contudo, a razão disso ficou oculta em sua expressão fria e distante. Somente um olhar mais atento poderia ter identificado sua cólera pela intromissão inconveniente do demônio em assuntos que estavam fora de sua compreensão e controle. Somente Zaphir poderia ter falado do torneio para sua pupila, antes que ele mesmo o fizesse de um jeito mais apropriado.

— É um torneio de luta itinerante patrocinado pelo rei de Céltica. — Respondeu ele em tom neutro. — Este ano acontecerá em Walka e será uma boa oportunidade para você.

— Eu não quero participar desse torneio e você deveria ter me consultado sobre isso. — Disse Gabriela com uma frieza que surpreendeu a si mesma. Ela não compreendia de onde vinha a segurança que sentia em lidar com o bispo de Walka daquele modo, mas tinha a impressão de que ele já esperava por isso.

— Compreendo, e lamento que me tenha exorbitado. Por favor, aceite minhas desculpas, mas há uma razão muito forte para ter feito isso.

— E que razão seria essa?

— A última pedra mística foi parar nas mãos do rei de Céltica.

Esse fato era do seu conhecimento. O que a deixou realmente surpresa é constatar que Zaphir havia contato a verdade para ela. Pelo menos parte da verdade.

— Como ele conseguiu isso?

— Desconheço os caminhos que a pedra mística percorreu até chegar às mãos de Elrich, mas isso pode facilitar muito as coisas para você.

Embora Gabriela não manifestasse muito interesse, ela exultou intimamente com a confirmação do que já sabia por intermédio do demônio. Entretanto, Bullit e Michel não receberam a notícia com a mesma satisfação. O fato de a última pedra mística ter sido arrebatada das mãos dos Magos Celestiais significava que o tempo para encontrar uma solução estava se esgotando. O elfo agitou-se na mente do garoto.

"Como eles conseguiram se apossar da última pedra mística? Ela não estava em poder dos Magos Celestiais?" Perguntou Michel preocupado.

"Tudo é possível, infelizmente. Principalmente se contaram com a ajuda de dentro da ordem." Respondeu o Elfo.

"Um traidor?"

"Sim. Seria a única maneira de penetrar a segurança de Antária. Isso significa que temos que nos apressar e descobrir os planos de Mordro Parece que tudo tem a ver com a profecia."

"Sim." Respondeu Michel.

Ele compreendia que o último obstáculo para o cumprimento da profecia havia sido praticamente removido, mas havia outra questão que lhe chamava a atenção naquele momento.

"Se o rei de Céltica é aliado de Walka, por que simplesmente não entrega a última Pedra Mística para Mordro?"

"Como vou saber? Talvez Elrich não saiba o que tem nas mãos. Afinal, não sabemos como última pedra foi arrebatada de Antária e se transformou no troféu do torneio."

"Talvez o rei de céltica só queira se certificar de que Gabriela é quem Mordro diz que ela é."

"Sim. Essa é uma boa explicação." Respondeu o elfo. *"Como qualquer outra."*

Enquanto esse diálogo telepático acontecia, Gabriela fitava atentamente o bispo de Walka. Queria ter certeza de que havia compreendido o que Mordro acabara de falar e que isso não se referia apenas a uma tentativa para justificar o fato de tê-la inscrito no torneio.

— Você está realmente falando da pedra que deveria estar com os tais Magos Celestiais?

— Sim. Compreende agora o motivo de eu tê-la inscrito no torneio? É a única forma de você se apoderar da última pedra.

— Mas qualquer um que for campeão poderá ficar com ela.

— Não se subestime. Você tem um destino a cumprir e não falhará.

— Como pode ter tanta certeza?

— Thanatis está com você.

Essa menção à deusa da morte a deixou inquieta. Thanatis tinha relação com um lado obscuro e fascinante de seu ser que até bem pouco tempo atrás não sabia existir. Ela sentia que em algum momento teria que encarar a sua natureza naquele mundo, mas preferia adiar esse encontro indefinidamente.

Malgrado os pensamentos soturnos, os dias seguintes foram muito estimulantes para Gabriela. A árdua rotina de treinamento que Mordro lhe impôs era tudo o que precisava para afastar os temores que ainda insistiam em assediar seu espírito. Embora não tivesse concordado explicitamente em participar daquele torneio, esforçou-se por cumprir os exercícios de combate que lhe eram apresentados. Logo, o treinamento e os combates simulados se tornaram os melhores momentos do dia para ela. Contudo, o mesmo sentimento não se aplicava a Michel. O empenho de Gabriela naqueles treinamentos o privava da companhia dela, e isso não era sua única preocupação. O garoto percebia mudanças cada vez mais profundas no físico e no caráter de sua companheira de aventuras. À medida que ela se envolvia com Mordro e mais tempo passava em sua companhia, mais ficava distante da pessoa que ele conhecia. Com desagrado percebeu que isso parecia indicar que ela já havia se decidido por um caminho em que não haveria mais retorno.

Gabriela já não falava em encerrar o jogo e sair do ambiente virtual. Ela estava se esquecendo do mundo real e se parecia cada vez mais com a princesa guerreira, cujas façanhas nos campos de batalhas os menestréis ainda cantavam. Até mesmo para ele, parecia que estava há anos ali e já sentia que teria dificuldade em manter-se ligado à sua vida anterior. Agradecia o elfo em sua mente. Bullit impedia que esquecesse sua vida no que ainda considerava o mundo real, embora continuasse negando que estivessem num ambiente feito de códigos binários. Entretanto ele não perdia de vista a possibilidade de estar certo em suas convicções. Isso se tornou uma discussão constante entre eles e fortalecia as lembranças que trazia consigo, apesar da dificuldade em situar-se corretamente frente às situações que vivenciava ou percebia. Era difícil lidar com a realidade virtual e real ao mesmo tempo.

O dia do torneio estava se aproximando e os competidores começaram a chegar ao castelo de Walka. Michel conheceu alguns deles e ficou preocupado com Gabriela. Embora ela não demonstrasse nenhum receio, ele tinha convicção que sua amiga corria perigo.

No mesmo dia, o rei de Céltica chegou à Walka com um grande contingente de cavaleiros e guerreiros para o torneio.

"Pelo tamanho da comitiva, parece que toda a corte de Céltica veio assistir o torneio." Disse Bullit na mente do garoto.

"Parece que o rei de Céltica considera o torneio um evento importante."

"De fato é importante, mas não tanto assim. Normalmente esse torneio seria do interesse de alguns nobres, mas não mobilizaria toda a corte, como parece agora."

"Isso significa o quê?"

"Não sei ainda, mas parece que o torneio marca algo mais importante, algum evento que ainda está por acontecer."

Por insistência do elfo, essa especulação do que estaria por acontecer ainda se prolongou por mais tempo, mas a movimentação de tantos guerreiros no castelo de Walka desviou a atenção de Michel. Era uma sensação rara e indescritível fazer parte de acontecimentos que ele conhecia apenas das descrições encontradas nos livros de aventuras e jogos de RPG. Essa sensação se sobrepunha a qualquer outra, até mesmo o interesse natural por mistérios e enigmas que encontrava naquela aventura.

Na arena do castelo de Walka todos os competidores iniciaram os preparativos para o torneio. Ao ver Gabriela entre eles, a emoção que Michel sentia por estar ali cedeu lugar à preocupação com a segurança dela. Apesar de ela ter se mostrado capaz em situações de confronto, seus adversários no torneio eram os campeões das regiões que representavam e não salteadores despreparados.

Entrementes, fora da arena, outros acontecimentos se desenrolavam. Num dos salões do castelo de Walka, Elrich, o rei de Céltica, tinha uma áspera discussão com Mordro, do qual cobrava o cumprimento de certos preparativos. Zaphir, oculto nas sombras, acompanhava a discussão com muito interesse.

— Você disse que Zaphira já havia retornado à Walka. Eu venho à Walka e você me mostra uma menina. Está zombando de mim?

O mago renegado manteve-se impassível. O soberano de Céltica não lhe inspirava muito respeito e era apenas uma das peças no tabuleiro do jogo que havia iniciado, contudo era uma peça importante e deveria ser mantido sobre controle até que pudesse ser descartado.

— Ela é Zaphira, meu rei, mas em outro tempo. Em alguns dias atingirá a idade que tinha quando desapareceu. Quando isso acontecer se lembrará de quem é e, ao mesmo tempo, será novamente como nos lembramos dela.

— Veremos. Traga a garota ao jantar esta noite.

— Isso pode não ser uma boa ideia, meu senhor. Ela o verá como um estranho e isso talvez a perturbe.

— Traga a garota. — Insistiu o rei antes de virar-se e sair do salão.

Ao ficar sozinho, Mordro deu vazão à sua ira.

— Tolo pretensioso! Em breve será colocado no seu devido lugar. — Disse ele entredentes para si mesmo, mas alguém mais ouviu suas imprecações.

— E qual seria o lugar dele, Mago? — Perguntou Zaphir, ao surgir de repente das sombras. Mordro detestava aquilo, mas não daria novamente essa satisfação ao demônio.

— Um lugar que você certamente não gostaria de estar. — Respondeu ele.

Zaphir rugiu e exibiu as presas ameaçadoramente.

— Cuidado, Mago. Não me faça desejar sua alma.

— Minha alma negra seria demais até mesmo para você, demônio. Agora suma antes que eu descubra que não preciso mais aturar sua presença.

Os olhos do demônio brilharam de cólera, mas ele recuou e desapareceu. A frágil aliança entre a criatura demoníaca e o ambicioso mago estava se aproximando do momento em que haveria um acerto de contas. Aparentemente essa possibilidade não era suficiente para tirar o sono do Bispo de Walka. Ele tinha seus trunfos e saberia usá-los. Entretanto, brincar com um demônio quase sempre não se mostrava uma boa ideia e, eventualmente, Mordro poderia descobrir isso do pior modo possível.

Na arena do castelo de Walka os competidores continuavam os exercícios de preparação para o torneio. Cada um dos participantes tinha seu próprio *sparing* e não era permitido observar o treinamento dos adversários. Todavia, essa regra não costumava ser muito respeitada. Embora a punição fosse severa, o desejo de se cobrir de glórias, e a ganância pelos prêmios em disputa, tornavam essa transgressão um fato corriqueiro.

Alheios aos arroubos provocados pelo clima de disputa, o garoto e o elfo incrustado em sua mente acompanhavam os treinamentos dos competidores. Julgando que pudesse ajudar Gabriela, Michel tentava analisar cada um dos seus possíveis adversários para descobrir suas virtudes e fraquezas. Alguns demonstravam apoiar-se na força física e resistência. Esses eram mais pesados e lentos, o que podia dar vantagem a um oponente mais leve e rápido nos contra-ataques. Outros, entretanto, pareciam possuir força física e grande habilidade no manejo de espadas. Esses seriam mais perigosos e difíceis de vencer. Um em particular chamou a atenção de Michel, não só pela altura e envergadura, mas também por saber explorar bem suas características naturais combinadas com uma apurada técnica de esgrima. Ele desejou que este último não enfrentasse Gabriela e, secretamente, fez um pedido à sua guardiã da magia, mesmo sabendo que os guardiões não costumavam atender os desejos de aprendizes. Quando muito, zombavam de suas fraquezas e ambições.

"Apelando para a sua guardiã, garoto?" Perguntou Bullit. Michel pensou em ignorar a pergunta, mas não conseguiu identificar nenhum traço de zombaria naquelas palavras. O elfo podia ser muito irritante, mas parecia genuinamente interessado.

"Eu sei que não adianta, mas não custa nada tentar, não é?"

"Fez bem. Os guardiões às vezes ajudam, mesmo que seja apenas para se divertirem às nossas custas, no fim das contas."

"Bem, se ela ajudar, pouco me importa que se divirta às minhas custas."

"Talvez ajude. Ela parece gostar de você."

Aquilo surpreendeu Michel. Bullit estava se recusando a falar sobre sua guardiã, desde a última vez que estiveram em contato com ela.

"Como sabe disso?"

"Ela tentou mantê-lo no seu plano de existência, não lembra?"

"Teria sido interessante, se eu não tivesse que morrer no meu mundo para permanecer lá."

"Você aprende rápido. Às vezes os guardiões agem como sereias para atrair os incautos. Aqueles que sucumbem ao canto da sereia demonstram que não merecem o respeito dos guardiões."

"Aquilo foi um teste, então?"

"Talvez. Quem pode saber o que realmente está pensando um guardião?" Disse Bullit de modo evasivo.

"Além do mais, temos coisas mais importantes com que nos preocuparmos agora." Explicou o elfo apressado. Ele parecia não estar realmente à vontade com aquele assunto.

"Sim." Concordou Michel, sem saber exatamente ao que ele se referia.

Tudo parecia urgente naquele lugar, desde que Gabriela havia conseguido quase todas as pedras místicas. Até mesmo o alinhamento das luas de Az'Hur parecia diabolicamente próximo.

"Sua amiga parece apreciar muito alguns aspectos da vida de Zaphira. Isso significa um risco muito grande para ela." Continuou o elfo.

"Que tipo de risco?"

"Não percebe? Quanto mais ela se aproxima de Zaphira, maior é o risco de esquecer-se de si mesma, como ela era no seu mundo. Nós vimos Gabriela em combate, lembra? Seus olhos brilhavam de satisfação."

"Eu me lembro disso. Nem parecia Gabriela."

"E não era. Aqueles olhos eram de Zaphira."

As palavras de Bullit perturbaram o garoto. Ele percebia agora a que emergência se referia o elfo quando mudou de assunto.

"Eu senti que ela estava muito diferente depois de combater aqueles salteadores."

"Então você pode imaginar o que pode acontecer se ela participar desse torneio, não?"

"Ela pode mudar tanto que se esquecerá de si mesma."

"Exatamente. Ela se tornará um ser deste mundo e não lembrará mais de onde veio. E isso ainda não será o pior. Sua alma pode ser irremediavelmente corrompida por Thanatis."

"Mas o que podemos fazer para impedir isso? Ela já está treinando há horas e nem parece cansada!"

"Temos que encontrar um jeito de fazê-la desistir do torneio." Respondeu o elfo.

"Gabriela jamais desiste de coisa alguma." Pensou o garoto ao vê-la derrubar seu sparring pela décima vez naquela manhã.

E assim foi durante todo o dia. Foram necessários três sparrings para suportar o ritmo de treinamento que Gabriela se impôs. Com cada um ela treinou pelo menos três modalidades de combate, embora precisasse se impor em apenas uma para ser campeã do torneio, já que na final os campões de cada modalidade se enfrentavam até que um fosse declarado o vencedor.

No fim do dia, Mordro tomou o lugar do último sparring para testar o nível de preparação de Gabriela. Espadachim de rara habilidade ele tomou a iniciativa do combate e a sentiu muito frágil já no primeiro ataque. Um engano que o fez passar por sérios apuros logo depois.

Ao simular uma vulnerabilidade que na verdade não existia, Gabriela arremeteu num movimento que bloqueou o ataque de Mordro e expôs sua defesa ao contragolpe desferido com rapidez e precisão. O mago perdeu o equilíbrio e terminou no chão com a lâmina da espada dela a poucos centímetros de sua garganta.

— Excelente! — Ele exclamou, desviando a ponta da espada com o dedo indicador da mão direita. — Creio que você já está pronta para o torneio.

Ela recolheu a espada e a embainhou. Sem demonstrar muito interesse pelo comentário dele, deu por encerrado o treinamento e afastou-se em direção de Michel.

— Ulrich deseja conhecê-la. Disse Mordro, de modo casual.

— Por quê?

— Não sei exatamente. Ele viu seu treinamento e deve ter ficado impressionado. Aliás, toda a corte de Céltica parece impressionada com você.

— Isso não me interessa.

— Pois deveria se interessar. — Retrucou Mordro imperturbável. — Vitórias e conquistas não acontecem apenas pelo uso da força. Alianças, ainda que momentâneas, podem ser decisivas para atingir objetivos.

Ela parou de andar, mas sua expressão impenetrável não deixava o mago saber se estava considerando suas palavras ou apenas revendo seus próprios motivos para tomar uma decisão.

— Está bem. Vou conhecer esse reizinho.

O tratamento diminutivo não passou despercebido ao mago. Ela já tratava o rei de Cética assim, em outros tempos, embora ainda não se lembrasse.

— Ótimo. Você será apresentada a ele esta noite, durante o jantar.

— Jantar? Você sabe que não tenho roupas para isso.

Mordro não pôde evitar um sorriso. Em determinados aspectos, mulheres poderiam ser muito parecidas, não importa de qual mundo provinham.

— Não se preocupe. Mandarei providenciar tudo o que você vai precisar.

Eles voltaram a caminhar. Ao se aproximarem de Michel o mago se despediu.

— O que esse bruxo queria? — Perguntou o garoto ao vê-lo afastar-se.

— Convidou-me para jantar com o tal rei de Céltica. — Respondeu ela indiferente.

— Jantar com o rei? — Ele perguntou com desagrado. — Você vai?

— Vou. Preciso conhecer melhor este mundo.

As palavras dela não o deixaram muito convencido dessa súbita necessidade. Gabriela parecia gostar da ideia de ser apresentada à corte de Céltica e a preocupação de Bullit fazia todo sentido naquele momento.

— Gabi, sobre esse torneio... — Começou ele a falar. Com Gabriela tinha que ir direto ao ponto e não adiantava fazer rodeios. Entretanto, ela não o deixou terminar.

— Sei o que você e o elfo pensam e isso não vai me fazer mudar de ideia. Eu quero participar do torneio e não é só para conseguir a pedra mística. Eu gosto disso, entende? Sinto algo estranho aqui dentro do peito, como se o destino estivesse me chamando.

Ele entendia isso e sabia que não adiantaria insistir. Parecia o mesmo tipo de chamado que ouvia da guardiã da magia. Desejava atender, mas temia pelas mudanças que ocorreriam em sua vida por ceder ao apelo. Com um longo suspiro, ele admitiu que estavam perdendo a batalha para as tentações do mundo de Az'Hur.

Horas depois Gabriela fazia sua entrada no salão principal do castelo. O arauto a apresentou como princesa de Walka, mas omitiu seu nome. Ocupada em equilibrar-se nas sandálias de salto alto e em não tropeçar no longo vestido, ela tinha dúvidas se estava à altura da elegância ostentada pelas damas da corte de Céltica. Contudo, confiava que o Mago renegado não a deixaria em apuros com relação a isso. A roupa e os acessórios que ele havia ordenado que fossem entregues em seus aposentos lhe pareceram um tanto exagerados, a princípio. Mas ao mirar-se no espelho viu que seus receios eram infundados e tudo lhe caía muito bem. A única dificuldade que se apresentava, era justamente sua falta de traquejo no uso daquele traje. Depois, ao ver a expressão de Mordro quando ele a recebeu no salão, ela teve a certeza de que tudo estava sob seu controle.

— Perfeita! — Disse-lhe o mago com evidente satisfação, enquanto lhe oferecia o braço para conduzi-la ao seu lugar na mesa.

Ela jamais admitiria isso, mas à vista daqueles rostos se voltando à sua passagem era uma sensação forte demais para ser ignorada. Ser o centro das atenções não era algo comum em sua vida, tanto quanto poderia ainda lembrar, exceto quando suas habilidades atléticas estavam em evidência. Naquela situação Gabriela era a referência a ser imitada, mas só enquanto durava o evento. Ali, entretanto, sentia que a festa era sua. Mesmo na presença de um rei, era seu o brilho que a todos envolvia.

— Está sentindo os olhares, minha cara? — Perguntou-lhe Mordro em surdina. — Eles estão aqui por você.

Esse comentário a deixou em alerta. Não deixaria que a lisonja e a bajulação do governante de Walka lhe tirassem a perspectiva real da situação que estava vivendo.

— Por que eles estariam aqui por mim? — Perguntou ela com uma petulância calculada.

Antes de responder, o mago a conduziu até uma cadeira que ficava ao lado de outra de espaldar alto. Sem esperar por uma explicação, ela concluiu que se sentaria ao lado do rei de Céltica. Mordro sentou-se ao seu lado.

— Há muito tempo eles esperam por você. Não como você se lembra de si mesma da outra vida. Eles esperam por Zaphira, a princesa guerreira que é você no mundo de Az'Hur, como já deve ter percebido pelos fragmentos de lembranças que começam a surgir em sua mente.

Ela sabia que ele estava certo. Apesar disso, no seu íntimo permanecia a certeza que ainda era a pessoa que sempre fora, apesar do estranhamento que às vezes sentia, em relação à sua existência anterior e a situação que estava vivendo.

— Eles estavam esperando por alguém que não sou. — Ela disse por fim.

— Todos nós somos pelo menos duas pessoas diferentes. — Respondeu Mordro calmamente. — A que pensamos ser e a que os outros pensam que somos. Qual é a verdadeira? Talvez nenhuma das duas. Durante nossas vidas usamos tantas máscaras que a pessoa real se perde pelo caminho.

Gabriela não se deixou impressionar pela retórica do mago renegado. Tinha a sensação de que, todos em Az'Hur pareciam muito hábeis no jogo de palavras, como se recitassem um roteiro exaustivamente ensaiado. Bem mais interessante parecia ser o burburinho à sua volta. Todos os presentes pareciam impressionados com ela. A menina magricela e desajeitada havia deixado de existir. Todavia, havia algo mais no olhar das pessoas. Eles viam algo em si que ela mesma ainda não percebia. Talvez tenham visto aquilo que o mago insistia em lhe falar, afinal de contas.

Perdida nesses devaneios, ela quase não percebeu que todos se levantavam de suas cadeiras, ante o anúncio do arauto à entrada do soberano de céltica.

— Parece que Elrich resolveu aparecer, afinal. — Comentou Mordro, com um enfado que não deveria existir. Entretanto, havia um sarcasmo mal disfarçado nas palavras do mago. Talvez suas relações com o rei de Céltica não fossem assim tão amistosas, anotou Gabriela mentalmente.

O rei Elrich aproximou-se, acompanhado dos nobres que lhe eram mais próximos na hierarquia do governo de Céltica. Ele Correspondeu à saudação dos presentes com um gesto de cabeça e olhou atentamente para Gabriela. Depois, beijou sua mão. Desajeitadamente ela lhe fez uma mesura, mas o olhou com firmeza, numa atitude que beirava o desafio. Elrich ergueu uma sobrancelha, mas nada disse. Sentou-se e logo foi imitado por todos os demais.

O burburinho que havia antes no salão recomeçou, enquanto os criados do castelo traziam os pratos e serviam as bebidas. À frente da mesa principal, malabaristas evoluíam em suas apresentações enquanto um menestrel principiava a cantar as façanhas de uma jovem guerreira nos campos de batalha. Com um gesto impaciente, Elrich fez com que ele se calasse. Isso deixou Gabriela contrariada.

Numa atitude impensada, ela ordenou ao menestrel que continuasse. O silêncio que se seguiu deu a medida exata do significado daquela insolência. O pobre homem olhou para o rei e depois para o bispo de Walka sem saber o que fazer. Mordro nada fez para socorrê-lo, nem para conter o que parecia ser uma atitude desastrada e imprudente de sua pupila. Na verdade, parecia curioso sobre o desfecho daquele impasse.

Gabriela fitou Elrich nos olhos de uma forma que não deixava dúvidas sobre sua força de vontade. O rei de Céltica desviou o olhar por uma fração de segundos, mas foi o suficiente para que sua hesitação não passasse despercebida pelo mago, que se permitiu uma leve expressão de triunfo.

Gabriela olhou novamente para o menestrel.

— Toque. — Repetiu ela imperturbável, embora também não compreendesse bem o que a levava a fazer aquilo. Apenas sentia novamente a conhecida sensação que lhe dava a certeza de poder fazer coisas que normalmente não faria.

O menestrel sentiu que logo iria ao encontro de Thanatis, mas Elrich assentiu com um gesto quase imperceptível e permitiu que ele voltasse a tocar.

— Parece que você tinha razão. — Disse o rei Elrich para o bispo de Walka.

— Sim, majestade. — Respondeu Mordro com uma cortesia forçada.

— Ela ainda não é Zaphira, mas já tem a mesma ferocidade no olhar. — Falou Elrich. Parecia satisfeito, apesar da afronta recebida.

— Escute a canção. — Ordenou ela.

O rei de Céltica olhou-a surpreendido. Em seguida soltou uma sonora gargalhada.

Mordro conteve-se para não se manifestar da mesma forma, mas por razões diferentes. Sua pupila havia passado de forma magnífica por um teste que ele julgava prematuro, mas que nada pôde fazer para evitar. Isso lhe dava a certeza de que o destino dela não sofreria interferências e fluiria conforme a profecia. Zaphira conseguiria impor-se à sua contraparte demoníaca e estaria em breve tingindo de rubro os campos de batalha, para a satisfação de Thanatis, a deusa da morte. Isso marcaria também o destino dos inimigos do governante de Walka e o livraria definitivamente da presença e das exigências de seus ocasionais aliados. Seria a hora de colher seus trunfos e espalhar o terror pelas nações do mundo de Az'Hur.

Entretanto, nem tudo estava sob seu controle, como pensava. Havia mais pontos de interseção na linha do destino de Gabriela do que ele poderia esperar, posto que não fosse dado aos mortais conhecerem plenamente os desígnios divinos. Deuses não gostam de revelar seus caprichos para os homens, embora sejam os humanos os primeiros a sentir as consequências dos atos divinos.

O menestrel acabou a canção e olhou para Gabriela. Havia no seu olhar uma expressão de respeito e admiração que não existia antes quando se apresentava na corte. Sempre via os cortesãos através de uma dissimulada cortina de desdém, mas desta vez viu que algo destoava no meio daquele grupo dissoluto. Isso o fez pensar que aquela noite ainda reservava algumas surpresas, mas já experimentara emoções demais e recebeu com alívio o sinal do arauto, que indicava que sua apresentação havia terminado.

Os malabaristas voltaram a se apresentar para os cortesãos. Contudo, se interrompessem a apresentação e se retirassem não seriam percebidos. Naquele momento, a atenção dos convivas estava totalmente voltada para o banquete.

Gabriela presenciava homens e mulheres se atracando com pedaços de carne, frutas e doces com uma voracidade obscena. Aquilo a desagradou e desejou estar em outro lugar. Aqueles seres expunham sua sordidez humana de forma tão escancarada, naquele frenesi por se empanturrar, que ela não conseguia mais se ver como um deles.

O mago percebeu sua expressão enojada. Ele parecia saber o que estava acontecendo, mas não fez nenhum comentário. De modo discreto ordenou ao criado mais próximo que enchesse a taça dela com o vinho de Walka, uma bebida encorpada que escondia suas propriedades alcoólicas dos bebedores mais desavisados e só as manifestava quando fosse tarde demais. Contudo, ele estava ali para evitar que ela se deixasse envolver demais nos efeitos da bebida. Evidentemente, para o mago, a menina já não existia. Ele via em seu lugar uma semideusa se libertando do casulo que a ligava ao mundo dos homens.

Gabriela esvaziou a taça de vinho e ordenou ao criado que lhe servisse outra. Elrich percebeu e olhou para ela sorrindo. Ela correspondeu, mas seu olhar estava longe de expressar as razões que ele esperava. Antes, parecia o olhar de um predador analisando sua possível presa.

Atento ao que se passava, Mordro tentou afastar a taça de vinho, mas ela o impediu com um movimento rápido. Pegou a taça e levou-a aos lábios sem que uma única gota fosse derramada.

— Mais. — Ela disse, enquanto enxugava os lábios com as costas da mão.

O criado ia atender seu pedido, mas um olhar de Mordro o deteve.

— Não se apresse. — Disse o Mago. — Certos prazeres devem ser apreciados devagar.

Ela sorriu. Era um sorriso malicioso, que logo se transformou numa gargalhada.

O rei Elrich, sem mais se conter, segurou sua mão.

— Vamos para os meus aposentos. — disse ao mesmo tempo em que tentava beijá-la.

O mago de Walka viu a expressão no rosto de sua pupila passar do desdém a repulsa numa fração de segundos e levantou-se enfurecido. Elrich estava prestes a pôr tudo a perder e, se isso acontecesse, ele iria pessoalmente cortar a garganta daquele infeliz. Entretanto, Mordro não precisou chegar a esse extremo. Antes que ele pudesse esboçar qualquer reação, Gabriela derrubou o presunçoso rei da cadeira com uma cotovelada tão violenta que ele foi parar a vários metros de distância. Ela nem mesmo o olhou. Quando se virou para o criado e ordenou que enchesse novamente a taça de vinho, sua expressão era dura e distante, como se não estivesse ali, e pouco se importou quando o salão ficou novamente em silêncio. Os cortesãos fitavam seu rei caído no chão e olhando para o alto com uma expressão idiota, sem saber exatamente o que tinha acontecido.

O mandatário de Walka serviu-se também de uma taça de vinho e, numa atitude inesperada, propôs um brinde.

— Vida longa à Elrich, monarca de Céltica e guardião do mundo de Az'Hur. — Disse, erguendo a taça. — Que seus inimigos sejam tão fracos quanto essa cadeira.

Ouviram-se alguns risos abafados. Os nobres de Céltica preferiram engolir aquela sugestão de um acidente a ter que tomar alguma atitude e correr o risco de enfrentar o Mago renegado em seu território.

Os criados se apressaram em ajudar o rei a levantar-se, enquanto os presentes erguiam suas taças. Elrich foi conduzido de volta ao seu lugar e parecia ainda não entender plenamente o que havia acontecido. Ele olhou para Mordro e apontou seu dedo indicador para o mago.

— É ela. Sem dúvida é ela. — Disse com a voz trôpega.

Gabriela sorriu-lhe com uma expressão felina. Seu olhar era novamente o olhar de um predador e surpreendeu até mesmo Mordro, que sabia das mudanças pelas quais ela ainda passaria.

— É você, não é? — Ele perguntou de modo incerto.

— Sim, meu rei. — Ela respondeu, pondo uma taça de vinho à sua frente.

O rei olhou para a taça e depois para ela novamente. Parecia indeciso, como se alguma coisa não se encaixasse perfeitamente em sua mente.

— Beba. — Ela disse, com uma voz enganadoramente suave.

Por fim, Elrich bebeu todo o vinho de uma vez só. Depois ficou a sorrir com uma expressão idiota no olhar, que fitava algo que só ele via. O vinho de Walka não costumava perdoar os maus bebedores, costumava-se dizer nas tavernas da aldeia. O soberano de Céltica não tardou a desabar sobre a mesa.

— O rei deseja retirar-se. — Disse Gabriela para os lacaios mais próximos.

O bispo de Walka acompanhou a movimentação sem nada dizer. Ela resolveu a situação criada por um bêbado inoportuno sem pedir-lhe ajuda em momento algum. Na verdade, Mordro percebeu que ela se divertiu o tempo todo, apesar do aborrecimento que demonstrara a princípio.

— Creio que você já deve ter se cansado desta noite, não? — Perguntou.

— Não estou cansada. — Ela disse levantando-se. — Ordene que voltem os menestréis e que a música recomece.

O seu modo de falar havia mudado. A menina já apresentava um temperamento forte ao vir para o mundo de Az'Hur, como era esperado. Contudo, sua forma de se expressar tornara-se dura e incisiva, como Zaphira costumava agir depois de receber o poder de Thanatis.

A música recomeçou e Gabriela subiu na mesa, depois de livrar-se das sandálias e levantar a barra do vestido.

— Agora é que a festa vai começar. — Ela disse, movendo-se languidamente no ritmo da melodia. Seus movimentos eram sensuais e provocantes, como Zaphira costumava ser quando queria.

Mordro olhava para ela fascinado. Levou sua taça aos lábios e pensou que era bom o fato de os faunos não estarem entre os convidados. Por esse mesmo motivo, não demorou muito para que os nobres presentes rodeassem a mesa onde Gabriela dançava.

Ele não tinha como saber que Gabriela dançava para alguém que não estava presente, mas persistia no sonho que ela queria sonhar. Aquela seria uma longa noite para o bispo de Walka e o faria pensar se realmente mantinha o controle dos acontecimentos que estavam por vir.

CAPÍTULO XXI

ESCOLHAS E CONSEQUÊNCIAS

Gabriela estava irritada. Apesar da tentativa de Michel em saber o que tinha acontecido, ela não quis conversar. Entretanto, havia no seu olhar uma fúria que ele jamais tinha visto. Ela parecia ter sido assediada pelo próprio demônio. Michel nem mesmo sabia por que a possibilidade de assédio surgiu em sua mente. Talvez pelo fato de ela já não parecer mais a menina magricela e desengonçada que conhecia. Não era apenas a beleza física que havia despertado, ele sabia. Havia algo ainda mais perturbador e estava na forma como afetava aqueles que se aproximavam dela. De repente ela tinha abandonado a postura estabanada de alguém que não se sentia à vontade com o próprio corpo. Um corpo que ganhara as formas que agora ela parecia ostentar com aparente segurança e satisfação. O que ele ainda não tinha certeza era se ela tinha consciência disso.

"Há coisas que o coração prefere não saber, não é?" Disse o elfo em sua mente.

"Sim. Mas também há coisas que elfos intrometidos não deveriam saber." Respondeu ele aborrecido.

"Também não gosto disso, mas compartilhamos nossos pensamentos e nada posso fazer quando sua tristeza invade minha mente. Eu também sinto o que você sente, esqueceu?"

"Às vezes eu me esqueço disso. Desculpe."

"Esqueça-se disso também. Vamos falar sobre o que você quer fazer. Pretende realmente interferir no resultado do torneio? Isso pode ser perigoso."

"Eu sei, mas também não posso deixar Gabi correr perigo e não fazer nada."

"Você sabe que os guardiões da magia não são muito solidários com as nossas aflições, não sabe?"

"Sei, mas acho que posso fazer com que a guardiã da minha magia se interesse."

Na sua mente, Michel podia imaginá-lo coçando a cabeça, não muito convencido daquilo. Bullit nada mais disse, mas ele sabia que o elfo estaria consigo o tempo todo, mesmo no plano existencial da guardiã de sua magia. Isso o confortou e o fez sentir-se mais confiante.

No dia seguinte, Gabriela acordou antes de Michel e sentiu-se só. Havia se acostumado a vê-lo de pé, ao despertar. Ela abria os olhos e o via com aquele jeito de cão perdido no dia da mudança. Gabriela jamais confessaria, mas aquilo era bom e detestava quando acordava primeiro. Então tentou acordá-lo, sacudindo-o suavemente. Normalmente isso seria o suficiente para Michel despertar, mas ele continuou dormindo profundamente.

— Parece que está em transe. — Ela falou para si mesma, sem saber quão próxima estava da verdade.

Sem Michel para fazer-lhe companhia, ela vestiu seu traje de combate e desceu da torre. Com sorte encontraria Mordro no salão onde faziam as refeições. Ele teria muito que explicar, ela pensou. O fato de não estar, na verdade, em posição de interpelar o mago de Walka nem lhe passou pela cabeça. Como de outras vezes, apenas sentia que podia fazer isso.

Uma hora depois, no jardim, Gabriela fitava o mago de uma forma que parecia querer trespassá-lo com o olhar. Ela aguardava uma resposta e não estava disposta a se deixar enganar pelas gentilezas dele.

O mago devolveu-lhe o olhar com firmeza, embora tivesse dificuldade em manter-se sereno diante daquele semblante furioso. Zaphira estava ali, na sua frente, como se nunca tivesse desaparecido.

— É muito embaraçoso falar sobre isso... — Ele começou a dizer.

— Tente. — Respondeu ela implacável. — Por que o rei de Céltica achou que eu "tava" dando mole para ele?

— Não sei se compreendo plenamente seu palavreado, mas quero crer que se refira às tentativas... Hum... Românticas... De Elrich, estou certo?

— Românticas?... Tá bom. Vá lá que seja. Mas isso não explica tudo. Desembucha!

Mordro parecia realmente embaraçado com aquele assunto, mas atendeu ao que parecia ser uma ordem dela.

— Elrich e Zaphira... Isto é, Elrich e você estavam noivos antes do seu desaparecimento em combate. Naturalmente ele esperou que sua noiva estivesse de volta à Walka, quando soube de você.

— Como assim? Euzinha estava noiva daquele... Velho? Pirou?

— Você deve levar em consideração que isso aconteceu quando você era mais velha e ele mais novo. Além disso, um compromisso de casamento com o rei de Céltica foi uma decisão sua. Uma sábia decisão, se me permite dizer, dadas as circunstâncias.

— Não vejo que circunstâncias poderiam levar-me a cometer uma decisão tão idiota.

— As razões foram estratégicas. Walka precisava aliar-se à Céltica na guerra com Antária. E você tinha suas próprias ambições e o casamento com aquele tolo lhe daria os meios necessários para concretizar seus sonhos de poder e gloria.

Ela fechou os olhos e lembrou-se. Eram ainda fragmentos de memória de uma vida anterior, mas lembrava-se o bastante para saber que o Mordro falava a verdade sobre aquilo.

— Ele é realmente o que parece? — Ela perguntou depois de um instante.

— Completamente. — Respondeu Mordro sem hesitar. Ele sabia ao que ela estava se referindo.

— Vou retomar o noivado. — Ela disse de repente.

— Vai?

— Sim. Depois do torneio faremos o anúncio. Você se encarrega de resolver tudo com o rei?

— Certamente. — Respondeu Mordro sem pestanejar.

Mais que as mudanças que se operavam no plano físico, a velocidade das mudanças no caráter da menina não parava de surpreendê-lo, embora devesse esperar por isso.

— Vou treinar. — Ela disse, encerrando a conversa, ao ver que seu *sparring* havia chegado. Não precisava mais de Mordro para isso.

Após um momento contemplando sua silhueta esguia se afastando em direção à arena, o bispo de Walka também saiu do jardim. Ele tinha providências a tomar e o tempo começava a se tornar escasso.

Deitado na cama, o corpo do elfo ainda mantinha a aparência do garoto, mas flutuava de um modo quase imperceptível. Sua forma astral, no entanto, estava longe dali. Livre das limitações do plano físico, Michel deslizava pelas correntes místicas que vertiam entre um plano e outro num fluxo contínuo, ao sabor do movimento das estrelas e da vontade dos guardiões da magia. Aprender sobre a vontade da guardiã de sua magia era o que ele queria, mas isso não seria fácil. Ela não se mostraria tão facilmente, a menos que houvesse algo em troca. Não algo tangível. Guardiões da magia não se interessavam pelo mundo material. Compartilhavam emoções e tinham uma predileção especial pelas sensações que os mortais comuns tinham a partir das interações ocorridas em seu plano de existência, algo que não lhes era acessível a não ser por intermédio de um avatar. Michel não demorou a perceber isso e sabia que tinha algo a oferecer para a guardiã de sua magia. Ela demonstrava um interesse especial pelas suas emoções que se referiam às garotas, especialmente aquelas dirigidas à Gabriela.

No início do seu aprendizado em lidar com a guardiã de sua magia, Michel percebeu que ela se tornava mais próxima quando ele se lembrava de Gabriela, mas nem todo tipo de pensamento causava esse efeito. Ele sentia a presença de sua guardiã vibrar quando suas lembranças de Gabriela tinham um caráter romântico. Às vezes a sensação era desagradável, como se ela estivesse com ciúme. Em outras ocasiões, ela parecia compartilhar com prazer seus devaneios românticos.

No resto do tempo em que ele permanecia no plano existencial da guardiã de sua magia, ela não se mostrava propriamente. Ele apenas sentia sua presença e, quando tentava aproximar-se mais, ela se mostrava distante e indiferente aos seus apelos. Quando muito, parecia zombar dele e das dúvidas e incertezas que permeavam seus pensamentos quando tentava estabelecer um diálogo que pudesse fazer algum sentido. Isso lhe exasperava e o deixava prostrado, de tal modo que enfraquecia sua determinação em permanecer e ele se deixava escorregar de volta ao seu próprio plano existencial, como se a energia mística que o mantinha ali de repente tivesse se exaurido.

Em algumas ocasiões, entretanto, ela o puxava de volta para si, num caprichoso jogo de sedução. Isso o frustrava, até que compreendeu que também podia jogar quando percebeu que ela não suportava a indiferença que ele demonstrava depois de cansar-se de suas artimanhas.

Havia certo grau de risco nisso. Nessas ocasiões, sua guardiã se mostrava como uma namorada possessiva e o mantinha naquele plano, mesmo quando a permanência punha em risco sua existência física. Ela parecia não se importar com isso, desde que pudesse mantê-lo junto de si. Michel desconfiou que fosse essa a sua intenção em pelo menos uma ocasião, aquela em que Bullit o resgatou do plano existencial em que eles se encontravam. O elfo parecia saber das intenções dela, mas sempre evitou falar sobre isso.

A relação de Bullit com os guardiões da magia nunca tinham sido muito claras para o garoto. É verdade que nada que se referisse ao elfo era suficientemente claro, mas quando se tratava de algo que se relacionava com as entidades que controlavam o fluxo das energias místicas entre os planos existenciais, parecia haver muitos pontos obscuros que sempre seriam negados à sua compreensão plena. Apesar disso, sentia-se cada vez mais seguro em lidar com os guardiões. Nunca os tinha visto realmente, apenas sentia algumas presenças quando vagava entre dimensões cuja existência parecia não se enquadrar em nenhum conceito humano de algum "lugar". Ele se acostumou a pensar a respeito dessas dimensões como "lugar nenhum". Isso parecia descrever com razoável precisão algo que existia, mas que parecia não existir pela percepção humana. Por isso, os guardiões pareciam mais reais quando se manifestavam no seu plano existencial, onde havia matéria e energia que obedeciam às leis da física que ele podia compreender. Infelizmente eles não costumavam facilitar as coisas para os aprendizes de magia. Havia nessa atitude um senso de humor que ele conseguia compreender e que também percebia existir nas atitudes do elfo, com sua forma de ensinar. Essa era baseada na provocação, ou "desequilíbrio", como Bullit costumava se referir às brincadeiras que o deixavam exasperado, mas que depois reconhecia possuírem algum encadeamento lógico que o levava a pensar. Esses ensinamentos viriam a propósito nessa jornada em busca da guardiã da magia, pois não bastaria encontrá-la. Seria necessário descobrir um meio de comunicar-se com ela num nível que ele pudesse compreender e ser compreendido plenamente. Como fazer isso quando a comunicação se dava por sensações e sentimentos que não se traduziam em palavras? Algumas vezes sentia que ele e a guardiã de sua magia pareciam dois rádios tentando se comunicar usando frequências diferentes. Encontrar a frequência correta para se comunicar com ela seria apenas mais um obstáculo que teria que superar. Antes teria que encontrá-la naquela imensidão de nada. Um vazio sem horizonte e pontos de referência que o ajudassem a se localizar.

O que mais o incomodava era o terrível sentimento de solidão que lhe acometia ali. Até mesmo Bullit parecia estar ausente. O elfo costumava ser sua referência naquelas viagens oníricas. Era o ponto de retorno que ainda não tinha ousado ultrapassar, mas desta feita não sentia sua presença reconfortante. Aparentemente estava só, desde que havia sentido o zumbido familiar no ouvido, era o som que antecedia o momento em que "flutuava" sem controle para fora do corpo. O sentimento de impotência que isso lhe transmitia sempre o enchia de pavor. Tinha receio de não conseguir retornar, e isso era uma sensação que sempre o acompanhava no início da jornada. O medo que sentia era o alvo predileto das chacotas do elfo, sem perder de vista o ensinamento que o considerava o primeiro demônio a ser controlado.

Ele se encontrava em "lugar nenhum", como costumava dizer para si mesmo. A única coisa que podia perceber eram luzes que se deslocavam e mudavam de cor conforme sua atenção se focava em alguma delas. Essas luzes eram a única referência que possuía e que lhe dava uma vaga noção de espaço. Não podia imaginar um lugar mais desolado, mas era onde pensava que a guardiã de sua magia existia. Contudo, até mesmo disso não conseguia ter certeza. O que o guiava eram resquícios da magia que ele estava aprendendo a lidar e que ali, naquele plano, parecia mais forte. Mas isso também poderia não querer dizer nada. A energia mística se concentrava ou se tornava rarefeita por muitos motivos. Inclusive por razões que ele não tinha como compreender naquele momento.

Depois de vagar a esmo naquele plano, resolveu poupar sua energia e concentrar-se. Sua busca não deveria ser feita como se estivesse no seu próprio plano existencial. Ali, o tempo e o espaço não existiam como conceitos separados, de modo que o ponto onde se encontrava não fazia a menor diferença.

De repente ficou imaginando como a guardiã de sua magia lidava com aquela sensação opressiva de solidão. Não podia imaginar nada tão difícil de enfrentar.

"A solidão só existe porque você a percebe, garoto."

"Bullit?" Ele indagou feliz. O elfo não estava em sua mente. Como em outras ocasiões, o sortilégio que os havia unido não fazia efeito naquele plano existencial.

"Quem mais o seguiria até o fim do mundo?"

"É estranho sentir você separado de mim."

O Elfo riu. Parecia divertir-se com a consternação que sentia nas palavras do menino.

"Você se importa com coisas erradas." Disse Bullit de um jeito provocativo. Deveria ficar feliz por não dividir a existência com um velho elfo. Neste plano, podemos perceber nossa forma astral como se estivéssemos em nossos verdadeiros corpos. Isso não é bom?

"Sim, mas me acostumei com você resmungando na minha mente e senti sua falta. O que há de errado nisso?"

"Nada. Apenas não tem a importância que você lhe atribui, já que na verdade eu não estava ausente."

"Mas eu não sentia sua presença. Estava só."

"Lá vem você com esse papo de solidão de novo." Retrucou o elfo, novamente provocador. *"Não sentiu minha presença porque estava entretido em sentir-se só. Você queria estar só, por isso sentia a solidão. Quando se faz esse tipo de escolha, você fecha o coração para outros sentimentos."*

"Não. Eu estava só. Não se sente solidão quando não se está só." Respondeu o Michel obstinado.

"Você é teimoso com coisas sem importância. Mas vou lhe dar outra chance de entender. A solidão é um estado alterado da percepção de si mesmo em relação aos outros e independe de você estar solitário ou não. Por isso é possível sentir-se só no meio de uma multidão."

O argumento do elfo aparentemente fazia sentido, mas podia ser contestado. Bullit adorava isso e o garoto sabia que aquela discussão não teria fim. Por isso achou melhor voltar ao motivo de sua presença naquele plano.

"A guardiã da magia que você me ensina está aqui?" A mudança repentina de assunto pareceu desconcertar o elfo, mas ele se esforçou por não demonstrar.

"Quem sabe? Mesmo que esteja neste plano, ela pode estar longe daqui. Você mesmo deve descobrir como encontrá-la."

O garoto sentiu que Bullit estava se eximindo de propósito e decidiu provocá-lo do mesmo jeito que o elfo fazia com ele.

"Talvez o jeito de a encontrar esteja na forma como eu a perceba, não é."

"Talvez." Respondeu o elfo cauteloso.

"Então o caminho para melhorar minha percepção passa por saber mais a respeito dela."

O elfo ficou em silencio. Parecia considerar as palavras do garoto, mas era difícil dizer se esse argumento fazia sentido para ele. Não obstante, pareceu concordar em falar sobre a guardiã da magia.

"O que você quer saber?"

"Há tantas coisas que ainda não compreendo, que não sei o que perguntar primeiro."

"Comece pelo começo."

"Tá bem. O que é, digo, quem é a guardiã da magia que você me ensina?"

Mal havia feito essa pergunta, Michel sentiu o desconforto do elfo com aquele assunto. Por um momento arrependeu-se de tê-la feito, mas no seu íntimo sabia que Bullit precisava falar sobre aquilo.

"Ela tinha a sua idade quando descobriu que tinha algumas habilidades especiais." Começou Bullit a falar em tom monocórdio.

"Quem é ela?"

"Não me apresse. É difícil falar sobre isso." Respondeu o elfo irritado.

"Desculpe."

"Ela se chama Mya e vem de um povo que já desapareceu do mundo de Az'Hur há muito tempo. Sua aldeia ficava próxima do bosque dos faunos e foi lá que eu a encontrei pela primeira vez."

"Espere aí... Isso quer dizer que você é..."

"Mais velho que você poderia supor. Muitas eras se passaram desde aquele dia."

"Isso é incrível! Como foi que você a conheceu?"

"Eu a conheci durante o festival da colheita. Mya havia sido raptada pelos faunos, como aconteceu com sua amiga, mas eu a resgatei e nos tornamos amigos desde esse dia. Era uma amizade oculta aos olhos do seu povo. Os Walkens não costumavam ser muito amigáveis com elfos, magos e outras criaturas que tivessem algo a ver com magia. Eles temiam tudo que não compreendiam. Todavia, não sei se por ironia dos deuses, quis o destino que Mya tivesse o dom para as artes místicas."

"Como eu?"

"Não. Mya era especial. Sua capacidade era maior que a minha e não demorei a perceber que tinha encontrado o melhor discípulo que eu poderia ter. Alguém para passar todo o meu conhecimento de magia. Durante vários ciclos, que você chamaria de meses, ela ia ao meu encontro na floresta e eu a treinava. Ela evoluiu rapidamente e logo chamou a atenção dos guardiões da magia. Eles a disputavam e a tentavam de todas as maneiras. Apesar do meu esforço em conter os excessos e alertá-la constantemente para os perigos que rondavam seu caminho, Mya afastou-se de mim e começou a exercitar sua capacidade recém-adquirida de transpor a barreira entre os planos existenciais. Então, de cada vez que ia ao encontro dos guardiões da magia, ela se demorava mais para voltar. Até que um dia encontrei seu corpo boiando num pequeno lago onde hoje é o fosso que protege o castelo de Walka."

"Puxa! Isso é muito triste." Disse o garoto, começando a compreender por que era tão doloroso para o elfo contar a história da guardiã de sua magia. *"Ela morreu afogada?"*

"Sim. Ela demorou a voltar e seu corpo inconsciente caiu no lago. Quando sua forma astral percebeu o que tinha acontecido se desesperou e tentou voltar, mas era tarde demais. Mya estava condenada a ficar para sempre no plano existencial dos guardiões da magia."

"Como ela se tornou a guardiã da magia que você me ensina?"

"No plano existencial dos guardiões, as habilidades místicas dela se desenvolveram de forma inimaginável. Mya logo se tornou poderosa demais e sobrepujou o guardião da magia dela. Durante um embate entre eles, Mya o destruiu e absorveu sua energia mística. Isso fez dela a guardiã da magia que tem como base a energia arcana, que é a magia dos seres elementares como elfos e fadas, o que ensino a você."

"Como eu e Mya pudemos aprender a magia de vocês? Isto é, nós não somos seres elementares como você. Quero dizer, Mya era humana quando começou a aprender a magia, assim como eu, não é?

"Sim, isso é verdade. Mas em cada geração, um humano em cada mundo nasce com capacidade para a magia. Você, no seu mundo e Mya, em Az'Hur, nasceram com essa capacidade. Ela bem mais que você, é claro."

O garoto ignorou a provocação do elfo. Sabia que isso tinha um propósito oculto que ele perceberia em algum momento. Entretanto, havia questões que Bullit ainda não tinha esclarecido e ele julgou que aquela conversa estava longe de terminar.

"Então de repente Mya se tornou a guardiã da magia que você ensinava. Isso não ficou estranho?"

"Sim, de certa forma. É sempre difícil, embora seja também motivo de orgulho, o momento em que o mestre percebe que seu pupilo o superou, mas isso já era esperado por mim. Eu sabia o que o destino guardava para Mya e tentei prepará-la para o que viria. O mais difícil foi perceber depois que Mya controlava o modo que eu podia usar a magia e parecia gostar disso. Ela estava mudando seu caráter e se distanciando de sua verdadeira natureza, até que muito pouco restou do ser humano que ela era e nossa relação se tornou fria e distante."

"Vocês não conversam mais?"

"Não como você entende que seja uma conversa. Nossa relação se dá em todo momento que a energia arcana é utilizada por mim ou quando algo lhe chama a atenção neste plano existencial, como você."

"Eu?"

"Sim. Mya se interessou por você. Ela o escolheu. Eu soube disso logo que percebi que seu espírito estava no meu corpo. Esse foi o modo como ela conseguiu que você permanecesse no mundo de Az'Hur, pois ao contrário de sua amiga, você pertence totalmente a outro mundo."

"Por que Mya se interessou por mim?"

"Essa pergunta você não precisava ter feito, não é?"

Quando Bullit se tornava sarcástico ele sabia que havia deixado de perceber alguma coisa óbvia. Rapidamente reviu toda a conversa com o elfo, até que encontrou a resposta.

"Ela encontrou alguém que lhe é semelhante."

"Às vezes você é brilhante." Disse o elfo com ironia. *"Já pensou no que isso significa?"*

"Não sei. Talvez ela queira me tornar um guardião da magia." Quase ao mesmo tempo em que disse a frase, Michel sentiu um arrepio na alma. Compreendia finalmente o que Bullit estava tentando lhe dizer.

"É isso mesmo que você está pensando."

"Mas eu não desejo isso. Quero voltar para o meu mundo... Ele falou horrorizado ao lembrar que seu corpo ainda deveria estar no quarto de Gabriela. *"Será que eu já morri?"*

"Não seja tolo. Se isso tivesse acontecido você já teria percebido. Isso não significa que a situação não seja grave. Você tem que voltar para o seu corpo antes que seja tarde demais, como aconteceu com Mya."

"Não posso voltar sem Gabi." Ele disse de repente, lembrando o motivo de estar ali.

"Então a ajude a cumprir seu destino no mundo de Az'Hur, mas lembre-se que algumas decisões são dela e você não deve interferir. Isso quer dizer que talvez..."

"Ela não queira mais voltar."

"Sim. Muito do que vai acontecer depende do que ela decidir fazer daqui por diante. Mas não é só o que ela decidir que será importante. As suas decisões também podem afetar o seu destino ou o destino de ambos."

"Obrigado. Ouvi-lo tornou tudo mais fácil para mim." Respondeu Michel com azedume. A ironia ficou por conta da necessidade de ocultar o medo que estava sentindo.

"Você veio aqui para pedir ajuda à guardiã de sua magia. Agora já sabe o que ela espera de você e se mostrará como era antes de se tornar uma entidade mística. Você a verá como uma menina da sua idade, mas não há subestime. Lembre-se que Mya é muito mais antiga que Walka e Antária. Ela não é mais o que parecerá para você. Lembre-se disso, pois o preço a pagar por uma decisão errada, ou um passo errado, será muito alto para você e trará consequências muito além de sua compreensão."

Após ouvir essas palavras, Michel percebeu que estava do jeito que tanto detestava. Completamente só. O elfo o havia deixado com seus dilemas e ele deveria encontrar suas respostas sem ajuda de ninguém...

Dúvidas era o que não lhe faltaria. Já não sabia até mesmo se deveria permanecer naquele limbo em busca da guardiã de sua magia. Depois de muito pensar, julgou que deveria tentar ajudar Gabriela de alguma forma que não interferisse no cumprimento da profecia, que era a missão que encerraria a permanência de ambos naquele mundo. Já não tinha tanta certeza de que aquilo era apenas um jogo de RPG muito estranho, como parecia no princípio. Teria que repensar seus conceitos, os quais ele tinha como sendo definitivos e imutáveis sobre muitas coisas do mundo de Az'Hur e, também, do que compreendia da lógica do pensamento das criaturas que o habitavam. Seria uma longa jornada em busca da compreensão.

Depois desse momento de incertezas, ele fez um esforço para acalmar-se e colocar seus pensamentos em ordem. A busca pela guardiã de sua magia já não fazia mais sentido, mas ele se deu conta de que não sabia como sair dali. Deveria haver algum ponto de referência naquele plano existencial que pudesse orientá-lo, ele pensou. De todas as vezes que transpôs a barreira entre os planos existenciais, Bullit o havia levado de volta são e salvo. Desta feita, no entanto, teria que encontrar o caminho de volta sozinho. Encontrar o caminho de volta? Ele descobriu de repente que continuava raciocinando para localizar-se no espaço. O raciocínio espacial não lhe seria útil em "lugar nenhum". Teria que expandir sua mente até que alcançasse a consciência plena daquela dimensão.

Depois que decidiu o que fazer, ele percebeu que era o momento de parar de pensar como sempre fazia. A lógica do pensamento humano, assim como o raciocínio espacial, não o ajudaria a sair daquela situação. Apesar da dificuldade, sua mente foi aos poucos liberada para percorrer "lugar nenhum" e encontrar um modo de transpor a barreira dimensional entre aquele plano existencial e o mundo de Az'Hur.

As luzes se tornaram mais intensas e criavam formas geométricas surpreendentes, quase sólidas, mas que logo se desvaneciam e davam origem a outras. Ele parecia estar dentro de um gigantesco caleidoscópio e uma crescente sensação de claustrofobia ameaçou sufocá-lo, mas uma escuridão repentina o livrou do pânico que já despontava em sua mente. A nova sensação era de paz e tranquilidade, mas não durou muito.

Uma luz brilhante, de tonalidade azul, surgiu ao longe. Na verdade, a sensação de distância era apenas uma ilusão provocada pela luz que rasgou a escuridão dando passagem a uma forma que parecia humana. Ela se aproximou ainda mais e ele percebeu os contornos de uma silhueta feminina, que parecia trazer algo nas mãos. Ela se tornou mais nítida e ele pôde reconhecê-la.

"Gabi?" Ele perguntou tentando falar, mas a pergunta apenas surgiu em sua mente. Demorou uma fração de segundo para lembra-se de que não tinha corpo sólido naquele plano. Somente sua consciência vagava por ali, mas a imagem mental de seu corpo lhe dava a sensação que estava ali de forma concreta. Era assim que ele pensou ter visto Gabriela e concentrou-se na figura que se aproximava com uma espada na mão.

Ela se aproximou o suficiente para que ele a reconhecesse sem nenhuma dúvida. Gabriela realmente estava ali, embora ele não pudesse compreender como isso seria possível. Provavelmente era uma ilusão.

"Como você conseguiu chegar aqui?" ele conseguiu perguntar, sem acreditar realmente que aquela visão pudesse ser verdadeira.

A imagem que parecia Gabriela nada respondeu. Ergueu a espada e assumiu uma posição de ataque que lembrava o estilo de combate que ele viu em Gabriela durante seus treinos de esgrima.

"O que vai fazer?" Ele perguntou apavorado, ao perceber que seria atacado.

A estranha figura continuou impassível a olhá-lo ameaçadoramente. De repente lhe desferiu uma estocada, num movimento rápido e preciso. Ele gritou em sua mente, esperando que a vida lhe fosse arrancada, mas a imagem de Gabriela desapareceu com espada sem tocá-lo. Então a escuridão o envolveu novamente e ele nada mais percebeu, além do arquejar inútil da sua tentativa de respiração no vácuo.

Ele levou algum tempo para perceber que tinha sido tudo uma ilusão e que Gabriela jamais esteve ali, muito menos para atacá-lo. Alguém, ou alguma coisa, estava se divertindo às suas custas e usava suas lembranças para pregar-lhe uma peça.

"Quem está aí?"

A resposta foi uma risada. Parecia a gargalhada de uma menina, mas não se tratava de Gabriela. Ele lembrou-se do que Bullit havia dito sobre Mya e compreendeu o que estava acontecendo. A guardiã de sua magia finalmente se mostrava para ele, embora não fosse exatamente da forma que esperava.

"Mya? É você?" Perguntou inseguro.

Ele ouviu novamente a gargalhada, mas não conseguia sentir a presença dela. Esperou um momento e a chamou novamente. Ela não respondeu e ele se cansou daquele jogo de gato e rato. Queria sair dali, mas ainda não entendia como poderia fazer isso. Subitamente compreendeu tudo. Sua presença naquele plano só acontecia por sua vontade e ele se mantinha ali usando sua energia, como alguém que mergulha numa piscina e precisa se esforçar para manter-se submerso. Tudo o que precisava fazer era relaxar e se deixar levar. Sua forma astral encontraria o caminho de volta naturalmente.

Ele sentiu que estava começando a fazer o caminho de volta, mas algo o prendeu.

"Você desiste muito fácil." Disse uma voz de menina.

"Quem é você?"

"Chamou tanto por mim e não sabe bobão?"

"Mya?"

Ela riu de novo e tudo se iluminou. De repente *"lugar nenhum"* se transformou num bosque à beira de um pequeno lago. Michel achou a paisagem familiar, mas não se lembrou de imediato.

"Acho que já vi este lugar." Disse.

Logo depois percebeu que estava onde deveria estar o castelo de Walka. Mya havia recriado o lugar antes do castelo existir. Ele olhou ao redor tentando encontrá-la, mas não conseguia olhar muito além da densa vegetação.

"Onde está você?"

Ela riu novamente, antes de surgir de repente.

"Aqui bobão."

Então, finalmente ele a viu. Mya estava à sua frente sorrindo. Seu olhar tranquilo e amistoso o fez sentir-se bem-vindo, apesar da peça que ela lhe havia pregado.

"Puxa! Você é..."

"Linda? Eu sei bobão. O que você esperava? Uma bruxa velha?"

Ele ignorou o tratamento pouco lisonjeiro, pois sabia que Mya havia conservado a maturidade própria da idade que tinha quando sua forma mortal perecera, mas decidiu que lhe daria o troco na primeira oportunidade que surgisse. Entretanto estava realmente impressionado com a beleza dela e isso o fez lembrar-se novamente que Bullit lhe dissera sobre ela apresentar-se com a aparência que tinha antes de deixar o mundo dos mortais.

"Uma bruxa talvez, mas não tão velha." Ele respondeu impertinente.

Ela circulou ao seu redor, como se o estivesse avaliando.

"Nada mal para um bobão." Disse por fim.

"Você também não é ruim, apesar da idade."

Ela riu de novo.

"Então, o bobão tem coragem... Gosto disso."

"Por que?"

"Muitos tremeram ante minha presença. E aqueles que ousaram me enfrentar já não existem mais."

Aquilo foi dito de modo casual, mas Michel percebeu uma ameaça implícita, ou pelo menos a demarcação de uma linha que ele não deveria ultrapassar. Ele já havia desistido de encontrar a guardiã de sua magia, mas ela não permitiu que voltasse. Isso deveria significar alguma coisa e ele resolveu que iria até o fim naquela empreitada.

"Por que você me escolheu?"

"Quem disse que escolhi você?"

O garoto ficou embaraçado e não soube o que dizer. Ela podia ser mais velha que os Magos Celestiais, mas se comportava como uma garota da idade que aparentava. Justamente a sua idade. Essa era uma fase da vida em que ele não tinha muito do que se orgulhar em suas relações com as garotas. Ainda se lembrava de ser invisível para elas.

Ela riu de sua expressão desconcertada, mas ao contrário de outras experiências semelhantes em sua vida, Mya soube ser generosa.

"Estou brincando, bobão. Escolhi você sim. Queria encontrar alguém que pudesse compreender a mim, tanto quanto aprender o que tenho para ensinar. Eu o procurei por toda a parte desde que assumi o controle da magia."

"Mas eu nasci mil anos depois que isso aconteceu."

"Na contagem do tempo que conhece passou-se ainda mais, mas aqui o tempo não existe da forma como você entende. Eu já sabia da sua existência no seu mundo, por isso interferi para que o sortilégio que iria introduzir um elemento novo no cumprimento da profecia o trouxesse para Az'Hur. Como vê, deu tudo certo e você está aqui." Concluiu Mya sorridente.

"Pensei que minha presença em Az'Hur se devia aos Magos Celestiais."

"Eles fizeram um sortilégio para afetar um evento, mas sem saber o efeito disso. Sua vinda foi tramada por mim, desde o começo."

Isso explicava o desagrado de Mordro com sua chegada a Walka junto a Gabriela. Para o garoto seria provável que o mago renegado ainda estivesse tentando entender sua presença no mundo de Az'Hur e sua ligação com ela.

"Nem tudo, eu surgi no mundo de Az'Hur no corpo de Bullit."

"Ao contrário de sua amiga, você não poderia ir materialmente para Az'Hur e precisava de um avatar para permanecer naquele mundo."

O garoto procurou a guardiã de sua magia com o propósito de pedir ajuda para proteger Gabriela, mas logo percebeu que Mya tinha respostas para muitas questões que o perturbavam desde que iniciara aquela aventura.

"Por que eu precisei de um avatar e Gabriela não?"

"Você faz perguntas tolas." Ela disse com impaciência. *"Sua amiga tem ligação com Az'Hur, de uma vida anterior. Você não tem essa ligação, entendeu?"*

"Então ela é mesmo Zaphira? E a tal profecia existe mesmo?"

"Sim para ambas as perguntas." Ela disse enquanto simulava um bocejo. *"É por causa dela que está aqui, eu sei. Ela tem um destino a cumprir e você não pode interferir."*

"Eu nem pensaria nisso, se ela não estivesse correndo perigo. Ela pode morrer, não pode?"

"Pode, se for do seu destino e vontade dos deuses. Cumprir a profecia é parte disso, mas há forças contrárias. A contraparte dela também deseja assegurar sua própria existência e, para isso terá que subjugá-la. Essa é uma das ameaças que paira sobre sua amiga, mas não é a única, nem a mais perigosa."

O garoto estremeceu. As palavras de Mya soaram como um epitáfio para Gabriela. Sabia que os Magos Celestiais não desejavam o cumprimento da profecia, mas Garth havia prometido esperar antes de tomar medidas extremas. O Centauro e Zaphir pareciam interessados em proteger Gabriela, embora ele não pudesse entender esse interesse em comum, já que pareciam inimigos. De todos que ele podia se lembrar, o Bispo de Walka parecia ser o mais interessado no destino de sua amiga, mas seus motivos não eram difíceis de ser compreendidos. Mordro teria muito a ganhar com o retorno de Zaphira e o fortalecimento da aliança com o rei de Céltica.

Além dos Magos de Antária, Michel não conseguia imaginar quem mais poderia ter interesse e condições para impedir o cumprimento da profecia e fosse também uma ameaça à vida de Gabriela.

"Onde você está agora?" Mya perguntou impaciente. Não gostava de ser ignorada por um aprendiz de magia com o olhar sempre distante.

"Você não pode ajudar?"

"Ajudar quem?" Ela perguntou. Mya sabia a quem ele estava se referindo, mas não lhe facilitaria as coisas.

"Ajudar minha amiga. Não finja que não sabe do que estou falando, por favor."

A guardiã da magia o olhou de uma forma que o surpreendeu. Por um momento Michel pensou ter visto um brilho de compaixão em seu olhar. Porém, isso foi logo substituído pelo desdém de uma garota pelo destino de outra. Essa era uma atitude mesquinha que ele já tinha visto antes. Garotas também demarcavam territórios e não gostavam de concorrência. Mas isso era o que acontecia no mundo dos mortais, com pessoas comuns. Entretanto, ele não estava lidando com situações normais nem com pessoas comuns e isso não deveria acontecer. Uma Guardiã da Magia era o mais próximo de uma deusa que ele já tivera a oportunidade de conhecer e certamente não perderia tempo em sentir ciúme de um mortal comum, apesar de Bullit já ter lhe advertido que guardiões da magia, assim como deuses, também tinham lá seus caprichos e não estavam imunes às paixões.

"Sua amiga está além de minha ajuda. O destino dela está subordinado à vontade dos deuses."

"E a vontade dela não conta? Cadê o livre arbítrio?"

"Não foi o livre arbítrio que a colocou nessa encrenca? Ela sempre tem escolhas a fazer, mas só ela pode decidir sobre isso. Essa é a vontade dos deuses. O problema é que nem sempre os deuses estão de acordo."

"Então nada pode ser feito?"

A guardiã da magia não gostou daquela insistência, mas percebeu que lhe seria mais útil ajudá-lo. Afinal de contas, a fidelidade era mais confiável quando movida pela gratidão.

"Não se pode contrariar a vontade divina, mas nem sempre os deuses expressam essa vontade com clareza e cabe a nós interpretá-la."

O garoto sentiu a mudança de disposição de Mya e se encheu de esperança. Ela iria ajudá-lo, afinal de contas.

"Isso quer dizer..."

"Quer dizer que podemos trapacear como sempre fizemos, ao lidar com a vontade e o capricho dos deuses."

"Trapacear com os deuses? Não pensei que fosse possível. Como vamos fazer isso?"

"Mesmo no destino traçado há o acaso, a ocorrência de eventos aleatórios que fogem ao controle dos deuses, entende?"

"Acho que sim. Mas se os deuses não controlam esses eventos aleatórios, como nós vamos controlá-los?"

"Quem falou em controlar? Nós vamos criá-los! Quando sua amiga estiver em situação de perigo, como nesse torneio que ela vai participar, iremos introduzir um elemento aleatório para mudar a situação, como um tropeção do adversário, uma picada de inseto, ou algo parecido."

"Você pode fazer isso?"

"Você fará. Eu lhe direi o momento e o que você deve fazer."

Aquilo parecia um tanto vago para Michel. Alterar a probabilidade de algo ocorrer em eventos futuros significava lidar com consequências imprevisíveis também. Parecia-lhe que os riscos que tanto queria evitar continuariam a existir. Entretanto, não pretendia assistir passivamente os acontecimentos, sejam eles aleatórios ou não.

"Preciso de sua ajuda em outra coisa." Ele disse para Mya, esperando não ter extrapolado os limites daquele relacionamento imprevisível.

"Você é abusado, mas eu já esperava por isso. Para penetrar no local protegido pela magia de Mordro, basta você alterar o padrão de sua aura e imitar a dele. Assim o encanto de proteção não agirá sobre você."

"Puxa! Por que não pensei nisso antes?"

"Porque você não sabia, bobão." Disse ela. A sua risada o acompanhou quando se sentiu escorregar para o plano existencial de Az'Hur.

Ele não foi imediatamente para a biblioteca do castelo. Após aquela jornada astral, o corpo do elfo precisava de nutrição e Michel se dedicou a essa tarefa com o entusiasmo de sempre, apesar dos protestos de Bullit, não muito afeito em cometer exageros gastronômicos.

Alguns minutos depois, ele estava diante da porta protegida pelo encanto de Mordro.

"O que faço agora?"

"Siga o que sua guardiã lhe falou." Respondeu Bullit lacônico.

O garoto pensou ter percebido um leve tom irônico nas palavras do elfo. Ele nunca tinha se referido à Mya como "sua guardiã", mas evitou tecer qualquer comentário e concentrou-se na aura que ambos compartilhavam. Então se deu conta de um detalhe fundamental, que estava lhe escapando.

"Como posso imitar a aura de Mordro, se eu não sei como ela é?"

"Este lugar guarda vestígios disso. Concentre-se na energia mística residual do ambiente e em Mordro ao mesmo tempo. Você saberá quando a ver."

Era difícil compreender instruções tão vagas, mas o garoto fez o que o elfo lhe disse. Nada aconteceu de imediato, mas aos poucos ele conseguia "ver" filamentos de luz negra flutuando pela biblioteca. Não tinha como explicar, mas sabia que havia encontrado o que procurava e esforçou-se para imitar seu padrão energético na aura deles.

"Conseguiu garoto. Vamos entrar logo, antes que o bruxo resolva vir para cá."

Eles entraram na sala e viram uma pequena mesa com um livro aberto sobre ela.

"Só tem um livro." Disse Michel desapontado.

"O que você esperava? Um caldeirão cheio de poção mágica? Aproxime-se do livro e leia a página aberta."

"A luz da inocência será conspurcada e deixará de existir para que a escuridão domine e Thanatis caminhe sobre este mundo. Thanatis é a deusa da morte, não é?"

"Sim. E deseja caminhar entre os homens."

"Como ela fará isso? Thanatis não tem existência física, não é?"

"Mas Zaphira tem."

Michel demorou a entender o que Bullit estava tentando lhe dizer. Talvez estivesse apenas tentando negar a possibilidade terrível daquilo acontecer.

CAPÍTULO XXII

O TORNEIO

O Clarim soou no castelo de Walka, mal havia amanhecido o dia. Era o sinal para os participantes do torneio se dirigirem ao local designado para eles, enquanto aguardavam o arauto anunciar seus nomes.

Os competidores foram divididos em dupla de oponentes, de acordo com a modalidade escolhida. O vencedor de cada modalidade enfrentará o vencedor de outra dupla, até que só reste um. No fim, os vencedores de cada modalidade se enfrentarão até surgir o campeão do torneio. Essa fase era importante para definir a supremacia de uma modalidade sobre as outras. Ter o campeão do torneio em suas fileiras favorecia o crescimento no número de adeptos, pelo menos até o torneio seguinte.

Ansioso, Michel aguardou a entrada de Gabriela. Ela fazia parte da terceira dupla a se enfrentar e ele ainda não sabia qual era o primeiro adversário dela. Gostaria de ter influído no sorteio dos oponentes, mas sem acesso ao local e ver o que acontecia era difícil manipular as probabilidades para que se tornassem favoráveis a ela.

O som de um gongo interrompeu seus pensamentos. Soou o sinal anunciando o primeiro combate e a dupla de oponentes se apresentou na arena. De um lado estava um anão de olhar triste e melancólico e, do outro, um gigante louro, que saudou a plateia com urros de desafio, enquanto batia violentamente no próprio peito. A modalidade escolhida por ambos foi a luta livre, sem armas.

Outro sinal se ouviu por cima do burburinho dos expectadores e os competidores se posicionaram para o combate. Eles se olharam e se avaliavam mutuamente. O anão se aproximou lentamente, buscando diminuir a distância que o separava do gigante louro. Este se limitou a zombar do diminuto adversário e atiçar a plateia sedenta de sangue. De repente, num salto espetacular, o anão atingiu o queixo do adversário com um murro tão forte que o seu oponente pareceu levantar do chão, antes de desabar no solo poeirento completamente desacordado. O silêncio que acompanhava sua queda foi tão profundo, que se poderia duvidar que um violento combate acabou de ser travado, de final tão rápido quanto surpreendente.

A plateia entrou em delírio e urrou de satisfação. O anão conseguiu granjear-lhe a simpatia enquanto seu adversário era retirado da arena como se fosse um fardo qualquer, em completa desgraça. O pequeno guerreiro então saiu aplaudido da arena, já eleito o herói do torneio. Pelo menos até o próximo combate.

O garoto sentiu um arrepio, impressionado ao ver a multidão urrando como se fosse um único ser. Havia algo de mágico e brutal na energia que pulsava da arquibancada de pedra que circundava a arena.

"Isso é só o começo." Disse o elfo em sua mente. *"A cada combate o delírio se repete de forma mais intensa."*

"É uma loucura. Só tinha visto isso acontecer uma vez, quando meu pai me levou para assistir à final do campeonato de futebol. A selvageria é bem parecida."

Bullit captou as lembranças do garoto e concordou.

"O desejo de sangue é o mesmo."

De repente o som dos clarins impôs o silêncio na arena. Era chegado o momento do segundo combate e os oponentes foram anunciados. De um lado surgiu Annae Lyn, uma guerreira de uma tribo distante, eleita pelo seu povo para representá-lo no torneio. No outro lado da arena já aguardava Cratus, um gladiador vindo do próprio exército do rei de Céltica. Ele deseja igualar-se aos nobres da corte em prestígio e riqueza. Em tempos de relativa paz, os torneios eram os únicos atalhos para satisfazer a ambição dos soldados e manter a disciplina.

As armas escolhidas foram espadas curtas de dois gumes, própria para combate corpo a corpo, e escudo de madeira revestido de couro de butho endurecido.

Os combatentes saudaram a multidão e se posicionaram ao som do gongo. No segundo sinal o combate se iniciou. Os oponentes andaram em círculos na arena e se estudaram a procura de uma brecha na postura defensiva do adversário. Annae Lyn fez um movimento súbito de ataque e provocou uma reação imediata de Cratus, que baixou o escudo para interceptar a trajetória da espada que veio em direção à sua virilha. A mulher recolheu de repente a espada e desferiu um violento golpe com o seu próprio escudo no queixo do adversário. Cratus recuou atordoado e, mesmo tonto pelo impacto, percebeu a espada da mulher sendo erguida para um novo ataque. Felizmente sua mandíbula era dura. Ele aguentou bem o primeiro golpe e ainda conseguiu reagir a tempo. O Gladiador ergueu sua espada e aparou o golpe e, ao contrário do que Annae Lyn esperava, ele não tentou golpeá-la com o escudo para forçar sua guarda. Apenas girou o corpo e, de costas para ela, acertou-lhe uma violenta cotovelada. A mulher sentiu o impacto no nariz e, por sua vez, girou também sobre si mesma e desabou como um camponês bêbado, depois de esvaziar alguns odres do traiçoeiro vinho de Walka.

Felizmente, para Annae Lyn, os combates naquele torneio não precisavam terminar com a morte do oponente, embora tal fato fosse comum. Bastava incapacitá-lo a continuar a luta, para que o adversário fosse declarado vencedor. Desta feita ela havia perdido a possibilidade de voltar para sua aldeia coberta de glória, mas voltaria a ver os campos de sua terra e retornar no ano seguinte para tentar de novo, caso não houvesse nenhuma sequela grave por conta do violento golpe sofrido.

Quanto à Cratus, aquela vitória lhe valeu os aplausos da multidão que, verdade seja dita, não morria de amores por uma guerreira de alguma obscura tribo da fronteira de Céltica com o reino sombrio de Koynur.

A vitória do soldado de Céltica agradou aos nobres ligados aos militares, que davam sustentação ao reinado de Elrich. Entretanto, o soberano já tinha lá suas preferências e aguardava ansioso pelo primeiro combate daquela jovem tida como a encarnação de Zaphira em outro mundo. Ansiedade era compartilhada por mais alguns dos presentes ao torneio, ainda que por motivos diferentes.

A dupla de Gabriela foi anunciada e Michel se desesperou ao ver o oponente que ela iria enfrentar. Era um espadachim com quase o dobro do tamanho dela e uma envergadura que acompanhava a mesma proporção.

"Vai ser muito difícil ela conseguir chegar perto o suficiente para golpeá-lo." Disse Bullit. *"Ela vai precisar de ajuda."*

"Sim. Só não sei ainda o que fazer."

"Mya não disse que ia ajudar?"

"Disse. Ela me ensinou algumas coisas sobre eventos aleatórios e probabilidades, mas não foi muito clara sobre o uso disso nesta situação."

"Como não? Use a energia mística para criar um fato que gere uma consequência que modifique um evento provável de acontecer. É simples."

"Como não pensei nisso antes?" Ironizou o garoto.

Na tribuna real, Elrich e Mordro, acompanhavam atentamente a apresentação de Gabriela e seu oponente. Ao contrário do bispo de Walka, que tinha uma expressão tranquila no semblante, o soberano de Céltica viu quem seria o adversário de Gabriela com uma expressão de desagrado. Conhecia-o bem e sabia o quão perigoso ele era.

— Preciso fazer alguma coisa. — Disse ele.

— Não. — Disse Mordro, interrompendo o sinal que Elrich fazia ao valete que lhe servia.

— Como se atreve? — Vociferou o rei de Céltica.

— Não será necessário, meu rei.

— Tem certeza? Esse espadachim nunca perdeu um duelo.

— Aguarde e confie. Ela está preparada para o torneio e seu destino já está traçado pelos deuses.

— Deuses também costumam ser volúveis, meu caro. Se ela perder, você perderá também. — Completou Elrich de mau humor.

O mago renegado não deu mostra de ter percebido a ameaça implícita, mas intimamente colocou mais uma pedra na sepultura imaginária que construía para o rei de Céltica. Enquanto isso, o primeiro sinal do gongo soava e os adversários se posicionaram na arena.

"Prepare-se para fazer alguma coisa." Disse Bullit.

Michel estava indeciso entre fazer as calças do espadachim caírem ou forçá-lo a tropeçar no próprio calcanhar. Apesar da indecisão isso já era um progresso, mas ele teria que ser mais rápido que isso. O segundo sinal acabara de soar.

A luta se iniciou com o espadachim tomando rapidamente a iniciativa do combate, enquanto Gabriela se limitou a esquivar-se em rodopios graciosos de uma bailarina. De repente, ela se colocou por trás do oponente e desferiu um violento golpe com o cotovelo em sua nuca. O espadachim desabou inconsciente, sob o urro da plateia ensandecida. Michel olhou atônito ela erguer sua espada em triunfo, brandindo-a em desafio. *"Não deu tempo."* Disse ele, numa explicação desnecessária.

"Percebi." Respondeu o elfo. Acho que foi melhor assim, afinal.

Em triunfo, Gabriela circundou a arena cumprimentando a multidão que a ovacionava. A turba já havia se esquecido do anão e de Cratus e a elegeu como sua favorita.

Quando Gabriela ficou diante da tribuna real, saudou o rei e lhe dirigiu um olhar significativo. Ele retribuiu com um sorriso embevecido.

— Ela é divina! — Exclamou Elrich satisfeito e feliz com aquele olhar, que parecia tão carregado de promessas.

— Sim, eu sei. — Respondeu Mordro, indiferente aos devaneios românticos do rei, mas se permitiu pensar o quanto idiota e estúpido ele parecia naquele momento.

— Você a treinou bem. — Disse-lhe Elrich, condescendente. — Também estava certo, afinal de contas. Eu me preocupei à toa.

— Eu apenas sabia da vontade dos deuses, meu rei. — Disse Mordro, com a melhor expressão de humildade que pôde demonstrar. — E sabia que a guerreira já havia retornado.

— Excelente. Brindemos a isso então. — Respondeu Elrich e ergueu sua taça de vinho.

O bispo de Walka seguiu seu gesto e ergueu a sua. Infelizmente para o soberano de Céltica, ele não podia ler pensamentos, pois isso poderia evitar o destino que lhe adviria. Mas por outro lado, a ignorância do que estava por vir lhe garantia algum momento de felicidade aparente.

Os combates se sucediam e eles viam Gabriela livrar-se de cada um de seus oponentes. Cratus e o anão também triunfaram em seus combates e avançaram para as etapas finais com ela. Em cada etapa, Michel se viu na iminência de usar a energia mística para protegê-la em algum momento, mas Gabriela conseguiu vencer os adversários sem qualquer ajuda e se mostrava cada vez mais o que era Zaphira, uma guerreira implacável, que a custo continha o instinto de matar.

Quase no fim da tarde restaram apenas quatro oponentes para disputar o direito de ir à etapa final. O anão, Cratus, Gabriela e Eritromius. Este último vinha a ser o campeão de Walka, e que nada mais era que uma carta na manga de Mordro. Isso indicava que ele não confiava tanto assim na vontade dos deuses de Az'Hur e preferiu se garantir diante de uma possível mudança no humor divino que pudesse alterar o destino de sua protegida.

Preparado pelo mago renegado, Eritromius tinha habilidade e força sobre-humanas. Graças às poções que Mordro havia lhe administrado durante o treinamento secreto que lhe impusera, o campeão de Walka poderia vencer qualquer um dos competidores, exceto Gabriela, para a qual tinha que forçosamente perder.

Entretanto, ocorria que ele gostou de vencer. Nada lhe era mais doce do que ouvir seu nome gritado pela turba ensandecida. Ele queria mais daquilo e nem mesmo o temor que sentia em provocar a ira do Bispo de Walka o demoveria da intenção que lhe crescia descontrolada na mente: a de vencer aquele torneio. Ele venceria, mesmo que seu destino fosse morrer nas mãos de Mordro. Com esse pensamento na cabeça, ele ouviu seu nome anunciado como adversário de Cratus e secretamente sorriu.

A definição dos combatentes na semifinal favorecia Eritromius, pois Mordro nada faria para impedir sua vitória, visto que isso já estava previsto.

Tudo transcorreria conforme o mago tinha planejado, até que chegasse o combate final. Nesse momento ele romperia com seu mentor e usaria todo o poder que lhe fora dado para arrebatar a vitória, sem se importar com as consequências. Quanto à vontade dos deuses, quem ousaria dizer que seu destino não seria o que o desejo divino havia decidido em última instância?

Nem mesmo o bispo de Walka ousaria contrariar os desígnios que estavam além de sua compreensão, assim pensava Eritromius em seus sonhos de grandeza. Só lhe restava saber se os deuses e Mordro concordariam com isso. Todavia, ele já não se importava com esse detalhe. Depois de vencer o torneio poderia morrer, pois morreria como havia sonhado: coberto de glória. Isso o tornaria imortal nas canções dos menestréis que certamente cantariam seu feito até o final dos tempos.

À Gabriela coube enfrentar o anão tristonho. Ele media menos da metade de sua altura, mas isso não era nenhum motivo para subestimá-lo. Ela sabia que ninguém chegaria aonde ele chegou, se não tivesse os atributos de um campeão e sua estatura diminuta provou ser um trunfo no seu estilo de combate. Ela teria que encontrar outro ponto fraco no seu adversário e teria que ser rápida, pois o primeiro gongo já havia soado e seus nomes anunciados.

O segundo gongo soou e eles se olharam em desafio. Havia respeito mútuo e isso indicava que a luta seria limpa e honrada, mas não menos implacável. A vitória era a única palavra na mente de ambos.

Alguns segundos se passaram, desde o soar do gongo, mas o anão não se moveu. Gabriela já sabia da tática. Ele estava apenas esperando que ela sentisse a pressão e se desconcentrasse. Talvez estivesse nesse detalhe a chave para derrotá-lo, ela pensou, se concentrando ainda mais na diminuta figura à sua frente. Ele saltaria a qualquer momento para golpeá-la num movimento rápido demais para interceptar ou esquivar-se. Teria que prever sua trajetória e antecipar-se. Para isso sabia que nada mais deveria estar em sua mente e ela se deixou esvaziar de qualquer pensamento. Os seus batimentos cardíacos diminuíram até que sumiram por completo. Também não havia mais som das arquibancadas e nada parecia se mover, como se o tempo estivesse congelado. Então ela viu o anão se mover. Ele tinha saltado em sua direção, mas o movimento já não parecia tão rápido. Ela teve tempo de se posicionar e escolher o melhor ângulo para golpeá-lo num movimento que lhe pareceu lento demais. Tão lento que pensou que erraria o golpe, mas acertou o adversário como pretendia. O anão foi projetado no sentido contrário do pulo que havia dado. Ele rodopiou várias vezes e caiu no solo, ainda sem interromper a trajetória. Parou vários metros adiante e ficou imóvel.

O som alcançou seus ouvidos. A princípio era muito fraco e parecia distante, mas logo se tornou ensurdecedor. Era a multidão das arquibancadas que entrava num verdadeiro frenesi e ameaçava invadir a arena. Soldados se posicionaram rapidamente em círculo, mas não houve nenhum confronto, pelo contrário. A turba silenciou à espera da confirmação da vitória de Gabriela, ou melhor, dizendo: Zaphira.

O arauto não deixou a multidão em suspense por muito tempo e gritou seu nome a plenos pulmões, auxiliado por um instrumento semelhante a um megafone. A turba explodiu em delírio e parecia que nada mais lhe tiraria o título de campeã daquele torneio, uma façanha que já havia realizado em outra vida e que muitos daqueles que estavam ali presentes se lembravam, embora ela própria ainda não houvesse se dado conta disso.

"Ela conseguiu de novo!" Exclamou Michel, já não escondendo o entusiasmo. *"E sem ajuda de ninguém, nem de mim."*

"Melhor assim." Retrucou Bullit novamente. *"Nunca é bom interferir no curso dos acontecimentos futuros."*

Michel deixou escapar um suspiro. Algo o incomodava, mas ele mesmo não saberia dizer o que poderia ser.

"Você não parece feliz agora, não é?" Perguntou o elfo. Ele tinha acesso ao estado de espírito do garoto, mas nem sempre conseguia compreender quando as sensações se mostravam confusas na sua origem.

"Não sei bem se estou triste, nem por quê, mas acho que as vitórias de Gabi na arena nos afastam um do outro. Talvez seja isso, não sei..."

O elfo não respondeu. Não saberia o que dizer. Também estava triste pelo garoto, pois compartilhava todos os seus sentimentos. Por outro lado, estava triste também porque o menino não se esquecia do seu mundo e eles logo estariam separados, apesar da relutância de Mya quanto a isso. Bullit já havia percebido o quanto Michel era caro para ela, mas a guardiã da magia não poderia retê-lo nesse plano de existência, ou no dela, a menos que ele também desejasse isso. Talvez tristeza não fosse o termo mais adequado para definir o que ele sentia em relação à volta do garoto para o seu mundo. Afinal ele também havia contribuído para que Michel não se esquecesse de sua vida anterior. Estava feliz por isso, embora já soubesse que sentiria falta dele.

Enquanto isso, Mordro exultava pela vitória de sua pupila. Bastaria que Eritromius confirmasse sua vitória sobre Cratus para que ela conseguisse o título de campeã do torneio. O campeão de Céltica não seria páreo para o guerreiro que ele havia preparado para ir à final com Gabriela. Tudo transcorria como ele havia planejado e logo aquele rei tolo estaria sob seu controle por intermédio da sua guerreira.

Ao seu lado, Elrich, soberano de Céltica, juntava-se à multidão e aplaudia Gabriela com entusiasmo.

— Ela é magnífica!

— Certamente, meu rei. — Respondeu Mordro, mal contendo um bocejo.

O gongo soou convocando Cratus e Eritromius para a arena. Era o momento de definir quem seria o próximo finalista.

— Cratus vencerá. O seu campeão não tem como batê-lo num combate corpo a corpo. — Disse o rei de Céltica para o bispo de Walka.

— Talvez tenha razão meu rei, mas no fim a vitória sorrirá para Walka.

— É mesmo? — Retrucou o rei arqueando a sobrancelha. — O que lhe dá tanta certeza?

— Vossa Majestade certamente não esqueceu que Zaphira é filha de Walka. Ela já está na final e será a campeã do torneio.

O rei deu uma gargalhada, que logo foi acompanhada pelos nobres presentes na tribuna.

— Agora devo concordar com você, meu caro, pois também é meu desejo que ela obtenha a vitória final. Mas não esqueça que Zaphira logo será a rainha de Céltica e será nossa campeã também.

O bispo de Walka ergueu a taça para o rei de Céltica, mas sua expressão não deixava perceber o que realmente estava pensando.

O combate entre Cratus e Eritromius se iniciou com o confronto aberto entre ambos, sem perda de tempo. Era um confronto entre dois colossos, dada a elevada estatura dos oponentes. Talvez por isso tenham escolhido um combate sem armas. Eles se achavam cada qual mais do que suficiente para definir a vitória a seu favor.

Os primeiros minutos de combate indicavam um empate, a julgar pelos movimentos bem coordenados de ataque e defesa que ambos faziam, sem que houvesse a supremacia de qualquer um deles.

O campeão de Céltica, oriundo das fileiras do seu orgulhoso exército, tinha por hábito considerar os nativos de Walka como inferiores, como era o costume naquela nação ao referir-se a qualquer outro povo em Az'Hur. Por isso, Cratus chegou a considerar que sua vitória era só uma questão de momentos. Eritromius, por sua vez, tinha a mesma convicção. Ele sabia que o bispo de Walka o havia preparado para chegar até aquela fase do torneio e nenhum dos seus adversários esteve à sua altura. Na sua mente não havia como ser derrotado. Então ele partiu para cima do adversário com brutal confiança.

Num primeiro momento Cratus não percebeu que o movimento do punho do adversário tinha uma direção enganosa. Aparentemente Eritromius estava tentando atingi-lo na altura do estômago e, então, se preparou para bloquear o ataque e aproveitar a brecha na guarda do adversário. Contudo, quando o representante de Walka conseguiu diminuir a distância entre ambos, girou o antebraço e seu punho tomou a direção do queixo do representante de Céltica. Quando viu que seria atingido, Cratus percebeu que seria tarde demais para esboçar qualquer reação.

O impacto do punho de Eritromius em seu queixo fez Cratus lembrar-se da vez que enfrentara um centauro e fora abatido com um coice no mesmo lugar. Ele havia conseguido resistir bravamente e, apesar de ter sido derrotado no fim da luta, fez o que nenhum outro soldado de Céltica ousara fazer antes: enfrentar um centauro sozinho. Todavia, não queria ser derrotado outra vez e resistiu o quanto pôde à escuridão que tentava envolvê-lo. Mesmo tonto pelo golpe que havia sofrido, ele conseguiu vencer a guarda do adversário e o atingiu também no queixo. A força do seu golpe não se comparava à patada que havia recebido, mas isso poderia lhe dar o tempo que precisava para recuperar-se. Mas tempo para isso era algo que Eritromius não lhe daria e, mesmo um pouco atordoado, desferiu uma saraivada de socos em Cratus. Apesar de serem golpes a esmo, sem muita técnica, alguns acertaram o campeão de Céltica e o impediram de retomar o fôlego plenamente. O Golpe de misericórdia veio na forma de um chute frontal que lhe acertou novamente o maxilar. Os sonhos de glória do soldado Cratus acabaram em meio à escuridão em que mergulhou sua consciência.

— Perfeito. — Disse Mordro para si mesmo. Eritromius seria o adversário de sua discípula na final. O que significava não haver mais obstáculos para ela. Com o troféu ofertado pelo rei de Céltica para o campeão do torneio, a última pedra mística logo estaria em suas mãos a tempo de aproveitar o alinhamento das luas de Az'Hur.

Enquanto isso, ainda na arena, Eritromius erguia os braços para a multidão. Queria o seu justo reconhecimento, mas ele não veio. Ao invés disso, apenas um silêncio desdenhoso da turba, que logo se rompeu em uma sonora vaia. O público que antes o saudava agora o rejeitava, mas ele logo entenderia a razão desse desprezo. Naquele momento, entretanto, só lhe restava retirar-se e aguardar o chamado para o último combate.

O dia estava quase terminando e restava apenas mais um combate. Gabriela havia se retirado para uma espécie de camarim, onde descansava e recebia massagens de uma mulher gorda e gigantesca, sob o olhar vigilante de Michel. Ele esperava ter tempo de convencê-la a desistir e, para isso, havia decidido contar-lhe tudo o que sabia e os riscos que ela estava correndo naquela aventura.

— Você não tem muito tempo até o chamado. Seja rápido. — Ela disse um tanto indiferente.

O garoto percebeu naquela indiferença um mau sinal, mas resolveu tentar assim mesmo, apesar de sentir-se embaraçado com a sua nudez. Gabriela percebeu e ocultou-se atrás do biombo onde estavam suas roupas, não sem antes olhá-lo zombeteiramente. Ele se esforçou para concentrar-se e relatou o que se passou em Antária.

Ao fim de seu relato, Gabriela saiu de trás do biombo já vestida. Sem dizer nada, ela calçou suas botas e preparou-se para o combate.

— Você não vai desistir? — Ele perguntou.

— Desistir? Não. Por que o faria? Tenho um destino a cumprir. — Ela disse, antes do gongo a chamar para a arena.

— Você já sabe o que significa esse "destino", não sabe?

— Não acredito nessa profecia. Eu farei o meu destino e nada vai me impedir. Chegou a hora.

— Você conhece seu adversário?

— Sim. Eu treinei com ele algumas vezes. É muito forte e ágil.

Michel ia falar algo, mas ela o interrompeu.

— Tenho que ir. Depois conversamos sobre isso. — Ela disse, antes de pegar sua espada, a arma escolhida pelos oponentes naquela final.

Ela saiu do camarim e ele ficou só por um instante.

"Boa tentativa." Disse Bullit. *"Mas receio que devemos encontrar outra solução e não temos muito tempo."*

"Eu sei." Respondeu o garoto, sem muito o que dizer.

Um latido amigável interrompeu seus devaneios taciturnos. Era o Cão das Sombras, que fora buscá-lo. Michel teve a impressão de que o animal queria dizer-lhe algo. Provavelmente estava imaginando coisas, ele pensou, enquanto voltava para a arena.

Era chegado o momento do derradeiro espetáculo. Quando chegaram aos seus lugares, o arauto já anunciava o combate enquanto Gabriela, já em posição na arena, fitava o adversário. Ele devolveu seu olhar com desdém. De sua mão pendia uma enorme espada, a mesma que pôs fim às pretensões de alguns oponentes em fases anteriores do torneio.

O combate se iniciou e ambos trocaram violentos golpes. O ritmo alucinante imposto por Eritromius surpreendeu Gabriela pela rapidez e intensidade dos golpes que a mantiveram na defensiva.

Aquele início de combate, com a aparente supremacia de Eritromius também surpreendeu Mordro. Ele mal conseguiu disfarçar a ira ao ver um simples peão tentando rebelar-se e comprometer sua estratégia cuidadosamente arquitetada.

— Parece que o campeão de Walka é ainda mais capaz do que parece. — Disse Elrich entredentes. — Suponho que você tenha uma solução para isso, não?

— Ela saberá controlar a situação. Eu a preparei para ser campeã e ela não falhará. — Respondeu o mago, esforçando-se para passar uma confiança que não sentia. Muito a contragosto buscou contato com o demônio Zaphir, mas a criatura parecia estar fora do seu alcance telepático ou não quis responder.

Na arena, Gabriela sentiu que não conseguiria resistir por muito tempo, aparando os golpes de seu oponente. Michel percebeu que ela estava em apuros e pensou em interferir novamente, mas Bullit o conteve mais uma vez.

"*Espere. Sinto que ainda não é o momento.*"

Após levar um violento golpe, Gabriela é projetada para trás e cai, perdendo a espada. Ela se ergue rapidamente, mas o oponente já se prepara para desferir o derradeiro golpe.

"*Agora*!" Gritou Bullit na mente de Michel.

O garoto concentrou-se e o improvável aconteceu. Eritromius tropeçou no próprio pé e levou um precioso segundo para reequilibrar-se. Isso deu o tempo que Gabriela precisava para recompor-se e buscar as forças que já estavam em seu ser. Seu semblante adquiriu uma aparência quase demoníaca e ela fita o adversário. Ele avança e ergue sua espada para o golpe derradeiro.

Aquele momento gerou um anticlímax que ficaria para sempre impresso na memória dos que presenciaram a cena. Para surpresa de todos, ela detém a espada que desce sobre sua cabeça com uma das mãos. A outra mão brilha intensamente e penetra na couraça peitoral do guerreiro num violento golpe, cujo som supera os urros da plateia. Ela retira sua mão e Eritromius, incrédulo, vê uma mancha vermelha aflorar em seu peito, antes de dobrar os joelhos e cair de bruços.

A multidão delira. Gabriela pegou sua espada do chão e a ergue em triunfo. Michel suspirou aliviado, apesar do horror daquela cena. Em algum canto de sua mente ele percebeu que também está mudando e não tinha certeza se isso faria de si uma pessoa melhor. Estava feliz por Gabriela ter escapado ilesa ao fim do torneio, mas ainda continuava preocupado com as consequências futuras daquele embate.

"Como você sabia o momento certo?" Perguntou para o elfo.

"Não sabia. Foi só um palpite, mas desconfio que Mya tenha algo a ver com isso. O que não deixa de ser surpreendente."

"O que é surpreendente?"

"Ela está realmente ajudando você."

O garoto percebeu haver uma leve pitada de despeito nas palavras do elfo. Como havia coisas que ainda não compreendia, julgou que seria prudente não estender o assunto.

O arauto anuncia Gabriela como a grande vencedora do torneio e o baile de encerramento do evento, ainda naquela noite, quando os competidores seriam agraciados com os prêmios a que fizeram jus. Seria o momento de glória. Pelo menos para aqueles que conseguiram sobreviver ao torneio.

Fora do castelo de Walka, nos arredores da aldeia, algo sinistro se ocultava nas sombras do crepúsculo e observava um camponês solitário. Zaphir olhou o homem se aproximando e sua alma negra gemeu de ansiedade. Fazia muito tempo que o demônio não se alimentava e ele estava faminto. Contudo, o caçador não se encontrava sozinho. Ele também era observado e aquele que o espreitava também não estava só. Outros olhos noturnos observaram o drama que iria se desenrolar diante de si. Ele considerava se o momento de interferir no destino que aguardava o camponês incauto seria aquele, e qual seria o papel do estranho que fitava a criatura demoníaca como uma presa a ser abatida.

Os olhos noturnos viram quando o homem se levantou e apontou a flecha para Zaphir e ficou conjecturando que tipo de caçador seria tão estúpido a ponto de tentar abater um demônio com arco e flecha. Seria realmente estúpido? Ou aquele homem não era o que parecia ser? Ele apurou os sentidos e finalmente reconheceu Garth, o Grão-Mestre da Ordem dos Magos Celestiais. Então compreendeu que a flecha que ele usava não era comum e o mago realmente estava com a intenção de abater a cria de Thanatis. Aquilo provavelmente não daria certo, mas o camponês teria a chance de conservar sua alma e continuar vivo, pois Zaphir estaria ocupado demais para caçar.

Garth, senhor de Antária, retesou seu arco. Era o momento de provar se o veneno conjurado com a magia de seus antepassados era forte o bastante para abater o demônio e impedir o cumprimento da profecia. Controlando sua respiração ele mudou o foco de sua visão da ponta da flecha para o pescoço da criatura e soltou a corda do arco.

Quando ouviu o som do arco voltando subitamente à posição de repouso, Zaphir se maldisse por ter estado tão concentrado na presa, que se descuidou da própria segurança. Quando ele viu Garth, a flecha já estava quase o alcançando, e mal teve tempo para erguer as mãos para se proteger. A tentativa foi mais por instinto do que por receio, pois entendia que nada naquele mundo poderia feri-lo mortalmente. Esse era um engano que já lhe havia custado caro no confronto com o centauro Beron, mas demônios tinham dificuldades para reconhecer suas próprias fraquezas e ele já havia se esquecido disso.

A seta acertou sua mão direita e ele urrou de dor. Tarde demais percebeu que o aquilo que o atingira e penetrara sua carne não era uma flecha comum. Havia magia nela e ele não era invulnerável à magia.

O urro bestial da criatura assustou o camponês, mas salvou-lhe a vida e a alma. O pobre homem, ao ver o monstro saltar das sombras, girou sobre os calcanhares e disparou na direção contrária com uma agilidade surpreendente para a sua idade.

Passado o espanto do primeiro momento, Zaphir esqueceu-se da presa e voltou para aquele que o atacara. Já havia reconhecido o Grão-Mestre da Ordem dos Magos Celestiais e sua ira se multiplicou. Ele faria aquele fedelho pagar caro por sua ousadia.

O Mago viu o demônio urrar de dor e olhar para ele com um ódio mortal. O veneno místico não apresentara o resultado esperado. Provavelmente levaria mais tempo para fazer efeito. Mais tempo do que ele dispunha para conjurar um feitiço potente o suficiente para deter a criatura. Isso significava que teria que aguentar o impacto do primeiro ataque com suas próprias forças. Enquanto Zaphir diminuía a distância que os separava em saltos grotescos. O demônio saltou sobre o mago com as garras apontadas para sua garganta, mas não chegou a atingi-lo. Foi colhido em pleno ar pelo coice do centauro Beron.

A besta caiu a vários metros adiante. Ele estava atordoado com o impacto e surpreso por encontrar um inimigo com força suficiente para enfrentá-lo. Zaphir olhou para ele e o reconheceu imediatamente.

— Você? — Perguntou o demônio com voz gutural.

— Sim, besta. Vim buscar o que não lhe pertence.

O demônio gargalhou e zombou do desafio do centauro, mas reconheceu a espada de Thanatis em sua mão e sabia que seria derrotado.

— Ainda não, cavalinho.

Rodopiando num vórtice de poeira e folhas secas, Zaphir desapareceu nas sombras da noite sob o olhar impassível do centauro.

— Beron? É você mesmo? — Perguntou Garth.

— Sim, sou Beron. Tão certo como você é Garth, filho de Andrômaco de Antária.

— A última vez que soube de você não foi uma boa notícia para Antária e, também, para o seu povo. Como você está aqui?

— A deusa da morte deu-me uma última missão antes de cavalgar os campos celestiais.

— Zaphir?

— Sim. Ele tem contas a ajustar com Thanatis. Minha missão é levá-lo até ela.

— Eu quase o matei.

O centauro Beron guardou sua espada e aproximou-se do mago.

— Você não pode matá-lo. — Disse o centauro. — O demônio já está poderoso demais para ser afetado pela magia dos magos celestiais. Não é o momento.

O Mago apertou os lábios. Se o demônio Zaphir não podia ser morto, ele teria que sacrificar a menina do outro mundo e aquilo não era uma decisão que gostaria de tomar.

— Então receio que eu deva tomar outra decisão, antes que seja tarde.

— Há outro caminho. — Respondeu o centauro.

— Outro caminho?

— Sim. Quando a criatura tentar juntar-se à sua contraparte estará vulnerável à espada de Thanatis. Só precisamos achar o local onde isso acontecerá.

— Isso não será um empecilho, pois sabemos onde tudo começou. Será no monte Az'Hur. Lá tem um templo dedicado ao criador do mundo e é para onde convergem as forças místicas que regem a existência em todos os planos.

— Então já temos uma direção.

— Sim. — Respondeu Garth, feliz por não ter que sujar as mãos com sangue inocente.

A noite já havia avançado e a escuridão ocultou a passagem de ambos na trilha que se afastava ainda mais da aldeia de Walka.

O torneio já tinha um campeão, ou campeã, se preferirem a exatidão do gênero. Faltava apenas o reconhecimento oficial, a ser dado no baile. Gabriela preparou-se com esmero, enquanto Michel esperava impaciente. Ele ainda se lembrava de quando ela se arrumava rapidamente para sair. Isso significava quase sempre vestir a velha calça jeans e uma camiseta.

— Por que ela demora tanto no banheiro?

"Acho que ela deseja ficar bonita para o baile." Disse o Elfo enfiado em sua mente.

"Não, Gabriela." Ele respondeu de mau humor. "Ela não se importa com isso."

"Você mesmo disse que ela estava mudada."

"Mudou sim, mas não tanto."

De repente Gabriela saiu do quarto e ele a olha embasbacado.

"Ela parece uma princesa, não parece?" Provoca Bullit. *"Se isso não é mudança, não sei o que mais pode ser."*

Sim, ela parecia uma princesa de contos de fada, mas ele bloqueou esse pensamento para o elfo. Não lhe daria o gostinho de caçoar de si. O fato é que já tinha percebido bem antes, que ela já não lembrava em nenhum aspecto a menina magricela e desengonçada que lhe era familiar. Mas nada poderia tê-lo preparado para aquela visão.

— Então? — Ela perguntou com as mãos na cintura. — Estou bonita?

Michel não respondeu. Ele sabia que ela tinha consciência de que estava muito além de "bonita" e não verdadeiramente interessada na opinião dele. A pergunta era apenas retórica.

— Vamos? Preciso de sua ajuda para descer a escadaria.

Ele não entendeu bem de que modo poderia ajudá-la na escadaria, até que percebeu que o vestido rodado dificultava os passos de um degrau para outro na descida. Ele teve que segurá-lo atrás, como uma calda para que ela enxergasse onde estava pisando.

A entrada de Gabriela no salão de baile causou um grande alvoroço. As damas presentes a desdenhavam com comentários maldosos feitos em surdina, enquanto se desmanchavam em sorrisos e gentilezas.

Gabriela não deu mostra de incomodar-se com a reação das mulheres de Céltica que estavam presentes ali. Era a sua noite de triunfo e nada mudaria isso. Como se concordasse com aquilo, Mordro logo surgiu à frente dela.

— Você está linda, como sempre.

Ela apenas o olhou de modo frio e distante, mas isso não incomodou o mago de Walka. Ele ignorou a presença de Michel e a conduziu até o rei de Céltica. A orquestra iniciou uma música semelhante a uma valsa e Michel se convenceu que o seu primeiro baile não seria realmente muito divertido.

"Concede-me essa dança?" Perguntou uma voz feminina em sua mente.

"Mya?"

"Você não pensou que viria ao baile sem mim, pensou?"

"Mas... Onde está Bullit? Por que não sinto sua presença?"

"Não se preocupe com o Elfo. Ele está bem. Vaga por dimensões onde jamais esteve e está feliz." A referência à Jornada nas Estrelas não era por acaso. Mya conhecia as referências culturais de Michel e queria agradá-lo.

"Depois eu o trago de volta. Agora vamos dançar."

"Aqui?"

"Não. Aqui!" Mal ela disse isso, a realidade se distorceu e ele se sentiu transportado para outro plano existencial. Quando sua percepção se ajustou

àquela realidade, Mya estava lhe sorrindo. Ela lhe pareceu tão linda, que ele logo se esqueceu do baile no castelo de Walka. Tinha seu próprio baile e uma companhia feminina só para si.

O arauto anunciou o início da cerimônia de premiação do torneio e o rei de Céltica se dirigiu a uma grande mesa, enquanto Mordro conduzia Gabriela até o local onde os demais competidores aguardariam. Seriam distribuídos prêmios aos campeões de cada fase e, em seguida, o prêmio do campeão geral. Gabriela foi chamada pelo arauto e recebeu o seu prêmio das mãos do rei. A joia brilhou intensamente quando ela se aproximou.

Logo depois da cerimônia de premiação, a orquestra iniciou os primeiros acordes anunciando o baile. O rei conduziu Gabriela ao centro do salão e são seguidos pelos nobres da corte de Céltica.

Após a dança, Gabriela e o rei voltaram para a mesa e o soberano de céltica anunciou o seu casamento com a princesa Zaphira de Walka. No fundo do salão, Mordro ergueu uma taça à roda do destino e sorriu para si mesmo.

CAPÍTULO XXIII

A FACE DO INIMIGO

Michel soube da intenção de Gabriela em casar-se com o rei de Céltica por meio do comentário de um pajem no dia seguinte. Aflito, ele a procurou em seu quarto para saber a verdade, mas ela o ignorou. Isso o deixou constrangido e sem saber o que fazer. Nunca havia sido tratado daquele modo pela sua amiga de tantos anos. Era como se tivesse entrado no quarto errado e houvesse se deparado com uma estranha.

Desgostoso ao vê-la entretida em desfiar os longos cabelos com os dedos, sem lhe dar atenção, ele pensou em desistir daquela conversa. Todavia o tempo era escasso e não poderia deixar de tentar. Respirou fundo e olhou fixamente para ela. Gabriela estava recostada no travesseiro e o fitava sem muito interesse. Tinha, ao invés disso, uma expressão de tédio no olhar. Era um bom momento para ter a paciência que Bullit lhe exigia no aprendizado da magia, ele pensou.

— Não vai dizer nada? — Ele perguntou numa última tentativa.

Ela finalmente demonstrou reconhecer sua presença. Mesmo assim continuou a olhá-lo de modo frio e distante.

— Sobre o quê? — Ela perguntou, como se o visse pela primeira vez.

Sua voz era da amiga que conhecia, mas estava diferente. Um pouco mais grave. Ela pronunciava as palavras de um jeito que antes não fazia. Havia uma arrogância implícita no seu jeito de falar que o fazia sentir-se irrelevante.

— Sobre esse casamento absurdo, é claro. Você não está falando sério, está?

— Por que não? Aquele rei tolo seria muito fácil de manipular e tem um belo exército.

Ele sentiu de repente que a ira crescia dentro de si, mas controlou-se. Não podia esquecer-se que havia forças atuando dentro deles que ainda mal compreendia.

— Você não quer mais voltar para casa?

— Casa? Já estou em casa. — Respondeu Gabriela com um bocejo.

— Você esqueceu.

Ela sentou-se na cama sem se importar com o lençol deslizando e lhe desnudando os seios. A nudez lhe era natural em seu jeito de se movimentar. Na mente do garoto, a comparação com uma pantera esgueirando-se pela mata para aproximar-se da presa era uma associação quase inevitável. Ela o fascinava e, ao mesmo tempo, o atemorizava como um mergulho noturno nas águas escuras e profundas de um lago desconhecido.

Alheia aos conflitos que lhe provocava em sua mente, Gabriela sumiu por trás de um biombo. Por um instante ele viu sua silhueta esguia a se movimentar, antes de ressurgir para ele, vestida apenas com um robe curto.

— Não me esqueci de nada. — Ela disse com voz rouca. — Na verdade lembrei-me de muitas coisas que havia esquecido. Lembrei inclusive quem eu sou.

— Nada disso aqui é real. — Ele respondeu agastado. — Nós não somos desse mundo e devemos voltar para casa.

Ela sorriu com condescendência.

— Como pode ter tanta certeza disso? O real é aquilo que você percebe, não é? Na verdade, você é que não é deste mundo... Volte para casa e pare de me aborrecer.

— Voltar sem você? O que vai dizer sua mãe? Não lembra mais dela?

Os olhos dela se estreitaram e Gabriela pareceu hesitar. Por um momento, a menina que conhecia aflorou em sua expressão confusa. Isso deu ao garoto uma leve esperança de que nem tudo estava perdido. Todavia, as palavras dela logo deixaram claro que não voltaria mais a ser a pessoa que ele conhecia.

— Eu me lembro de muitas coisas. Coisas que não lembrava antes, quando minha existência era no seu mundo. Eu não sou mais a pessoa que você conheceu, entende? Esqueça aquela menina.

— Por quê?

— Ela não existe mais. Agora volte para sua vidinha sem graça.

Ele percebeu que continuar aquela conversa seria inútil e não podia mais perder tempo, se queria evitar uma tragédia.

Michel subiu no ponto mais alto do castelo de Walka, o campanário da biblioteca de Mordro. Ali, com o corpo oculto entre uma estante e a parede curva e mofada, ele deixou sua forma astral se levar pelas correntes místicas que fluíam entre os planos existenciais atrás do paradeiro de Bullit. Mas sua busca foi em vão. O elfo parecia ter desaparecido sem deixar sinais. Algum tempo depois ele desistiu de encontrá-lo e decidiu agir sozinho.

Desceu da torre e procurou o local onde o casamento se realizaria. Já sabia que a cerimônia aconteceria no alinhamento das luas de Az'Hur. Aquilo era coincidência de mais para ele ignorar. Afinal, uma ligação entre a decisão de Gabriela em casar-se com o rei de Céltica e o cumprimento da profecia era algo plausível e não podia ser ignorado.

Monte Az'Hur. As duas luas daquele mundo lúgubre pairavam altivas no firmamento, quase perfeitamente alinhadas. Pareciam esperar o evento que daria um significado especial à posição que ocupariam em lados opostos no horizonte dali a alguns minutos. Oculto atrás de um arbusto que tinha aproximadamente sua altura, ele observava tudo em companhia do Cão das Sombras. Esperava encontrar algo que pudesse interferir nos acontecimentos esperados.

O Monte Az'Hur é, na verdade, apenas uma colina muito acentuada, em cujo cimo se encontra um grande círculo de Pedra, que guarda outro círculo menor em seu interior, na forma de uma ferradura. Na abertura do semicírculo há um altar guarnecido por uma enorme estátua do deus Az'Hur voltada para dentro, onde estavam os convidados da corte de Céltica.

No altar, uma figura alta e encapuzada parecia orar. À sua frente, o rei de Céltica aguardava sua noiva. Ele se fez acompanhar do grupo de nobres que lhe era mais íntimo na corte. Eles foram convocados para testemunhar o enlace, conforme determina as leis daquele país para o casamento real.

Impaciente, Elrich olhava a todo o momento para a estrada que vinha da direção do castelo de Walka.

— Ela deve estar chegando, meu rei. — Disse um dos nobres que o acompanhavam. — Esse atraso deve ser devido à dificuldade do mago de Walka em lidar com seus cavalos, naturalmente.

Alguns dos acompanhantes ensaiaram um riso, mas se contiveram ao perceber o semblante carregado do rei. Ele não parecia estar com bom humor e era prudente não se fazer notar nesses momentos.

Oculto nas sombras Zaphir também observou impaciente. O demônio tinha seus próprios motivos para isso. Ele mal podia esperar o cumprimento da profecia para sentir-se totalmente livre das garras da deusa da morte.

Logo ele seria o deus daqueles seres insignificantes e Thanatis não teria mais como interferir em seu destino. Todavia, não esperava que ele próprio estivesse sendo observado. Ocultos na escuridão da noite, Garth e Beron aguardavam também o momento de agir.

O Grão-Mestre da Ordem dos Magos Celestiais preparou seu arco e a flecha envenenada.

— Quanto tempo mais nós teremos de esperar? — Perguntou Garth em voz baixa. — Já sabemos onde o demônio está e deveríamos agir logo, antes que seja tarde.

— Contenha tua impaciência, filho de Andrômaco. — Respondeu o centauro. — Devemos esperar o momento em que o demônio assumirá uma forma mortal. Então estará vulnerável e poderá ser ferido mortalmente.

Garth não gostou de ouvir aquilo. Para Zaphir assumir uma forma que pudesse ser ferida, eles teriam que esperar que ele possuísse o corpo e a alma de um mortal. Isso significava que um inocente seria sacrificado.

— Não há outro jeito. — Disse Beron, ao perceber seu desagrado. — Mas se te serve de consolo, a alma que será tomada pelo demônio já está corrompida por suas próprias fraquezas e construiu o destino que lhe espera.

As palavras do centauro não aquietaram seu espírito. Não havia como saber se a inocência teria resistido ao assédio da escuridão. Todavia, no fundo do seu coração, esperava que Beron não estivesse se referindo à menina do outro mundo.

Alguns metros mais à frente, Michel se esforçava para conter o Cão das Sombras. O animal parecia agitado ao pressentir algo. Alguns minutos depois, ele também ouve o som de rodas sobre o piso irregular da trilha que levava até o primeiro círculo de pedra.

Uma carruagem negra se aproximou. Ela veio pela trilha do castelo de Walka, atravessou todo o semicírculo de pedras e se deteve próxima do altar. Uma porta se abriu e o bispo de Walka desceu e estendeu a mão para auxiliar a descida de Zaphira. A princesa estava usando a tiara. A Joia Celestial estava finalmente completa, com todas as pedras místicas em seus respectivos engastes.

Zaphira Dispensou o vestido de contos de fada para envergar o traje de combate que usou desde a incursão pela aldeia. Quase não havia muitos vestígios da menina nela. Com efeito, pelo menos no pensamento de Elrich, e na mente do Bispo de Walka, Zaphira estava realmente de volta.

Eles se aproximaram do altar e ela ficou frente a frente com Elrich. Apesar da ansiedade do noivo, manteve-se fria e distante. Na verdade, estava entediada, como se a cerimônia do seu casamento fosse um aborrecimento necessário.

Sem perceber a verdadeira disposição de sua noiva, o rei de Céltica tranquilizou-se. Ela havia chegado e isso significava que a cerimônia poderia se iniciar. Desta feita, nada haveria de dar errado, ele pensou, ao checar mentalmente as providências que tomara. Para certificar-se disso, um batalhão de elite do seu exército cercou o monte Az'Hur. Não era por acaso aquela precaução. Ele sabia que os Magos Celestiais não aceitariam a aliança pacificamente, e o cumprimento da profecia que previa a volta de Zaphira. Ainda que não fosse por esses motivos, aquele lugar lhe dava arrepios e não via a hora de sair dali. Elrich tinha um medo infantil de lugares escuros e sombrios. Essa era uma fraqueza de seu caráter que ele tinha ocultado cuidadosamente desde que adquirira a consciência de seus temores. Instintivamente, sabia que o medo que sentia não deveria se tornar de conhecimento público. Se acontecesse, ele correria o risco de perder o respeito e a lealdade de suas tropas. Isso poria não somente seu reinado em perigo, mas também sua própria vida.

Não fosse pela súbita mudança na postura de Titã, que ergueu o focinho em direção ao local onde estava o demônio, Michel não teria percebido o que estava acontecendo. Sob o olhar espantado do garoto, Zaphir parecia desvanecer e se tornar quase transparente. Todavia, apesar de seus olhos vermelhos brilharem intensamente na escuridão, a presença espectral do demônio aproximou-se de Elrich sem ser notada pelos convidados.

Para besta, o momento tão aguardado havia chegado. Estava faminto e já não podia esperar mais. Iria apoderar-se do corpo e da alma daquele reizinho tolo. O corpo dele, na verdade, não resistiria por muito tempo, mas seria suficiente para o sacerdote entoar os cânticos apropriados.

Sem dificuldade, Zaphir apoderou-se do corpo de Elrich quase ao mesmo tempo em que digeria sua alma. Para o soberano de Céltica, o grito desesperado que soltou quando deixou de existir foi inútil, pois não foi ouvido naquele mundo.

O que aconteceu com Elrich passou despercebido por Beron e Garth. Eles não viram quando o vulto quase difuso se aproximou do soberano de Céltica e entrou em seu corpo. Inadvertidamente, a atenção deles foi desviada para outro acontecimento no altar. O sacerdote se virou para os presentes à cerimônia e seu rosto magro foi iluminado pelo brilho pálido das luas. Melquíades, o traidor finalmente se mostrou para eles.

— Então ele é o traidor. — Disse o mago entredentes. — Como não percebi isso antes?

Garth ergueu seu arco, mas Beron o conteve e apontou para o garoto, que se esgueirava em direção aos noivos.

— Espere! Tem alguma coisa acontecendo.

O menino se pôs em movimento por pura intuição. Ainda não sabia bem o que fazer, mas decidiu agir quando ouviu a voz do sacerdote. Ele o havia reconhecido quase imediatamente, apesar da fraca luminosidade. Michel não compreendeu imediatamente a presença de Melquíades ali. Contudo, não demorou muito para perceber de que lado aquele mago estava. Logo deduziu que ele deveria ser o traidor a que Bullit havia mencionado. Aproveitando-se que a atenção de todos estava no sacerdote, ele flutuou silenciosamente e se aproximou do altar sobre a cabeça dos noivos, enquanto Zaphir digeria totalmente a essência vital de Elrich.

O demônio se regozijou com aquele antepasto, mas estava longe de sentir-se satisfeito. Apesar disso, controlou sua impaciência e aguardou que lhe fosse servido o prato principal. Há muito esperava por aquele momento e não queria que nada desse errado.

As luas se aproximaram do alinhamento. Ambas estavam posicionadas de modo a serem visíveis sobre os dois menires que guarneciam o altar em lados opostos. Quase em transe, Melquíades levantou os braços e recitou um antigo cântico, que foi repetido pelos noivos. Gabriela e aquele que tinha sido Elrich começaram a brilhar intensamente. De repente ela sentiu a escuridão tocar sua alma e estremeceu com a torrente de sensações que aquilo lhe provocou. Algo obsceno e terrivelmente tentador a envolveu, mas ela ainda resistiu. De repente lembrou-se de tudo que havia para lembrar e maldisse o mago de Walka por expô-la ao abismo sombrio que a atraía cada vez mais.

O demônio se surpreendeu. Esperava resistência de sua contraparte, mas ela o rejeitou totalmente. Ele sentiu que não conseguiria absorver a essência vital da menina pacificamente.

"Tanto melhor." Ele pensou. "O processo será doloroso e quanto mais dor houver, mais prazer isso me dará."

"Não!" Ela gritou, ao sentir sua alma sendo dilacerada. Em pânico, Gabriela percebeu que não conseguiria resistir por muito tempo, mas isso reforçou sua determinação em combater a escuridão que tenta envolvê-la.

Como se pudesse perceber o que acontecia com ela, Michel decidiu agir. Ele se apoiou numa coluna e tomou impulso em direção à Gabriela. Ainda sem saber o que fazer, estendeu a mão e se apoderou da tiara que adornava seus cabelos. A imagem do demônio aparece sobre Elrich e ele se vira para atacar o garoto, enquanto os nobres de Céltica fogem apavorados. Era o sinal que Garth precisava. Ele ergue o arco e dispara uma flecha, mas o demônio percebe e se esquiva, evitando um ferimento que seria mortal. A flecha o atinge no ombro e a criatura urra. Contudo, mesmo ferida, avança para o garoto ainda na forma humana de Elrich. De um jeito canhestro, como um zumbi descontrolado, a criatura tenta agredir o menino. Felizmente, seus movimentos descoordenados são fáceis de evitar. Entretanto, ele continua a avançar, na tentativa de arrebatar a tiara das mãos do garoto.

Gabriela se livra do transe e vê o que parece ser um morto-vivo tentando agredir Michel. O corpo do rei de Céltica começa a se deteriorar e dificulta os movimentos do demônio, mas ele não desiste de se apoderar da Joia Celestial. Livre do assédio de Zaphir à sua alma, ela não demora a compreender que Michel a salvou de um destino terrível e, tomada de fúria, avança para o morto-vivo de espada em punho.

Sem saber que a tinha libertado da dominação, o garoto olha assustado para ela e o demônio. Já não sabe de que lado Gabriela está e não lhe ocorre nenhuma magia para safar-se. De repente uma força mística de origem desconhecida o faz novamente flutuar acima do altar e ele imagina que Bullit tenha voltado para ajudá-lo, mas não consegue sentir a presença do elfo em sua mente.

Do alto Michel vê quando Gabriela ataca o que havia restado da carcaça de Elrich, mas apesar dos ferimentos mortais que ela lhe infligiu, a criatura ainda continuou avançando. Sem opção, ela o rodeou e lhe cortou os tendões que o mantinham de pé. Sem controle do corpo que havia possuído, o demônio desaba no chão.

O momento de distração de Michel lhe custa caro. Mordro o agarra e ergue uma adaga para golpeá-lo, mas o cão das sombras pula sobre mago e abocanha a mão que segura a arma. O mago solta a adaga e se livra do animal com um safanão. O movimento brusco faz com que parte da manga de sua túnica fique nas mandíbulas de Titã. O Cão vai atacá-lo novamente, mas é contido pelo demônio, que o agarra pela cauda e o atira para a escuridão além dos menires.

Graças à intervenção de Titã, Michel consegue safar-se por um momento. Mordro vê todo o seu esforço se perder quando olha para as luas de Az'Hur. No firmamento estrelado, as luas gêmeas se afastam e o alinhamento começa a se desfazer de forma inexorável. É tarde demais para continuar o sortilégio de união de Gabriela e o demônio. Zaphira não se completará sem sua contraparte negra e Thanatis não poderá mais caminhar sobre o mundo dos mortais sem um avatar capaz de suportar todo o seu poder.

Mordro finalmente havia compreendido a razão da presença daquele menino em o seu mundo e, tomado de fúria, recupera sua adaga e avança novamente para ele. Mas desta feita, Gabriela se interpõe entre ambos. Ela não parece precisar de sua contraparte demoníaca para enfrentá-lo e ergue sua espada com segurança. A serenidade dela o exaspera e ele percebe que a perdeu para sempre. Em seu pensamento vem a certeza de que Thanatis certamente o punirá pelo fracasso. Em nenhum momento lhe ocorreu que talvez importe mais à deusa da morte recuperar a parte de sua essência vital que havia se rebelado e restaurar o equilíbrio, do que vagar entre os mortais comuns, como era seu desejo.

Para o mago renegado, servir Thanatis era servir a si mesmo em sua ânsia de poder. Todavia, a hora de prestar contas de seus atos havia chegado.

— Você me traiu. — Ela disse friamente, apontando-lhe a espada.

— Eu traí você, menina atrevida? Eu lhe dei tudo, sem lhe pedir nada em troca.

— Não? O que você ofereceu ao demônio em troca de sua aliança? Minha alma?

O mago ri da suposição dela.

— Zaphir não poderia conter sua alma. No fim de sua batalha ele seria absorvido e você voltaria a ser o que era, mas agora tudo se perdeu.

— Não. Eu deixaria de existir, se Michel não interrompesse o processo. — Ela disse, finalmente compreendendo totalmente o terrível destino que lhe era reservado pela profecia.

— Isso não iria acontecer. Zaphir desejava equiparar-se aos deuses, mas isso jamais lhe seria permitido. A união com você o enfraqueceria e lhe daria novamente os poderes de Thanatis. Ao tornar-se mais forte, você o absorveria. Depois voltaria a ser o flagelo do mundo de Az'Hur e Thanatis poderia reinar sobre as cinzas de Antária através de você.

— De qualquer modo, eu deixaria de existir.

O mago zomba novamente das conclusões dela.

— Menina tola! Você poderia ter todo o mundo de Az'Hur a seus pés, mas agora tudo está perdido, graças à presença inoportuna deste garoto. Ele não deveria estar aqui e, muito menos fazer o que fez.

Sem que Mordro percebesse, o cadáver de Elrich começa a tremer. De repente, toma o aspecto de uma escultura de areia e se desfaz quando o demônio o abandona. Livre da carcaça, Zaphir, avança para o Bispo de Walka, ainda intangível. Ele só percebe o ataque quando já é tarde demais. As duas almas negras se entrelaçam num embate feroz pela supremacia de um sobre o outro, enquanto a deusa da morte sorri de satisfação. As linhas do destino de ambos finalmente se cruzaram, revelando o fim de probabilidades inesperadas no fluxo temporal daquele plano existencial.

Havia chegado o momento de reconduzir Zaphir ao seu verdadeiro lugar, sem a consciência de existir realmente e, muito menos, dotado de vontade e ambições próprias. Em verdade, o demônio não tinha um destino que pudesse ser desfeito ou interrompido. Sua existência tinha sido uma anomalia provocada pelo capricho de um deus, cujo humor era irritantemente imprevisível. Todavia, Thanatis jamais saberia disso com certeza, embora fosse de si a incumbência de pôr em ordem o fluxo cósmico da existência. Assim, seus pensamentos se voltaram para Beron, o arauto de sua vontade no mundo de Az'Hur, desde que Mordro havia sido dispensado de exercer qualquer papel ativo naquele drama celestial.

Atônita, Gabriela vê o mago se contrair em convulsões, como se tivesse sido acometido de um mal súbito. Ela se afastaria, se ele ainda não mantivesse Michel preso por uma das mãos, enquanto a outra agitava um punhal, perigosamente perto de sua garganta. Ela espera e, de repente, surge o momento propício e desfere o golpe. A mão do mago cai no chão ainda segurando o punhal.

Mordro avança para ela com passos trôpegos. Ele parece hesitar, como se estivesse lutando consigo mesmo, mas ergue a mão ainda intacta e ataca. Entretanto, aquela que foi sua pupila não recua e espera seu golpe com uma tranquilidade aparente, que logo se transforma num movimento rápido de ataque. Sua espada afunda no peito do mago renegado, que finalmente solta Michel. O garoto afasta-se dele rapidamente, feliz por ver Gabriela lutando ao seu lado. Entretanto não há tempo para comemorar isso. Ele vê o momento em que os olhos do mago brilham intensamente.

— É Zaphir! — Ele grita.

Ela entende imediatamente o que aconteceu e lamenta pelo mago de Walka, apesar de tudo. Michel percebeu sua expressão consternada e pensa que isso é um bom sinal, indício de que as mudanças na natureza dela não eram assim tão profundas. Contudo a batalha por sua sanidade ainda não havia terminado.

O demônio se apodera da Joia Celestial e avança para Gabriela. A besta tenta colocar-lhe a tiara, mas ela o repele, ferindo-o com sua espada. Zaphir urra de dor e fúria e a ataca com as garras apontadas para a sua garganta, mas é contido por Garth no último instante, ao acertar-lhe com outra flecha envenenada. O demônio recua por um momento, mas volta a avançar para Gabriela. Ela se prepara para o embate, embora saiba que tem poucas chances de vencê-lo, mesmo estando ele no corpo de Mordro. Nada parecia ser capaz de deter aquela criatura. Todavia, Zaphir encontra finalmente o destino que Thanatis lhe impôs.

O Centauro surge e, num golpe certeiro, decapita o demônio. O corpo sem cabeça de Mordro cai no chão, como uma marionete cujos fios tivessem sido cortados. O espectro de Zaphir escapa da carcaça. Quando se torna visível, é agarrado pelo pescoço. Surpreendido pelo centauro poder segurá-lo em sua forma intangível, o demônio se debate, mas não consegue se libertar. Beron envolve seu pescoço em seus longos e possantes braços com uma força sobrenatural.

Após imobilizar Zaphir, o emissário de Thanatis libera seu braço direito e, de espada em punho, descreve um círculo à sua frente. Uma passagem se abre, como se o tecido da realidade fosse rompido. O centauro carrega sua presa através do portal e a passagem se fecha imediatamente.

Quando se dá conta que estão livres do demônio, Michel senta-se sobre uma pedra e quase desfalece por exaustão.

— Sumiram. — Ele diz desnecessariamente.

Gabriela se aproxima, senta-se ao lado dele e o abraça.

— Acho que acabou. — Ela diz, beijando-o na testa.

— Espero que sim. — Ele responde. — Não quero mais brincar disso.

Ela ri e ele a acompanha. Está feliz por ver a sua amiga de volta. Parece que tudo terminou bem, ele pensa.

— Acho que nossa aventura terminou. — Ela disse olhando-o nos olhos. — Consegue achar o caminho de volta para casa?

O rosto dele se ilumina.

— Você se lembrou!

— Nunca esqueci. Só estava um pouco confusa com coisas que lembrei e agora já não sei se eram reais ou não.

Garth se aproxima e senta-se sobre o altar.

— É difícil viver duas vidas, não é?

Ela o vê pela primeira vez e se lembra do sonho e percebe que ele também sonhou com ela. Também sabe que está falando com o filho do seu inimigo na vida de Zaphira, mas não se importa. Se ela era realmente Zaphira, o que fazia dela uma guerreira sanguinária, e inimiga dos Magos Celestiais, havia deixado de existir com a morte de Mordro.

— Mais que difícil. — Ela responde com um sorriso. — É muito confuso.

— Muito confuso. — Enfatizou Michel. Ele olhou a Joia Celestial caída no chão e se perguntou se deveria pegá-la e devolver para Gabriela, ou deveria chutá-la para longe de suas vidas.

Ela resolveu seu dilema. Gabriela seguiu seu olhar e pegou a tiara do chão. Não sentia mais seus efeitos, mas achou melhor não arriscar e a entregou para Garth.

— Acho que é melhor você ficar com isso.

Ele sorriu e pegou a tiara.

— Vou guardá-la em local seguro, mas não creio que exista uma nova profecia ligada a ela.

— Espero que não. — Respondeu Gabriela. Era estranho falar com alguém que apareceu no seu sonho, antes de conhecê-lo pessoalmente. Não sabia por que lutavam, mas havia um encanto entre eles que persistia na memória, e que se insinuava novamente, naquele momento.

O Grão-Mestre da Ordem dos Magos Celestiais sorriu novamente e ela teve a sensação de que ele sabia. Garth pensava nisso também e teve dificuldade em desviar de seu olhar. Eles se fitaram mais tempo do que gostariam de demonstrar e ficaram embaraçados.

Um rosnado ouvido por trás da última fileira de menires os tirou daquele impasse. O Cão das Sombras ainda estava em ação e ambos agradeceram mentalmente por isso. Eles seguiram rapidamente o som e o encontraram. O animal havia encurralado o sacerdote à beira de um precipício.

Percebendo que o cão iria atacar Melquíades, Michel o chamou. Estava farto de mortes, mas o animal não o atendeu e continuou avançando. O traidor dos Magos Celestiais recuou com uma expressão de pavor no olhar. Ele pareceu ver a própria deusa da morte quando tropeçou e caiu no abismo.

O cão sentou-se sobre as patas traseiras e uivou para as luas de Az'Hur, como se estivesse saudando o próprio deus daquele mundo. Entretanto, o que se ouviu foi um uivo longo e triste, como se lamentasse tudo o que se passou. O luar duplo pareceu então iluminá-lo de um modo mais intenso e, diante deles, o animal se ergue nas patas traseiras e metamorfoseia-se num homem nu.

— Meu pai? — Exclamou Garth, diante de Gabriela e Michel perplexos.

— Isso é possível? — Ela perguntou.

Andrômaco sentou-se numa pedra e olhou para eles.

— Sim. — Ele respondeu. — É possível. Agora alguém pode me trazer um manto, antes que os soldados de Elrich cheguem aqui? Enfrentar o exército de Céltica totalmente nu, me parece algo bizarro demais, mesmo para os padrões de Az'Hur, não acham?

Michel voltou ao altar e pegou o manto daquele que havia sido Elrich, rei de Céltica, e o levou para Andrômaco. Ele se cobre e abre os braços para o filho.

Tomado de emoção, Garth abraça o pai que julgava morto.

— Como...?

— Depois, filho. Agora temos coisas mais urgentes para cuidar. Os "corajosos" nobres da corte de Céltica certamente já se refizeram do susto e devem ter acionado a tropa que guarnecia este lugar.

O velho mago olha para Gabriela e Michel e sorri. É um sorriso amistoso e franco, apesar da expressão ainda preocupada no olhar.

— Finalmente podemos nos conhecer em minha verdadeira forma.

— Então aquele cão era você o tempo todo... — Disse Michel com uma ponta de tristeza. Ainda se lembraria do cão como seu animal de estimação por muito tempo. Tentou esconder seus sentimentos mal havia proferido aquela frase, mas o olhar de Andrômaco não deixava dúvidas que compreendia o que ele estava sentindo.

— A amizade é algo precioso, meu jovem. Não importa a aparência do amigo que você tenha.

— Você foi o primeiro ser vivo que eu vi quando vim parar aqui. — Disse Gabriela. — Tentando lembrar-se dele como o inimigo de Zaphira.

— Sim. Eu a estava esperando.

— Esperando-me? Por que não se mostrou como realmente era?

— Eu não podia retomar minha forma até que você cumprisse a jornada, pois nossos destinos estavam ligados. — Ele disse olhando-a nos olhos como se fosse dizer algo mais, mas foram interrompidos pelos soldados de Elrich que surgiram de repente cercando o local até o desfiladeiro.

Logo depois, os bravos nobres da corte de Céltica tomaram à frente dos soldados. Dentre eles, um se adiantou e comunicou-lhes que estavam presos. Michel soltou um longo suspiro.

— Quando eu penso que tudo terminou...

O mago e seu filho se puseram à frente da tropa e ergueram seus braços. Michel reconheceu a energia mística fluindo na direção dos homens de Céltica, num encantamento que ele desconhecia, mas podia perceber sua força extraordinária. Sem que qualquer palavra fosse dita, os soldados se retiraram junto com os homens da corte de Elrich.

— O que aconteceu? — Perguntou Gabriela.

— Nada demais. — Respondeu Garth. — Apenas implantamos em suas mentes aquilo que queríamos que eles pensassem. Vai demorar algum tempo para que percebam que foram ludibriados.

— Sim. — Concordou Andrômaco. — Depois estarão ocupados demais disputando a coroa de Céltica. Assim, temos tempo suficiente para tomarmos algumas providências e deixarmos este lugar sombrio para os deuses e seus desígnios incompreensíveis.

O Mago olhou para Gabriela e percebeu que ainda havia questões a serem resolvidas e esperou pacientemente que ela tomasse a iniciativa.

— Eu gostaria de saber quem eu... Quem foi Zaphira e porque era tão fria e cruel.

— Creio que, na verdade, você quer saber como poderia ter sido alguém tão diferente de sua verdadeira natureza, não é?

— Acho que sim.

O mago tornou a sentar-se numa pedra. Seu olhar tornou-se distante, como se buscasse nas brumas do tempo os fragmentos de memória que havia perdido na última batalha, aquela em que enfrentara Zaphira e ambos desapareceram.

— Tudo começou com uma deusa entediada, que desejava caminhar entre os homens. Por tanto desejar isso, Thanatis, a deusa da morte, pediu a Az'Hur que lhe permitisse. O deus de nosso mundo concordou, mas lhe impôs a condição de ela se tornar uma mortal comum. A deusa recusou. Ela queria manter suas prerrogativas divinas e a única maneira de fazer isso seria usurpar a existência de uma mortal. Mas a mulher não poderia ser uma mortal comum. Deveria ter algumas qualidades que a distinguissem no mundo dos homens. Para encontrar essa mulher, a deusa precisava de um emissário. Alguém que procurasse aquela que pudesse servir aos seus propósitos divinos. Depois de mundo perscrutar a alma dos homens, Thanatis encontrou um mago ambicioso e o fez apaixonar-se por ela.

— Esse mago era Mordro, não era? — Perguntou Gabriela.

— Sim. Mordro sempre desejou ter mais poder do que deveria e Thanatis lhe acenou com essa possibilidade. Ela o fez encontrar a Joia Celestial e sair à procura daquela, cujo corpo seria o receptáculo para o espírito dela.

— Por que a Joia Celestial era tão importante para ela? — Perguntou Michel, sempre atento aos detalhes e querendo saber tudo.

Garth adiantou-se e respondeu à pergunta.

— A Joia Celestial era um meio para Thanatis tocá-la e, aos poucos, usurpar sua existência. — Disse o jovem mago.

— Sinistro! — Exclamou o garoto.

Andrômaco pegou a Joia Celestial das mãos de Garth. Girou-a nos dedos, como se a examinasse. Depois olhou para Gabriela e disse com voz grave e rouca.

— Como você mesma sentiu, ele transferia os poderes de Thanatis para a receptora. Quanto mais você usava, mais abandonava sua natureza e cedia sua vida para a deusa da morte. Os poderes que você sentia fluírem para si eram uma tentação, não eram?

— Sim. — Ela respondeu com uma expressão mortificada. — Como pude ser tão tola?

— Não seja tão rigorosa consigo menina. Estava lidando com uma força muito poderosa e ainda conseguiu resistir mais do que a deusa da morte esperava.

— Consegui? Acho que eu teria sucumbido se Michel não tivesse interferido.

— Você resistiu ao assédio do demônio à sua alma e deu o tempo que o seu amiguinho precisava. Felizmente tudo acabou bem e você está livre.

— Então posso voltar para casa?

Andrômaco sorriu ao perceber o olhar de Garth. Certas coisas tinham um tempo certo para acontecer.

— Se for esse o seu desejo...

Gabriela olhou em direção ao castelo de Walka e soltou um longo suspiro.

— E eu? — Perguntou Michel. — Onde eu me encaixo nisso tudo?

— Essa pergunta eu posso responder. — Disse Garth. — Já que o cumprimento da profecia era algo que não podia ser mexido, nós introduzimos um elemento estranho na cadeia de eventos diretamente relacionados com ela. Esse novo elemento era você. Com isso, esperávamos alterar o resultado que a deusa da morte esperava.

— Então eu sou um elemento estranho?

Gabriela não pôde evitar uma gargalhada, logo acompanhada pelos demais. Ela Conhecia o senso de humor de Michel e sabia que isso se manifestava quando ele estava tenso ou deprimido.

— Estranho, mas importante. — Ela disse, abraçando-o.

— Mais importante do que vocês possam possa imaginar. — Falou Andrômaco. — Graças a você o cumprimento da profecia não foi como era esperado por todos os envolvidos. Mas há um detalhe em sua vinda para cá que me deixou curioso. O sortilégio engendrado pelos Magos Celestiais alterava probabilidades e não teria como transpô-lo do seu mundo para este. Somente agora me dei conta que isso foi obra de um guardião da magia. Contudo, os guardiões da magia não costumam se interessar pelo que acontece em outros planos de existência. Que motivo teriam tido para agir de modo diferente?

— Nem consigo imaginar. — Retrucou Michel, com a imagem de Mya flutuando em sua mente.

Algo lhe ocorreu que poderia responder à pergunta de Andrômaco, mas ele não falaria disso nem sob tortura. Felizmente Gabriela mudou o rumo da conversa.

— Quando senti Zaphir em minha mente, tive a sensação de que eu deixaria de existir. — Disse ela.

— A sensação era real, mas não por causa de Zaphir, pois a essência vital de ambos seria absorvida por Thanatis. A deusa da morte desejava caminhar entre os mortais e, para isso, precisava se apoderar de sua existência e recuperar o que já lhe pertencia, que era o demônio. Você já havia compreendido isso, não?

— Sim. Quando Zaphir estava perto eu sentia que podia fazer coisas que antes nem pensaria. Também sentia desejos estranhos de ferir e dominar as pessoas.

— Mas conseguia se controlar na maior parte do tempo.

— Sim, mas não quando já estava em combate. Aí eu sentia uma ânsia enorme em destruir e matar, que depois me deixava exausta.

— O cansaço era seu esforço para resistir e conservar sua verdadeira natureza. Uma natureza que interessava ao demônio, pois ele acreditava que isso o tornaria mais forte e o afastaria do domínio de Thanatis, mas acontecia justamente o contrário. Haveria um momento em que você absorveria totalmente Zaphir e se corromperia de vez. Então a deusa da morte caminharia novamente no mundo dos homens e você deixaria de existir.

— Puxa! E eu que pensei que a maior ameaça vinha dos Magos Celestiais. — Disse Michel sentindo um arrepio.

Ao contrário da reação de Michel, aquela revelação não causou nenhum estremecimento em Gabriela. Ela lembrou-se do sonho que teve à margem do pântano, quando já estava próxima de Walka e compreendeu que jamais esteve sozinha naquela jornada.

— Sim. Az'Hur estava com você o tempo todo. — Disse-lhe Andrômaco, surpreendendo-a mais uma vez. Ter seus pensamentos desvendados por um mago não era algo que ela gostasse muito e se esforçou para bloquear isso de alguma forma, embora não tivesse a menor ideia de como fazer isso.

Andrômaco sorriu como se ainda compreendesse o que ela pensava, apesar do seu esforço em ocultar seus pensamentos.

Gabriela e Michel se entreolharam.

— Queremos voltar para o nosso mundo. — Ela disse.

— Sim, é claro. Mas você já pensou que deixará vago o trono de Walka?

— Eu?

— Sim. Você é a princesa de Walka, esqueceu?

Michel percebeu a dúvida novamente nos olhos de Gabriela e não gostou de ouvir aquilo. Depois que ela retornou à sua verdadeira natureza, voltar para casa era tudo o que ele podia desejar. Todavia, a decisão de ficar deveria ser dela. A ele caberia pensar se a acompanharia se ela decidisse permanecer naquele mundo. Encontrar o caminho de volta seria apenas uma das suas preocupações e ele ainda não tinha a menor ideia de onde começar. Onde estava Bullit? Não queria acreditar que o elfo o tinha abandonado no pior momento.

— Eu penso que o povo de Walka saberá se cuidar. — Falou Gabriela, interrompendo seus pensamentos. — Eu preciso retomar minha vida no ponto em que a deixei quando vim para cá. Sinto que ainda não vivi coisas importantes e... Não sei. Esqueci que já não sou a mesma.

De repente ela se deu conta que já não era a adolescente de quando havia deixado seu mundo e sentiu-se roubada.

Garth, que até então se mantinha calado, fez menção em dizer algo. Entretanto, algum pensamento o fez mudar de ideia e ele permaneceu calado.

— Você retornará ao ponto em que deixou sua vida no seu mundo. Quase nada mudará. — Disse Andrômaco.

— Quase? Então alguma coisa vai mudar?

— Sim, de certa forma. Você lembrará tudo que viveu aqui, em Az'Hur. Isso mudará seu comportamento, afetará sua percepção do seu mundo e de você mesma, compreendeu?

— Acho que sim.

— Então podemos ir? — Perguntou Michel afoito.

— Quando quiserem.

— Então só resta você dizer por onde é o caminho de volta. — Retrucou o garoto impaciente.

— Você já sabe. O elfo não o ensinou a deslocar entre os planos de existência?

— Já, mas para onde devo ir?

— Você já percebeu que, quando vai de um plano de existência a outro, causa um desequilíbrio e a tendência é voltar ao seu lugar de origem.

— Sim. É como mergulhar. Para ficar sob a superfície da água eu tenho que me opor ao empuxo para cima.

— Sim, muito bem. Você é um garoto esperto. Então também deve ter percebido que vocês estão resistindo à força que os levará de volta para onde deveriam estar. Só falta encontrar um ponto de intersecção entre o seu mundo e Az'Hur.

— Simples! — Exclamou o garoto com a ironia que lhe era peculiar. — Só falta saber onde procurar esse ponto e como reconhecê-lo. — Ele completou, depois de sentar-se no altar de pedra e, aborrecido, cruzar os braços.

O mago devolveu-lhe a ironia com um olhar sereno.

— Você acaba de achá-lo.

— Achei?

— Sim. Está sentado sobre ele.

— O altar? Puxa! Eu deveria ter pensado nisso. O que faço agora?

— Vocês devem ficar exatamente no centro do altar. Depois segure a mão de sua amiga e deixe-se levar pelas correntes de energia mística que fluem para o seu mundo. Basta deixar de resistir a elas. Pense num rio indo para o mar e não lute contra a correnteza.

— Acho que entendi. Está pronta, Gabi? — Ele perguntou e estendeu a mão para ela.

Gabriela olhou para a silhueta do castelo de Walka quase imperceptível no horizonte. Não pensou que pudesse ser difícil ir embora, mas tinha que voltar para o seu mundo. Ela abraçou Andrômaco e, por último, despediu-se de Garth olhando-o nos olhos sem dizer nada. Ele compreendeu e sorriu.

— Vamos? — Perguntou Michel.

Ela subiu no altar e deu-lhe a mão.

— Lembre-se que cabe a você guiar sua amiga entre os planos de existência. Não a deixe sozinha em nenhum momento. — Disse Andrômaco para Michel

— Tá. Não vou soltar a mão dela.

Era difícil perceber quando aquilo começava até que o zumbido, que antecedia a conhecida sensação de estar flutuando no vácuo escuro, indicasse que a viagem interdimensional estava em curso.

Para Gabriela, pouca afeita às situações de descontrole, a sensação era de desamparo. De olhos fechados, ela segurou firme a mão de Michel, supondo que ele realmente soubesse o que estava fazendo. Sem alternativa, se deixou levar pelo que realmente parecia ser um rio caudaloso, fluindo vertiginosamente em direção ao mar. Todavia, desta feita, aquele desconforto tinha durado menos que da primeira vez, quando chegou aos pântanos de Walka.

De repente o rio se tornou sereno e sem pressa. Parecia que o próprio tempo havia deixado de existir e isso foi o que chamou a atenção de

Michel. O tempo fazia parte das dimensões que compunham o seu destino e deixara de fluir.

"Aonde vocês vão com tanta pressa?"

"Bullit?"

O garoto foi tomado de surpresa e pensou ser uma ilusão aquela comunicação telepática. Para Gabriela, aquele pensamento ecoando na sua cabeça era bem mais que uma ilusão. Era estranho e invasivo, embora pudesse perceber seu caráter amigável.

"Achavam que iriam embora assim? Sem se despedirem de mim?"

"Onde você estava? Tive que resolver tudo sozinho."

"E se saiu muito bem."

"Mas poderia me sair muito mal." Retrucou o garoto.*" Você não deveria ter me deixado sozinho."*

"Você apenas pensou que estava sozinho. Agora pare de reclamar. No fim deu tudo certo não deu?"

"Sim. Tudo acabou bem." Disse Gabriela, se comunicando pela primeira vez daquele jeito esquisito. Era também a primeira vez que percebia o elfo dissociado da imagem de Michel e isso lhe agradou. Havia traços de normalidade naquilo e ser "normal" era o que ela mais ansiava.

"Tá certo." — Respondeu Michel. *"Obrigado por tudo."*

"Não tem de quê. Continue praticando a magia que aprendeu ou ela se perderá no esquecimento."

"Uau! Vou continuar com poderes mágicos no meu mundo?"

"Você sempre os teve. Apenas não sabia disso. Agora vão. O fluxo das correntes místicas não pode ser retido por muito tempo."

"Você fez isso? Pensei que só os guardiões da magia podiam parar o tempo. Falando nisso..."

"Mya? Ela está num plano existencial muito distante daqui."

"Ah!... Então se despeça dela por mim." Disse o garoto com uma ponta de decepção.

"Farei isso. Mas você a verá novamente. Afinal continuará a mexer com a magia, não é?"

"Espero que sim."

"Esteja certo disso. Agora vão. Que Az'Hur os acompanhe."

Após as palavras do elfo, os garotos logo foram envolvidos num turbilhão de correntes revoltas que os fez rodopiar na escuridão que havia entre os planos existenciais. Ambos sentiram que finalmente estavam voltando para casa.

CAPÍTULO XXIV

EPÍLOGO

Ela não sabia quanto tempo estava naquela posição. Parecia ter dormido por horas e sentia o braço esquerdo dormente, mas não queria abrir os olhos. Temia acordar ainda em Az'Hur, no castelo de Walka. Teriam conseguido voltar? Tentou sentir algum odor ou ruído familiar, mas os sentidos também pareciam adormecidos. Melhor abrir os olhos de uma vez, ela pensou, mas os manteve fechado. Preferiu prolongar aquela expectativa um pouco mais, antes de uma possível decepção. Todavia, o braço adormecido começou a incomodar. Tentou movê-lo, mas não conseguiu. Havia um peso sobre ele. Ela finalmente abrir os olhos e deu de cara com Michel dormindo em cima de seu braço. Gabriela o empurrou com a mão livre e puxou o braço, libertando-se. Apesar do movimento, Michel não acordou. Limitou-se a mudar de posição.

— Já vi sono pesado, mas isso é ridículo. — Ela resmungou.

Pelo menos seu mau humor habitual ao acordar já havia voltado. Ainda esfregando seu braço dolorido, ela finalmente se deu conta de onde estava. A visão de seu velho quarto nunca lhe parecera tão querida. Olhou ao redor de si mesma e procurou os objetos familiares na bagunça que sempre mantivera ali. Mentalmente prometeu a si mesma que arrumaria o quarto, como sua mãe sempre pedia. Só depois de verificar o quarto, percebeu que estava com as mesmas roupas de antes. As calças jeans e a velha camiseta não tinham nenhum vestígio do desgaste sofrido no mundo de Az'Hur.

— Conseguimos! — Ela exclamou feliz. — Conseguimos!

Michel mudou de posição sem acordar.

— Acorde preguiçoso! — Ela disse, sacudindo-o vigorosamente. — Voltamos!

— O quê? — Ele conseguiu balbuciar ainda confuso. Levou um momento até que acordasse completamente.

— Voltamos! — Ela gritou eufórica.

— Voltamos? — Ele perguntou entre um bocejo e outro. — Voltamos para onde?

— Para casa! Acorda pirralho! Nós voltamos para casa!

Ela rodopiou feliz antes de puxá-lo da cama.

— Pare de me sacudir. Eu já acordei. — Ele disse, mas ainda confuso.

Ela puxou as cortinas e olhou para fora. A visão de sua rua nunca lhe parecera tão deliciosa.

— Meu Deus! Tudo está como antes.

— Claro que está. — Ele disse olhando fixamente para ela. — Nós voltamos exatamente ao ponto em que partimos, esqueceu?

— O que você está olhando?

Ele ficou um momento desconcertado, mas não evitou dizer-lhe com a franqueza habitual. De qualquer modo, não conseguiria esconder nada de Gabriela. Então era melhor levar o safanão logo de uma vez.

— Não estou mais vendo aqueles seus peitões. E você voltou a ser aquela magricela sem graça de antes.

— O quê?

Só então ela percebeu que a claridade da janela deixava sua silhueta totalmente à mostra.

— Estava me olhando contra a luz da janela?

Ele se esforçou para parecer envergonhado disso, mas era difícil para Michel fingir o que na verdade não sentia. Sua tentativa canhestra de aparentar seriedade explodiu de repente numa gargalhada animada que logo a contagiou também.

— Seu pervertido! — Ela disse ainda rindo.

Longe de irritá-la, os comentários de Michel a fizeram se sentir normal outra vez. Era bom voltar para casa, mesmo que soubesse que um dia iria sentir falta das aventuras no mundo de Az'Hur. Lembrou-se de Garth e lamentou só o conhecer só no último momento. Será que ele gostaria dela se a visse agora? Jamais saberia com certeza, mas é provável que não pudesse competir com Zaphira. Isso lhe importava? Ela pensou. Não! Bem... Talvez só um pouquinho, mas estava feliz em voltar a ser magricela e sem graça de novo. É claro que o fato de saber como será sua aparência num futuro não muito distante ajudava bastante. Mas havia também o desejo dela de viver intensamente todas as etapas de sua vida. Inclusive as transformações pelas quais seu corpo ainda passaria, incluindo aquelas não muito agradáveis. Bom era estar preparada para tudo o que ainda viria. Quantas garotas poderiam dizer isso? Estava tão absorvida naquele devaneio, que não escutou o chamado.

— Terra chamando Gabi... — Falou Michel com as mãos em concha.

— Ahn?

— Sua mãe está nos chamando. Não ouviu?

— E agora? O que nós vamos dizer?

— Nada. Para ela só se passaram alguns minutos. Na verdade, nós nunca saímos realmente daqui.

— Eu sei, mas isso parece muito confuso agora.

— Tô sentindo cheiro de bife. — Falou Michel farejando o ar como um perdigueiro.

— E batata frita!

Ambos saíram do quarto disputando a primazia em descer a escada, mas a disputa acabou quando encontraram o olhar reprovador da mãe de Gabriela.

— Eu tenho quase certeza de que já pedi para vocês não fazerem isso. — Ela disse, arqueando a sobrancelha em sua costumeira maneira de expressar desagrado.

— Mamãe! — Exclamou Gabriela antes de lançar-se no pescoço de sua mãe para um forte abraço. — Que saudade! Amo você.

A mãe de Gabriela correspondeu ao abraço, mesmo sem entender nada.

— Ora essa! Faz apenas duas horas que vocês subiram e se trancaram naquele quarto.

— Duas horas? Puxa! Parece tanto tempo. — Retrucou Gabriela sem soltar-se.

— Você está bem? — A pergunta era pertinente, pois a filha não era muito dada a manifestações de afeto daquela maneira.

— Huhum! — Ela respondeu do seu jeito, mas apertou o abraço ainda mais. — O tempo passa muito rápido e quero aproveitar todo ele com você.

— Que bom! Agora vamos almoçar logo, que a comida está esfriando. Michel, sua mãe ligou e disse para você ir para casa.

— Puxa! O cheirinho da sua comida está tão bom. — Ele lamentou.

— Você pode almoçar antes de ir. — Sugeriu Gabriela.

— Você pode ligar para sua casa e pedir permissão para almoçar com a gente. — Disse a mãe de Gabriela para ele.

— Hoje não. — Ele respondeu, depois de um momento de hesitação. — Fica para outra vez, tá? Acho que também tô com saudade de casa.

De um jeito formal, que elas nunca tinham visto antes, Michel agradeceu o convite para o almoço e se despediu.

— Michel recusando um convite para almoçar? Você de repente tão carinhosa... — Falou a mãe de Gabriela pensativa. — Vocês estão muito estranhos hoje. Será que tudo isso é por causa do jogo?

Gabriela sempre admirou a intuição de sua mãe, mas dessa vez sentiu um arrepio no coração. Teve que segurar um nó na garganta para não lhe dizer o quanto ela havia chegado perto da verdade.

— Do jogo? Pode ser. — Ela respondeu sacudindo os ombros de forma evasiva. — Descobrimos que estamos perdendo muito tempo com a realidade virtual.

— Descobriram? Puxa! É espantoso como amadureceram tanto numa única manhã.

Gabriela sorriu. De repente sua mãe percebeu que o sorriso dela parecia ser de uma mulher adulta e não mais de uma menina.

— Vamos almoçar. — Disse ela, procurando não pensar muito nisso.

Contudo, logo após o almoço, Gabriela ainda tinha mais surpresas a apresentar. Ela recolheu os pratos, os levou para a pia e pôs o avental.

— O que você está fazendo?

— Vou lavar os pratos. Afinal, você fez o almoço, não foi?

A resposta deixou a mãe dela de queixo caído. Mandar Gabriela lavar a louça sempre foi uma declaração de guerra naquela casa. Então, de repente ela estava ali, lavando os pratos por vontade própria.

— Por que você não pega aquele seu licorzinho e vai dar uma relaxada no sofá? — Perguntou Gabriela. De costas, ela não viu a expressão embasbacada da mãe, mas sorriu como se tivesse visto.

— Tá. — A mãe conseguiu responder e foi para a sala.

Ainda sem acreditar muito, ela logo ouviu o barulho de pratos e talheres sendo enxaguados e se perguntou o que estava havendo. Se um jogo de computador tinha causado aquela mudança, suas amigas que tinham filhos iriam adorar obter uma cópia. Meia hora depois Gabriela surgiu na sala.

— Prontinho. — Ela disse sorrindo daquele novo jeito, antes de começar a subir a escada. — Tudo limpo e arrumado.

— Aonde você vai?

— Vou arrumar o meu quarto. Não consigo achar nada naquela bagunça.

A mãe a acompanhou com o olhar enquanto ela subia a escada. O jeito como ela se movimentava também estava diferente da adolescente estabanada de horas atrás. Ao invés de correr como sempre fazia, galgava os degraus com uma postura correta e inegavelmente feminina. Sua filha estava diferente, sem dúvida. Restava saber se essa mudança seria permanente ou era apenas mais uma de suas brincadeiras. Talvez se tivesse acompanhado Michel até sua casa, ela não tivesse mais dúvidas de que algo havia acontecido com os garotos naquela manhã, enquanto estavam enfiados no quarto jogando videogame.

Ele chegou de mansinho, temendo levar uma bronca pela longa ausência. Depois se lembrou das explicações que tinha dado para Gabriela e relaxou um pouco. O duro seria acostumar-se com aquilo. Meses haviam se passado para ele e Gabriela e era difícil retomar o tempo em seu próprio plano existencial.

Sua mãe o recebeu com um sorriso. Aquilo era bom. Indicava que tudo estava em paz e não haveria brigas durante o almoço. Mesmo assim, a expectativa de rever seu pai o deixava tenso. Tensão era algo que parecia existir entre eles de modo permanente, apesar de bons momentos de camaradagem.

— Vá lavar suas mãos. — Disse a mãe dele. — O almoço está quase pronto.

Ele não se moveu. Ficou olhando para ela e uma onda de ternura o invadiu de tal forma que um nó se formou na garganta. Em vários momentos ele pensou que não veria mais sua mãe. Em outros, a lembrança dela o manteve apegado ao seu mundo e evitou que se esquecesse de quem era.

De repente ela percebeu que estava sendo observado por ele e sorriu.

— O que você tem?

— Nada. Só estava vendo como você é bonita. — Ele disse com um fio de voz. Então se aproximou e a beijou no rosto. — Amo você.

— Também amo você, querido. Agora vá lavar as mãos e chame seu pai. Ele tem estado na garagem durante toda a manhã. Sabe-se lá Deus o que inventou desta vez.

O garoto preferia não ter sido incumbido dessa tarefa. Suas relações com seu pai sempre foram permeadas por extremos e eles nem sempre conseguiam se entender. Em um momento pareciam grandes amigos e em outros apenas conhecidos superficiais. Às vezes sentia que seu pai o amava.

Então, nessas ocasiões, ele tentava corresponder desesperadamente. Todavia o encanto logo se desfazia e uma muralha de constrangimento se imiscuía entre eles. Ainda se lembrava da mão dele calejada o levando para a escola. No caminho ele lhe contava histórias de heróis de capa e espada, piratas e aventureiros espaciais. Ele próprio, tão grande e forte, parecia um deles. Naquele tempo, o menino era feliz, pois tinha seu próprio herói a levá-lo seguro para casa todos os dias, até que aquilo aconteceu.

O incidente parecia banal. Seu pai havia estacionado o carro em frente à escola no final da aula. Logo depois outro motorista havia bloqueado sua saída e se recusou a tirar o carro. Seu pai tentara conversar, mas foi empurrado e humilhado na sua frente. Michel sentiu pena e raiva ao mesmo tempo. Desejava que o seu herói reagisse, mas ele não o fez. Balbuciou uma explicação sobre violência no trânsito e o levou para casa de ônibus. Horas mais tarde ele voltou para buscar o carro.

Esse acontecimento influiu não só na forma como enxergaria o pai e o que aquilo representava para si, mas também como ele próprio lidaria com os conflitos em sua vida. Sentia que a covardia determinaria suas reações dali por diante e chegou a odiá-lo por isso, até que percebeu que o pai sabia o que tinha feito e sofria por isso. Essa constatação de certa forma os reaproximou, mas nada seria como antes.

A porta da garagem abriu com um velho e conhecido rangido que sempre o fazia lembrar que as dobradiças precisavam ser engraxadas, mas ele nunca fazia isso. Encontrou seu pai debruçado sobre uma mesa que havia num canto. Era o seu lugar predileto, onde ele passava horas tentando consertar velhos aparelhos domésticos ou simplesmente tentando construir outros a partir de peças velhas. Ele às vezes parecia-se com Gepeto. Então, Michel também se imaginava um boneco construído por ele e querendo ser gente, mas sentia que a vida era mais complicada do que poderia compreender e acabava preferindo continuar como boneco, em sua fantasia.

Ele se aproximou e o ruído abafado de seus passos no piso empoeirado fez o pai voltar-se. A claridade que vinha através da porta iluminava seus cabelos revoltos, os quais pareciam mais brancos do que se lembrava.

— Oh! Você está aí. — Ele disse. Era o seu jeito de saudá-lo sempre que chegava.

— Oi pai. O que você está fazendo?

— Encontrei esse brinquedo entre meus guardados. — Respondeu o pai, mostrando-lhe as peças de um velho autorama. — Já tinha me esquecido dele, mas o encontrei quando procurava uma ferramenta. Depois de tantos anos ainda funciona.

— Legal!

— Ele foi meu brinquedo favorito durante muitos anos. Então fiquei imaginando se você também não gostaria dele.

O garoto podia imaginar muitas coisas mais interessantes que aquele brinquedo velho, mas não trocaria nada pelo brilho de entusiasmo que via nos olhos do pai. Sentia de repente a velha camaradagem fluir entre eles.

— Então talvez a gente possa disputar algumas corridas. — Respondeu animado.

— Foi o que pensei. — Disse o pai com um engraçado olhar de cúmplice, como se estivessem planejando uma travessura.

— Mas agora é melhor a gente ir para dentro de casa. A mamãe tá chamando para o almoço.

— Já? Puxa! Eu vim para cá justamente procurar uma agulha de desentupir fogão, para que sua mãe pudesse fazer o almoço.

— Parece que ela resolveu.

— Ainda bem que não esperou por mim.

— Ela já o conhece há muitos anos.

— É verdade. Não é surpreendente que ainda me ame?

— Não. Ela tem suas razões.

O pai sorriu. Há muito tempo não ouvia palavras de afeto do filho e aquilo o surpreendeu. Michel percebeu o brilho úmido de seus olhos, mas nada disse. Estava ocupado demais desfazendo o velho nó em sua garganta.

De repente ouviram o barulho estridente de uma colher batendo numa panela. Era sua mãe salvando-os do que poderia ser uma constrangedora choradeira.

— Acho que sua mãe está ficando impaciente. — Disse o pai, entre dois pigarros.

— Sim. É melhor irmos, antes que ela arremesse tudo pela janela.

— Vamos. Sua mãe sempre teve uma boa pontaria.

Eles saíram rindo da garagem, imaginando a cena de pratos e panelas voando pela janela em direção de suas cabeças. Era bom voltar para casa.

O dia seguinte foi segunda-feira. O desejo de voltar à vida normal combinava bem com o retorno à escola e tudo o mais que ela significava para eles, até mesmo os velhos problemas. Todavia, certas dificuldades já não iriam parecer tão difíceis de superar, pois se sentiam bem mais velhos do que indicava um simples fim de semana. Afinal, do ponto de vista deles, o tempo transcorrido no mundo de Az'Hur representava uma longa jornada em busca do conhecimento de si mesmos.

Naquela manhã, Gabriela tinha acordado antes do despertador acionar o alarme. Isso, por si, já era uma grande novidade. Também não se lembrava de nenhuma vez que estivesse tão ansiosa para voltar à escola numa segunda-feira. O fato é que havia acordado no início de um dia normal e isso a encantava. Nada de despertador falante, nem demônios no espelho. Tudo o que via era seu reflexo magricela de sempre. Apalpou seus pequenos seios e lembrou-se da garota cheia de curvas que havia sido em Az'Hur. Depois sacudiu os ombros. Sabia o que o futuro lhe reservava, mas não tinha pressa em alcançá-lo. Queria viver cada momento, sem pular nenhuma etapa.

Acabou de enxugar-se e voltou para o quarto bem no momento que sua mãe avisou que Michel já havia chegado. Minutos depois ela o encontrou na cozinha. Ele mal respondeu ao seu cumprimento, atracado que estava com um enorme sanduíche.

— Certas coisas nunca mudam. — Disse ela com ironia.

— Só você que muda. — Ele retrucou depois de engolir o que estava mastigando.

— Do que vocês estão falando? — Perguntou a mãe dela sem entender.

— Nada não, mamãe. É só esse moleque querendo viver perigosamente.

— Não briguem. — Disse a mãe de Gabriela saindo da cozinha.

Mal ela saiu Michel foi alvejado com uma banana, mas conseguiu se esquivar. A velha implicância mútua era parte do que eles consideravam como sendo uma vida normal. E, embora não parecesse à primeira vista, estavam felizes.

Meia-hora depois eles se aproximavam do portão da escola.

— Então?... — Indagou Gabriela.

— Então o quê? — Retrucou Michel devolvendo a interrogação para ela.

— Você sabe. Quero saber no que eu mudei.

— Ah! Em algumas coisas.

— Tipo o quê? — Insistiu ela.

Ele se afastou um pouco antes de responder. Não queria correr o risco de ficar dentro do seu alcance se ela não gostasse de sua resposta.

— Você perdeu as curvas e aqueles... Você sabe. — Respondeu ele, fazendo gestos como se estivesse agarrando peitos imaginários.

— Ah! Isso? — Ela retrucou com voz desanimada. Teria que fazer um esforço para se acostumar com a falta dos atrativos que ainda não tinha, mas ia ser difícil com Michel do seu lado lembrando a todo o momento.

Entretanto, ele logo percebeu que tinha falado demais e, mentalmente, chutou a própria bunda por ter sido tão estúpido. Devia ter percebido que aquele assunto a incomodaria, mas não resistiu ao hábito de provocá-la.

— Mas tem uma coisa que não mudou. — Disse ele, depois de pensar um pouco.

— Tem? — Ela perguntou, mas temia que não fosse gostar da resposta.

— Você ainda tá rebolando.

Ela tentou se controlar, mas não conseguiu e soltou uma gargalhada. Michel suspirou aliviado e riu também. O que menos queria era ver Gabriela triste e prometeu a si mesmo que doravante seguraria a língua quando estivesse com ela.

— É verdade. — Ele prosseguiu com cuidado. — Você tá com um andar diferente. Parece uma garota mais velha na forma como se movimenta, sei lá... Uma coisa de postura, eu acho.

— Tá bom. Já entendi. Bastaria pedir desculpas.

— Quem está se desculpando? Você perguntou e eu respondi. — Ele retrucou, imitando um personagem de humor da televisão. — Sou muito sincero, não sabe?

— Muito.

Ele ia retrucar, mas desistiu. Deu-se por feliz por ver que o ânimo de Gabriela tinha melhorado. Não gostaria de ser o responsável por qualquer sinal de tristeza em seus olhos, principalmente quando já se aproximavam do portão da escola.

— Chegamos.

— Agora que estamos aqui me ocorre uma coisa.

— O quê?

— Não lembro o que eu estava estudando, nem se fiz as tarefas do fim de semana.

— É mesmo! Eu também. Bom, é a primeira vez, né? Acho que temos algum crédito com os professores.

Provavelmente os professores não teriam a mesma opinião, mas ela não disse nada. A visão do pátio da escola interrompeu a conversa. Em cada detalhe havia um pedaço da história deles. Os corredores repletos de grupinhos conversando animadamente e os casais de namorados trocando carícias disfarçadas não davam mostras de terem percebido a longa ausência deles, como era de se esperar. Apenas eles tinham aquela sensação de tempo decorrido e isso não deixava de ser um pouco frustrante, pois não podiam dividir as memórias de suas aventuras com ninguém. Não porque lhes fosse proibido, mas principalmente porque ninguém acreditaria no que eles tinham vivido durante meses em outra dimensão e voltado no mesmo dia que partiram.

Logo depois de passar pelos portões, Gabriela ouviu seu nome. Era estranho ouvi-lo numa voz que não fosse a voz de Michel, depois de tantos meses.

— Oi, Gabi.

Ela se virou e encontrou o olhar de Valéria.

— Oi. — Respondeu cautelosa. Ainda se lembrava daquela festa de aniversário e da bolada que deu nela. Sabia que Valéria tinha um comportamento estranho e imprevisível. Era difícil de lidar com isso. Realmente seria difícil? Agora ela sentia que tinha como lidar com qualquer coisa, sem se deixar perturbar. Apesar disso, a atitude amistosa de Valéria não a interessava. Sentia-se indiferente.

— Preciso falar com você.

Gabriela pensou em escapar dela, mas Michel viu seus amigos e deixou-a sozinha.

— Você tá diferente. — Disse Valéria, olhando-a nos olhos com uma expressão curiosa. — Parece mais bonita. Esse fim de semana deve ter sido muito bom.

— Você não imagina quanto. — Respondeu ela, intencionalmente enigmática. De repente achou muito bom ter segredos.

— É mesmo? Que bom. — Disse Valéria baixando os olhos. — Sabe... Eu passei o fim de semana todo pensando naquilo que aconteceu.

Gabriela quis virar-lhe as costas, mas algo na expressão dela a fez manter-se atenta. Valéria parecia ter dificuldade de se expressar e isso não era comum, se tratando dela.

— Pensando naquilo?

— Sim. Você sabe, naquilo que aconteceu na quadra. Eu me envergonho do que fiz e acho que mereci aquela bolada. Eu espero que você um dia possa me perdoar, tá bem?

Aquela atitude era realmente surpreendente para Gabriela. Com dificuldade para encontrar palavras adequadas para a situação, ela limitou-se a concordar com um movimento de cabeça.

— Eu tava pensando se não poderíamos fazer aquele trabalho juntas.

— Que trabalho?

— O trabalho de aula sobre violência e bullying. Esqueceu? A apresentação é sexta-feira.

— Puxa!

Valéria riu. Mas era um riso amistoso.

— À tarde na biblioteca? — Perguntou.

— Tá bom. — Gabriela respondeu sem muito entusiasmo e voltou a andar. Entretanto, em algum canto de sua mente germinou a ideia de que o mundo real talvez não fosse tão hostil quanto chegou a pensar um dia.

Um tumulto se formou um pouco mais adiante, entre as mesas em frente à cantina. Ela se aproximou para ver o que acontecia, esperando que Michel não estivesse envolvido. Uma esperança vã, como logo percebeu pela aglomeração que se formava ao ritmo de "briga! Briga!".

Ao romper o círculo de alunos que se formou, Gabriela viu Michel de costas para ela e a sua frente o seu inimigo número um. Jorjão avançava para ele, depois de vociferar uma série de impropérios. *"Esse vai ser um dia daqueles."* Pensou, adiantando-se para resgatar Michel daquela enrascada. Tocou em seu ombro, mas ele não se moveu. Ela esperava que Michel disparasse feito um coelho, aproveitando sua cobertura para driblar seu costumeiro algoz, mas ele estava calmo e olhava fixamente para o inimigo. Isso equivalia a encarar um pitbull nos olhos do mesmo lado da cerca.

Jorjão estava perigosamente perto, mas de repente tropeçou num banco e caiu. Ao proteger o rosto da queda ele virou o banco sobre si mesmo e recebeu uma forte pancada na cabeça. O brutamonte ficou imóvel, completamente desacordado.

Logo depois um inspetor de alunos apareceu e dispersou o grupo. Alguém chamou uma ambulância e Jorjão foi levado para o hospital.

— Você fez isso? — Ela perguntou baixinho, depois que se afastaram.

— Não sei. — Ele respondeu inseguro. — Só pensei no que eu queria que acontecesse e aconteceu. Pode ter sido uma coincidência, não pode?

Ela não acreditou muito nessa possibilidade. Viu quando ele estava concentrado e era do mesmo jeito que se portava quando fazia uso da magia no mundo de Az'Hur. Além do mais, tinha ouvido a conversa dele com Bullit e sabia que a magia o acompanharia onde quer que fosse.

— Pode ter sido uma coincidência, mas acho que não foi. Espero que você não tenha matado aquele idiota.

— Não matei. — Ele respondeu com um olhar zombeteiro. — Você é que costuma trucidar seus inimigos. Eu só o deixei desacordado e introduzi um pequeno detalhe na forma como ele me vê.

— Que detalhe?

— Nada demais, mas ele vai achar que eu cresci muito nos últimos dias. Depois disso, acho que não vai mais me incomodar.

— Você foi tão bonzinho assim? Como resistiu à tentação de transformá-lo num rato?

— Como você acha que ele vai pensar que eu cresci? Ele vai acordar pensando que é um camundongo. Pena que o efeito seja temporário.

Ele não disse para ela, mas a vontade de ter sido mais cruel com aquele arruaceiro quase venceu a disputa interna em seu coração. Somente as lições de Bullit quanto ao uso do poder mágico o detiveram. Contudo, se permitiu criar uma ilusão que manteria Jorjão apavorado durante alguns dias. Depois, a lembrança disso faria o arruaceiro pensar muito antes de tentar molestá-lo novamente.

O primeiro sinal para o início da aula soou estridente no pátio e eles se encaminharam para a sala de aula.

— Qual a primeira aula? — Ele perguntou. Nunca se lembrava disso.

— Matemática. — Ela disse com um sorriso zombeteiro. — Duas aulas seguidas.

— Que bom. — Ele respondeu irônico.

Eles entraram na sala de aula e se depararam com os colegas entretidos na algazarra habitual. Geralmente, a bagunça só cessava à entrada do professor, o que só acontecia no segundo sinal.

Dentro da sala de aula cada um se dirigiu ao seu próprio grupo. Gabriela juntou-se ao grupo formado por algumas meninas do time de vôlei e alguns garotos, entre os quais estava Gino. Michel, como de costume, juntou-se aos nerds da sala. Somente quando sentou é que percebeu que havia mais alguém no grupo. Era uma garota, mas ela estava de costas para ele conversando com alguém e não conseguiu ver seu rosto.

O segundo sinal soou exatamente no momento que o professor entrou na sala de aula. Ele era conhecido na escola por seu temperamento irascível e pouco tolerante com a exuberância do comportamento juvenil. Ao perceberem sua presença, os alunos mais renitentes sentaram-se rapidamente enquanto o silêncio tomava conta da sala.

A garota nova endireitou-se no banco e Michel pôde ver seu rosto, embora ela estivesse de perfil. Ele teve um sobressalto. Mya estava à sua frente, e aquilo era impossível. Guardiões da magia não transitavam entre os mortais, foi o que Bullit lhe ensinara. Deveria ser apenas uma ilusão criada pela saudade que sentia. Aquela garota apenas parecia-se com ela, certamente. Era apenas uma coincidência. Naquele momento, ele se deu conta que realmente sentia falta de sua guardiã da magia.

— Ela se virou para ele e lhe sorriu, com uma conhecida expressão de cumplicidade.

Então ele teve a certeza de que não estava imaginando coisas. Reconhecia seu sorriso e o brilho daquele olhar. Era ela, sem dúvida. Todavia, aquilo não poderia estar acontecendo, ou poderia?

— O que você está fazendo aqui? — Perguntou afoito.

A ansiedade o fez falar mais alto do que deveria e a sala toda escutou. Ao perceber o que tinha feito, ele se encolheu no banco, mas já era tarde. A classe havia caído na gargalhada.

— Parece que Michel voltou do fim de semana cheio de energia. — Disse o professor. — Vamos aproveitar sua disposição para que nos ensine o cálculo da área de um losango.

Aquilo era fácil para ele, mas ter que esperar quase duas horas para falar com ela ia ser uma tortura. Já conformado, ele ia levantar quando lhe ocorreu que não precisava esperar. Havia outra possibilidade e ele se concentrou, olhando para ela fixamente. De repente a sala de aula desapareceu e eles estavam sós num lugar estranho e desolado.

— Andou praticando? — Ela perguntou.

— Sabe como é, tenho andado muito entre os planos existenciais. — Ele respondeu tentando ser engraçado. Estava nervoso, mas não queria deixar isso transparecer. — Eu pensei que Guardiões da Magia não andavam entre mortais comuns.

— E não andam. Guardiões da Magia não se interessam pela vida dos mortais. Pelo menos, não normalmente.

— Então o que você estava fazendo na minha sala de aula?

— Não consegue adivinhar?

Ele demorou um momento para perceber onde ela estava querendo chegar. Mesmo assim, a única resposta que lhe ocorreu não tinha nenhuma lógica.

— Você... Desistiu?

— Sim. Agora sou uma mortal comum, como você.

— Não sabia que podia fazer isso.

— Não é comum um Guardião abdicar de tudo, mas é possível quando se tem um substituto à altura.

— Bullit?

— Sim. Ele desejava isso há muito tempo. Não por ambição, mas por sentir-se culpado com o que aconteceu comigo, antes que eu me tornasse Guardiã. Então eu desejei nascer de novo como uma mortal comum e aqui estou.

— Mas você tem a minha idade.

— Claro. Eu escolhi nascer na mesma época que você nasceu. Assim teríamos a mesma idade quando nos reencontrássemos. Eu tenho acompanhado sua vida aqui desde que minha memória voltou e escolhi o momento que deveríamos nos encontrar, pois sabia que você se lembraria de mim.

— Você pensou em tudo.

Ela riu e pegou sua mão.

— Ter me tornado uma Guardiã da Magia foi um acidente provocado pela minha insensatez, em não ouvir as advertências do elfo. Eu estava cega pela ambição e queria mais do que aprender a magia controlada por uma entidade. Eu queria controlar todo o poder da magia e isso me satisfez durante quase uma eternidade, mas vi você e descobri que sentia saudade de quando era uma simples mortal. Então me aproveitei de um sortilégio dos Magos Celestiais e o incluí no destino de sua amiga. Então você se tornou o fator imponderável no cumprimento da profecia sobre o retorno de Zaphira.

— Tudo aquilo que eu e Gabriela vivemos em Az'Hur foi planejado?

— Sua amiga fazia parte de uma disputa entre deuses. Você foi um fator surpresa que eu inseri, mas tenho dúvidas se a mão de Az'Hur não está por trás disso também. Deuses são ardilosos e não costumam ter muitos escrúpulos quando se trata da vida de mortais.

Ele já sabia dessas características dos deuses, naturalmente. Deuses costumavam ser tão superiores em sua arrogância, mas se deixavam envolver-se como muita facilidade nas paixões que regiam a vida dos mortais.

— Por que fui parar no corpo de Bullit quando fui para Az'Hur?

— Você não tinha uma ligação anterior com Az'Hur, como tinha sua amiga. Então, a menos que tivesse renascido naquele plano existencial, em uma nova vida, você precisaria de um corpo hospedeiro para permanecer lá por mais tempo. Então escolhi Bullit para isso, pois ele identificaria sua potencialidade para as artes mágicas, o adotaria como discípulo e o traria até a mim. Tudo se encaixava como eu desejava que fosse. Além do mais eu não resistiria em pregar uma peça no elfo. Ele demorou a entender por que você estava no corpo dele e, ainda por cima, controlando suas funções motoras. Bullit penou bastante por isso. Ele não gosta de ficar à mercê da vontade de outro.

— E como ele está agora? — Perguntou Michel. — Voltarei a vê-lo?

— Por que não? Você ainda é seu aprendiz, não é?

Mal ela respondeu, Michel percebeu outra presença naquele plano existencial. Era um baixinho esverdeado de orelhas pontudas.

— Bullit?

— Quem mais haveria de ser, garoto? Pensou que estaria livre de mim apenas por ter voltado para o seu mundo?

— Não... Na verdade eu senti sua falta. É difícil não ter mais você atazanando meus pensamentos.

— Mas eu ainda estou em sua mente. Basta chamar-me.

— Sério?

— Sim. Como pensa que deu um jeito naquele valentão? Você ainda tem dificuldade em se concentrar quando se sente pressionado e pensou em mim para resolver, não foi? Eu ouvi seu apelo e canalizei a energia arcana para o que você queria fazer. Precisa melhorar esse fundamento, se quiser evoluir como mago.

— Por isso fiquei em dúvida se tinha sido eu.

— Mas aquele implante de pensamento na mente do moleque foi muito bom. Mesmo depois de passar o efeito ele vai pensar duas vezes antes de molestá-lo de novo.

— Espero que sim. Por um momento eu pensei em fazer algo sinistro e me assustei com isso. Parte de mim queria fazê-lo sofrer alguma coisa horrível.

— Quem não gostaria de fazer isso pelo menos uma vez na vida? Por isso a magia mais poderosa só é possível para uns poucos que podem transcender às paixões e evoluir como um ser de luz. Até mesmo os deuses devem se submeter a essa regra, mas nem sempre se controlam. Apesar de ter se assustado consigo, você demonstra autocontrole e força de vontade para não cair nas tentações que o poder mágico provoca. Continue o seu caminho, garoto. Evolua até que a magia flua diretamente do seu coração. Agora volte para o seu mundo, pois há ainda muito que aprender.

Após as últimas palavras do elfo, eles voltaram ao momento em que o professor o chamou. Michel levantou-se e foi para o quadro negro sob o olhar de toda a sala.

Gabriela também o acompanhava com o olhar. Estava curiosa para saber o que tinha acontecido entre Michel e a garota nova. Ela não poderia saber de quem se tratava, pois Michel pouco lhe tinha falado de Guardiões de Magia ou especificamente sobre Mya.

— O losango é um quadrilátero que possui lados opostos e congruentes e duas diagonais que se cruzam bem no meio de cada uma... — Ele disse, esforçando-se para se concentrar no problema, mas o olhar de Mya tinha o dom de levá-lo a perder-se em pensamentos estranhos aos cálculos trigonométricos e ele parou de repente, esquecendo-se do que iria falar.

— A introdução foi boa, Michel. — Intercedeu o professor para dar-lhe tempo e impedir as risadinhas que já se ouviam nos cantos. — Por favor, continue.

— Bem... Como eu estava dizendo...

Ele suava frio. Simplesmente não conseguia lembrar-se de coisas que sabia na ponta da língua. Quando ia entregar-se a suprema humilhação da derrota, encontrou o olhar de Mya. Ela pareceu sair da cadeira e invadir sua alma. Então tudo estava lá dentro dele, inclusive a autoconfiança esquecida em algum canto da mente. Ele concluiu as explicações com a tranquilidade de quem sabia o que estava fazendo.

— ... Então é só multiplicar o cumprimento das diagonais e dividir por dois.

— Muito bem. — Disse o professor. — Pode sentar-se, Michel. Agora vamos tentar calcular a área do losango sem saber o valor de uma das diagonais. Alguém mais quer se aventurar?

A sala toda ficou em silêncio. Michel sentou-se ao lado de Mya, feliz por não ser mais o alvo da atenção de todos. Todavia, era ainda mais perturbador sentir o olhar de uma garota bonita sobre si. Aquela sensação era nova para ele, pois geralmente as garotas bonitas o ignoravam solenemente. Estranhamente era isso que mais o perturbava naquele momento. O fato de a garota em questão ter sido uma Guardiã da Magia, que existia há mais de um milênio e era capaz de proezas que garotas normais nem pensariam. Tudo isso era agora perfeitamente aceitável em sua recém-adquirida concepção de normalidade. Às vezes perceberia essa contradição, mas no fim daria de ombros sem se importar realmente com isso. Gostava da sua vida como ela se apresentava e percebia que havia muito pouco nela que pudesse ser considerado normal e era feliz por isso. Também era bom ter alguém mais além de Gabriela em seu pequeno círculo afetivo, mesmo que ambas pudessem vagar de repente por outros mundos e viver outras vidas.

De onde estava sentada, Gabriela acompanhou Michel com os olhos, quando ele voltou para o seu lugar o viu trocar olhares significativos com a garota nova. Não pôde evitar a sensação incômoda que isso lhe provocava e surpreendeu-se. Jamais havia sentido ciúmes de quem quer que fosse, mas se acostumara em ter a atenção dele só para si, quase o tempo todo. A garota nova era bonita e o pequeno grupo de nerds que se sentava próximo de Michel já se encantara com ela. Garotos eram todos iguais e bastava um sorriso bonito para tirá-los dos trilhos, sem que percebessem que estavam agindo como seus ancestrais pré-históricos. O instinto sempre falava mais alto e o que importava era garantir a possibilidade de transmitir a herança genética com sucesso. Que bobagens ela estava pensando? Não podia reduzir toda a cultura romântica à rituais de acasalamento, mas não podia evitar sentir-se de repente solitária quando até Michel parecia ter encontrado alguém, mesmo que não tivesse ainda idade suficiente para isso. Aliás, ela também não tinha idade suficiente para isso, mas estava se sentindo como se fosse bem mais velha. Possivelmente por já ter vivido experiências e sensações de uma vida adulta e guardar lembranças disso. Conservar as memórias de sua vida como Zaphira era inquietante, mas ela não desejava livrar-se dessas memórias, pois graças a esse conhecimento conseguia compreender melhor o seu presente. Restava saber até que ponto podia lidar com isso sem uma boa dose de loucura. De qualquer modo o futuro que ela pensava para si estava relativamente perto, embora em outra dimensão. Talvez pudesse reencontrar Garth quando sua idade estivesse equiparada à idade dele. Ela sorriu diante dessa possibilidade e, pela primeira vez, pensou em voltar ao mundo de Az'Hur algum dia.